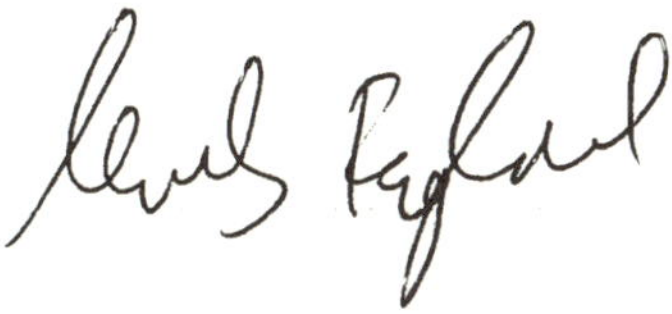

Andreas Englisch, Jahrgang 1963, studierte Literaturwissenschaft und Journalistik und arbeitet seit vielen Jahren als Korrespondent der WELT, der WELT AM SONNTAG, der BERLINER MORGENPOST, der BILD, sowie der BILD AM SONNTAG in Rom. 1995 wurde er in den Pool der sechs Vatikan-Journalisten aufgenommen, die den Papst bei seinen Reisen im päpstlichen Flugzeug begleiteten. Er hat zwei Romane veröffentlicht. *Der stille Gott der Wölfe*, den wir hier in einer Neuausgabe bringen, und die *Petrusakte* (92211 bereits bei BLT erschienen). Mit dem Sachbuch *Johannes Paul II. Das Geheimnis des Karol Wojtyla* (2003) stand er monatelang auf den vordersten Plätzen der SPIEGEL-Bestsellerliste.

Andreas Englisch

Der stille Gott der Wölfe

Roman

BLT

BLT
Band 92194

1. Auflage: November 2005

*Für Kerstin, das Hesel, Tut und
den einzigen Menschen, der immer recht hatte,
weil dieses Buch ohne sie nie entstanden wäre.*

Vollständige Taschenbuchausgabe

BLT in der Verlagsgruppe Lübbe

Umschlaggestaltung: Gisela Kullowatz unter Verwendung
eines Entwurfs von Balk & Brumshagen
Titelbild: © Rainer Simon, Stuttgart
Autorenfoto: Privatfoto
Satz: KCS GmbH, Buchholz/Hamburg
Druck und Verarbeitung: GGP Media GmbH, Pößneck
Printed in Germany
ISBN 3-404-921941

Sie finden uns im Internet unter
www.luebbe.de

Der Preis dieses Bandes versteht sich einschließlich
der gesetzlichen Mehrwertsteuer.

Die Schriftrolle von Herculaneum

1

Als Schwester Maddalena aufwachte, fühlte sie sich zum ersten Mal seit Tagen wieder wohl. Nicht einmal das Rheuma im linken Knie, das sie seit einem halben Jahrhundert plagte, machte ihr zu schaffen. Es war noch tiefe Nacht, aber sie konnte deutlich das schwarze Holzkreuz an der Wand erkennen. Das Fenster ihrer Zelle war offen. Durch das Eisengitter schien der Mond. Schwester Maddalena war froh, daß er den ausgehungerten Katzen beim Mäusefangen leuchtete. Die weißbraune Katze, die am liebsten im Atrium in der Sonne lag, nannten sie und Schwester Agnese immer die »Heilige Caterina«, weil sie so ein sanftes Wesen hatte. Das durfte die Schwester Oberin nur nicht erfahren.

Im Schlaf hatte sie sich fast ganz aufgedeckt. Jetzt raffte Maddalena die Bettdecke wieder zusammen, türmte sie neben sich auf und grub sich hinein wie eine Katze in einen Haufen Heu. Sie rieb ihre kalten Beine. Das Blut begann wieder zu zirkulieren. Ich stehe nicht mehr auf, dachte sie und bekam vor Wonne eine Gänsehaut. Die müssen mich jetzt bedienen. Am Nachmittag hatte sie gehört, wie sich Schwester Rosalia bei der Oberin beschwert hatte: »Die Maddalena ist gesünder denn je. Sie will sich nur faul im Bett ausruhen.« Die Schwester Oberin hatte Rosalia ermahnt, nicht schlecht über die Mitschwestern zu reden, ihr die Sünde aber vergeben. Schwester Rosalia mußte jetzt auch den Flur und die Archive wischen, weil Maddalena krank war. Geschieht ihr nur recht, dachte Maddalena. Sie hat nie glauben wollen, wie viel da zu wischen ist.

Eine Wolke zog vor den Mond. Maddalena grub sich noch tiefer in die weiche Decke, die man ihr endlich zugestanden hatte. Sie war so glücklich wie zum letzten Mal an jenem Weihnachtsabend, als sie grippekrank hier im Bett gelegen hatte. Man hatte ihr Kerzen und Gebäck gebracht, und es war ein richtig schönes Weihnachtsfest geworden. Auf den Fluren hatte sie das Getuschel gehört und den feierlichen Einzug in die Messe. All die furchtbaren Momente waren ihr erspart geblieben. Sie brauchte das Telefon nicht klingeln zu hören, an das sie nie gerufen wurde. Sie brauchte die Blicke der Mitschwestern nicht zu ertragen, wenn die Oberin die Geschenke herumreichte, die die Verwandten den Ordensschwestern geschickt hatten. Sie hatte seit Jahren nichts mehr bekommen. Man hatte sie wohl vergessen, genau wie Schwester Cristina, die fast nie sprach und die nie Verwandte gehabt zu haben schien. Am ersten Weihnachtstag war sogar der französische Professor in ihre Zelle gekommen, für den sie Dutzende von Fotos aus dem Archiv herausgesucht und vergrößert hatte.

Am meisten freute sich Maddalena heute nacht aber darüber, daß sie recht behalten hatte. In den letzten Tagen hatte sie zum ersten Mal seit mehr als vierzig Jahren keine Kopfschmerzen mehr gehabt. Wie oft hatte sie der Oberin in den Stunden des Gesprächs vor dem Abendbrot gesagt, daß die Fixierflüssigkeit an ihren Kopfschmerzen schuld sei. Die Oberin hatte es nicht hören wollen. Seitdem sie nicht mehr in den stinkenden Räumen des Fotolabors arbeiten und Filme entwickeln mußte, waren die Kopfschmerzen auf wundersame Weise verschwunden. Es machte sie glücklich, die Winkel ihres Gehirns danach zu erforschen, ob sich nicht doch ein kleiner Schmerz ankündigte, und nichts zu finden.

Maddalena wurde es zwischen den Decken jetzt richtig warm. Einen Moment lang dachte sie daran, an das Fenster zu gehen und in den Hof zu schauen. Sie fürchtete zwar nicht die Kälte im Zimmer, aber sie hatte Angst, im Hof Schwester Cristina zu sehen. Es mußte schon mehr als fünfzehn Jahre her sein, daß sie nachts aufgestanden war, um das Fenster zu schließen, und unten im Hof Schwester Cristina mit einer Taschenlampe in der Hand gesehen hatte. Sie hatte sich zu Tode erschrocken. Seit fast fünfzig Jahren verzichtete Cristina freiwillig auf den Dienst in der Küche, um mit den Pilgern in die Katakomben unter dem Kloster zu steigen. Aber daß Schwester Cristina auch nachts durch die Gänge unter der Erde geisterte, das wußte nur sie, Schwester Maddalena. Sie hatte es niemandem verraten, aber sie hatte Cristina seitdem immer als ein Gespenst angesehen. Nie hatte sie bei Tisch neben der blassen Nonne sitzen können, ohne daran zu denken, daß Schwester Cristina vielleicht gar nicht aus Fleisch und Blut war, sondern in Wahrheit das Gespenst einer Frau, die den Pilgern ihr eigenes Grab zeigte.

Obwohl sie jetzt schon lange wach lag, war Maddalena immer noch nicht müde. Sie spürte einen Stich in der Brust und schloß die Augen, um nicht daran denken zu müssen. Sie hatte, obwohl der Arzt die Tür schon geschlossen hatte, genau gehört, wie er zur Oberin gesagt hatte, es gebe keinen akuten Grund zur Besorgnis, aber in solchen Fällen könne es auch sehr schnell gehen. Vielleicht würde sie nie wieder Weihnachten erleben. Bis dahin waren es noch neun Monate.

So wird es vielleicht sein, dachte sie. Ein Stich in der Brust, der immer stärker wird, und dann plötzlich setzt das Herz aus. Es wird stiller sein als je zuvor. Das Blut wird nicht mehr rauschen im Kopf. Vielleicht kommt dann der Kopfschmerz, weil das Hirn kein frisches Blut mehr bekommt. Vielleicht sterben dann die Glieder ab, so daß du zuerst die Füße und die Beine, dann die Hände nicht mehr spürst. Dann wird das Augenlicht schwinden, es wird dunkler sein als jemals zuvor. Sie wußte, was dann geschehen würde. Ihre Seele würde den Körper verlassen, durch die Tür auf den Korridor eilen, die acht Treppen hinauffliegen, vorbei an den Räumen des Fotolabors mit den überalterten Maschinen. Dann würde sie den Gang mit den Archivschränken entlang fliegen und vor dem Schrank mit dem Buchstaben L anhalten. Und dann – dann würde ihre Seele den Packen mit den zweiundfünfzig Negativstreifen hinter den Aufnahmen vom Lateran hervorziehen, ihn ihr ins Gesicht schleudern und schreien: »Warum hast du das getan?«

Maddalena öffnete rasch die Augen. Die Wolke vor dem Mond war verschwunden. Ja, warum hatte sie es getan? Warum hatte sie nie um Vergebung gebeten dafür, daß sie ohne Genehmigung der Schwester Oberin von den Negativen Abzüge gemacht und den Text darauf heimlich gelesen hatte? Diese Schrift, vor der die ersten Christen, die Pilger des Mittelalters, die Toten der Weltkriege verschont geblieben waren und die ausgerechnet sie in diesem alten Schrank entdeckt hatte. Sie wußte es. Sie wußte genau, warum sie nie gebeichtet hatte. Die Schrift hatte ihren Glauben erschüttert, und in all den Jahren, in denen sie die Zeichen immer wieder heimlich studiert hatte, war der Zweifel gewachsen. Es hatte lange gedauert, bis sie ihn niedergerungen hatte. Danach hatte sie die Negative nur noch mit einem weißen Tuch, das sie heimlich mit Weihwasser tränkte, angefaßt. Die Fotoabzüge von den Negativen, die sie für die Übersetzung gebraucht hatte, hatte sie im Ofen in der Halle verbrannt.

Was hätte sie tun sollen? Ihr Beichtvater, der Don, der nicht einmal Latein lesen konnte, hätte sie nicht verstanden. Du hättest dir den richtigen Beichtvater suchen müssen, das wäre deine Pflicht gewesen, dachte Maddalena.

Du hättest dafür um Verzeihung bitten müssen, daß du die Schrift einfach versteckt hast, und dafür, daß du am Glauben zweifeltest. Wenn du nicht endlich beichtest, dachte sie, dann wird in dem Moment, wo dein armes Herz stehenbleibt, die Reue kommen. Aber deine Zunge hat dann vielleicht nicht mehr die Kraft, um zu sagen: »Vergib mir«. Dann bleibt vielleicht nicht mehr genug Zeit für die Absolution.

Maddalena rieb vorsichtig ihre Beine. Seit langer Zeit fühlte sie wieder Kraft. Sie raffte die Decke zur Seite und richtete sich vorsichtig auf. Im Sitzen fühlte sie sich schon weniger kräftig. Ihr war schwindelig. Der Mond tanzte im Fenster. Aber es würde schon gehen. Sie zog die dünnen Filzpantoffeln über und zündete eine der Kerzen an, die vor dem Bild der Madonna bereitlagen. Sie konnte es nicht wagen, das Licht im Kloster anzuschalten, denn das würde die anderen wecken.

Bis zur Tür ging es ganz einfach. Im Flur löschte ein Windstoß die Kerze. Geh immer an der Wand lang, bis zur Treppe, dann kann nichts geschehen. Langsam tastete sie sich vor. Ihre Augen gewöhnten sich rasch an die Dunkelheit. Es war viel heller, als sie geglaubt hatte. Warum mußte ich erst vierundsiebzig Jahre alt werden, um einmal nachts durch das Kloster zu geistern, dachte sie und lächelte. Sie faßte das Treppengeländer an und stieg Stufe um Stufe hinauf. Es war ganz einfach. Bald lag auch der Korridor hinter ihr, und schon stand sie vor den ersten Archivschränken. Ich bin ein alter Blitz, dachte sie. Bis zum Buchstaben M war sie in dreißigjähriger Arbeit gekommen. Sie hatte mehr als 130 000 Fotos und Negative sortiert. Es tat ihr leid, daß sie nicht mehr geschafft hatte. Die Gelehrten würden vielleicht nie erfahren, wie viele Fotos im vatikanischen Bildarchiv ruhen.

Die oberste Schublade im L-Schrank ließ sich leicht aufziehen. Vor zwei Jahren hatte sie den Film zum letzten Mal in der Hand gehalten. Der weiße Lappen, ganz und gar vertrocknet, lag noch bereit. Maddalena schlug das Kreuzzeichen, nahm dann das Tuch in ihre Hand, zog das Paket mit den Negativen heraus und zählte sie durch. Sie waren alle noch da. Sie schloß den Schrank. Vorsichtig rollte sie das Paket zusammen. Laß es bloß nicht fallen, dachte sie. Ein Kratzer nur, und ein ganzer Absatz ist zerstört.

Langsam schlich sie durch den leeren, dunklen Korridor zurück. Plötzlich fühlte sie sich einsam. Sie blieb an einem Fenster stehen und blickte in den Hof. Was ist, dachte sie, wenn der Bischof diesem Flavius Plancus glaubt? Sie schlug das Kreuzzeichen. Dann sind wir verloren, dachte sie. Dann sind wir alle verloren.

2

Stoßfest, wasserdicht bis dreißig Meter Tiefe, sechs Weckmelodien, zwei programmierbare Zeitzonen, Stoppuhr und beleuchtetes Ziffernblatt, und das alles für knapp 40 000 Lire. Schäfer fühlte sich behaglich. Nicht nur, weil er seine Traumuhr in dem Prospekt entdeckt hatte, auch weil es jetzt im März endlich wieder warm genug in der ungeheizten Wohnung war, so daß man problemlos noch mindestens eine halbe Stunde auf dem Klo sitzen bleiben und die ganze Broschüre durchblättern konnte. Diese Broschüre eines großen deutschen Warenhauses, dessen Name ihm nichts sagte, hatte er gemeinsam mit einem Bündel Zeitungen von einem Kunststudenten ergattert. Der war gerade erst aus Deutschland angekommen und hatte an der Theke einer Kaffeebar in der Nähe des Bahnhofs herumgelungert.

Schäfer hatte gleich geahnt, welch sagenhaften Nachmittag er mit dem bunten Warenhauskatalog aus Deutschland verbringen würde. Er blätterte noch einmal eine Seite zurück. Allerdings konnte der HlsT-Chronograph sogar die Wassertiefe anzeigen und kostete auch nur knapp 60 000 Lire. Sebastian Schäfer dachte nach. Auf der einen Seite befand er sich selten in einer größeren Wassertiefe als zehn Zentimeter unter der Oberfläche seiner vollgelaufenen Badewanne. Auf der anderen Seite war es ein beruhigendes Gefühl zu wissen, daß einem die Armbanduhr bei einem U-Boot-Unfall anzeigen konnte, wie viele Meter man bis zur Oberfläche würde schwimmen müssen.

Es klingelte an der Tür. Schäfer blätterte ärgerlich eine Seite um. Ich werde auf keinen Fall aufmachen. Seit Tagen fällt es niemandem ein, mich zu besuchen, und wenn es mir endlich einmal gutgeht in der Wohnung, will mir jemand den Nerv töten. Es klingelte ein zweites Mal, energischer. Ignorieren, dachte Schäfer. Die Klingel summte jetzt ununterbrochen, außerdem polterte jemand mit den Händen gegen die Tür. Schäfer beschloß, ganz leise zu sein und darauf zu hoffen, daß der Unbekannte vor der Tür aufgeben werde. Die Türklingel surrte nun mit einem Panik verbreitenden Unterton.

So eine Scheiße, dachte Schäfer, feuerte die Broschüre auf die Erde, wischte sich den Hintern und ging zum Waschbecken. Er knöpfte die Hose zu und brüllte: »Subito, subito!«

Er stieg über den Stapel Telefonbücher, der immer im Flur lag, und öffnete die Tür.

Sie war es. Sie trug ziemlich flache schwarze Schuhe, schwarze Nylons, einen dezenten schwarzen Rock und ein blaues Jackett. Ihre Haare hatte sie etwas kürzer geschnitten, aber ihr Gesicht war immer noch das schönste, das er je gesehen hatte. Sie war unglaublich sexy und unglaublich selbstbewußt, weil sie das wußte. Wie immer kam er sich in ihrer Gegenwart alt und langweilig vor.

»Hast du etwas dagegen, wenn ich hereinkomme?«

»Nein.«

Sie schob sich an ihm vorbei, ließ ihn stehen mit der Klinke in der Hand und brachte nicht einmal die Neugier auf, einen Blick in sein chaotisches Schlafzimmer zu werfen, dessen Tür offenstand.

»Das ist die Küche, nehme ich an.« Sie ging durch die Tür, und er hörte, wie sie ihre Tasche auf einen der Stühle fallen ließ.

Falsch, dachte er und schloß die Wohnungstür. Du hättest ihr die Hand geben oder die Jacke abnehmen sollen, als wäre nichts gewesen. Du solltest schon längst in der Küche sein. Warum nicht die paar Schritte an den Küchentisch, einmal Küßchen-Küßchen auf die Wangen und dann ein gewöhnlicher Plausch.

Wegen der ganzen anderen Schritte geht es vielleicht nicht, dachte Schäfer, der anderen Schritte durch den Flur zur Tür beim geringsten Geräusch – damals, als er noch gedacht hatte, sie könnte zurückkommen. Das mußte es sein. Die Abende, an denen er sich, wenn es geklingelt hatte, kämmte, bevor er die Tür aufmachte. Die Hoffnung auf dem Weg hinunter zum Briefkasten, der leer war; sechs Jahre lang.

Sie hatte schon die Espressomaschine gefunden, Kaffee hineingeschüttet, die Herdflamme und eine Zigarette angezündet, als er mit der Hand die Wurstpelle, eine Käserinde und den Senffleck von der Tischdecke wischte. Er ließ sich auf den Campingstuhl fallen und sah sie an, wie sie am Herd stand und den blubbernden Kaffee im Auge behielt, als könne die Maschine explodieren.

»Ich dachte, ich mache uns einen Kaffee. Schließlich bin ich deine Frau.« Sie lachte.

Schäfer setzte sich an den Tisch neben dem Fenster. Daß sie seine Frau sein sollte, kam ihm absurd vor. Aber sie hatten sich nie scheiden lassen. Du mußt den Mund aufmachen, dachte er.

»Irgendwie sind wir ja geschieden«, sagte er lahm.

»Aber nicht vor dem Richter. Das zählt«, sagte sie. Sie lachte. Sie lachte nach jedem zweiten Satz. Schäfer hatte das nie verstanden. Denn sie war nicht unsicher. Sie ließ den Blick über die sterbenden Topfpflanzen auf der Fensterbank und über das Ungeheuer von Küchenschrank wandern.

»Du hast ja immer noch die Porzellanteller von der Marchetti«, sagte sie.

Ja, allerdings. Er hatte alles noch. Sie sah ihn jetzt an. Er war sich sicher, daß sie ihn mit den Augen prüfte, wie einen Gegenstand aus dieser Küche, der kurioserweise einmal zu ihrem Leben gehört hatte. Sie wird auf einen Kaffee bleiben, dachte Schäfer. Sie hat sich einen Nachmittag gegönnt, wie man sich manchmal die Zeit gönnt, in alten Briefen zu lesen, oder sich mit einem vergessenen Andenken aus Plastik, das man auf dem Dachboden gefunden hat, in die Sonne setzt, um darüber nachzudenken, wie doch die Zeit vergeht. Jetzt erst fiel ihm eine Antwort auf ihre Frage ein. Ja, er hatte etwas dagegen, daß sie hereinkam.

Sie nahm zwei Espressotassen aus dem Schrank, die für ihre Begriffe offenbar nicht sauber waren. Sie wusch sie aus, schenkte Schäfer ein, stellte die Tasse vor ihm ab und lehnte sich an den Kühlschrank.

»Du hast dich etwas gehenlassen, mein Lieber«, sagte sie und deutete mit der Tasse auf seinen Bauchansatz.

Er sah sie schweigend an, wie sie langsam von dem heißen Kaffee nippte, sah auf ihre Hüften, die in den schwarzen Minirock gezwängt waren, das Jackett, unter dem sie offenbar nichts als einen BH trug, auf ihren braunen Hals und das jugendlich geschminkte Gesicht. Dieser Körper hatte ihm Scham eingeflößt für seinen eigenen Körper und manchmal sogar Abscheu vor der Wölbung seines Bauches, den roten, dünnen Härchen auf den Beinen und den schlaffen Oberschenkeln. Nur ganz selten hatte er gespürt, daß ihr Körper zu ihm gehörte.

»Du bist natürlich immer noch sehr schön«, sagte er.

Sie zupfte ein paar Fusseln vom Revers ihres Jacketts.

Sie war eine dieser Frauen, denen Männer wie er nachschauten. Schäfer hatte nie in Erfahrung bringen wollen, daß sie sich präziser Regeln der Kosmetik und eines gefüllten Kleiderschranks bediente, um ihre Schönheit herbeizuzaubern, wie ganze Völkerscharen anderer Frauen auch. Ihn interessierte das nicht. Er wußte nur, daß er selbst aussah wie ein Sack, auch wenn er einen neuen Anzug probierte, genauso wie die fülligen nordeuropäischen Touristinnen, die sich in die zierlich geschnittene italienische Garderobe zwängten.

Schäfer wußte, daß Frauen wie Caroline ihn bezauberten, aber nicht mit ihm sprachen, wenn sie nicht mußten. Ein Ozean lag zwischen ihnen und diesem Typ der ältlichen Studentin, die sich gern zu ihm an den Tisch setzte und spätestens nach dem zweiten Treffen »mein Bärchen« zu ihm sagte. Meistens verliebten sie sich nicht in ihn, sondern suchten nur einen Platz, wo sie einen Moment mit ihrem Gepäck aus thailändischen Windspielen, Batikdrucken aus toskanischen Kommunen, mit ihren Kindern und ihrer Angst ausruhen konnten.

Sie hatte die Tasse abgesetzt und hielt nun eine brennende Zigarette in der Hand. Sie hielt ihm die Schachtel hin, aber er lehnte ab.

»Du rauchst nicht mehr?«

»Nein.«

Sie atmete eine Wand aus Rauch aus, die sie gegen Schäfers Blick abschirmte. »Es ist fast sechs Jahre her, daß wir uns das letzte Mal gesehen haben, nicht? Manchmal frage ich mich, was ich in all diesen Jahren eigentlich getan habe.« Sie sah dem Rauch nach, als wolle sie ein Geständnis machen, oder als erwarte sie eins.

Schäfer schob die Tasse von sich. »Wie solltest du auch wissen, was du getan hast?«

»Ich meine, es ist immerhin viel Zeit vergangen.«

»Du hast es doch geschafft, ganz nach oben zu kommen. Was schert es dich denn jetzt, wie du das geschafft hast?«

Sie drückte die Zigarette aus. »Ich hatte deine Streitlust ganz vergessen.«

Es war plötzlich dunkel geworden. Draußen hatte es zu regnen begonnen.

»Ich will nicht streiten. Aber die Antwort auf die Frage, was du gemacht hast, liegt doch auf der Hand. Du hast Zeitungen verkauft. Du hast Dinge und Menschen ans Licht gezerrt, daß ihnen Hören und Sehen verging.«

»Und woher, bitte schön, willst du das wissen?«

Er nahm einen Stapel Zeitungen, die auf dem Heizkörper unter dem Fenster trockneten, schmiß sie auf den Tisch und ließ sich wieder in den Stuhl fallen.

Er hatte ihre Berichte gelesen, ihre Reportagen, Kommentare. Zu Anfang hatte er herauszulesen versucht, ob es ihr gut oder schlecht ging. Später hatte er sich einfach daran gewöhnt, die Zeitungen nach ihrer Autorenzeile – »Von Caroline Robert« – zu durchsuchen, ohne daß er hätte sagen können, warum er las, was sie schrieb.

Sie spielte mit einer neuen Zigarette in der Hand.

»Ich, oder sagen wir lieber, wir haben versucht, Nachrichten an die Menschen zu liefern, die Nachrichten haben wollen. Wir haben informiert, angeklagt, aufgedeckt.«

»Es ist nichts passiert in den letzten Jahren. Zumindest nicht das, was du und deine Freunde aufgebauscht und erfunden habt. Fast nichts, was auf dieser Welt wirklich passiert, interessiert irgendwen, deshalb stehen diese Dinge auch nicht in der Zeitung.«

Sie zündete sich die zweite Zigarette an. »Du hast das natürlich alles vorher gewußt?«

Schäfer schwieg.

»Ich hätte bei dir bleiben sollen, mich neben dich wie eine Kröte aufs Bett setzen und darauf warten, daß alle auf den Bauch fallen. Ich wollte in meinem Leben eigentlich noch ein paar Erfahrungen machen, Sebastian. Ich habe mich Hunderten von Fällen angenommen, von Leuten, die verzweifelt waren oder arm oder krank.«

»Und wenn dein Text über das Leid der Welt fertig war, bist du aus deinem Designerkleid gestiegen, zwischen deine Seidenbettwäsche gekrochen und hast dir einen Stoßseufzer auf das Leid der Welt abgerungen.«

»Ich habe keine Seidenbettwäsche, und ich kann auch ohne Designerkleider leben, allerdings sehe ich nicht ein, warum ich den Rest meines Lebens in einer fettigen Küche oder zwischen schmutzigen Laken verbringen muß.«

»Du meinst, so wie ich.«

»Es scheint dir ja zu gefallen.«

Schäfer nahm eine Zigarette aus ihrer Schachtel. Wenn du jetzt auch noch wieder anfängst zu rauchen, bist du ein Schwächling, dachte Schäfer. Er zündete sie an.

»Du bist in Mailand mittlerweile Chefredakteurin. Habe ich recht?«

»Stellvertretende Chefredakteurin. Und du – schreibst immer noch Reiseführer, wie ich hörte?«

»Ja, immer noch Reiseführer. Wie du siehst, geht das Geschäft schlecht. Ich soll dich übrigens grüßen von der Contessa Baldini.«

»Das war doch die elegante Oma in Taormina, nicht?«

»Ja, sie führt das Hotel immer noch.«

Damals warst du noch keine Frau, dachte Schäfer. Damals warst du noch ein Mädchen. Du hast dich noch geschämt, wenn uns die Baldini beim Knutschen auf der Terrasse erwischte, und bist rot geworden, wenn dir diese kleinen sizilianischen Kellner mit ihrem Sinn für Romantik eine Rose an den Tisch brachten. Später, als die Baldini gehört hatte, daß sie Reiseführer schrieben, waren sie immer wieder in ihr Hotel eingeladen worden. Die Baldini hatte zwar nicht viel davon gehabt, aber aus irgendeinem Grund schien sie zu glauben, daß die Schäfers ihr Glück für die kommende Saison bringen würden.

Sie schenkte ihm Kaffee nach und nahm sich selbst auch noch eine Tasse. »Das passiert mir jetzt zum zweiten Mal«, sagte sie.

»Was?«

»Daß ich bei jemandem vorbeischauen will, nur so, als hätte ich noch einen Koffer bei ihm untergestellt. Und wenn ich dann da bin, muß ich sehen, daß mir der Koffer vor die Tür gestellt wurde.«

»Wie meinst du das?«

»Bei Ludovico war es ähnlich.«

»Das ist ja beruhigend, daß ich etwas mit ihm gemeinsam habe, immerhin hast du mich wegen dem Schwachkopf sitzenlassen.«

»Er sieht immer noch sehr gut aus.« Sie trank ihre Tasse in einem Schluck aus.

»Und was sollte ich deiner Ansicht nach tun? Jubeln, daß du wieder da bist?«

»Was soll das denn? Ich bin nicht wieder da, ich bin

nicht zurückgekommen. Ich wollte dich nur kurz sehen, weil ich zufällig in Rom bin, und basta.«

»Hast du einen meiner Nachfolger jetzt gerade losgeschickt, um dir neue Ohrringe zu kaufen, und dir selbst die Zeit genommen, um zu kontrollieren, ob ich tatsächlich keinen Zentimeter weitergekommen bin, seit du mich verlassen hast?«

Sie nahm ihre Tasche. »Hast du mit dem Streit nur angefangen, um herauszufinden, ob ich solo bin? Das hättest du einfacher haben können. Ich bin solo.«

»Ich habe keinen Streit angefangen«, sagte Schäfer. Er rührte in der Kaffeetasse und sah auf ihre Beine, die immer noch dieselben Beine waren, nur daß sie jetzt so weit weg waren wie auf einem anderen Planeten.

»Nein, du hast keinen Streit angefangen, du hast mir nur erklären wollen, daß ich mein Leben damit verschwende, mich als Journalistin aufzuspielen.«

»Bevor du es wurdest, waren wir beide einmal eine ziemlich lange Zeit glücklich.«

Sie preßte die Tasche vor ihren Bauch. »Du warst glücklich, weil du schon damals mit der Welt da draußen alles geklärt hattest, was es zu klären gab, und für mich gleich mit. Welche Meinung ich dazu hatte, war dir völlig egal. Du wolltest da unter deiner Bettdecke liegenbleiben, am besten mit mir. Wie zwei angeschossene Tiere, das war doch dein Lieblingsvergleich.«

Sie nahm sich noch eine Zigarette.

»Da draußen ist es aber gar nicht so grauenhaft, wie du meinst. Es gibt nicht nur Haie und Ungeheuer, sondern auch ganz normale Menschen, die versuchen, ihr Leben in den Griff zu bekommen. Dabei machen sie sich manchmal auch schmutzig.«

Schäfer trank jetzt seinen Kaffee und sah aus dem Fenster. Es regnete immer stärker.

»Deswegen wolltest du auch noch einmal bei mir vorbeischauen«, sagte er, »um zu sehen, aus welcher armseligen Welt du entkommen bist, mit schmutzigen Laken und überquellenden Mülleimern.«

»Sebastian, du bist ekelhaft zu dir selbst.«

Schäfer zündete sich eine zweite Zigarette an. »Du hast doch recht«, sagte er. »Ich habe dich verloren, ich habe den Anschluß verloren, und ich bin arm. Für deine Verhältnisse bin ich wahrscheinlich bettelarm. Auf jeden Fall bin ich ärmer als jeder andere Siebenunddreißigjährige, den ich kenne. Das, was du brauchst, kann ich dir nicht bieten. Das konnte ich wahrscheinlich nie.«

Sie quetschte ihre Zigarette aus. »So stimmt das nicht«, sagte sie. »Es kommt mir nicht auf eine Penthauswohnung an.«

»Nein«, sagte Schäfer, »nicht nur.«

Es war plötzlich zum ersten Mal, seitdem sie gekommen war, still. Es war so still, daß man es hören konnte. Er sah sie an, sie kratzte etwas von den Fingernägeln und schaute nicht zurück. Diese Art von Stille war ihr zuwider. Er wußte das. Er hätte noch einmal ganz von vorne anfangen müssen, aber dazu war es jetzt schon zu spät. Er wollte nicht warten, bis sie sagen würde: »Ich muß jetzt leider gehen.«

Sie wog ihre Tasche in der Hand, als wolle sie das Gewicht abschätzen.

Er stand auf. »Es ist wohl besser, du gehst jetzt. Ich müßte zwar lügen, wenn ich sagte, ich habe zu tun, aber wie du siehst, könnte ich wenigstens mal abwaschen.«

Augenblicklich stieß sie sich vom Kühlschrank ab. Er brachte sie zur Tür. Sie hatte schon die Klinke in der Hand.

»Hören wir noch voneinander?« fragte sie. »Ich bleibe ein paar Tage hier, um eine Reportage über Katakomben-Klöster zu machen. Ich wohne im Hotel am Forum.«

»Ich melde mich«, sagte er.

Sie öffnete die Tür. Er hätte ihr gern wenigstens die Hand gegeben, aber er traute sich nicht. Die Tür schlug hinter ihr zu.

3

Die »heilige Caterina« kauerte am Beckenrand unter den Bäumen im Klosterhof und sah neugierig den Goldfischen zu. Im Wasserbecken spiegelten sich die tief hängenden Wolken. Der graue Himmel verwandelte das warme Rot der Mauern in ein schmutziges Rostbraun. Schwester Agnese fürchtete einen Moment, die Katze könne versuchen, mit der Tatze einen Fisch zu fangen, denn ihre Augen folgten begierig den schillernden roten Rücken im Wasser. Dann verlor die heilige Caterina aber das Interesse an den Fischen und sprang vom Beckenrand hinunter in den Hof. Schwester Agnese war froh, daß sie sich nicht im Wesen der Katze getäuscht hatte.

Die Unschuldigen können nicht gegen ihre Natur handeln, dachte sie. Sie blickte auf die elegante Frau, die abseits im Hof unter dem grauen Himmel saß und in einer Zeitschrift blätterte. Wenn du gleich alles falsch machst, überlegte Schwester Agnese, dann liegt das daran, daß du unschuldig bist und nicht anders handeln kannst.

In den Campingstühlen unter den Torbögen wartete eine Gruppe ernst dreinblickender Polen. Schwester Agnese hatte ihnen schon die Eintrittskarten verkauft. Jetzt blieb sie bei der Gruppe stehen, als lebendes Pfand, das für die bereits gezahlten viertausend Lire eine Gegenleistung garantierte. Denn Schwester Cristina war noch immer mit den lärmenden Kindern einer Schulklasse in den Katakomben. Wenn sie endlich heraufkam, würde sie sich vielleicht tatsächlich dazu herablassen, mit der Dame zu sprechen. Wenn nicht, dachte Agnese, dann bin ich an der Reihe. Immerhin liegt es in Gottes Hand.

Agnese glaubte allerdings nicht daran, daß Gott die Eigenliebe Cristinas bezwingen konnte. Von einem gütigen Gott wäre das vielleicht zuviel verlangt. Sie hatte nie vergessen, wie Cristina sich damals bei ihrem Eintritt in das Kloster vor der Schwester Oberin damit gebrüstet hatte, daß sie nicht kochen und nicht nähen könne und deshalb auch nicht zum Hausdienst eingeteilt werden wolle. Die Katakomben seien ihre Berufung, hatte sie erklärt und betont, daß sie eine Studierte in Archäologie sei und acht Sprachen beherrsche. Dabei beherrschte sie nicht einmal wirklich alle acht Sprachen, deren sie sich rühmte. Schwester Maddalena schwor, daß Schwester Cristina in Wirklichkeit keine Silbe Latein verstand, obwohl sie immer so gelehrig auf die Grabtafeln der ersten Christen blickte.

Mich sollte die Dame von der Zeitung interviewen, dachte Schwester Agnese. Ich hätte schon was zu erzählen. Was Cristina wirklich in den Katakomben treibt, zum Beispiel, wird sie der Journalistin gegenüber bestimmt verschweigen. Dabei hatte sie – Agnese – einmal mit eigenen Augen im entlegenen Südflügel, im dritten unterirdischen Stockwerk, Spaten, Spitzhacke und ein paar Öllämpchen in einem Grab in der Wand entdeckt. Schwester Cristina schien demnach an den Feiertagen und vielleicht sogar nachts auf eigene Faust in den unerforschten Teilen der Katakomben zu graben. Das Werkzeug hatte Agnese ganz zufällig entdeckt, als sie den Elektrikern den Stromkasten unter der Erde zeigen sollte.

Plötzlich vernahm sie hinter sich die festen Schritte von Schwester Cristina. Das war das Unheimlichste an ihr. Selbst junge Pilger hörte man schwer atmen, wenn sie die zahllosen Treppen bis an die Oberfläche gestiegen waren. Nur Schwester Cristina keuchte nie. Wenn man nicht genau hinsah, konnte man glauben, daß sie gar nicht atme. Die Polen waren schon aufgesprungen, als Schwester Cristina in der Tür erschien. Die Kinder tummelten sich, froh, wieder an der frischen Luft zu sein, im Hof.

»Die Dame dort drüben wartet auf dich. Sie ist von der Zeitung. Mit der Schwester Oberin hat sie schon gesprochen. Sie hat eine Empfehlung vom Bischof.«

Schwester Cristina nahm die Kapuze der Regenjacke ab, die sie immer in den Katakomben trug, und schaute in den Hof.

»Mag sie warten. Ich muß diese Herrschaften noch führen. Und danach ist es Zeit für Mittag.«

Sie wandte sich ab. Die polnische Pilgergruppe trottete hinter ihr her.

Es muß wohl sein, seufzte Schwester Agnese. Einen Augenblick lang hätte sie Schwester Maddalena am liebsten verflucht, obwohl Maddalena ihr immer die beste Freundin im Kloster gewesen war.

Die heilige Caterina hatte sich auf dem Schoß der Dame niedergelassen und ließ sich streicheln. Schwester Agnese ging über den leeren Hof, über dem die Wolken so bedrückend tief hingen, auf die Dame zu. Sie wußte plötzlich nicht mehr, was zu sagen sie sich vorgenommen hatte, und wollte schon abdrehen zum Klostereingang, als die Dame sie rief.

Es waren nur ein paar Schritte bis zu der Bank. Schwester Agnese blieb vor der Dame stehen, faltete die Hände vor dem Bauch und blickte auf die Spitzen ihrer schwarzen Ledersandalen herunter. Ich werde tun, was Maddalena will, auch wenn ich gegen die Regeln verstoße und die Oberin hintergehe, dachte sie. Aber lügen werde ich nicht.

»Meinen Sie, daß es noch eine Weile dauern wird mit der Nonne, die die Führungen macht?« fragte die Dame.

»Sie ist gerade erst mit einer Gruppe Pilger hinuntergestiegen. Die Führung dauert mindestens vierzig Minuten.«

Die Dame schlug die Beine übereinander. »Meinen Sie, daß die Nonne sich fotografieren läßt?«

»Wir sind zur Demut angehalten.« Schwester Agnese wagte es jetzt, die Augen zu heben. Im Blick der Dame lag kein Verdacht. Ohne Lug und Trug ist diese Frau, dachte Schwester Agnese. Sie fürchtete zu erröten.

»Wir haben im Kloster nicht nur die Katakomben. Wir verwalten auch das Fotoarchiv für den ganzen Kirchenstaat.«

Die Dame nahm einen Notizblock heraus. »So? Das ist ja interessant.«

»Schwester Maddalena hat es ihr Leben lang betreut. Jetzt ist sie aber leider sehr krank. Möchten Sie sie nicht besuchen?«

Die Dame lachte sie an. »Ich kenne die Schwester doch gar nicht. Und das Betreten der Zellen hat mir die Oberin ausdrücklich verboten. Das lassen wir mal lieber.«

Sie lacht mich aus, dachte Agnese. Sie hat es gleich gemerkt. »Ich dachte, wo sie doch eine Empfehlung haben vom Bischof, könnten Sie ja bei Schwester Maddalena hineinschauen und dann das Fotoarchiv ansehen. Es sind mehr als hunderttausend Bilder.«

Die Dame schrieb jetzt etwas in den Kalender. »Ich warte lieber hier. Das einzige Foto, das ich brauchen könnte, wäre eine alte Aufnahme von dem Kloster. Irgend etwas um die Jahrhundertwende, wenn Sie so was haben.«

»Ich kann einmal fragen gehen, wenn Sie möchten.«

»Tun Sie das«, sagte die Dame.

Schwester Agneses Hände schwitzten, als sie den Hauseingang erreichte.

Das war nichts, dachte sie. Gott sei Dank war das nichts. Sie ging so leise wie möglich durch den kalten Korridor. Die Sonne schien jetzt durch die Fenster, konnte die großen Hallen aber nicht erwärmen. Jeder Schritt hallte laut, so daß man meinte, das Kloster sei von flüsternden Stimmen erfüllt. Nicht einmal vor dem Bild der Heiligen Caterina, der die Kirche geweiht war, standen Blumen. Nur Stechpalmen, die in die Kapelle getragen wurden, wenn jemand gestorben war. Sechs für den aufgebahrten Sarg einer gewöhnlichen Nonne und zwölf für die Oberin.

Langsam stieg Agnese die Treppe hinauf. Die Stufen waren noch naß vom Wischen, und sie fürchtete zu fallen. Wenn die Oberin sie jetzt sehen würde, konnte sie sagen, daß sie einen Krankenbesuch bei Maddalena machen wollte. Das stimmte schließlich auch. Auf dem Korridor standen die Fenster offen, damit die nassen Fliesen trockneten. Agnese fror. Noch einmal mache ich so etwas nicht, dachte sie.

Sie klopfte leise an die Tür. Vielleicht schläft sie, und wenn sie schläft, dann ist es besser so.

Sie erschrak fast, als sie Maddalenas Stimme hörte. So leise wie möglich ließ sie die Tür hinter sich ins Schloß fallen. Die Fensterläden in Maddalenas Zelle waren heruntergelassen. Nur vor dem Bild der Madonna brannte eine Kerze.

Maddalena saß aufrecht auf dem Bett. Sie hatte die weißen Haare gekämmt, die ihr bis auf die Schultern herabfielen.

»Das war nichts«, sagte Agnese.

Maddalena faltete die Hände. »Wo ist sie denn?«

Schwester Agnese griff zur Bettdecke. »Leg dich wieder hin. Sie wollte nicht kommen. Sie ist unten im Hof.«

»Ist sie eine Dame? Kann ich ihr trauen?«

»Leg dich hin!« befahl Agnese. Sie half ihr, die Beine auf das Bett zu heben, und deckte sie zu. Dann setzte sie sich auf den Stuhl neben das Bett.

»Sie ist eine richtige Dame von einer Zeitung. Aber sie wollte nicht kommen. Sie wollte nur ein altes Foto vom Kloster.« Agnese fühlte Schwester Maddalena die Stirn. »Du fieberst. Reg dich nicht so auf. Du solltest lieber schlafen.«

Schwester Maddalena legte die Hände auf der Decke zusammen. »Und der Bischof?«

»Ja, sie kommt vom Bischof.«

»Hast du sie gefragt?«

Agnese nickte.

»Dann können wir es ihr mitgeben. Sag ihr, das alte Foto vom Kloster schicken wir ihr später. Gib es ihr und sag ihr, daß sie es auf keinen Fall lesen darf und daß sie es zum Bischof bringen soll.«

»Maddalena, du bist in einem Zustand der Barmherzigkeit. Lade doch nicht noch mehr Schuld auf dich. Gott hat es nicht gewollt, daß sie zu dir kommt.«

»Wenn ich doch Worte finden würde, um dir alles zu erklären. So, daß auch du es verstehst.«

»Warum schickst du es dem Bischof nicht einfach mit der Post?«

Maddalena richtete sich auf. »Wie denn? Wenn du die Oberin um Briefmarken bittest und sie dich dann befragt, was du zu verschicken hast, wirst du dann für mich lügen?«

»Das Seelenheil verspielt man nicht«, sagte Agnese. Sie glaubte, Tränen in Maddalenas Augen funkeln zu sehen.

»Und wenn ich der Oberin sage, daß ich einen Brief an den Bischof schicken will, und ihr dann den Umschlag gebe, meinst du etwa, sie würde dann nicht hineinschauen, um zu erfahren, was ich dem Bischof mitzuteilen habe?«

Es war kalt im Zimmer. Ich habe getan, was ich konnte, dachte Agnese. Jetzt soll sie mich gehen lassen. »Gib es doch Carmela.«

Maddalena rieb sich die Tränen aus den Augen. »Eine Kochhilfe, mit der Schürze um, wird der Bischof nie empfangen. Wenn wir es dieser Frau von der Zeitung geben, wenn sie zu seiner Exzellenz geht und sagt: Sehen Sie, das hier schickt Ihnen Schwester Maddalena, dann wird er es lesen.«

»Aber warum ist das denn so wichtig?«

»Gib mir deine Hand«, sagte Maddalena. »Ich weiß nicht, ob ich zum Herrn gehe. Ich weiß es nicht. Ich fürchte mich. Der Bischof wird eine Antwort wissen. Dann kann ich einschlafen.«

Agnese hielt die kleinen knochigen Hände fest. »Du bist eine arme Nonne wie ich. Der Herr wird mit uns barmherzig sein.«

»Wenn es den Herrn gibt.«

Schwester Agnese ließ ihre Hand los. »Lästere nicht! Was ist mit dir?«

Maddalenas Stimme klang jetzt ganz fest. »Warum gibt er uns so lange schon kein Zeichen mehr?«

»Es ist nicht an uns, das zu fragen. Wir müssen glauben und hoffen.«

»Aber wenn wir es nicht können, wegen dieser Schrift? Ich weiß nicht, ob sie von eines Menschen Hand stammt, aber das muß ich in Erfahrung bringen. Ich kann doch nicht im Zweifel sterben. Wenn ich beten muß, Herr, ich komme jetzt zu dir, dann muß ich auch daran glauben, verstehst du das denn nicht? Und ich kann es nicht, wegen der Schrift.«

»Wenn es aber eine Heilige Schrift ist, warum gibst du sie nicht unserem Beichtvater?«

»Es ist keine Heilige Schrift. Don Onofrio würde sie nicht verstehen. Er würde sie verbrennen.«

»Wenn sie nicht heilig ist, was ist sie dann?«

»Vielleicht ist sie nicht von dieser Welt und nicht des Himmels.«

Schwester Agnese faltete die Hände. »Der Leibhaftige?«

Maddalena nickte.

Der Tod ist es, dachte Schwester Agnese. Der Tod ist so nah bei ihr, daß ich ihr glaube. Auf dem Sterbebett lügt man nicht. Sie ist nicht mehr die Schwester Maddalena, sie liegt da wie eine, die weiß.

»Wenn das ein Schriftstück aus den Krallen des Satans ist, warum verbrennst du es nicht?«

Langsam und mit Mühe richtete sich Maddalena auf. »Ich muß wissen, daß es eine Fälschung ist, eine Versuchung des Geistes. Der Bischof ist ein gelehrter Mann. Er wird es erkennen. Er wird die richtigen Worte finden, die meine Zweifel zerstreuen. Ich muß doch bald sterben.«

Die Kerze vor der Madonna flackerte. Es war jetzt sehr dunkel in der Zelle.

»Woher hast du diese Schrift?«

»Sie steht auf Fotonegativen. Es ist ein lateinisches Buch, das Seite für Seite abgelichtet wurde. Der Film lag seit wer weiß wie vielen Jahren im Archiv.«

»Wann hast du die Filme gefunden?«

Maddalena antwortete nicht.

Agnese nahm ihre Hand und legte sie unter die Decke. »Du bist müde, und du fieberst. Schlaf jetzt!«

»Nein, ich habe keine Zeit mehr. Ich werde noch genug schlafen. Die Schrift habe ich schon vor zehn Jahren gefunden.«

»Aber warum gabst du sie nicht gleich dem Don?«

»Ich wußte doch nicht, um was es sich handelte. Ich habe so viele Jahre da gesessen und übersetzt. Damals war ich noch nahe bei Gott. Erst später, als ich die Schrift verstand, kam nachts der Zweifel über mich.«

»Hast du gebeichtet?«

»Dem Don? Er würde nichts verstehen. Gib mir deine Hände.«

Sie richtete sich langsam im Bett auf. Schwester Agnese sah, daß sie weinte.

»Laß mich nicht allein! Hilf mir doch! Es ist vielleicht mein letzter Wunsch. Gib es der Dame. Sag ihr, sie soll den Umschlag nicht aufmachen. Sie soll ihn dem Bischof bringen. Ich weiß, daß sie es tun wird.«

»Was weinst du denn?«

»Es geht gleich besser. Sie soll ihm sagen, Schwester Maddalena schickt es ihm. Er soll sich meiner erbarmen. Ich warte auf seine Antwort, damit ich in Ruhe sterben kann. Geh jetzt.«

Agnese stand auf. »Bitte den Herrn, daß er uns verzeiht für unsere Sünde, die Schwester Oberin zu hintergehen. Wo ist es denn?«

Maddalena zog einen braunen Umschlag unter der Bettdecke hervor.

Für so einen kleinen Umschlag diese vielen Tränen, dachte Schwester Agnese. Der Name des Bischofs stand schon darauf.

4

Sebastian Schäfer lag im Bett und hielt die Augen fest zusammengekniffen, damit die Lider sich nicht immer wieder von alleine hoben. Er wußte, daß er auf diese Weise nicht einschlafen würde, aber er war viel zu müde, um aufzustehen. Gegen sechs Uhr hatte ihn ein mörderischer

Lärm geweckt. Der Müllwagen war genau vor seinem Mietshaus mit einem Auto zusammengestoßen. Schäfer war sehr spät ins Bett gegangen und noch sehr müde gewesen, als er von dem Lärm aufgewacht war. Trotzdem konnte er nicht mehr einschlafen. Zwei Stunden blieb er noch im Bett, grub sich, so tief er konnte, in die Kissen und wartete vergeblich darauf, daß der Schlaf zurückkehren würde. Gegen acht Uhr stand er auf, machte sich einen dünnen Kaffee und versuchte, die Seite über Sehenswürdigkeiten in Spoleto zu Ende zu schreiben. Er war zu müde, um sich zu konzentrieren. Also ging er wieder ins Bett.

Mittlerweile war es schon Vormittag, und der Schlaf ließ noch immer auf sich warten. Wenn ich nicht wenigstens noch zwei Stunden schlafe, kann ich diesen Tag vergessen, dachte Sebastian Schäfer. Er rollte sich zur Wand. Der Kühlschrank in der Küche sprang an und summte.

Wenn jetzt wenigstens jemand anrufen würde, um mich mit seinem Geschwätz zu stören, würde ich ganz sicher so müde, daß ich endlich schlafen könnte, dachte Sebastian Schäfer. Er sah auf seine Armbanduhr. Ein halbe Stunde noch, dachte er. Eine halbe Stunde bleibst du noch liegen, und wenn du dann nicht eingeschlafen bist, stehst du auf. Er kniff die Augen wieder zu. Du mußt dich nur zwingen, nicht alle zehn Minuten auf die Uhr zu schauen. Das Telefon klingelte neben seinem Bett. Gott sei Dank, dachte er und nahm ab.

»Hallo?«

»Hab ich dich geweckt? Ich bin es.«

»Wer ist denn da?«

»Sieh an, du erkennst meine Stimme nicht mehr. Ich bin's, Caroline. Hör mal, ich hätte eine Arbeit für dich. Ich kann dir sechshundert Mark am Tag zahlen. Die Arbeit wird ein paar Tage dauern. Kannst du sofort kommen?«

Sechshundert Mark am Tag, das war ein sagenhaftes Honorar.

»Was soll ich denn tun?«

»Du warst doch so verrückt, Latein zu studieren. Du mußt mir einen lateinischen Text übersetzen. Es ist ziemlich viel.«

»Ich bin alles andere als ein Profi.«

»Das macht nichts. Du bist genau der Richtige für die Arbeit. Komm her!«

»Gut, ich komme. Ich bin gleich da.« Er wollte auflegen.

»Warte! Weißt du überhaupt, in welchem Hotel ich wohne?«

»Ja. Du hast es mir gesagt.«

»Bis gleich.« Sie legte auf.

Schäfer rollte sich noch einmal tief in die Bettdecke. Du brauchst jetzt ein paar Tassen starken Kaffee unten in der Bar, dachte er. Vorher mußt du noch duschen und dir die Haare anständig waschen. Vielleicht will sie ja nur, daß du ihr ein paar Inschriften aus den Katakomben übersetzt. Vielleicht kannst du das sogar auf ihrem Zimmer tun, und vielleicht bist du mit ihr dort sogar ein paar Minuten allein. Zum ersten Mal seit Wochen stand er in fröhlicher Stimmung auf.

Obwohl Sebastian Schäfer die Hoteltür hinter sich schloß, hielt der Lärm unvermindert an, der sich durch die dünne Glastür nicht aussperren ließ. Die Flüstermusik aus den Lautsprechern in der Halle wirkte grotesk, weil sie nur dann zu hören war, wenn die Ampeln auf Rot standen und für einen winzigen Augenblick die Kreuzung frei war. Ein Einzelzimmer mit Frühstück kostete hier schätzungsweise zweihundertsechzig Mark pro Nacht, überlegte Schäfer, während er auf die Rezeption zusteuerte. Er mochte diese Art teurer römischer Hotels. Er konnte sich an die Zeit erinnern, als er seine Vormittage in solchen Empfangshallen verbracht hatte, in denen arbeitsunwillige Portiers nie die Zaungäste wegjagten, die nur kamen, um eine der zerfledderten Zeitungen durchzulesen. Es gab solche Hotels nur in Rom, mit diesen durchgesessenen Kunstledersofas in abgeschabtem Rot und Braun und den Trockenblumen, die sich langsam in dem Staub auflösten, der sich auf den fleckigen Teppichböden verteilte. In Rom gab es nicht jene Inseln der Gastlichkeit, die man mit hohen Zimmerpreisen erkaufte, wie etwa in Florenz oder sogar in Neapel, weil die Besucher in Rom seit Jahrhunderten wie lästige Fliegenschwärme behandelt wurden, für die niemand je die Hotelhalle renovierte, wenn es sich verhindern ließ, und die froh sein mußten, wenn sie in der Saison ein lautes Zimmer bekamen, und Saison war immer.

An der Rezeption lungerte ein einsamer Portier – seine Kollegen waren offenbar alle noch beim Mittagessen – und füllte seinen Totoschein aus.

»Ich möchte zu Caroline Robert. Welche Zimmernummer hat sie?«

Der Portier sah ihn an, als hätte Schäfer ihn gebeten, ihm ein Vermögen zu leihen. »Sind Sie überhaupt angemeldet?«

»Die Dame wartet auf mich.«

»Das werden wir gleich wissen, ob sie auch wirklich wartet. Wie heißen Sie?«

Sebastian Schäfer hätte gern gesagt: Ich bin ihr Mann. »Ich heiße Schäfer.«

»Moment.« Der Portier wählte eine Nummer und murmelte etwas in den Hörer. Dann legte er auf. Als würde er ihm die Riesensumme gewähren, um die Schäfer gebeten habe, sagte er: »Sie hat Zimmer Nummer 72.«

Das Zimmer entpuppte sich als eine mittlere Suite. Auf

den ersten Blick verbreitete der Veloursteppich einen gewissen Glanz, ebenso wie die Goldlack-Einrichtung, die erst beim näheren Hinsehen preisgab, wie abgeschabt sie war. Ein paar nackte Kabel baumelten von der Wand unter dem Telefon, dessen Tastatur Caroline auseinandergeschraubt hatte, um ihren Minicomputer, der auf dem Bett stand, anzuschließen.

Caroline stand vor einem Barocktischchen und schrie in den Telefonhörer, der an dem Gerippe hing. An der rechten Wand hatte sie zwei schlecht gemalte Ölbilder abgehängt, die dümmliche Bäuerinnen zeigten und jetzt an der Wand lehnten, um einer Reihe großformatiger Fotos Platz zu machen, die mit Klebestreifen auf die Tapete geklebt waren. Die Hoteldirektion wird das nicht so gern sehen, dachte Schäfer. Auf den beiden enormen roten Sofas hatte Caroline den Inhalt ihrer Handtasche und einen Stapel Negativbögen verteilt. Sie knallte den Hörer auf die Gabel.

»Schön, daß du schon da bist. Setz dich! Willst du was zu trinken? Kaffee oder Orangensaft oder so? Ich bestelle mal eben etwas.« Sie nahm wieder den Telefonhörer in die Hand.

Schäfer setzte sich in einen der riesigen Barocksessel. Mein Gott, ich hatte schon ganz vergessen, wie sie ist, wenn sie zu Hochform aufläuft, dachte er.

Sie riß sechs Fotos von der Wand und reichte sie ihm. »Wie lange brauchst du, um das zu übersetzen?«

Schäfer ließ seinen Blick über die Zeilen wandern. Es waren Fotos von einem handgeschriebenen, alten Text. Aber es war keine Inschrift, von denen hatte er in der Universität Hunderte übersetzt. Es war eines der sehr seltenen alten Bücher. Er las ein paar Sätze. »Das ist kein mittelalterliches Latein. Wo hast du das her?«

»Das spielt doch keine Rolle. Wie lange brauchst du für die ersten zwölf Seiten?«

»Wenn du sie mir mitgibst, sagen wir: eine Woche.«

»Du hast für die ersten Teile bis heute abend Zeit. Dafür verdoppele ich das Honorar. Zwölfhundert Mark für heute und je sechshundert Mark für morgen und übermorgen.«

Sebastian Schäfer dachte nach. Auf der einen Seite ging ihm ihr Chefinnen-Ton auf die Nerven. Auf der anderen Seite wäre das Problem, woher er das Geld für die Miete nehmen sollte, mit dieser Arbeit für eine ganze Weile gelöst.

»Also was ist?« Caroline sah ihn an mit diesem Gesicht, das zu ihrem Ärger puterrot anlief, wenn sie aufgeregt war.

»In Ordnung«, sagte er. »Aber erst will ich wissen, was das alles soll.«

Sie ließ sich in einen Sessel fallen, ihm gegenüber. »Erst übersetzt du. Wenn du fertig bist, erzähle ich dir alles.«

Sebastian Schäfer zog seinen Mantel aus. »Liebe Chefin, wenn du mir nicht sagst, für wen ich was übersetzen soll, rühre ich keinen Finger.«

»Du hast einen schwierigen Charakter.«

»Deswegen haben wir ja so gut zusammengepaßt.«

»Haben wir das?« fragte sie. Sie sprang auf und lehnte sich gegen den Barocktisch. »Also gut. Die Fotos sind Vergrößerungen von einem Negativstreifen, den mir die Oberin eines Klosters geschenkt hat«, log sie.

»Und?«

»Soweit ich es begriffen habe, enthält er einen lateinischen Text, der noch nie veröffentlicht wurde.«

»Wieso glaubst du, daß er noch nie veröffentlicht wurde?«

Sie deutete auf den Computer, der auf dem Bett stand. »Ich kann immerhin genug Latein, um die Namen in dem Text zu erkennen. Der Rest war ein Kinderspiel. Ich brauchte mich nur noch in unsere zentrale Datenbank einzuwählen und die Namen abzugleichen. Sie sind noch nie in irgendeiner Form veröffentlicht worden, nicht in Italien, nicht in Europa. Nirgendwo, in keinem Buch, in keiner Zeitschrift. Nichts.«

»Seit wann interessiert du dich für antike Bücher?«

»Wir haben eine Archäologie-Zeitschrift im Verlag, für die ist das ein gefundenes Fressen.«

»Wieso sollten die sich um einen antiken Text reißen?«

»Mein lieber Sebastian, es gibt auf dieser Welt nun einmal Spinner, die sich Zeitschriften kaufen, um jahrtausende alte Briefe, Tagebücher, Einkaufslisten zu lesen.«

»Ich bin einer von ihnen.«

»Siehst du, für solche Leute drucken wir in unserer Zeitschrift Woche für Woche einen übersetzten Originaltext. Wir möbeln diese alten Dinger immer mit einem Motto auf. Wir basteln Überschriften wie ›Wußten Sie, was Cicero von Sklaven hielt?‹«

»Natürlich wissen eure Leser, was Cicero von Sklaven hielt.«

»Klar, aber komischerweise lesen sie es immer wieder.«

»Und jetzt hast du sogar eine Sensation, weil du ihnen keinen aufgewärmten Lateintext vorlegst, den sie sowieso schon kennen, sondern einen, der zum ersten Mal auf der Welt veröffentlicht wird, und zwar in eurer Zeitschrift.«

»Jetzt hast du es begriffen.«

»Und die Nonne hat ihn dir also geschenkt? Wieso?«

»Weiß ich nicht, ist ja auch egal.«

»Der Text gehört dem Vatikan, wenn er in einem Kloster war. Es wird wahrscheinlich eine Weile dauern, die Monsignori sind ja nicht so schnell, aber irgendwann kommen sie wahrscheinlich dahinter, daß du ihr Archivmaterial ohne Genehmigung verwertest und mit Vatikaneigentum einen Haufen Geld verdienst.«

»Die kommen sofort dahinter. Wir schreiben nämlich darüber, daß der Text aus einem Vatikanarchiv stammt.«

Schäfer zündete sich eine Zigarette an. »Dann wird es Ärger geben.«

»Hoffentlich. Wenn die ein bißchen Ehre im Leib haben, werden sie vor Gericht ziehen.«

Caroline stieß sich vom Tisch ab, nahm Schäfer die Zigarette aus der Hand und steuerte quer durch den Raum. »Sobald die klagen, bieten wir natürlich einen Vergleich an, und gleichzeitig starten wir in einer unserer Tageszeitungen eine Serie darüber, warum eigentlich der Kirchenstaat interessante Sachen in seinem Archiv vergraben darf. Das gehört alles der Allgemeinheit.« Sie zerquetschte die Zigarette im Aschenbecher. »Kannst du mir folgen?«

»Problemlos.«

»Die Akten über den Prozeß gegen Galilei, gegen Savonarola, was immer du willst, halten die Kirchenherrscher einfach in ihrem Geheimarchiv zurück. Die ganze Aktion wird damit enden, daß der Vatikan zumindest einige Akten zugänglich machen wird, und Dutzende historischer Institute werden sich mit Freude die Arbeit teilen. Darüber hat vor uns noch nie jemand geschrieben.«

Schäfer zündete sich eine neue Zigarette an. »Wenn du ihn veröffentlichst, kommt deine Nonne, die dir den Text gegeben hat, in Teufels Küche.«

»Nachrichten sind immer unbequem. Es gibt immer jemanden, dem irgend etwas nicht gefällt. Das muß uns egal sein.«

»Ist der Schwester denn klar, was für Konsequenzen das haben kann?«

»Nein. Aber wir schützen unsere Informanten. Soweit wir können.«

»Wie hast du denn dein Archäologie-Fachblatt davon

überzeugt, einen völlig unbekannten Text zu veröffentlichen, der von einem Dilettanten wie mir übersetzt wird?«

»Das war kein Problem. Ich mußte ihnen nur erzählen, daß ich einen bisher unbekannten antiken Text in der Hand habe, den die Konkurrenz auch hat. Schon haben sie mir alles geglaubt. Die wollen nur noch als erste auf dem Markt sein. Das werden sie ja auch.«

»Die drucken den Text ohne Genehmigung des Vatikans?«

»Natürlich.«

»Und wozu das Ganze?«

Es klopfte. Ein livrierter Kellner brachte drei Flaschen Orangensaft, diverse Kannen mit Milch und Kaffee und vier Teller mit belegten Broten. Caroline gab ihm ein fürstliches Trinkgeld, und er verschwand.

Sie nahm sich eine Tasse Kaffee und ließ sich neben Schäfer in einen Sessel fallen. »Die haben mich hierher abgeschoben für diese blödsinnige Katakomben-Reportage. Aber das lasse ich nicht mit mir machen.«

»Dich haben sie abgeschoben?«

»Es gibt in jeder Zeitung immer wieder mal jemanden, der meint, er allein wisse, wie man Auflage macht. Ich bin zu alt, um auf Kirchhöfen Nonnen zu interviewen. Ich habe diese Zeitschriften entworfen, verstehst du das? Ich pflege meine Leute rauszuschicken, um mal eine Reportage wie diese Katakomben-Serie zu machen, und dann stellen die mich, ausgerechnet mich, verstehst du, damit kalt.«

»Und jetzt?«

»Jetzt habe ich denen gezeigt, wie man eine Nachricht machen kann, wenn man keine hat. Das Manuskript war ein Geschenk des Himmels, deswegen pauken wir das jetzt auch durch, du und ich.«

Sie mußte Luft holen. Sebastian Schäfer beeilte sich,

eine Frage einzuschieben. »Und wozu die Eile? Warum muß der Text noch heute übersetzt werden?«

»Wenn wir den Text bis morgen früh durchtelefonieren, heben sie ihn noch in die aktuelle Ausgabe. Du brauchst nichts aufzuschreiben, diktiere einfach die Übersetzung in das Tonband da auf dem Tisch. Ich besorge eine Maus, die uns das heute nacht abtippt. Dann sind wir damit übermorgen am Kiosk.«

»Und wenn du eine Woche später erscheinen würdest, wo wäre das Problem?«

»Wenn herauskommt, daß wir den Text haben, weil irgend jemand den Mund aufmacht, jagt uns der Vatikan das Ganze per einstweiliger Verfügung wieder ab, bevor wir damit am Kiosk sind.«

»Warum sollte er das tun?«

»Schäfer, ich kenne die Zeitungen, glaub es mir. Wenn es um die Kirche geht, gibt es in jeder Redaktion einen, der danach giert, endlich der Kirchenspitze mal einen Gefallen tun zu können, weil er sich davon das Himmelreich oder eine Privataudienz beim Papst verspricht. Wenn so heißer Stoff zu lange in der Redaktion liegt, steckt irgendeine Betschwester den Kirchenmännern, daß wir sie um einen Haufen Geld betrügen wollen. Dann bleibt denen gar nichts anderes mehr übrig, als gerichtlich zu reagieren. Die nehmen uns den Text ab.«

»Und dann ist deine Sensationsgeschichte im Eimer.«

»Richtig.«

»Du solltest der Nonne einen guten Anwalt besorgen.«

»Den wird sie bekommen.«

Das ist genau die Art von Geschichten, bei denen ich nie mitmachen wollte, dachte Schäfer. Er sah Caroline an, deren Wimperntusche verwischt war, was äußerst selten geschah. Warum können wir hier nicht einfach sitzen bleiben und Kaffee trinken und ein bißchen quatschen und vielleicht sogar ein bißchen flirten und diesen ganzen Unsinn vergessen, dachte er.

»Warum beauftragst du nicht ein Übersetzerbüro?«

»Es darf keiner wissen, daß ich den Text habe. Dir vertraue ich.« Dir vertraue ich auch, dachte er. Er wollte sagen: Eigentlich warst du der einzige Freund, den ich je hatte. Aber es wäre nicht sehr passend gewesen.

»In Ordnung«, sagte er. »Ich brauche eine Schreibmaschine, einen Stapel Papier, ein, zwei Wörterbücher und Nougatpralinen. Die regen meinen Verstand an.«

Sie lachte. »Sollst du alles haben. Die Wörterbücher habe ich schon besorgt.«

Während sie zum Telefon ging, um die Kellner loszuschicken, räumte er einen Tisch frei, zog einen passenden Sessel herbei und versuchte, die Fotos in die richtige Reihenfolge zu bringen. Die Aufnahmen waren sehr gut. Jeder Buchstabe zeichnete sich genau ab. Die Fotos mußten ziemlich starke Vergrößerungen sein. Jeder Buchstabe war mindestens dreimal so groß, wie er im Original sein konnte. Deutlich sah man die Papyrusfasern, besonders an der Stelle, wo die Tinte verlaufen war. Der Text mußte also auf eine Buchrolle geschrieben worden sein, bevor das Pergament sich durchgesetzt hatte. Also war er vor dem fünften Jahrhundert nach Christus geschrieben worden, oder es handelte sich um eine sehr gute Fälschung.

Der Text war in Spalten aufgeteilt. Schäfer zählte nach. Jede Spalte war dreißig bis vierzig Buchstaben breit und sechzig Zeilen lang. Der Fotograf hatte jeweils zwei Spalten auf einem Bild abgelichtet. Die Fotos konnte man wie die Seiten eines Buches hintereinander legen. Der Text bestand nur aus leicht kursiv geschriebenen Großbuchstaben. Da die ersten Kleinbuchstaben erst etwa um das Jahr 300 auftauchten und es vor dem Jahr 278 v. Chr.

kaum lateinische Bücher gab, mußte der Text wohl irgendwann in diesem Zeitraum von 600 Jahren entstanden sein.

Glücklicherweise schien der Schreiber ein Pedant gewesen zu sein. Schäfer hatte noch nie einen antiken Text gesehen, der so sauber geschrieben und so gut erhalten war. Nur wenn dem Autor die Tinte im Griffel ausgegangen war, wurden die Buchstaben leicht undeutlich. Meistens hatte er diese Stellen jedoch noch einmal überschrieben. Die Worte ließen sich recht leicht lesen, da der Schreiber auf allzu übertriebene Schnörkel und Haken verzichtet hatte. Mühsam war nur die Trennung der Worte und Sätze, da der Autor fast keine Satzzeichen verwendet und viele Wörter ohne Trennung aneinandergehängt hatte.

Der Stil schien ziemlich kompliziert zu sein. Der Schreiber mußte in jedem Fall ein Gelehrter gewesen sein, allerdings kein wirklich hochgebildeter Mann wie Cicero oder Seneca. Denn ganz offensichtlich benutzte der Autor ein Latein der Umgangssprache. Er schrieb, wie er vermutlich gesprochen hatte. Statt »dominam«, die Akkusativform von »Hausherrin«, schrieb er »domna«. Das »i« und vor allem das wichtige »m« als Kennzeichen des Akkusativs ließ er weg. Schäfer fand auf den ersten Blick einen weiteren, ähnlichen Fall. Statt »frigidam« – »frisch, kalt« – schrieb der Autor »fridam«.

Alles in allem wird die Übersetzung kein allzu großes Problem sein, dachte Schäfer, irgendwie werde ich das schon in halbwegs verständliches Deutsch bringen können.

Er trank einen Schluck Wasser, der aber den aufsteigenden starken Brechreiz nicht vertreiben konnte. Schäfer ahnte, was passieren würde, wenn er jetzt nicht sofort aufstand und hinausging. Die berechtigte Schelte seitens des Vatikans und der Nonne würde Caroline einstecken müssen, das war ihr Problem. Aber den Ärger um die Übersetzung würde er ausbaden müssen.

Er hatte das schon einmal erlebt. Während er an dem letzten Toskana-Kunstführer schrieb, spendierte der Verlag eine ansehnliche Summe, damit Schäfer einen Experten für mittelalterliches Latein anheuern konnte. Der sollte die Übersetzungen der lateinischen Inschriften aus Kirchen und Klöstern überprüfen, die im Text auftauchten. Schäfer hatte es damals nicht eingesehen, das Geld sozusagen zum Fenster hinauszuwerfen, und selbst übersetzt. Als der Führer erschien, gab es ein Desaster. Sogar ein englischer Pfarrer, der Experte für mittelalterliches Latein war und sich den deutschen Reiseführer irgendwie besorgt hatte, schrieb ihm, die Übersetzungen seien eine Katastrophe. Der Professor eines Instituts für Probleme der Syntax im mittelalterlichen Latein warnte alle Schüler und Studenten eindringlich davor, den Reiseführer zu kaufen. Dabei warf der Gelehrtenkreis Schäfer nicht einmal vor, falsch übersetzt zu haben. Ungefähr war das alles richtig, aber zwischen ungefähr richtig und wissenschaftlich korrekt klaffte nach Meinung der Professoren ein Abgrund, groß wie ein Ozean.

Der Verlag hatte den Führer vom Markt nehmen müssen. In einem Telegramm hatte der Verleger von Schäfer 80 000 Mark Schadensersatz verlangt, mehr Geld, als er damals in zwei Jahren verdiente. Er hatte sich in der Wohnung verbarrikadiert, war nicht mehr ans Telefon gegangen, hatte alle Briefe ungeöffnet zurückgeschickt. Damals ging er kaum noch aus dem Haus, schrak jedesmal zusammen, wenn es an der Tür klingelte. Der Verlag hatte Gott sei Dank von einer Klage dann doch noch abgesehen, aber Schäfers Ruf auf diesem Gebiet war ein für allemal ruiniert. Scharenweise waren seine Auftraggeber abgesprungen. Diesmal würde zweifellos das gleiche passieren, eine

Heerschar von Lateinprofessoren würde problemlos Tausende von Fehlern in der Übersetzung ausmachen, und die Zeitschrift wäre binnen kürzester Zeit ihren Ruf als Fachmagazin los.

Schäfer sah zu Caroline, die im Zimmer auf und ab lief und alles mögliche gleichzeitig tat. Er dachte daran, daß er jetzt sofort nach Hause gehen und abends allein eine Pizza essen konnte, in der Gewißheit, daß er schlau genug gewesen war, diesmal dem Ärger zu entgehen. Vor dem Einschlafen würde er vermutlich aus dem Fenster sehen und dann doch noch Caroline anrufen, um ihr wortreich zu erklären, daß er diesen Job trotz akuten Geldmangels wirklich nicht hatte annehmen können. Sie würde sich für seine Erklärungen allerdings nicht interessieren.

Sie setzte sich vor ihm auf den Schreibtisch. »Was ist? Fang an! Oder hast du Angst? Schlimmstenfalls, Sebastian, landen wir beide vor dem Richter und dann im Knast. Wir können dann ja eine Familienzelle beantragen, schließlich bist du mein Mann.«

Schäfer versuchte zu lächeln, zündete sich eine Zigarette an und begann mit der Arbeit.

5

Erste Buchrolle, Spalte eins

O caelum, o terra. O Himmel, o Erde. Laß ab von mir, Fortuna, wenn du die Göttin bist, deren Zorn ich herausgefordert habe. Verfolge mich nicht länger, strafe mich nicht mit neuen Schlägen des Schicksals, da ich keinen Schild mehr habe, sie abzuwehren. Meine Hände, umwickelt mit schmutzigen Lappen, schmerzen, da ich sie mir am Herdfeuer verbrannte. Meine Augen sind müde. Die Öllampe auf dem Tisch vor mir erhellt nur unzulänglich das Pergament. Der Raum ist dunkel. Ein schwarzes Band mit Bildern der letzten Schlacht des Marcus Antonius läuft an den Wänden entlang und scheint den Raum und mich zu würgen. Das Haus ist schon eingehüllt in dunkle Nacht. Soeben erst beendete ich einen Brief an Marcus. Schon schrieb ich die letzten Zeilen, den Gruß an den Freund, als ich gewahr wurde, daß kein Bote soviel Vertrauen verdient, daß ich ihm den Brief anvertrauen könnte. Zornig nahm ich das nutzlose Pergament, entzündete selbst das Feuer im Herd, um den Brief zu verbrennen, da fraßen die Flammen die Hände mir an. Womit nur habe ich Fortuna gereizt? Oder zürnt mir gar ein anderer Gott? Wie kann ich ihn nur versöhnen? Nicht einmal einem Freund darf ich Unglücklicher mich mitteilen. So kehrte ich einsam in diese Kammer zurück und schrieb nun mir und dem Gott, der mir zürnt. Wie gern würde ich die Feder fahrenlassen, doch dem Alter ist nicht einmal langer, ruhiger Schlaf gegönnt. Der Brief an Marcus war wohlgelungen. Schon selber zum Schatten geworden, streife ich durch dieses Haus der Schatten mit verhülltem Haupt, und meine Tränen trüben meinen Blick, schrieb ich. Wir müssen die Trauer zeigen, sei es auch nur um der Erziehung unserer Freunde willen, so gebietet es die Sitte. So begebe ich mich auch gesenkten Hauptes in Julias alte Kammer, die sie nur so wenige Tage bewohnte, sobald die Freigelassenen in meinem Haus ihr Tagwerk beginnen und Rumoren aus der Küche zu vernehmen ist. Die Freigelassenen sollen meinen, daß ich Julia in ihrem Raum beweine. Da ich nicht weiß, wie viele Monate ich mich noch hier in Herculaneum verstecken muß, will ich nicht jene Stimmen nähren, die der Betrübnis des Witwers keinen Glauben schenken und meinen, mich bald schon im

Bordell antreffen zu können. So zeige ich die Traurigkeit, nach der ich schon seit Tagen in mir suche. Was ich finde, ist nichts als Enttäuschung. Stunde um Stunde sitze ich in ihrer alten Kammer. Das dunkle Rot der Wände scheint dunkler noch seit ihrem Tod. Ich tilge ihre Spuren, mache Ordnung. Unter ihrer Liege fand ich ein Salbentöpfchen, das ihr Vater ihr wohl bei der Hochzeit schenkte. In einer Ecke entdeckte ich ihre alten Sandalen, die sie sorgsam eingewickelt vor mir verbarg. Ich weiß, daß ich nunmehr zum letzten Mal in meinem Leben die Spuren einer Frau in meinem Hause tilge. Schon mein Alter würde jede neue Hochzeit unmöglich machen, es sei denn, ich wollte mich den Spöttern, die einen alten Bock verlachen, gern ausliefern. Doch selbst wenn ich weit weniger als sechsundfünfzig Jahre zählen würde, nähme ich nie wieder ein Weib in mein Haus, das habe ich geschworen. Warum lassen uns die Götter nicht weiser in das Leben treten? Warum müssen wir unnütze Tage und noch unnützere Nächte durchleben, bis wir den Abfall sinnloser Verbindungen zusammenkehren und wissen: Es war umsonst? Außer Schande habe ich auch in der zweiten Ehe nichts gewonnen.

Diese täglichen Stunden in Julias Kammer trugen mir schon Lohn ein. Selbst die Händler schreien vor meinem Haus die Waren weniger laut aus, weil die Nachbarn sie um Rücksicht gebeten haben. Ich hörte sie rufen: »Macht keinen Lärm vor dem Haus des Flavius Plancus, des trauernden Witwers.« Die unterdrückten Schreie, die frische Zwiebeln preisen, machen die Einsamkeit noch unerträglicher. Selbst die Schankstube, die nur wenige Schritte die Straße hinunter an einer Straßenkreuzung liegt, verbreitet nur sachtes Gemurmel und gedämpftes Kommen und Gehen. Beinah vermisse ich schon den brausenden Lärm der vollen Straßen Roms, in denen Tag und Nacht betrunkenes Gesindel mit Soldaten rangelt, die den Senatoren den Weg zu bahnen bemüht sind. Es ist, als ob der Rat dieser Stadt selbst den rauflustigsten Schurken ein Handgeld zahle, damit kein Lärm die Stille Herculanaeums zerreißt. Nur auf meinem täglichen Weg zum Augustus-Tempel, wenn meine Augen das nahe, schäumende Meer sehen können und die Unendlichkeit ahnen, verfluche ich diesen Ort nicht. Wie oft hatte ich mir in Rom vorgenommen, zum Hafen Ostia zu fahren, um nur einen Blick auf das Meer zu werfen. Selten tat ich es. Hier gönnt nicht nur der seit Jahrhunderten erloschene Vulkan Vesuvius, sondern auch das blaue Gestade dem Auge einen Genuß. Wenn so abgelenkt vom kurzen Weg ich wieder im Hause bin, um mich in Julias Kammer einzuschließen, befällt mich von neuem die Einsamkeit. Was ist mir noch geblieben, frage ich mich dann an diesem düsteren Ort. Dieses Haus ist nicht einmal mein eigenes, weil ich es nie erwarb und nie bezahlte, sondern nur von meiner ersten Frau hingeworfen bekam, wie man einem bellenden Hund den Knochen zur Beruhigung hinwirft. Ehre habe ich nie erreicht. Aus dem Tabularium, dem Staatsarchiv, in dem ein ganzes Leben in stiller Arbeit ich zubrachte, vertrieb mich gemeinsam mit den treuesten Gefährten der Kaiser. Julia sollte mein Trost sein und die stille Gefährtin meiner Tage. Sie sollte langsam, Tag für Tag und Jahr für Jahr, mein Wissen über die Bücher begierig aufnehmen. Mit einem jungen Weib wollte ich wie ein alter Feldherr, der seine Schlachten von der ersten bis zur letzten noch einmal in Gedanken durchkämpft, auch meine Arbeit vom ersten bis zum letzten Tag noch einmal bedenken. Doch Fortuna gönnte mir dieses Glück nicht.

Ein Geräusch erschreckte mich soeben. Ich unterbrach das Schreiben und ging in das Perystil, um nachzusehen. Es ist nur der Zenturion, der die Küche nach Wein durchsucht, den ich in den Vorratsräumen einschließen ließ.

Mehr als eine Kanne ist dem Säufer nicht gegönnt. Berauscht könnte er dem Syrus die Hand, die den hungrigen Dolch hält, wohl kaum mehr abschlagen.

Auf welch bittere Weise erinnert mein unbekannter, zürnender Gott in der Gestalt des rumorenden Zenturion mich doch, da eins mir nur geblieben ist. Ich will leben, noch nie war um mein Leben und die Gesundheit ich so sehr bedacht wie seit dem Tag, an dem ich erfuhr, daß ein Mörder danach trachtet, den hungrigen Dolch in meine Brust zu stoßen.

Wo mag er sein, jener Syrus, dieses Vieh von einem Sklaven? Wie sehr mag er es verfluchen, daß ich warte hier in meinem ihm unbekannten Refugium. Tag auf Tag mag er mich suchen in Roms Straßen, wissend, daß er mich finden muß, bevor des Reiches Macht ihn zerquetscht. So folgte dem Zorn der Götter in dieser dunklen Stunde wohl auch der Trost. Die Flammen, die meine Hand ansengten und mich in Verzweiflung den Klagebrief an den zürnenden Gott schreiben ließen, lehrten mich, daß das Schreiben meine beste Waffe ist. Schreibend bezähme ich meine Ungeduld, Herculanaeum endlich zu verlassen. Schreibend ertrage ich das Warten. Denn jeder Tag, der vergeht, gleicht einem von mir geschleuderten Speer, bringt er Syrus doch den Bergwerken und dem Circus näher. Wenn nur halb so viele Spitzel, wie man sagt, dem Praefecten täglich Meldung machen, kann er nicht mehr lange die wenige Freiheit genießen, die sein Sklavenstand ihm läßt. Wenn er erst dort unten, wo nie ein Sonnenstrahl hindringt, an beiden Füßen gefesselt, das Erz für Roms Waffen schlägt, dann kehre ich ohne Furcht nach Rom zurück. Meine Feder hier in dieser Kammer sei meine Armee gegen jenen Syrus.

Das Haus ist sicher, auch wenn in der Nacht selbst die ausgebrannten Fackeln mein Herz bang werden lassen.

Die Wärter verdoppelte ich. Den alten Zenturion konnte ich dingen, der seit Jahren schon dort oben in Pompeji sich am Wein und nicht am Siege mehr berauscht. Er soll mein Leben schützen. Er durchstreicht das Haus des Nachts und sucht neben Wein auch den Schatz, den ich, so meint er, verborgen habe und mit seiner Hilfe schützen will. Daß jener Schatz allein mein Leben ist und ein Brief, den ich dem Staatsarchiv entnahm, um ihn vor Syrus in Sicherheit zu bringen, ahnt er nicht. Das Rumoren in der Küche ist verstummt. Er gab die Suche nach dem Wein wohl auf. Das Haus ist wieder still. Den Wind höre ich sogar durch das Atrium pfeifen. Seit nur noch Freigelassene des Tags in meinem Hause Dienst tun, ist nicht einmal das Klirren der Ketten der Sklaven in der Nacht mehr zu hören. Welch bitteren Scherz hat sich Fortuna doch mit mir erlaubt.

Bis zu Julias Tod war mir das Sklavenpack verhaßt, das lüstern ihren nackten Hals und ihre Brust begaffte. Ich bat und flehte sie an, sich züchtig, wie es ihrem Stand gebührte, sorgsam zu kleiden. Und doch verhüllte nur unzureichend die Toga ihren weißen Rücken und ihre Brust. Sie trug nie ein wollenes Unterkleid, obwohl zahllose warme Hemden ich ihr schenkte. Mir schien, die geifernden Blicke der Sklaven schmeichelten ihrem Stolz, seitdem ich ihr nicht mehr beiwohnte. Wie gern hätte ich damals die Sklaven allesamt verkauft und Freigelassene bezahlt, die nur für Stunden das Haus betreten. Damals scheute ich den Ruf, daß auch in meinem Haus die Freigelassenen den Herrn kommandieren. Jetzt habe ich keine Wahl. Solange jener Sklave Syrus mir, dem einzigen Zeugen, nach dem Leben trachtet, soll kein Sklave die Schwelle meines Hauses betreten. Der Hochmut der Freigelassenen ist mein bester Schutz. Auf den Sklavenstand, dem sie soeben erst entronnen, schauen sie so tief herab, daß sie zu jenem Sklavengott, dem Christus, niemals beten werden. Wie glücklich bin ich doch gegen jene, die vor jedem, der ein Schwert tragen kann, zittern müssen, weil so viele ihnen nach dem Leben trachten. Ich weiß, wer seinen Dolch für meine Brust schärft, ist ein Christ.

So viele steinerne Bilder ließ ich in das Haus schleppen, daß die Nachbarn schon spotten. Ich vernahm wohl ihr Getuschel: »Flavius Plancus glaubt an die Göttlichkeit des Vespasian, die dem Kaiser selbst zuwider ist.« Der Kaiser dient mir mehr denn je als Schutz. In jedem Winkel meines Hauses stellte ich sein Bild auf und eine Weihrauchschale. Sorgsam achte ich darauf, daß jeder, den ich warb, damit er mir diene, willig auch vor dem Bild des Kaisers opfert. Selbst wenn unter den Freigelassenen doch ein Christ ist, wie könnte er hundertmal am Tag dem Kaiser huldigen. Darf er doch keinen Gott haben neben jenem Christus. Dieses unschuldige Haus wandelte sich so in eine Burg, deren Herr ein Gefangener ist. Das Schicksal scheint mich ausersehen zu haben, im Alter wie ein schrecklicher Tyrann leben zu müssen, der jeden seiner Diener verdächtigen muß, die Mordwaffe im Mantel bereitzuhalten.

So viele Jahre war dieses Haus so fern von Rom mir eine friedvolle Zuflucht. In der Stadt hielt man mich für den Gelehrten, der ich in Rom nicht sein durfte, der ich jedoch bin. Die Frevel meiner ersten Frau Lydia schienen das Haus nie verdammt zu haben. Die Ahnen dieser Stätte nahmen Jahr um Jahr mich auf. Erst jetzt entladen sie ihren Zorn ob des widernatürlichen Treibens Lydias auf mich und wandeln diese Räume in eine Trauerstätte. Als mit dem Scheidebrief ich dieses Haus erhielt, hätte ich ahnen müssen, daß niemals reine Freude hier einziehen wird. Gebeten hatte ich Lydia bei der Scheidung nicht um einen Sesterz ihrer reichen Mitgift, die sie vortrefflich verwaltete. Das Haus war nutzlos für ihre Gelage. Herculanaeum zu klein, als daß nicht jedes Kind schon nach Tagen über sie, die reiche Sklavenhure, gespottet hätte. Verkaufen konnte sie den alten Familienbesitz nicht. So warf sie mir das Haus vor. Ja, ich teile das Schicksal jener Männer, die nicht nur durch das geistreiche Gespött der Dichter der Komödien, sondern aus eigenem Leben die verfluchten reichen Frauen kennen. Sie nutzte mich als Tarnung für ihre Wollust. Den Ausschweifungen war sie zu sehr verfallen, als daß ich sie noch hätte retten können. Umsonst wartete sie, daß der große Vespasian, der Kaiser selbst, sein Gesetz aufhebe, das Sklavenliebchen selbst zu Sklavinnen machte, und seien sie auch reich und frei geboren. Sie schrieb mir den Scheidebrief, weil ihre Angst zu groß war, daß ich, um ihren Besitz in die Hand zu bekommen, sie bei den Magistraten anzeigen würde, wenn sie wieder des Nachts auf den Liegen mit dem Koch, dem Stallknecht oder Mundschenk Unzucht trieb. In diesem Haus erfuhr nie ein Mensch von ihrer Sittenlosigkeit. Lydia war nur als junges, noch keusches Mädchen hier gewesen. Vor Jahren schon, bald nach der Scheidung, trug ich den Sklaven auf, die Nachricht vom Tod der Herrin in den Schankstuben und auf dem Markte auszustreuen. Es schien mir rechtens, dies zu tun. Sicherte ich ihr, der Sklavin des tierischen Triebs, doch Schonung vor dem Urteil dieser Stadt.

Das Licht der Lampe scheint mir plötzlich schwächer. Kaum noch erkenne ich die Worte auf dem Pergament. Meine Glieder sind so müde, als reiche ihre Kraft nur noch für den Weg zu meiner Einäscherung. Doch verhaßt ist es mir, diese Kammer zu verlassen und durch das schwach erhellte Perystil bis hin zur Liege zu schleichen, auf der mich nie ein Weib oder ein Knabe mehr erwarten werden. Weiter will ich schreiben und nun endlich den Anfang suchen, zu dem ich zurückkehren muß, um meine Gedanken in eine Ordnung zu bringen.

Wann war dieser erste, unscheinbare Tag, an dem Fortuna unmerklich mich auf den Weg schickte, der bis in diese einsame Kammer führte, in der ich verwitwet und vor einem Mörder zitternd wache? Zu jenem Bäcker Gaius, von dem ich hoher Beamter das Brot mir geben ließ, führt der Weg zurück. Auf ein leichtes Wort von mir nur hin, über den schwarzen Reiz der Augen seiner Tochter, sparte er Julia auf für mich. Das Kind, im zwölften Jahr und heiratsfähig, wollte er keinem anderen anvertrauen, hoffend, daß ich sie eines Tages als Weib nähme. Wie oft mag er Bewerber, die in den schmutzigen Zimmern seiner Nachbarschaft in der Suburba hausen und Julia begehrten, abgewiesen haben. Sie trat ins achtzehnte Jahr und wurde, immer noch unbemannt, schon bespöttelt, als er just an jenem Tag, da man mich für immer aus dem Staatsarchiv wies, mir wieder die Augen seiner Tochter pries. Ich nahm sie. Eine unschuldige Gefährtin sollte sie mir sein, die dankbar gemeinsam mit mir die geistigen Schätze, die ich im Leben anhäufte, noch einmal ans Tageslicht holte.

Ihr Vater, der Bäcker, verlangte, daß sie mit allem Pomp in Rom durch laubgeschmückte Pforten in mein Haus einziehe. Bei Fackelschein, wie es Sitte ist, sollte sie durch meine Türe schreiten. Sogar die Köche wollte der Vater auf dem Markte mieten, daß durch die Bereitung der Speisen mir keine Kosten entstünden. Er war bestürzt, daß ich sein Sklavenpack zurückwies. Auch von der Hochzeit in Rom wollte ich von Anbeginn nichts wissen. Nur zu oft hatte ich jene Schar der Hochzeitsgäste, die das Haus des Bräutigams wie eine Festung stürmen, mit eigenen Augen gesehen. Ich kenne alle jene, die auf den Brauch des Geldgeschenkes für den Gast bestehen, solange sie selbst es nicht zu zahlen haben. Nicht wenige von ihnen wohnen nahe bei meinem Haus und rühmen sich wohl hinter meinem Rücken meiner Freundschaft, die sie nicht besitzen.

Sie aus dem Haus zu weisen, wenn sie heulend ob ihrer verzweifelten Lage mich um Geld angehen, fällt mir schwer genug. Eine Hochzeitsfeier hätte ihnen Tür und Tor geöffnet. Ich bestimmte, daß auf dem Land die Hochzeit würdig und bescheiden gefeiert werde.

Hier in diesem Haus in Herculanaeum zog ich am Tag der Hochzeit mit der Bäckerstochter ein. Ihren Vater sah ich gerührt weinen ob des hohen Standes der Zeugen des Ehevertrages. Es waren meine treuen Freunde, Archivare wie ich. Sie hatten die Reise von Rom bis hierher nicht gescheut. Das Mahl war prächtig, das Atrium geschmückt. Dem Feste Glanz gaben selbst die strengen Ahnen, deren steinerne Bilder aus weit geöffneten Schreinen zu grüßen schienen. Nach dem Opfer lagen wir zu Tisch, bis ich sie in ihre Kammer führte. Ihr beizuwohnen, die Schlafstelle mit ihr zu teilen, ließ ich mir Zeit.

Am Morgen fuhren wir mit dem Wagen die Hänge des Vesuv hinauf. Noch immer findet man dort am Wegesrand die rostigen Dolche des Sklavenheers des Spartacus, der hier umsonst versuchte, vor Roms Gerechtigkeit zu fliehen. Dort sah sie zum ersten Mal den herrlich weiten Golf und sank gerührt an meine Schulter. Sie faßte meine Hand, benetzte mit ihren Lippen meinen Hals. Ich stieß sie fort, faßte sie fest am Arm und sang die ersten Verse des Homer: Singe, o Göttin, den unheilbringenden Zorn des Peleussohnes Achilleus.

»Julia, die Seele bediene sich der vornehmsten Worte, sucht sie einen Ausdruck der Rührung«, belehrte ich sie. Ein Weib, das meine Gefährtin sein sollte, durfte nicht wie ein hungriger Hund an meiner Hand lecken. Ich wandte mich ab und ging zum Karren. Sie folgte mir weinend. Ich hörte sie leise schluchzen. Ob vor Rührung oder aus Trauer, daß wir den schönen Ort verlassen mußten, weiß ich nicht.

Schon der darauffolgende Abend brachte mir die Härten der Ehe wieder in Erinnerung und erschütterte zum ersten Mal die Hoffnungen, die ich in ihre Erziehung gesetzt hatte. Wir lagen zu Tisch. Ich wies ihr einen Platz, wo sie sitzend dem Mahl beiwohnen konnte. Nie konnte ich ohne Scham mit ansehen, wie Weibern das Liegen bei Tische gestattet wird. Sie genoß die einfache Speise, die ich hatte auftragen lassen, und ließ sich das Wasser, das sie trank, mit, wie mir schien, nur wenig Wein mischen. Ein Knabe, der Sohn des Pförtners, las vor. Julia sprach nicht viel, und es schien mir, als lausche sie den Ratschlägen, die ich meinen Freunden erteilte. Doch alsbald stand sie auf und wankte, trunken schon von den wenigen Schalen Wein, zum Schlafgemach. Das Gespräch verstummte. Sie, die der Glanz dieses Abends und die bescheidene Gefährtin der künftigen Mahlzeiten mir sein sollte, vermochte nur schwer sich auf den Beinen noch zu halten. Ihre Würde gab sie, Jungfrau noch, schon an diesem Abend preis.

Von Trauer und Scham überwältigt, wies ich mit strengen Worten ihren Vater zurück, der seine Tochter zu entschuldigen suchte. Er flehte mich an, ihr zu verzeihen. Den Wein sei seine Tochter nicht gewöhnt. Wer das rechte Maß der Dinge nicht gewöhnt ist, verfällt der Ausschweifung, erklärte ich dem Bäcker. Wie konnte ich denn, kaum vermählt, mich schon von den Launen und der Genußsucht meiner Frau tyrannisieren lassen? Der Bäcker zeigte Einsicht gegen meine Haltung und folgte seiner Tochter. Ich hörte, wie er sie hinter dem Vorhang des Schlafgemachs zurechtwies und wohl auch züchtigte. Als später die Gäste schlafend auf den Liegen ruhten, hörte ich noch ihr leises Gewimmer. Eine trügerische Hoffnung erfaßte mich, daß meine Milde, da ich nicht Hand an sie gelegt trotz ihrer Verfehlung, sie reumütig werden lasse.

Am Morgen verließen uns die Freunde und mit ihnen

ihr Vater. »Hab acht, daß du das Füllen zähmst. Lehre sie die Liebeskünste, auf daß sie dich gut bediene«, riet mir der alte Clodius. Julia warf sich ohne Scham dem Vater in die Arme. Er legte ihre Hand in meine und gab uns seinen Segen, den ich nicht erbeten hatte. Nach dem Abschied schickte ich sie in ihre Kammer. Erst als das Mahl bereitet war, ließ ich sie rufen. Ich wies ihr einen Platz, wo sie sich setzen konnte. Ich ließ ihr Wasser reichen und verbot den Sklaven für immer, ihren Trank mit Wein zu vermischen. So hoffte ich den Grundstein für ihre Unterweisung in Sitte und Gehorsam gelegt zu haben. Jetzt einsam hier in diesem Haus, mit der Furcht vor jenem Sklaven Syrus, der vielleicht schon um meine Pforten streicht, weiß ich, daß sie mir nie die Mühen danken sollte.

Wie arglos, ohne Furcht, waren aber doch jene ersten Tage meiner Ehe in diesem Haus. Kein Mörder bedrohte mein Tor. Freude zog dennoch nicht in dieses Haus ein, kaum daß die Hochzeitsgäste es verlassen hatten, wie es bei Frischvermählten wohl durchaus üblich ist. Stumm saß Julia bei unseren Mahlzeiten. Häufig versteckte sie sich bei Tage in ihrer Kammer und schluchzte. Um dem Abschied von ihrem Elternhaus den schmerzenden Stachel zu nehmen und sie langsam auf das Eheleben vorzubereiten, sprach ich von den Dingen, die sie in der Ehe nun genießen könne. Wieder einmal erschien sie mit Augen, die noch den Schatten der Tränen trugen, an diesem Nachmittage zur Mahlzeit.

»Sei guten Mutes, Julia«, beschwor ich sie. »Wenn du ein wenig dich nur mir anvertraust und mit mir sprichst, so wird unser anregendes Geplauder bei Tische deine so ungerechte Trauer bald vertreiben.«

»Was haben wir denn zu besprechen?« fragte das junge Weib frech.

»Nun«, antwortete ich sanft, »meine Bildung erlaubt

mir, dir von Dingen zu erzählen, die sich dein Vater nicht einmal hätte träumen lassen. So wirst auch du Bildung in meinem Haus erlangen.«

»Den Vater ersetzt du mir nicht«, sagte sie leise.

Wütend nahm ich einen großen Schluck aus meinem Becher Wein. »Du bist nicht deines Vaters Tochter mehr, sondern meine Frau. Das merke dir.«

Unerquicklich wie dieser ging noch so mancher andere Abend zu Ende. Still verbrachte ich die ersten Tage der Ehe für mich allein. Nur kleine Spaziergänge, die uns zum Meer oder an die Hänge des Vesuvius führten, wollte sie mit mir teilen. Sie sprach fast nie. Zu dieser Zeit war ich noch nicht so sehr gegen sie ergrimmt. Wenn sie mit wallender Toga vor mir am Strand schritt, beruhigte ich mich damit, daß mir immerhin ein junges Weib gegeben war, das ich noch nicht genossen hatte. So lange wie möglich wollte ich die erste Nacht aufschieben. Täglich genoß ich den Gedanken, daß die Nacht nicht mehr fern sein werde, in der ich das widerspenstige Weib wirklich zu meiner Frau machen würde.

Schon waren die Kalenden verstrichen, und immer noch floh mich Julia, wo sie konnte. Ja, sie begann dem Vater Briefe zu schreiben und verbrachte damit fast den ganzen Tag. Obwohl sie in der Haushaltsführung sehr erfahren war, ihre Mutter war vor Jahren schon gestorben, nahm sie sich meines Haushalts kaum nur an. So beschloß ich in einer warmen Nacht, ihr beizuwohnen. Ich ging ins Bad, salbte meinen Körper und legte eine leichte Tunika an. Als sie meine Schritte auf der Treppe hörte, löschte sie rasch ihr Öllicht. Als ich in ihr Zimmer trat, stellte sie sich schlafend. »Dir Vögelchen werde ich das Versteckspiel schon austreiben«, sagte ich zu mir und legte mich sacht auf ihre Liege. Rasch riß ich ihr Gewand herunter, daß sie nur noch einen Zipfel fassen konnte und das Tuch wie eine beim Bad überraschte Nymphe über ihre Scham und auf den Busen preßte.

»Was willst du«, fragte mich erstaunt das dumme junge Weib.

»Ich komme, mir dein Geschenk zu holen«, gab ich zurück.

Fest faßte ich ihre Wange und den Kopf. Stark, doch gerade stark genug grub sie ihre Zähne in meinen Arm. Mit meiner Hand faßte ich ihre weißen Schenkel, zwang sie auseinander und rieb ihr weißes Fleisch. Schön wie eine Göttin lag sie vor mir. Ich riß das Tuch von ihrem Busen. Mit Hand und Mund liebkoste ich ihre Brust und bedeckte ihren Leib mit Küssen. Sie warf den Kopf nach hinten, biß jedoch immer noch so fest, daß ich es genoß, in meinen Arm. Wieder streichelte ich ihren Bauch und die schwarzen Haare ihrer Scham, die verheißungsvoll durch meine Hände glitten. Noch einmal, entschieden, zwang mit dem Arm ich ihre Beine auseinander. Jedoch sie wand sich, und so verhalf ich mit meiner Hand dem Phallus auf seinen Weg. Unwillig begrüßte sie mich. Kaum daß ich in sie eingedrungen, schmerzte der Phallus durch so unwillkommene Aufnahme.

»Sei bereit für jenen Schmerz, den jeder Abschied von der Jungfrau mit sich bringt«, riet ich ihr. Sie wand sich und stemmte sich gegen mich. Ich faßte ihre Taille, grub meine Hände in die zarte Haut ihres Beckens und zwängte den Phallus in sie hinein. Ich stieß mit aller Kraft. Sie aber biß plötzlich fest wie ein tollwütiger Hund in meinen Arm und stieß mit aller Kraft mich ab. Sie warf sich vom Bett. Still war der Raum. Ich ging den Phallus zu baden, der wie rohes Fleisch mich schmerzte.

Mehrere Becher Wein leerte ich im Bad, ließ mich von Bacchus zum Trunk verführen ob des wenig erquicklichen Liebesaktes.

Als ich aus unruhigem Schlaf am nächsten Morgen erwachte, schien mir das Haus verhaßt. Ich hieß die Sklaven sofort zu packen. Nur das Nötigste sollten sie zusammenraffen. Noch am selben Vormittag wollte ich abreisen. Das schwere Gepäck konnte mit einem weiteren Wagen nachgeschickt werden. Im Perystil wartete ich ungeduldig auf Julia. Stunde um Stunde wusch sie sich im Bad. Als sie endlich erschien, errötete sie, kaum daß sie mich sah. Ich trat auf sie zu.

»Nun bist du wirklich meine Frau«, sprach ich sie an. Ich nahm ihre Hand.

»Habe Geduld, in die Kunst der Liebe werde ich dich schon noch einführen«, sprach ich sanft. Sie riß sich los und lief die Treppen hinauf zu ihrem Raum. Mir schien, als weinte sie hysterisch.

»Packe deine wenigen Kleider ein. Beeile dich, wir fahren heute noch nach Rom«, rief ich ihr nach.

Wir erreichten in zügigem Trab die große Via Appia. Mit Freude sah ich, daß fruchtlos unsere erste Nacht doch nicht geblieben war. Den Respekt schien Julia gelernt zu haben. Nie rückte sie vertraut mehr an mich und ließ ihren Kopf nicht wieder kindergleich an meine Schulter fallen. Steif, wie es der jungen Frau des Hauses sich geziemt, teilte sie die Bank des Reisewagens mit mir und richtete das Wort nicht an mich, wenn ich nicht mit ihr sprach. Sie rückte sogar von mir ab, wenn ich ihre Hand zu greifen suchte, um sie ob einer heranpreschenden Reiterschar zu beruhigen. Ganz so, als sei auch diese Aufmerksamkeit so öffentlich im Reisewagen ihrer Keuschheit nicht gemäß.

Die Dunkelheit war schon hereingebrochen, als mein alter Sklave Grecus den Wagen in einen Wirtshof lenkte. Schon häufig war ich auf Reisen über Land an diesem Haus vorbeigeeilt. Es trägt einen Löwen wohl oder einen Panther als Zeichen, der auf die schmutzigrote Wand am

Tor nur undeutlich gezeichnet ist. O verfluchter Wirt, der an diesem Abend die Bohnen und die Zwiebeln und die verdorbene Muräne auftrug und sich erdreistete, die Frische des schon vor Tagen aus dem Meer gezogenen Fisches zu preisen.

Kaum waren wir am folgenden Tage beim ersten Licht der Sonne aufgebrochen, als ich halten lassen mußte, um mich am Wegesrand wie ein Tier zu erbrechen. Nach frischem Wasser dürstete ich. Doch keinem Gasthof, den wir passierten, wollte ich soviel Vertrauen schenken, mich auch nur zu reinigen. Ich gab Befehl weiterzufahren, obwohl das schwere Rütteln des Wagens mich unsäglich quälte. Ich beschloß duldsam auszuharren, bis wir im Hof des Septimus angelangt sein würden. Der Gasthof hatte mir immer eine gute Mahlzeit und ein Bad gegönnt. Die Kälte, die der schwere Regen mit sich brachte, ließ meine Glieder zittern.

Noch immer saß Julia unbewegt an meiner Seite. Sie sprach nicht und zeigte keine Regung, ganz als sei sie erstarrt. Nicht Mitleid, sondern Ekel vor meiner schweren Vergiftung schien sie zu empfinden. Von trüben Gedanken geplagt, brütete ich unwillig darüber, was mit ihr geschehen sein mochte. Schon meine erste Frau hatte so manches Rätsel mir aufgegeben und launenhaft mir nie erklärt, was sie denn nun plagte. Stunde um Stunde hatte sie mir nur still gegrollt. Schon damals wollte ich die Zeit nicht darauf verwenden, die Winkelzüge eines Weibes zu ergründen.

Am zweiten Reisetag, nach kurzer Rast im Hof des Septimus, waren wir schon weit die stolze Via Appia hinaufgereist, als eine Kohorte Bogenschützen unseren Wagen an die Seite zwang. Mit düsterem Blick folgte Julia der Truppe. Dann sprach sie mich zum ersten Mal unaufgefordert an, seit wir Herculanaeum verlassen hatten. »Wie viele der Soldaten mögen froh darüber sein, daß die

Entscheidung, ob sie aus dem Leben scheiden wollen, ihnen der Feind abnehmen wird. Ruhig können sie dem Schicksal anvertrauen, ob ihr Leid unter diesem Himmel noch lange währen wird.«

Tief gerührt ob einer so weisen Stimme aus dem Mund des jungen Mädchens, war ich doch bestürzt ob der trüben Gedanken, die sie plagten. Noch heute frag ich mich, was sie in solche Betrübnis stürzte auf dieser Reise. Nur eines scheint mir als Lösung dieses Rätsels glaubhaft. Sie hatte sich unendliche Verzückung von jenem Akt versprochen, den Weib und Manne teilen. Auch meine erste Frau hatte so oft mich angeklagt, weil ich nicht wie ein flatterhafter Schauspieler oder Tänzer sie um ihres Genusses willen beschliefe.

In der zweiten und dritten Nacht der Reise waren uns dann wohlfeile und gute Gasthöfe gegönnt. Ich gab dem Sklaven den Befehl, spät abzureisen, so daß wir erst nach der zehnten Stunde, wenn wir im Wagen durch die Tore fahren durften, Rom erreichen sollten. Es war ein erhebender Genuß, im leichten Abendwind die hochgebaute Stadt, den roten Stein der Mauern vor uns auszumachen. Wie himmelhoch und uneinnehmbar sind doch jene Türme Roms, die wie von Götterhand geschaffen dem Reisenden erscheinen, der aus der kleinen Stadt ins Herz des Reiches zurückkehrt.

Die Freude über die Rückkehr währte nur nicht allzu lang. Eine Unzahl Wagen drängte sich am Appia-Tor. Die zehnte Stunde war soeben erst verstrichen, und langsam schoben sich die Wagen in die Stadt. Ich stieg ab und schritt neben der Kolonne bis zum Tor. Mit Peitschen trieben Soldaten die Pferde an die Seite. Unter Verwünschungen und Flüchen lenkten die Fuhrmänner die Karren in den Graben. Schmutzige Sklaven führten lange, ehern beschlagene Wagen aus dem Tor. Acht Pferde waren wohl jedem Wagen vorgespannt. Schaum stand den Tieren vor dem Maul.

Ein Händler mit zerstochenen Armen, den Karren voller Rosen, richtete frech das Wort an mich. »Seht, Herr, an jedem Abend warten wir nun Stunden, daß die leeren Karren aus der Stadt getrieben werden. Wohl ein ganzes Gebirge Steine schleppten sie schon in die Stadt, und noch immer reicht es nicht für das neue Amphitheater beim Koloß des Nero.« Der dumme Mensch erkannte nicht, daß nur seine stumpfe Gier nach Schiffsspielen den Kaiser zu einer solchen Verschwendung an Kraft, Sklaven und Geld trieb.

Die Sklaven trugen schon Fackeln, um ihren Herren in der dunklen Nacht zu leuchten, als Grecus unseren Wagen an das Tor meines Hauses in der Suburba lenkte. Die Sklaven, gewarnt durch einen Boten, waren wach, das Haus erleuchtet, als wir ausladen ließen. Ich wies die Sklaven an, ein Mahl zu bereiten, und begab mich, müde von der langen Reise, in die Baderäume. Das Wasser erfrischte mich, und während die Sklaven mich salbten, dachte ich darüber nach, in welchen Schlafraum Julia nun einziehen sollte, weit weg von meinem Bett. Das junge und doch so vertrocknete Weib wollte ich in der Nacht nicht in der Nähe wissen. Mit sicherem Blick ahnte ich voraus, daß das Weib nach dem Nachtmahl, ängstlich auf ihren nur wenig berührten Körper bedacht, sich in ihre Kammer schleichen werde. Mir stand nicht der Sinn danach, ihr täglich in einen gemeinsamen Schlafraum nachzugehen, nur um zu sehen, wie sie ihre Reize mit vielen Tücher verhüllen würde, vor Angst zitternd, daß ich sie genießen wollte. Im ersten Stock, weit weg von meinem Raum, sollte sie in einem Schlafzimmer ihre Trockenheit und ihre Verstoßung von meinem Bett beweinen. Die Zeit würde ihr das Verlangen nach mir schon verleihen und sie an ihren Auftrag erinnern, den die Göttin Venus jedem Weib erteilt.

Bevor wir uns zu Tisch begaben, zeigte ich Julia ihr neues Gemach oben an der Treppe, diesen Raum, dessen Eingang den Blick hinunter auf das frische Wasserbecken im Säulengang des Perystils freigibt. Von ihrer Liege aus konnte sie das Spiel des Wassers sehen. Die Sklaven wies ich an, aus Vorsicht und in Voraussicht ihrer Gier, daß das obere Geschoß nach Untergang der Sonne für alle Diener dieses Hauses nun verboten sei.

Ich verschwieg Julia nicht, daß ich das Schlafgemach im Hof des Perystils nicht zu verlassen gedächte. Sie verstand den Wink, daß ich ihr nicht mehr beizuwohnen verlangte. Sie nahm es ohne Trauer hin, versuchte nicht, mich umzustimmen. Kaum daß wir unser Nachtmahl begonnen hatten, schien es mir gar, als ob Genugtuung, ja, Freude aus ihren Zügen spräche. Mit klarem Blick erkannte ich, daß sie zufrieden die Strafe der Verstoßung hinnahm, hoffend, daß sie durch Demut und stilles Dienen ihre Schmach wettmachen könne.

Und wirklich kehrte seit jenem Tag Friede in unsere junge Ehe ein. Die Tage brachten wir hin im Gespräch. In der Nacht teilte ich doch hinfort nicht wieder mit ihr das Lager. Des Nachts lag ich oft wach, wissend, daß sie ungeduldig meiner harren würde. Nie begab ich mich jedoch in den kommenden Wochen zu ihr.

6

Schäfer drückte seine Zigarette in einer der leeren Kaffeetassen aus. Er wußte, daß irgendwo in Carolines Hotelzimmer noch ein Aschenbecher stehen mußte, aber er war viel zu erschöpft, um aufzustehen. Gegen Mitternacht war zum letzten Mal ein Zimmerkellner erschienen und hatte das schmutzige Geschirr eingesammelt. Das war jedoch Stunden her, und um die Schreibmaschine herum waren längst wieder schmutzige Tassen, Teller, Gläser und Plastikbecher verteilt. Er schenkte sich noch einen Schluck Brandy ein. Der Alkohol machte ihn jetzt nicht mehr schläfrig, im Gegenteil, er vermittelte ihm das Gefühl, immer wacher zu werden. Aber Schäfer wußte, daß er sofort einschlafen würde, wenn er es wagte, die Augen für einen Moment zu schließen. Durch das Fenster drang noch immer der rötliche Schimmer der Straßenlaternen, doch in spätestens einer Stunde würde die Sonne aufgehen. Nirgendwo auf der Welt ist es in der Nacht so hell wie in Rom, dachte er. Die Stadt ist so alt, daß sie Angst hat, im Dunkeln einzuschlafen. Vielleicht, weil sie fürchtet, nicht wieder aufzuwachen. Er zündete sich noch eine Zigarette an und versuchte, die beiden leeren Pralinenschachteln zu ignorieren, die neben der Brandyflasche lagen. Ihm wurde übel, wenn er an den Nougatgeschmack dachte.

Das Telefon klingelte.

»Ja?«

»Ich bin's, Caroline. Wir haben ziemliche Probleme, den Text durchzufaxen, weil die Leitung so schlecht ist. Ich muß ihn vielleicht am Telefon diktieren. Geh schon mal nach Hause. Du hast phantastische Arbeit geleistet. Jetzt kannst du nichts mehr tun.«

»Sehen wir uns morgen?«

»Ich melde mich bei dir. Nimm schon mal die Fotos für den zweiten und den dritten Teil mit. Zumindest den zweiten Teil solltest du so schnell wie möglich übersetzen. Bei den Fotos liegt auch dein Scheck.«

»Danke. Wenn du mich sprechen willst, ich bin zu Hause. Morgen – das heißt, heute – schlafe ich erst einmal aus, aber spätestens morgen abend kannst du die Übersetzung bei mir abholen.«

»In Ordnung. Gute Nacht.«

»Gute Nacht.«

Er hängte ein. In einer der Tassen auf dem Tisch fand er noch einen Schluck kalten Milchkaffee. Er trank ihn in einem Zug aus und stand auf. In eine leere Mappe von Caroline legte er die Fotos und den Scheck, nahm seinen Mantel und ging zur Tür. Er zögerte noch einen Moment, als er die Klinke in der Hand hielt. Wenn du dich jetzt einfach in ihr Bett legst, verdirbst du alles, bevor es angefangen hat, dachte er. Dann kehrte er noch einmal um und ging in ihr Schlafzimmer. Neben dem monströsen Baldachinbett standen zwei schwarze Reisetaschen. Er machte das Fenster auf. Sie braucht ja nicht in dem Zigarettenmief zu schlafen, dachte er und ging hinaus.

Ein schläfriger Nachtportier sah ihn entgeistert an, als er zur Rezeption kam.

»Können Sie mir ein Taxi rufen?«

»Um diese Zeit stehen immer welche da unten an der Straßenkreuzung«, murmelte der Portier.

»Dann nicht«, sagte Schäfer und ging aus dem Hotel.

Die kalte Luft tat ihm gut. Eine Kaffeebar neben dem Hotel hatte schon auf. Es roch nach frisch gebackenen Hörnchen. Schäfer ging die Straße hinunter zum Taxistand. Er konnte sich nicht erinnern, wann er das letzte Mal so früh durch die Stadt gegangen war. Nur ein leerer Bus kam die Straße am Forum hochgefahren, auf der sich der Verkehr in ein paar Stunden wieder in sechs Reihen stauen würde. Wenn ich nicht so faul wäre, würde ich jetzt zu Fuß nach Hause gehen, aber vielleicht reicht es ja schon, daß ich es fast getan hätte. An der Ecke wartete in einem einzelnen Taxi bei laufendem Motor ein müder Fahrer. Schäfer stieg hinten ein.

»Nach San Lorenzo, zum Scalo, das Haus Nummer 148 neben der Zollbehörde. Aber lassen Sie sich Zeit.«

Der Wagen setzte sich in Bewegung. Irgendwo hier unter der Straße liegen vielleicht noch ein paar Mauerreste von dem Haus unseres Flavius', dachte Schäfer. Wie hatte es noch geheißen? »Die ausgebrannten Fackeln selbst machen mein Herze bang.«

Schäfer hüllte sich tief in seinen Mantel. Der Fahrer mußte ihn vor der Haustür wecken.

7

Die Schwester Oberin schenkte noch einmal Kaffee nach. Don Onofrio nahm sich reichlich Zucker und rührte um. »Es ist kalt geworden, nicht?« sagte der Don.

Die Oberin nickte nur und sah ihn müde an. Endlich verstand sie. »Wollen Sie sich nicht mit einem kleinen Likör wärmen?«

»Nein, danke. Nicht zum Frühstück. Obwohl euer Kräutertrank meine Glieder vom Frost befreien würde.«

Die Oberin stand mühsam auf und ging zum Schrank, um Gläser zu holen.

Hoffentlich stolpert sie nicht in der Dunkelheit, dachte der Don. Auch im Empfangszimmer hielten die Schwestern tagsüber die Fensterläden geschlossen. Nur ein schmaler Streifen Licht fiel in den dunklen Raum. Don Onofrio hatte sich hier immer behaglich gefühlt, zwischen den schweren Möbeln, die den Schwestern im Laufe der Jahre vererbt worden waren. Die großen Schränke, die vielen Ölbilder mit Ansichten von Rom und der schwere Teppich verliehen dem Empfangszimmer im Kloster die Atmosphäre eines alten, reichen Bürgerhauses. Die Sessel waren allerdings nie neu gepolstert worden. Auf das durchgesessene Tuch hatten die Nonnen immer neue, selbstgenähte Kissen gestapelt. Saß der Gast erst einmal zwischen diesen weichen Polstern, mußte er sich tüchtig strecken, um die Kaffeetasse auf dem kleinen Beistelltisch zu erreichen.

Die Oberin schenkte Don Onofrio ein und goß sich selbst einen Fingerhut voll in das Likörglas. Dann stellte sie die Flasche wieder in den Schrank.

»Ist Schwester Maddalena noch im vollen Besitz ihrer geistigen Kräfte?« fragte der Don.

»O ja. Deshalb haben wir auch so lange gezögert, ob wir Sie schon zur Letzten Ölung rufen lassen sollen. Sie scheint sehr blaß und angestrengt zu sein, doch dank unserer Pflege sind ihre körperlichen Leiden gelindert. Aber schließlich weiß man nie, und wer wollte die Schuld tragen, wenn sie ohne Sakrament in ein anderes Leben hinüberginge?«

»Sie liegt also im Sterben?«

»Ja, der Arzt sagte, man weiß nicht, wie lange es noch dauern kann. Die Mitschwester Agnese meint, sie sehe immer erschöpfter aus, und ihr Puls gehe flatternd. Wir haben uns aber erst entschieden, Sie zu rufen, als Schwester Maddalena verlangte, daß ihr die Beichte abgenommen werde.«

»Sie bittet doch wohl auch um die Kommunion und die Ölung?«

»›Holt den Beichtvater‹, wünschte sie nur und sah dabei sehr leidend aus, sagten mir die Schwestern. Mich hat man ausgerechnet heute eilig in den Vatikan bestellt. Ich muß sofort gehen.«

Der Don nahm einen kleinen Schluck von dem starken Kräuterschnaps. Er hätte jetzt gern eine Zigarre geraucht, aber er wußte, daß die Oberin es nicht billigen würde. Es stand nicht einmal ein Aschenbecher auf dem Tisch. Er spielte mit dem Zigarrenetui in seiner Manteltasche. Nach der Arbeit werden die Schwestern dir sogar Streichhölzer anbieten und noch einen Likör. Vor einer heiligen Handlung ziemt sich das Rauchen nicht.

»Ja, wenn das Ende naht, verlangt man nach dem Leib Christi und der Vergebung durch das Sakrament der Beichte«, sagte der Don.

»Ich habe leider nicht die Zeit, Ihnen zur Hand zu gehen, wenn Sie ihr die Sakramente spenden.«

»Das macht nichts«, sagte der Don. »Ich will mit ihr allein sein. Ich brauche jedoch Kerzen von einer bestimmten Stärke. Vielleicht könnten Sie nachsehen, ob Sie im Kloster solche haben.«

Der Don drehte sich ein wenig zur Seite, faßte in die Manteltasche und öffnete vorsichtig das Etui für die Letzte Ölung. Er wollte nicht, daß die Schwester Oberin das Etui sah. Es war aus billigem Schweinsleder. Seine geizige Cousine hatte es ihm geschenkt. Don Onofrio schämte sich, weil das Etui würdelose Massenware und zudem eine Sparausführung war. Sein altes Etui hatte er einem Pfarrer aus der indischen Mission geschenkt, es war zwar abgenutzt gewesen, hatte aber eine düstere Feierlichkeit ausgestrahlt. In dem neuen waren nicht einmal die Salbentöpfchen versilbert. Der Behälter für die heilige Hostie schien aus Blech zu sein. Nur der kleine Ständer für drei Kerzen gefiel dem Pater gut, und auch das vielleicht nur, weil er früher ganz ohne Kerzenleuchter hatte auskommen müssen. Vorsichtig löste er die Riemen, die bei jedem Handgriff zu zerreißen drohten, und gab der Nonne den kleinen Leuchter.

Die Schwester Oberin wog ihn in der Hand. »Wir werden wohl was finden«, sagte sie, erhob sich mühsam und schlurfte aus dem Zimmer.

Der Don nippte noch einmal an dem Likörglas und zog dann eine Zigarre hervor. Wer weiß, wie lange es noch dauern wird, bis sie dir die letzte Hostie reichen, dachte er und zündete die Zigarre an. Er wollte nur ein paar tiefe Züge genießen und die Zigarre dann auf dem Unterteller ausdrücken. Die Schwester wird sicher schon auf dich warten, dachte er. Sie hat sich bestimmt die Haare gesteckt und ihr schönstes Nachthemd angezogen. Die Zigarre ist genau das richtige zur Vorbereitung auf den Besuch bei einer Sterbenden, dachte er. Sie stimmt milde. Er nahm den letzten Schluck aus seinem Glas und atmete den Rauch tief ein. Mit Güte will ich ihr die Beichte abnehmen. Sie soll schon eine Ahnung bekommen von der himmlischen Barmherzigkeit.

Die alten Nonnen, die sich so mühevoll vor ihm auf die Bänke knieten, hatten ihn immer gerührt. Ein weiches Herz ist hier angebracht, dachte er. Wir werden ihr eine kleine, feierliche Zeremonie bereiten. Sie wird bei der Beichte vor Aufregung bestimmt kein Wort hervorbringen, weil ich mich selbst in ihre Zelle bemüht habe. Ich werde es ihr leichtmachen. Der Don sah den Rauchwolken nach und überlegte, welche ganz persönlichen Worte er ihr noch sagen wollte. Plötzlich hörte er die Schritte der Oberin. Er drückte die Zigarre aus.

»Das ist aber kein Weihrauch«, sagte die Oberin tadelnd.

»Nicht alle kleinen Freuden muß man sich versagen.« Der Don stand auf. Die zierlichen weißen Wachskerzen paßten genau. »Dann wollen wir mal«, sagte er, zog den Mantel aus und strich sich die Kutte glatt. »Ich kenne den Weg.«

Die Schwester nahm ihm den Mantel ab. Dann ging Don Onofrio hinaus auf den Flur und stieg die Treppen hoch.

Als er Novize gewesen war, vor vielen Jahren, hatte noch ein Meßdiener mit einer Glocke den Abt begleitet, wenn der zu einem Sterbenden gegangen war. Er konnte sich erinnern, das Glöckchen oft in der Nacht gehört zu haben. Er war dann aufgestanden und hatte sich zum Gebet hingekniet. Don Onofrio tat es leid, daß dieser Brauch nicht mehr üblich war. Außerdem fand er es unpassend, daß die Letzte Ölung seit dem Konzil »Krankensalbung« hieß. »Letzte Ölung« klingt viel feierlicher, dachte der Don. Leider war er bisher in diesem Kloster noch nie zu einer Sterbenden gerufen worden. Die alten Schwestern starben alle im Krankenhaus unter dem Beistand der Hospitalgeistlichen. Ich habe zwar wenig Erfahrung, dachte der Don, aber dafür Hingabe. Dann klopfte er zaghaft an die Tür von Schwester Maddalena.

Er hörte eine kräftige Stimme sagen: »Kommen Sie ruhig herein.«

Das Zimmer der Schwester war noch dunkler als der Empfangssalon. Der Don konnte seine Augen nicht gleich an die Dunkelheit gewöhnen. Er ahnte nur die Umrisse von Schwester Maddalena, die aufrecht im Bett zu sitzen schien.

»Sie sind aber rasch gekommen, Don Onofrio. Das muß man Ihnen lassen. Wollten Sie die alte Maddalena schnell vom Gewicht der Sünden befreien?«

Der Don ertastete den schmalen Schrank neben dem Bett und stellte den Kerzenleuchter ab. »Wir wollen schweigen, Schwester.«

»Aber Don Onofrio, wir wollen nicht schweigen, wir wollen uns die Sünden vom Gewissen reden.«

»Schwester Maddalena. Wir wollen nicht nur beichten, sondern auch den Leib des Herrn empfangen und das Sakrament der Krankensalbung.«

»Ihr wollt mich jetzt schon salben? So nah ist der Tod noch nicht. Ich hatte nur um einen Beichtvater gebeten.«

Für einen Moment verlor Don Onofrio seine Fassung.

Dann sagte er: »Liebe Schwester, den Moment des Todes müssen wir nicht in Angst immer weiter hinauszögern wollen, denn für alle, die rechten Glaubens sind, ist er nur der Übergang in ein besseres Leben. Außerdem bin ich ja auch hier, um die Beichte abzunehmen.«

Der Don legte sich die Stola um und zündete die Kerzen an. Die kleinen Explosionen der Streichhölzer blendeten ihn. Er ertastete vorsichtig den Stuhl an Maddalenas Bett, knöpfte das Etui auf und legte es vor sich auf die Bettkante.

»Gelobt sei Jesus Christus«, betete er mit lauter Stimme vor.

»In Ewigkeit Amen«, antwortete eine Männerstimme aus der dunklen Tiefe des Raumes, und es war nicht der Schreck, der Don Onofrio herumfahren und den Schrank anstoßen ließ, so daß der Kerzenleuchter wackelte und fast umgefallen wäre. Nein, es war der Zorn auf den Urheber dieses Attentats, dessen Opfer er wieder einmal werden sollte, wie so oft, wenn die Meßdiener in der Dunkelheit der Taufkapelle die Kutte des Don mit Weihwasser bespritzt hatten.

Der Don erhob sich mit der wuchtigen Masse seines Körpers, und noch bevor die Schelte, die ihm schon auf der Zunge lag, auf den Übeltäter niederprasseln konnte, erkannte er das schillernde Violett der Schärpe des Mannes, der sich jetzt aus dem Sessel erhob und den Don verstummen ließ. Er stand da mit der ganzen Würde, die ein Bischof Gaetano aufbringt, und stützte den Arm in die Seite, als stünde dort nicht der Mann selbst, sondern sein großformatiges Porträt. Gelassen wartete er, bis der Don sich gefangen hatte, dem es schien, als ob Schwester Maddalena ein helles Glucksen unterdrücken müsse ob der gelungenen Überraschung.

»Setzen Sie sich, Don Onofrio. Es ist nicht meine Art,

solche Scherze zu machen, aber ich befolge nur einen Auftrag, und mir blieb keine andere Wahl.«

Der Don ließ sich langsam auf den Stuhl sinken. »Herr Bischof, man sagte mir nicht ...«

»Nein, die Oberin sollte nicht wissen, daß ich hier bin. Wie gesagt, ich habe das Ganze nicht inszeniert. Ich erfülle nur eine Weisung. Kommen wir also zur Sache.«

»Worum geht es denn?« fragte der Don.

»Die Schwester schickte mir Abbildungen eines antiken Buches auf Fotonegativen, und zwar mittels einer Dame, die ein Empfehlungsschreiben vorwies, das ich nie ausgestellt habe. Wissen Sie davon?«

»Nein. Was für Negative?«

»Don Onofrio, ich bin nicht Ihr Richter. Der wird noch kommen. Haben Sie von dieser Caroline Robert, die eine wenig seriöse Journalistin zu sein scheint, je gehört?«

»Nein, nie.«

»Dennoch war sie gestern in dem Kloster, dem Sie vorstehen, Don Onofrio. Dennoch hat sie das Vertrauen von Schwester Maddalena mißbraucht, den Umschlag geöffnet und Abzüge von den Negativen machen lassen, bevor sie diese an mich weiterleitete.«

Der Körper des Bischofs schien in dem flackernden Licht hin und her zu schwanken. »Don Onofrio, ich frage Sie: Sprechen Sie Latein?«

Der Don nahm vorsichtig das Etui für die Letzte Ölung von der Bettkante. »Exzellenz, ich bin zwar nur ein einfacher Priester, aber auch dafür ist das Lateinische schon nötig.«

»Don, es ist wichtig. Schwester Maddalena behauptet, Ihre Lateinkenntnisse seien gering. Deshalb habe sie sich an mich wenden müssen. Entspricht das der Wahrheit?«

»Wie kommt die Schwester darauf?« Der Don wollte sich erheben.

»Quousque tandem abutere, Onofrio, patientia nostra?«

Der Don schwieg. Er beugte sich vor und sah auf den dunklen Boden. Ich habe das nicht verdient, dachte er. All die Jahre im Dienst der Kirche. Das habe ich nicht verdient.

»Ich fragte Sie soeben, lieber Don, wie lange Sie noch unsere Geduld mißbrauchen wollen. Sie waren fünfunddreißig Jahre lang verantwortlich für dieses Archiv mit den Abzügen antiker Schriften, und Sie haben sich in diese Aufgabe gedrängt, obwohl Sie das Lateinische nicht beherrschen? Sie haben nicht das geringste Interesse daran gezeigt, was hier geschieht, weil Sie all diese Schriften sowieso nicht verstehen können?«

Im flackernden Kerzenschein sah der Don, wie sich die Nonne die Decke bis unter das Kinn zog.

»Sie wissen also nichts über die Schriften in diesem Haus, auch nicht, wie das Tagebuch des Flavius Plancus in dieses Kloster gekommen ist, für das Sie verantwortlich sind?«

Ich habe das nicht verdient, dachte der Don wieder. Das nicht. Schweigend sah er zu, wie der Bischof die Hände hinter dem Rücken faltete.

»Don Onofrio, jemand aus diesem Kloster, der, im Gegensatz zu Ihnen, ebenso wie Schwester Maddalena und wie vermutlich diese Caroline Robert, sehr wohl Latein versteht, hat jahrelang einen Stapel Fotos untersucht, die einen sehr, sehr wichtigen Text abbilden. Schwester Maddalena fand lediglich die Negative und schickte sie mir. Nur Sie und die Nonnen dieses Klosters hatten jederzeit Zugang zu diesem Archiv. Haben Sie je irgendwen hierhergeführt?«

»Ich habe mir nichts zuschulden kommen lassen«, flüsterte der Don.

»Gut. Damit ist meine Arbeit getan. Alles weitere liegt nicht mehr in meiner Hand. Die Kirchenspitze hielt es für nötig, den Fall der italienischen Bischofskonferenz vorzutragen.«

Der Don sah, wie der Bischof einen Mantel aufnahm, der über einem Stuhl gelegen hatte, und ihn anzog.

»Ich muß jetzt dem Kardinal Bericht erstatten, der mir in dieser Sache vorsteht und damit beauftragt ist, die Angelegenheit zu klären. Er wird Sie um Ihre Mithilfe bitten. Ich billige nicht immer die Mittel Seiner Eminenz – das habe ich oft genug auch öffentlich gesagt, wie Sie sicher wissen –, weil ich meine, daß wir mit diesen Methoden nichts mehr erreichen. Aber auch ich habe mich zu fügen. Don, Sie wissen sicher, von wem ich spreche. Er wird in eigener Person ab sofort den Fall übernehmen.«

Der Don sah auf die Kerzen, die herunterbrannten. Er wagte jetzt wieder den Kopf zu heben. »Was soll denn dann aus mir werden?« fragte er.

Der Bischof stand schon an der Tür. »Seien Sie offen zu ihm, aber appellieren Sie nicht an seine Gnade, denn er ist gerecht.«

Die Kerzen flackerten, als die Tür zuschlug. Don Onofrio wischte sich den Schweiß von der Stirn. Er knöpfte das Etui für die Letzte Ölung wieder zu und steckte es ein.

Schwester Maddalena richtete sich auf. Der Don spähte in die Dunkelheit, um sicherzugehen, daß sie jetzt wirklich allein waren.

Schwester Maddalena räusperte sich. »Ich bin eine Frau von vierundsiebzig Jahren. Meine letzte Beichte liegt sechs Wochen zurück. Dies sind meine Sünden. Ich habe gesündigt, weil ich mich in der Krankheit freudig von den Schwestern bedienen ließ.«

»Weiter.«

»Und ich habe gesündigt, weil ich mich selbst gering

achtete und das Gebot des Herrn, sein Licht nicht unter den Scheffel zu stellen, nicht befolgt habe. Meine Talente grub ich ein, ohne daß sie Früchte bringen konnten. Mein Wissen habe ich nicht nutzvoll angewendet.«

»Weiter. In Demut sollen die Ordensleute ihren Dienst verrichten und nicht versuchen, sich in den Vordergrund zu schieben. Ich hoffe, das weißt du.«

»Durch meine Schuld wurden jedoch andere Ordensleute in Versuchung geführt, ein Wissen vorzugeben, das sie nicht besaßen. Da ich meine Fähigkeiten in den Wissenschaften nicht bekennen wollte, nahmen andere Verantwortung auf sich, die sie nicht tragen konnten und zu der sie nicht berufen waren.«

Der Don verstand kein Wort. Es klang ihm nur nicht sehr demütig, was die Nonne sagte. »Hast du noch weitere Schuld auf dich geladen? Warst du der Oberin nicht vorbehaltlos gehorsam?«

»Ja, auch diese Schuld habe ich auf mich geladen. Ich will jetzt meine größte Sünde beichten.« Schwester Maddalena setzte sich ganz aufrecht und bekreuzigte sich noch einmal. »Aus Eitelkeit habe ich der Oberin nicht berichtet, daß ich eine Schrift entdeckt habe. Wohlwissend, daß es Sünde ist, gab ich die Schrift weiter an eine gänzlich Unbekannte.«

Der Don faßte das Kreuz in seiner Hand fester. »Was für eine Schrift war das?«

»Ich fand sie vor vielen Jahren auf Fotografien im Archiv. Sie war nur mir bekannt.«

»Warum hast du dich mir nicht anvertraut und hieltest die Schrift versteckt?«

»Aus Hochmut. Ich wollte, daß die Schrift vor der Welt verborgen bleibt. Sie ward nicht von eines Menschen Hirn erdacht.«

»Es war also eine Heiligengeschichte?«

Die Schwester faltete fest die Hände. »Ja, auch eine Heilige kommt darin vor, eine Märtyrerin.«

»Und wem gabst du sie?«

»Eine Dame sollte sie dem Bischof überbringen. Aber, wie der Bischof mir sagte, hat die Dame, die für eine Zeitung arbeitet, den Brief geöffnet. Sie hat Fotoabzüge von den Negativen gemacht. Sie konnte den Text dann lesen. Ihre Zeitung soll ihn drucken. Aber einer der Verlagsdirektoren hat den Bischof informiert.«

»War es eine vatikanische Zeitung?«

»Nein, eine weltliche Zeitung. Aber der Direktor steht der Kirche nahe.«

Der Don spürte, daß er die Fassung verlor. »Aber das ist Diebstahl! Hast du wirklich das Eigentum der Kirche weggegeben, nur um deine Eitelkeit zu befriedigen? Wußtest du nicht, daß du damit auch mich, der ich als Geistlicher für dieses Kloster eine schwere Verantwortung trage, in große Schwierigkeiten bringen würdest, wenn entdeckt würde, daß die Schwestern ihr eigenes Kloster bestehlen?«

»Ich wußte das und bekenne meine Schuld.«

Den Don hielt es nicht mehr auf dem Stuhl. Er stand auf, ging hinüber zu dem schwarzen Kreuz an der Wand und sah es erschrocken an. Dann trat er wieder zum Bett. »Wenn diese Heiligengeschichte in der Zeitung erscheint, wird man mir mein Amt in diesem Haus entziehen, weil es den Schwestern offensichtlich an pastoraler Führung mangelt. War dir das nicht klar? Wehe dir, wenn es mir nicht gelingt, der Frau die Schrift wieder abzunehmen!«

»Pater, die Absolution.«

Don Onofrio nahm das Kreuz in die Hand. Er wagte es nicht, sie anzusehen. »Du hast vielleicht einen Menschen, und noch dazu einen Ordensbruder, ins Unglück gestürzt, und du scheinst es nicht sehr zu bereuen.«

»Pater, verweigern Sie mir nicht die Lossprechung von

der Sünde. Es ist keine Todsünde, was ich getan habe. Ich bereue aufrichtig. Sie müssen mir vergeben.«

Don Onofrio hielt das Kreuz an seine Lippen und küßte es. »Ich bitte den Herrn, meinen Zorn zu beschwichtigen, denn ich habe jetzt keine Zeit, dir deine große Schuld auch deutlich genug zu machen. Ich muß gehen, um deine Sünde wiedergutzumachen. Gott in seiner unermeßlichen Güte wird dir aber wohl vergeben, wenn er kann.« Lustlos schlug der Pater das Kreuz. »Ego te absolvo. Ich spreche dich im Namen des Vaters und des Sohnes und des Heiligen Geistes los von deinen Sünden.«

Der Pater stand auf. Er blies die Kerzen aus und nahm den Leuchter. Die Dunkelheit tat ihm gut. »Wenn der Herr mir nicht hilft, werde ich wohl bis zum Tod für deine Sünde büßen müssen, denn ich trage schließlich die Verantwortung. Ich habe dich freigesprochen und will mich opfern für deine Sünde, aber für deine Letzte Ölung lasse einen anderen Pater holen.«

Don Onofrio ging zur Tür.

»Der Herr wird mir verzeihen«, sagte Maddalena mit matter Stimme.

Don Onofrio drehte sich noch einmal um. »Das wollen wir hoffen, denn die Rache des Herrn würde grausam sein.« Dann ging er hinaus.

8

Die Maschine konnte hacken, schneiden, raspeln, rühren, Teig kneten, Eis stoßen, und das mit zwei Geschwindigkeiten und einem Energiesparprogramm. Außerdem sah sie mit der Glaskanne zum Aufschrauben auch noch gut aus. Schäfer war schon am späten Vormittag wieder aufgewacht, hatte den Scheck eingelöst und Stunden in der Haushaltswarenabteilung des Warenhauses an der Ecke verbracht, bis er sich für diese Maschine entschied. Um sie in seiner Küche richtig zur Geltung zu bringen, hatte er die Platte auf dem Kühlschrank mit einem großen schwarzen Plastiktischtuch verziert.

Vieles hatte sich verändert. Die Spüle besaß jetzt einen Ablagekorb für das Besteck und ein Drahtgitter zum Abtropfen für die abgespülten Gläser. In dem Korb steckten vier neue Sektgläser. Auf der Spüle thronte der dazugehörige Kühler. Der abgenutzte Küchentisch war unter einer weißen Tischdecke verschwunden. Den Herd hatte Schäfer mit einem bestialisch stinkenden Spray so weiß bekommen, als sei er neu lackiert. Besonders stolz war er aber auf den Fußboden. Mit einer weißen Paste, die sich Bodenpflegemittel nennen durfte und die er fingerdick auf das Linoleum geschmiert hatte, war es ihm gelungen, das ursprüngliche Lindgrün des Bodenbelags freizulegen, das unter mehreren Schichten hartnäckigen Schmutzes verborgen gewesen war. Dabei hatte die Paste einige kleine Löcher in den Bodenbelag geätzt, die man jedoch kaum sah.

Im Schlafzimmer war er weniger einfallsreich gewesen. Der Schreibtisch war mit ein paar Spritzern Politur aufgemöbelt worden, und mit dem neuen Bezug wirkte das Bett wie aus dem Katalog. In den Umzugskartons im Keller waren jetzt all die Sachen verstaut, von denen Schäfer nie gewußt hatte, wo er sie lassen sollte. Das Bad schien ein völlig anderer Raum zu sein. Der fleckige Duschvorhang war verschwunden, und ein neuer Spiegel hing über dem Waschbecken. Schäfer betrachtete zufrieden sein Werk. Gleich würde er die neue lederne Arbeitsunterlage auf dem Schreibtisch einweihen, den er von Papierstapeln und Türmen von Büchern befreit hatte. Er schenkte sich gerade eine Tasse aus der neuen Kaffeekanne nach, als das Telefon klingelte.

Schäfer stand auf und ging in den Flur. Er hatte den Apparat mit einem zu nassen Schwamm abgewischt, jetzt funktionierten die Tasten nicht mehr richtig. Er nahm ab. »Hallo?«

»Ich bin's, Caroline. Es ist etwas passiert.«

»Was denn?«

»Unten in der Hotelhalle wartet ein Pater, der mich sprechen will. Ich kenne keinen Pater. Ich glaube, wir haben das Manuskript nicht richtig gelesen, oder du hast es nicht richtig übersetzt.«

»Wir haben doch gerade erst angefangen, den Text zu lesen.«

»Aber es ist doch klar, daß es nur um die Lebensgeschichte eines Mannes namens Flavius Plancus geht. Was um Gottes willen soll der mit der Kirche zu tun haben, so daß die jetzt verrückt spielt?«

»Wie kommst du darauf?«

»Der Vatikan ist aus irgendeinem Grund verrückt nach dem Text, und wir wissen nicht, warum.«

»Nur weil ein Pater unten sitzt, denkst du, der Vatikan ist verrückt auf das Manuskript?«

»Sebastian, ich kenne mich mit so etwas aus. Ich hatte schon oft Ärger mit der Kirche, Zeitungen haben immer Ärger mit der Kirche. Meistens gewinnen die Monsignori den Streit, sie sind sehr hartnäckig.«

»Deshalb haben sie dir auch gleich einen Pater geschickt?«

»Nein, das ist es ja gerade. Die Kirchenmänner sind hartnäckig, aber sehr, sehr langsam. Weil jede Erklärung aus Kirchenkreisen so abgesegnet sein muß wie das Vaterunser, brauchen die in der Regel Monate, bis sie sich zu einem Schritt entschließen. Außerdem schicken sie keine

Kirchenmänner. Wenn die ganze Sache normal laufen würde, dann säße da unten ein hochkarätiger Anwalt.«

»Und was heißt das alles?«

»Der Vatikan hat es ungeheuer eilig. Sie schicken ihre eigenen Leute, bestimmt, weil sie das Manuskript wiederhaben wollen. Die ganze Sache ist sehr seltsam. Erst schickt eine Nonne das Manuskript an einen Bischof ...«

»Ich denke, sie hat es dir gegeben.«

»Ja, mir auch, aber der Bischof sollte eine Kopie bekommen. Warum macht eine Nonne so etwas? Und warum schickt die Kirche mir sofort einen Pater auf den Hals? Sebastian, irgend etwas machen wir falsch. In dem Buch muß etwas stehen, das für die Kirche von ungeheurem Interesse ist. Es kann eigentlich nur mit diesem Flavius Plancus zu tun haben, denn er schreibt ja die ganze Zeit nur über sich. Aber leider wissen wir so wenig über ihn.«

»Immerhin wissen wir, daß ihn ein Christ umbringen will.«

»Das ist genau das, was ich meine. Die ganze Sache muß mit diesem Plancus zusammenhängen. Stell dir vor, der war im dritten oder vierten Jahrhundert Papst und wir haben ein Manuskript in der Hand, aus dem hervorgeht, daß seine Christengemeinde ihn töten wollte.«

Schäfer setzte sich neben dem Telefon auf den Boden. »Das kann nicht sein. Der Text wurde mit Sicherheit vor dem Jahr 80 geschrieben.«

»Woher weißt du das?«

»Aber Caroline, du hast es doch auch gelesen. Plancus wohnte in Herculanaeum. Die Stadt ging bei einem katastrophalen Ausbruch des Vesuvs unter. Die Römer haben schon in der Antike versucht, sie wieder auszugraben, ohne Erfolg. Nach dem Jahr 79 wurde sie nie wieder bewohnt. Erst im 18. Jahrhundert hat man angefangen, sie freizulegen.«

»So habe ich das noch gar nicht gesehen. Vielleicht ist der Text dann schon um Christi Geburt geschrieben worden. Vielleicht war Plancus ein Zeitgenosse Jesu?«

»Das kann auch nicht sein, Plancus schreibt, daß er die Bilder seines Kaisers Vespasian aufstellt. Der regierte zwischen den Jahren 69 und 80. Das heißt, der Text ist irgendwann zwischen den Jahren 69 und 79 geschrieben worden.«

»So habe ich das Manuskript gar nicht gelesen.«

Schäfer zog eine Zigarettenpackung aus der Tasche. »Ich weiß, daß du das so nicht liest, weil du ja nur meine abgetippten Seiten in der Hand hast. Stell dir vor, du hättest ein zerbrechliches, zweitausend Jahre altes Pergament in der Hand, dann würdest du es sehr aufmerksam lesen, einfach weil es so alt ist. Den Text von Flavius Plancus zu lesen, das ist, als würde man eine Ausgrabung machen. Du mußt dir jedes Wort erst einmal genau ansehen, wie ein Archäologe jeden Stein bei der Ausgrabung untersucht. Dann kannst du nachher die Steine zusammensetzen und das verschüttete Haus rekonstruieren.«

»Und was hast du beim Ausgraben noch entdeckt?«

»Wenn du genau liest, merkst du, daß der Text sehr wahrscheinlich um das Jahr 78 oder 79, also kurz vor dem Ausbruch des Vesuvs, geschrieben wurde. Flavius erwähnt, daß seine erste Frau sich vor den Sklavengesetzen des Vespasian fürchtet. Nach der Trennung von ihr scheinen aber mehrere Jahre hinzugehen. Er schreibt, daß er nach Jahren das Gerücht vom Tod seiner ersten Frau ausstreuen läßt. Dann dauert es aber noch ein paar Jahre, bis er Julia heiratet. Die Sklavengesetze erließ Vespasian um das Jahr 71. Flavius Plancus schreibt, daß er ein paar Jahre allein war. Eine Zeitlang war er mit Julia verheiratet, die dann verschwand. Also muß er so um das Jahr 78 oder 79 schreiben.«

»Gratuliere, Doktor Schäfer. Was weißt du denn noch über Plancus?«

»Er sah mit ziemlicher Sicherheit sehr gut aus, er war ein Bild von einem Mann.«

»Wie kommst du darauf?«

»Irgendeinen Grund mußte seine erste Frau Lydia ja gehabt haben, ihn zu ehelichen, obwohl er viel ärmer war als sie. Reiche Frauen konnten sich in der Antike ziemlich leicht von ihren Männern trennen. Sie mußten sie nur abfinden. Und wegen seiner Bildung hat sie ihn auch nicht geheiratet. Er war nicht sehr gebildet.«

»Woher weißt du das denn schon wieder?«

»Am Vesuv zitiert er den Anfang der Ilias von Homer. Aber er schreibt es auf Latein. Jeder gebildete Römer hat damals Griechisch studiert, viele direkt in Athen. Wäre Plancus gebildet gewesen, hätte er den Anfang der Ilias in einem Tagebuch, und er schreibt ja so eine Art Tagebuch, mit Sicherheit im griechischen Original aufgeschrieben.«

»Ach so.«

»Er war also nicht reich, nicht gebildet, er scheint mir nicht unterhaltsam gewesen zu sein und auch nicht sehr zärtlich. Was fand sie also an ihm? Ist doch klar: Er muß zumindest sehr gut ausgesehen haben.«

»Bravo. Aber er war ein Ekel. Diese Szene, wie sie sich an ihn lehnen will und er sie wegstößt, und dann die Stelle, an der er sich auch noch geehrt fühlt, weil sie ihn nicht mehr anfassen mag, also da ist mir echt die Galle hochgekommen. Ich sage dir, er war ein Monster.«

»Nein, er war nur, sagen wir, selbstverliebt. Er hält sich für einen gebildeten, wichtigen, begabten Mann. Die Satzkonstruktion am Anfang, Laß ab von mir, Fortuna, du weißt schon, dem Satz spürt man an, daß unser Flavius Stunden überlegt hat, bis er das so ausgefeilt hinbekam. Er schreibt so, wie er sich den klassischen Schreibstil vorstellt. Er versucht das zu imitieren, verstehst du?«

»Wenn du meinst ... Mir fällt aber noch etwas ein zu dieser ersten Frau Lydia, die es angeblich mit den Sklaven trieb. Könnte die nicht eine Heilige gewesen sein? Ich meine, könnte es nicht sein, daß die katholische Kirche eine Frau als Heilige verehrt, und wir haben einen Text, aus dem hervorgeht, daß sie eine ziemliche Hure war?«

»Das glaube ich nicht. Es gibt aus dem ersten Jahrhundert nach Christus, soweit ich weiß, außer den Aposteln noch keine Heiligen. Das kommt erst später. Aber interessant ist, daß dieser Sklave, der ihn umbringen will, Syrus heißt.«

»Wieso?«

»In der Antike nannte man die Sklaven meist nach ihren Herkunftsorten. Einer, der aus Afrika stammte, bekam von seinem Herrn keinen lateinischen Namen, hieß also nicht Flavius oder so, sondern schlicht Africanus. Dieser Syrus kann ein Jude gewesen sein.«

»Wieso das denn?«

»Die nahmen es damals mit der Herkunft nicht so genau. Ob einer aus dem sogenannten Heiligen Land, der Provinz Palästina, stammte oder aus der Nähe, das war ihnen egal. Syrien war ein Begriff. Wenn jemand aus der Nähe Syriens kam, nannte man ihn einfach Syrus, und fertig.«

»Laß mich mal nachdenken. Das heißt, dieser Syrus lebte so um das Jahr 78 oder 79 und könnte aus dem Heiligen Land stammen und war ein Christ. Vielleicht war das ja Petrus, der den Sklavennamen Syrus bekam.«

»Das glaube ich nicht, Petrus wäre dann ja steinalt geworden.«

»Weißt du noch mehr über Plancus?«

»Wir haben ja erst ein Kapitel übersetzt. Sicher weiß ich

nur noch, daß er durch seine Scheidung reich geworden ist und ein ausgesprochener Geizkragen war.«

»Wie kommst du darauf?«

»Herculaneum war eine ganz einfache Stadt, nicht so elegant wie das ebenfalls verschüttete Pompeji nebenan. Die Leute, die in Herculaneum ein Haus besaßen, haben diesen Landsitz nicht als Sommerfrische genutzt, sondern damit Geld verdient. Das heißt, die hatten Ölmühlen oder Weinpressen im Haus und Tiere im Stall. Plancus erwähnt nichts davon. Er wohnte in einer Luxusvilla auf dem Land, mit der er von Lydia abgefunden worden war. Es ist gut möglich, daß die Familie seiner Frau adelig war, aus Herculaneum stammte und in Rom Karriere gemacht hatte. Es gab nur sehr wenige Römer, die sich Ferienvillen leisten konnten. Ebenso, wie es nur sehr wenige Leute gab, die sich in Rom ein Badezimmer leisten konnten. Er hatte aber eines. Der gewöhnliche Römer ging in eine der unzähligen Thermen, um sich zu baden. Ein eigenes Badezimmer war ein gewaltiger Luxus. Aber trotzdem ist Flavius zu geizig, um eine Hochzeitsfeier in Rom auszurichten.«

»Sebastian, langsam begreife ich, was ich an dir habe. Mit deiner Hilfe decken wir eine antike Mordgeschichte mit einem der ersten Christen als Killer auf. Aber ich glaube, ich muß jetzt runter. Mach du weiter mit der Übersetzung. Der Pater hat lange genug gewartet.«

»Willst du nicht heute abend bei mir vorbeischauen, um mich zur Arbeit anzutreiben? Nur auf einen Drink.«

»Die Flasche und die Gläser muß ich wohl mitbringen, sonst müssen wir ja zusammen aus deiner letzten Bierflasche trinken.« Sie lachte.

Schäfer lächelte. »Keine Angst.«

»Gut. Ich bin so gegen neun Uhr bei dir.«

»In Ordnung.«

»Also ciao. Bis nachher.« Sie hängte ein.

Schäfer stand auf und ging zu seinem Schreibtisch im Schlafzimmer. Da lagen diese unscheinbaren Fotoabzüge, und irgendwo zwischen den Zeilen war etwas versteckt. Er ging noch einmal in die Küche, holte sich frischen Kaffee und breitete dann die Fotos in der richtigen Reihenfolge vor sich aus. Die Buchstaben waren klar und deutlich zu erkennen. Der Stil hatte ihm zunächst am meisten Schwierigkeiten bereitet. Aber jetzt würde es schon bessergehen. Bis Caroline kommen würde, hatte er noch mehr als fünf Stunden Zeit. Er nahm seinen Bleistift und begann mit der Arbeit.

9

Zweite Buchrolle, Spalte eins

Num dubium est … Es gibt keinen Zweifel, daß Unheil droht. Ein Beben traf die Stadt im Morgengrauen. Der Schlaf hatte den Griff um mich noch nicht gänzlich gelöst, als ich gewahr wurde, daß das Bett hin und her schaukelte, als sei es zu eigenem Leben erwacht. Kalk, der aus Mauerrissen herabrieselte, brannte mir in den Augen. Wie oft hatten alle guten Freunde vor den Beben in Herculanaeum mich gewarnt.

Wie oft hatte im Geist ich daher beschlossen, bei dem kleinsten Beben rasch unter freien Himmel mich zu flüchten, ja, ein Beben geradezu herbeigewünscht, um Behendigkeit und Entschlossenheit zu zeigen. Erst als der Staub sich zu legen begann, trat ich jedoch verwirrt in das Perystil hinaus. Dort waren die Freigelassenen schon versammelt, die alles Grauen jener Stöße kennen, die die Erde sendet, wenn Vulcanus mit schwerem Hammer das Eisen auf den Amboß schlägt. »Es ist vorbei, Herr«, riefen sie.

So unruhig aus dem Schlaf geweckt, wusch ich mich rasch im Baderaum und stärkte mich an dem noch warmen Brot, an Käse und Oliven. In diese Kammer zog ich mich dann zurück, wo Tinte und Papyrus mich ungeduldig schon erwarteten. Doch mühsam nur gelingt es meinem Geist, der schwer noch ist vom Morgen wie die Glieder, sich auf den Weg zu machen, zurück in mein Haus in Rom. Nur eines spornt ihn an, die Frage, welche Schuld an allem Unheil mich selber trifft. Konnte ich jenem Asiaticus wirklich nicht das Haus verweigern, war ich arglos oder blind? Und sah die drohenden Zeichen nicht?

Nur schattenhaft taucht die Erinnerung auf an jenen ersten Tag in Rom, den mit dem frischvermählten Weib ich zubrachte. Ein Bild sehe ich, von Julia, die mit ungefällig aufgestecktem schwarzen Haar und weißer Toga dort im Perystil saß und wie ein hirnloser Vogel trällerte. Die Mattigkeit der langen Reise spürte ich an diesem Morgen noch. Dic Luft war noch frisch, doch die Wärme kündigte in hellen Strahlen sich schon an. Das frische Grün umkränzte fröhlich den Brunnen. Ich setzte mich auf die Steinbank neben sie, wollte ihre Hand schon fassen, doch sie rückte ungehorsam ab. Zart schimmerte ihr weißer Busen unter dem Tuch.

»Warum kämmst du dir das Haar nicht gefälliger, wie es in der Stadt Mode ist, statt wie eine Magd es aufzustecken?«

Als hätte ich aus tiefem Schlafe sie geweckt, sah sie mich versonnen an. »Für welchen Geliebten soll ich mich denn putzen?« wagte das Weib mich anzufahren.

Gänzlich überrumpelt durch solche Frechheit, gab ich schwach zurück: »Du bist die Herrin dieses Hauses, also schmücke dich danach.«

Mißmutig sah sie mich an. »Nicht einmal eine einzige Bedienstete gönnst du mir. Allein kann ich die Kämme kaum mir stecken.«

Ihr Wunsch erfreute mich. Schon am Tag nach der Hochzeit wollte ich ihr eine Sklavin schenken. Da sie mich jedoch nie darum gebeten hatte, schien es mir kaum schicklich, dem nicht ausgesprochenen Weiberwillen durch die Tat vorauszueilen. Den Frieden in meinem Hause durch eine Sklavin für die Hausherrin gänzlich aufs Spiel zu setzen, fürchtete ich nicht. So verstockt Julia sich gegen mich auch zeigte, fehlte ihr doch der grausame Zug meiner ersten Frau, die mit den langen Haarnadeln ihre Sklavinnen blutig stach und ihnen das Gesicht unter lautem Geschrei mit scharfen Kämmen zerkratzte, wenn sie ihr allzu hurtig die Augenbrauen zupften. »Du sollst eine Sklavin bekommen. Noch heute werde ich selbst Sorge tragen für den Kauf.«

Auf ein Zeichen der Dankbarkeit wartete ich vergebens. Ärgerlich stand ich auf. »Es wird jetzt Zeit. Du mußt dich der Aufgabe als Herrin in diesem Haus stellen. Ich werde dir Philippus zeigen, meinen treuen Sklaven und Haushofmeister.«

Sie nahm nicht meinen Arm, sondern schlich gesenkten Hauptes hinter mir ins Triclinium. Ich ließ Philippus rufen. Mit großen Augen und ohne Scham glotzte der schwarzgelockte Sklave seine neue Herrin an. Trotz seiner dreisten Frechheit, die so vielen Sklaven eigen ist, war er mir noch der angenehmste in meinem Haus. Denn seine Kleider und seinen Körper hielt er sauber.

»Philippus, das ist deine neue Herrin. Du wirst ihr heute das Haus und die Gerätschaft zeigen. Ab morgen wird sie Anordnung geben, was einzukaufen und zu kochen ist.«

Philippus verneigte sich. Schamhaft und ohne Würde

nahm Julia die Huldbezeichnung an. Es wird Jahre brauchen, bis sie die Sklaven zu regieren versteht, fuhr es mir durch den Sinn. Es blieb nichts mehr zu sagen.

»Du kannst gehen, Philippus. Die inneren Räume zeige ich ihr selbst.«

»Herr, wenn du einen Augenblick Gehör mir schenken wolltest. Eine dringende Meldung muß ich machen.«

»Sprich!«

»Herr, seitdem du zur Hochzeit abreistest, verschwand viel Geschirr aus der Küche. Mit scheint, der neue Koch, der sich für einen etruskischen Edelmann ausgibt, stahl es und stiehlt es noch. Dem Herrn wollte ich es überlassen, einzuschreiten und zu strafen. Denn wie leicht findet sich ein Sklave, der das Eigentum des Herrn beschützen will und sich einem anderen Sklaven in den Weg stellt, mit einem Dolch im Rücken. So bitte ich dich, halte auch meine Anzeige des Diebstahls geheim.«

Stumm hörte ich mir jene Beschuldigung an. Philippus war ehrgeizig und sparsam. Seit langem hatte er wohl eine stolze Summe schon gespart und hoffte, sich bald von mir freikaufen zu können. Seinen Preis hatte ich hoch angesetzt. Den Koch mir anzuzeigen, kostete mich sicher eine Summe.

»Wenn es wahr ist, was ich sage, Herr«, fuhr Philippus fort, »verlange ich für mich nichts weiter als eine bescheidene Belohnung. Die Hälfte des Verlustes, den du bereits erlitten, zieh ab von meinem Kaufpreis. Sei unbesorgt, auch wenn ich mich von dir freigekauft habe, will ich, wenn du es wünschst, weiter dir gegen eine kleine Summe dienen.«

»Dein Ansinnen ist frech«, erwiderte ich entschlossen, »es ist deine Aufgabe, die Diebe in meinem Hause mir zu melden.«

Rasch stotterte Philippus: »Nichts wollte ich von dir fordern. Nur eine bescheidene Bitte sprach ich aus.«

Ohne ein Wort wandte sich Julia ab und ging zur Tür.

»Du bist die Herrin jetzt. Das Haus und seine Sklaven müssen dir am Herzen liegen«, rief ich ihr hinterher.

»Ab morgen erst, befahlst du doch soeben.«

Ärgerlich ob der erneuten Frechheit sagte ich: »Du mußt den Umgang mit den Sklaven lernen.«

»Ich beherrsche ihn schon«, erwiderte das unverschämte Weib. »In meines Vaters Haus hatten wir nur einen Sklaven, doch der stahl nie.«

Statt sie zu züchtigen, ließ ich sie gehen. Philippus, in Angst, daß ich die Rute jetzt statt gegen meine Frau gegen ihn gebrauchen könnte, begann rasch mit seinem Bericht.

Der Koch war erst seit einigen Monaten in diesem Haus. Er verstand sein Handwerk. Seine Speisen hatten mir stets gut geschmeckt. So fand ich in meiner Milde auch nichts dabei, ihm zu gewähren, daß er sein Fleisch selbst auf dem Markt einkaufen ging. Nur zu gut war mir noch im Gedächtnis, wie der Etrusker mir großmäulig erklärt hatte: »Herr, wenn ich das Fleisch, das ich brate, selbst kaufen kann, wird dein Mahl schon durch meine Auswahl noch weit vorzüglicher werden.«

Philippus berichtete mir nun: »An Markttagen wie heute rafft er, was er an Geräten tragen kann, unter seine Tunika, geht zum Markt und verkauft rasch, was dir gehört. Das Geld trägt er ins Bordell. An Töpfen, Pfannen und Trinkschalen besitzt du soviel, daß du seine Plünderungen nie bemerktest.«

Gleich ward mir der Plan des Philippus klar. Wenn der Koch zum Markte gehen wollte, sollte ich ihn vor der Hausschwelle stellen.

»Wenn es wahr ist, was du sagst, Philippus, will ich dich mit einem Geldgeschenk bedenken. Wie hoch die Summe sein wird, Sklave, das überlasse mir.«

Wohl zwei Stunden wartete ich ungeduldig, daß der

Koch nun endlich zum Markte ginge. Eine Rute hielt ich schon bereit. Der Etrusker war alt, wohl zehn Jahre älter als ich, und nicht sehr kräftig. Eine Waffe brauchte ich nicht. Endlich hörte ich seine Schritte von der Küche her. Schon hatte er die Hauspforte erreicht, als ich, wie die Furien der Rache, plötzlich vor ihm stand.

»Du gehst zum Markte?«

»Ja Herr, wie immer.«

»Hebe deinen Mantel!«

Schon an der Fratze, die der Alte zog, sah ich, daß Philippus recht gehabt hatte. Mit der Rute stocherte ich zwischen seinen Gliedern. Um den blutgefüllten Sack, zu dem das Alter den Körper des Kochs schon verunstaltet hatte, waren zwei kleine Bronzekannen mit Lederriemen festgebunden. Der Alte hob die Hände, um die Rute abzuwehren. Ich schlug mit aller Kraft auf seinen Rücken. Er riß die Arme herunter, da traf ihn meine Rute mitten ins Gesicht. Heulend warf er sich zu Boden, und ich prügelte den Dieb mit starkem Arm. Erst als die Rute mir in Splitter sprang, hieß ich Philippus, den Koch in seine Kammer schleppen. Die Wunden wurden ihm nur dürftig verbunden. Dann ließ ich ihn zum Sklavenmarkte bringen.

Nur zweitausend Sesterzen brachte mir der Alte. Selbst für einen betrügerischen Koch ein viel zu niedriger Preis. Als der Sklavenhändler mir das Geld gesandt, rief ich Philippus.

»Deine Treue hat ein Geschenk verdient. Den zehnten Teil des Preises, den ich für den Alten erhielt, zieh ich von der Summe ab, für die du dich freikaufen willst.« Gierig wartete Philippus, daß ich ihm den Preis verriete, den der Alte noch erzielt hatte. »Keine zweitausend Sesterzen brachte er mir ein. Dein Preis ist fünfmal höher. Sei sparsam«, riet ich ihm. Dankbar schlich Philippus davon.

Es war schon nach der siebten Stunde, die Sonne

brannte heiß vom Himmel, als ich mir die Toga legen ließ, um auszugehen. Nicht nur eine Dienerin für meine Frau, auch einen neuen Koch mußte ich jetzt kaufen. Dem Geschrei des Sklavenmarktes wollte ich entgehen. Bei Gnäus, dem alten Griechen, der trotz aller Schicksalsschläge noch immer als erster erfuhr, wo ein guter Handel zu machen war, wollte ich Rat mir holen. Den schläfrigen Pförtner, der mit seiner rasselnden Fußkette mein Haustor bewacht, hieß ich niemanden hereinzulassen, bis ich zurück sei.

Guten Mutes schritt ich durch die Stadt. Es war der 31., der letzte Tag des Maius. Schon war die drückend schwere Hitze, die Rom bald in eine Stadt des Schweißes verwandeln sollte, deutlich zu erahnen. Noch schlich jedoch eine wohltuende Wärme durch die Ledersohlen in die Waden und weckte sie zu frischem Leben. Voll Freude, den Beinen Arbeit und mir Bewegung zu verschaffen, schlug ich den Weg zum Caelius-Hügel ein. Schon quollen die Straßen über von Händlern, die Öllampen und Stoff und Kirschen aus dem Orient den geschäftigen Bürgern aufzuschwatzen bemüht waren. Aus den Schulen drang das rhythmische Lärmen der Knaben und Mädchen, die ihrem Lehrer gedankenlos die stolzesten Verse nachplapperten.

Ich ging bis zu jenem verhaßten Koloß des Nero. Beim Anblick der Schar der Zimmerleute, Steinmetze und Sklaven, die die Blöcke schleppten, mochte ich bald jenem Fuhrmann verzeihen, der so frech am Appia-Tor das Wort an mich gerichtet hatte. Der brave Mann mußte wohl wirklich stundenlang ausharren, um all den Wagen den Weg zu räumen, die jene Steine in die Stadt brachten, die hier am Koloß aufgeschichtet wurden. Der See, in dem vor Jahren noch die durch Neros Henker vergifteten Schönlinge getrieben waren, war gänzlich verschwunden. Als sollte ein Turm, der bis zur Bahn der Sonne reichen sollte, an dieser Stelle aufgerichtet werden, so wirkte die gewaltige Baustelle. Schon standen die ersten Bögen des neuen Amphitheaters. Es soll das größte werden, das je in Rom errichtet worden war. Noch lag das Wasserbecken, in dem bald Nilpferde, Krokodile und Schlachtschiffe das Volk zerstreuen würden, trocken und staubig hinter den Eingängen.

»Die gesamte Flotte der Schlacht von Actium findet wohl in diesem Stadion Platz«, rief einer der Müßiggänger mich an, der die mühsame Arbeit bestaunte. Ich wandte mich ab, schritt hin zu den Wohnvierteln am Aventinus. Was es zu sehen gab, hatte ich gesehen. Das müßige Begaffen der Arbeit war mir seit jeher fremd. Noch immer waren die Spuren des schrecklichen Brandes an den Wänden jener himmelhohen Mietshäuser am Aventin zu sehen, die nicht zusammengestürzt waren in den Flammen. Auch Gnäus wohnte damals noch in einem dieser Insulae. Der große Brand, den der rasende Nero, wie es heißt, oder die Nazarener-Anbeter gelegt hatten, hatte das Haus des Griechen dem Boden gleichgemacht.

Gnäus' Zimmer lag im vierten Stock. Mühsam erklomm ich die schmutzigen Stufen. Noch immer war Gnäus ein Gelehrter. Aber die bittere Armut hatte seinen Stolz bereits gebrochen. Das Zimmer stank, den Urin- und Kotbehälter hatte er noch nicht herunterschaffen lassen. Auch wenn ich das Fäkaliengefäß nicht sah, so roch ich es doch um so stärker in dem einzigen Raum, den er bewohnte. Nicht einen alten Sklaven mehr konnte er sich leisten. Den Aufenthalt in dieser Armseligkeit beschloß ich so kurz als möglich zu gestalten.

Er schenkte mir Wein ein, wohl den zu zwei Sesterzen das Maß, den ich aus Höflichkeit in kleinen Schlucken trank und lieber ausgespien hätte. Sorgsam zählte ich fünfzig Sesterzen aus dem Beutel und legte sie auf den Tisch.

»Ich suche eine junge Sklavin und einen guten Koch, Gnäus. Du, der du den Markt gut kennst, rate mir doch den rechten Kauf einer schönen jungen Frau, die meiner Frau willig dienen soll.«

»Und auch dich bedienen soll?«

»Ich wußte, daß du gleich verstehen wirst. So schön mein junges Weib auch erscheinen mag, so ist sie innerlich doch ganz und gar vertrocknet.«

Gnäus beugte sich vor und zählte das Geld nach. »Viel scheint dir ein so wichtiger Rat ja nicht wert zu sein.«

Weitere fünfzehn Sesterzen zählte ich nach und nach auf den Tisch.

»Es gibt ein gutgeführtes Haus beim Isistempel, mit einer Schlange im Zeichen. Die Herrschaft dort bildet auch für den häuslichen Dienst sehr schöne Frauen aus. Sie wissen die Schminke zu rühren und vermögen auch den Willen des Hausherrn auf der Liege diskret zu erfüllen. Jedoch sie sind nicht billig und verlangen auch nicht wenig Lohn.«

»Wer will sich schon kleinlich zeigen, wenn im Haushalt wirklich etwas fehlt. Und der Koch?«

»Sei unbesorgt. Ich schicke dir einen vortrefflichen Mann. Sein Herr starb erst vor wenigen Tagen. Die Erben wollen ihn verkaufen. Er stammt aus jener Provinz, die nunmehr Palästina heißt. Sein Name ist jedoch Asiaticus. Er wird dich keine große Summe kosten.«

Rasch erhob ich mich. »Ich danke dir für deinen Rat.«

»Mein Haus steht dir immer offen. Wenn ich noch weiteres für dich erledigen kann, laß es mich wissen. Die Not drückt mich sehr«, schämte sich Gnäus nicht zu klagen. In Eile verabschiedete ich mich.

Am Nachmittag schickte ich einen Boten zu dem Haus beim Isistempel. Mit schlechten Nachrichten kehrte er zurück. Zur Zeit sei keine Sklavin zu verkaufen, die den Anforderungen gewachsen sei. Jedoch in wenigen Tagen schon könne mein Wunsch erfüllt werden, ließ man mir melden. Am Abend erschien Asiaticus und mit ihm der Verkäufer. Für viertausend Sesterzen trat der Verräter in meinen Dienst.

Schon an diesem Abend trug Asiaticus ein wohlbereitetes Mahl mir auf. Hätten doch die Götter ihn den Fisch verderben lassen. Gleich hätte ich ihn aus dem Haus gepeitscht. Doch welchen Vorwurf soll ich gegen mich erheben? Wie hätte ich erkennen können, daß Asiaticus mein Haus in eine Brutstätte des Christenpacks zu verwandeln plante? Wie jeden neuen Sklaven, ließ ich auch den fetten Koch durch Philippus streng überwachen. Des Philippus Gier nach Geld wiegte mich in Sicherheit, daß jedweder Frevel eines anderen Sklaven mir augenblicklich angezeigt würde. Wäre je dem Philippus der Plan des Asiaticus bekannt geworden, so bin ich sicher, daß er ihn mir nur allzugern gemeldet hätte. Sein tierischer Instinkt muß dem Koch jedoch angezeigt haben, daß weder die Sklaven noch ihr Herr dem Wahnsinn dieser Christensekte verfallen würden. So wählte er Julia aus. Ihr Unmut gegen mich, ihr Ungehorsam und ihre Jugend müssen ihm als guter Saatboden erschienen sein.

Wenn ich nur geahnt hätte, wie viele Anhänger diese Sekte schon gewonnen hatte, wäre mein Argwohn sicher wachsamer gewesen. Doch ohne diese Ahnung, daß jeder, der meine Schwelle übertrat, ein Christ sein konnte, war ich dem Plan des Asiaticus schutzlos ausgeliefert. Die Göttin Fortuna, die meinen Untergang rasch herbeiführen wollte, muß ihm diesen Plan eingegeben haben. Der Koch selbst besaß nicht Geist genug, mich in ein solches Netz zu verstricken. Nur zu gut entsinne ich mich noch jenes Tages, an dem Asiaticus sein Werk begann.

Die Ahnen hatten in der Nacht mich noch gewarnt. Denn zum ersten Mal seit unserer Hochzeit ließ ich mich just an diesem Morgen wieder in jenem Stuhl nieder, dem Freund, den vor so vielen Jahren ich unter den Lotus in das Perystil schaffen ließ. Hoch ragt dieser Baum über das Dach meines Hauses hinaus und besiegt den Schatten, den die Mietshäuser bis in meinen Garten werfen, in dem die Buchspflanzen und der Lorbeer nur kümmerlich gedeihen. So viele Jahre hatte ich in diesem Stuhl die Stille und den jungen Morgen genutzt, wenn die Träume einen drohenden Tag mir angekündigt hatten. Auch an jenem Morgen ordnete ich dort gleich nach dem Erwachen langsam meine Welt, die, während ich schlief, in Chaos gesunken war. In all den Jahren hatte ich den Sorgen, die mich mit blanken Waffen beim Erwachen schutzlos überraschten, auf diesem Stuhl, kurz nach dem Aufstehen, in Gedanken ihren Platz gewiesen. Die zahllosen Aufgaben des Tages, denen ich mich beim Ankleiden noch nicht gewachsen fühlte, ordnete ich mein halbes Leben lang auf diesem Sitz, vertagte die eine, faßte die andere schärfer ins Auge. Das Haus, das noch beim Erwachen voller Unordnung und Schmutz mir wie eine jämmerliche Bleibe erschienen war, begann mich bei meinem morgendlichen Spiel der Gedanken wieder zu erfreuen, während der Sonnenwagen langsam seine Bahn begann. Ja, selbst die Welt dort draußen vor dem Tor des Hauses, die wie von einem wilden Haufen Feinde mir beherrscht zu sein schien, wandelte sich in diesen Minuten meiner morgendlichen Rast in ein Feld, auf dem auch ich sehr wohl Schwert und Schild zu tragen mich in der Lage glaubte. Wie hätte ich den tückischen Feind in der traurigen Gestalt des Hispanius erkennen können, der zu dieser frühen Stunde an meine Tür klopfte?

Als er mir gemeldet wurde, hieß ich die Sklaven, ihn in das Perystil zu führen und ihm einen erfrischenden Trank zu reichen. Seit langem kannte ich Hispanius, den spanischen Sklaven des alten Senators Rufus. Niemanden gab es in der Stadt, der ihn nicht verabscheute, doch niemand wagte es, seine Hand gegen ihn zu heben. Er war als schöner, schlanker Jüngling in das Haus des Rufus gekommen und hatte nach wenigen Wochen schon das Lager des Rufus geteilt. Als Rufus dann in den Krieg nach Palästina zog, nahm er den schon ergrauten Spanier mit. Das Unglück wollte es, daß nicht ein würdiger General, sondern der alte Rufus selbst als einer der ersten Männer die Mauern Jerusalems überstieg und unter den aufständischen Juden mit seinem Schwert wütete, daß er bis zum Knie in Blut gewatet sein soll. Als er zurück in Rom war, wagte niemand mehr, den Helden vor dem giftigen Einfluß seines spanischen Lieblings zu warnen.

Inzwischen lag Rufus nun wohl schon zehn Jahre lang krank und unbeweglich auf seiner Liege. Dem Spanier hatte er die Hausführung ganz und gar übertragen. So herrschte dieser Sklave wie ein Mann von Rang in Rufus' Haus. Niemand trat ihm mehr entgegen, denn außer Zweifel stand, daß er der Erbe des Helden Rufus sein würde. So ermahnte auch ich mich zur Freundlichkeit und ging dem verfluchten Sklaven mit heiterer Miene entgegen. »Ich sehe dich bei bester Gesundheit. Das freut mich. Sei mein Gast.«

»Das Alter plagt mich, wie du siehst. Wäre nicht die Sorge um meinen kranken Herrn, hätte ich schon lang mich in die Kammer zurückgezogen, um still den Tod zu erwarten.«

»Das Reich der Toten wird wohl mich als Gast viel eher willkommen heißen als dich, Hispanius.«

»O nein, doch erlaube, daß ich nun eine Bitte an dich richte.«

Wir setzten uns auf eine Liege. Auch nahm ich einen Schluck aus einer Schale Wein.

»Vor kurzem kauftest du den Koch Asiaticus. Nun hat

mein Herr Rufus auf eben diesen Asiaticus schon lange ein Auge geworfen, jedoch bisher versäumt, ihn in sein Haus zu holen. So bitte ich dich: Laß ihn gehen! Dein Preis für den Koch sei meiner.«

Was anderes hätte ich denn denken können, als daß der lüsterne Sklave den Koch aus Palästina auf sein Lager werfen wollte? Nur an die Töpfe stellen wollte der Spanier ihn sicher nicht. Der zahnlose Rufus hatte längst die Lust an erlesenen Speisen verloren. Den Spaß verderb' ich dir, dachte ich in meiner Einfalt. »Lange, mein Hispanius, suchte ich vergebens nach einem guten Koch. Der letzte hat mich gar bestohlen. Mit Asiaticus bin ich mehr als zufrieden.«

»Ich biete dir fünftausend Sesterzen.«

Der Sklave glaubte, daß ich den Preis nur in die Höhe treiben wollte. Ich lehnte auch sechstausend Sesterzen ab.

»Ich bitte dich, laß Asiaticus kommen«, stammelte schon fast geschlagen der Sklave.

Ich rief den Koch.

Kaum, daß sie einander sahen, war mir, als bemerkte auch in ihm ich die heiße Gier. Ein wenig weibisch war er mir schon immer vorgekommen. Auch hatte er Julia nie mit lüsternen Blicken angestarrt. Nun wußte ich, warum.

»Herr«, flüsterte der Koch. »Nur fünfhundert Sesterzen habe ich gespart. Doch die will ich zahlen, wenn du mich mit Hispanius ziehen läßt.«

Ich lehnte ab. Auch als Hispanius siebentausend Sesterzen, sein letztes Gebot, mir nannte, blieb ich hart. Rasch ging er fort. Nur allzu sicher meinte ich zu bemerken, wie zerknirscht nun beide darüber waren, einander weiterhin nur in ihren Träumen zu besitzen. Daß der mißglückte Handel um Asiaticus nur eine Falle war, hätte selbst der Gott Mercur, der doch sonst jede List der Händler kennt, niemals bemerken können.

Erst von jenem Tag an wagte das schlaue Christenvieh Asiaticus in meinem Haus vor aller Augen mit Julia zu plaudern und zu plänkeln. Mir selbst gegenüber schien das Weib verstummt. Nur mit dem Koch, der mit seinen Gerichten über alle Maßen mich zufriedenstellte, sprach sie, wann immer sie konnte. Ich argwöhnte nichts, wenn ich sie im Perystil die Köpfe zusammenstecken sah. Wie hätten die beiden mir anders auch erscheinen können denn als zwei Weiber, die keifend und tratschend den Tag verplauderten?

10

Caroline betrachtete sich im Spiegel. Das schwarze Cape war im Grunde genau das richtige. Im Mantel wollte sie nicht in die Empfangshalle hinuntergehen, schließlich war das so eine Art Wohnzimmer. Aber ganz ohne Umhang, also sozusagen nackt im Jackett und mit dem Hauch von Tüll vor der Brust, konnte sie sich kaum zu diesem Priester in die eiskalte Halle setzen. Sie warf sich das Cape um.

Sie hatte mit dem Pfennigabsatz schon ein Loch in den Umschlag gedrückt, bevor sie den Brief sah, den jemand unter der Tür hindurch geschoben haben mußte. Sie hob ihn auf. Es war einer dieser umständlich mit Schreibschrift bedruckten Umschläge, über die sie sich jedesmal ärgerte, weil es eine typische Hoteldummheit war, die Gäste mittels eines pompösen Briefes, der selbst für die Einladung eines Botschafters übertrieben gewirkt hätte, zu einem Drink an der Bar einzuladen. Statt das Papier und süße Drinks zu verschwenden, hätten die Hoteliers nach ihrem Geschmack besser daran getan, ein paar Prozent Preisnachlaß zu gewähren.

Sie riß das Kuvert auf und hätte es schon auf den Tisch geschleudert, wenn ihr nicht der ungewöhnlich holprige Stil des Schreibens aufgefallen wäre. Sie setzte sich auf ihr Bett und las den Text noch einmal. Der Brief war ein glatter Rauswurf. Es dauerte einen Moment, bis Carolines Fähigkeit zu logischem Denken den aufsteigenden Ärger niedergekämpft hatte.

Dann las sie noch einmal: »Die Hotelleitung bedauert zutiefst, Ihnen mitteilen zu müssen, daß sie gezwungen ist, Sie zu bitten, in einem anderen Hause um Unterkunft nachzusuchen, da das Vorliegen langfristiger Buchungen uns leider nicht gestattet, Sie weiterhin in unserem christlichen Hause als Gast beherbergen zu dürfen, und erlaubt sich, Ihnen unsere hochachtungsvollsten Grüße zu übermitteln.«

Caroline steckte den Brief ein und lachte. Das wird ja wirklich interessant, dachte sie. Dann nahm sie den Zimmerschlüssel und steckte noch eine Schachtel Zigaretten ein.

Sie sah den Priester nicht gleich, als sie aus dem Fahrstuhl stieg, weil er sich in die dunkelste Ecke des Empfangssaales verzogen hatte. Caroline setzte sich in einen Sessel vor ihn und sah zu, wie der Pater langsam die Asche von seiner Zigarre abstrich. Wahrscheinlich hat ihm irgendwann jemand gesagt, daß er imponierender aussieht, wenn er Zigarre raucht, dachte sie. Seine kleine Augen blinzelten beinahe gutmütig aus seinem fleischigen Gesicht, obwohl er sich Mühe gab, gewichtig dreinzublicken, und Caroline dachte, daß er wie einer dieser Pfarrer aussah, mit denen man auf einer Landhochzeit mal tanzen und mit Kirschlikör anstoßen möchte.

Er ist bestimmt sensibel, dachte sie, du mußt dich zurückhalten.

Der Don paffte jetzt seine Zigarre, daß die Spitze glühte, und Caroline bemerkte, daß er auf ihr tüllumrahmtes Dekolleté blickte, das unter ihrem Cape gut zur Geltung kam. Typische Schlampe, wird er meinen, dachte sie.

»Sehen Sie, wir haben Sie gefunden, Frau Robert«, sagte der Don.

»Ja, das haben Sie offenbar. Es war ja wahrscheinlich nicht weiter schwierig. Schließlich habe ich im Kloster meine Visitenkarte abgegeben und sogar die Telefonnummer dieses Hotels draufgeschrieben. Und Sie heißen?«

»Don Onofrio.«

»Aha. Sehr erfreut.«

»Es ist ja eine Dummheit, die Sie da gemacht haben. Aber das wird sich wohl wieder einrenken«, sagte der Don.

Der Kellner brachte zwei Cappuccini, und sie sah, wie sehr der Don es genoß, daß er mit Hochachtung bedient wurde. Er brauchte nicht zu zahlen.

Sie werden es auf meine Rechnung schreiben, dachte sie.

»Sie hätten das nicht machen sollen, den Text abzuschreiben.«

»Ach, lieber Herr Onofrio, das wäre mir so schnell wohl kaum gelungen. Aber ein paar Abzüge von den Negativen machen zu lassen war ein Kinderspiel. Sehen Sie, wenn mir jemand einen so geheimnisvollen Brief in die Hand drückt, weckt das natürlich meine professionelle Neugier.«

Der Don nahm bedächtig einen Schluck. »Wir werden nichts unternehmen, was Sie in Schwierigkeiten bringt, weil Sie ohne Genehmigung den Text gedruckt haben. Aber Sie müssen die Veröffentlichungen sofort einstellen und die Fotos herausgeben, sonst werden wir vor Gericht ziehen«, sagte der Don.

»Ich hoffe das.«

Der Don blickte sie mit seinen in Fleisch gebetteten Äuglein an. »Wie meinen Sie?«

»Ich hoffe doch, daß Sie klagen. Was meinen Sie denn, wozu wir das ganze Theater veranstalten?« Sie nahm eine Zigarette aus der Schachtel. Jetzt beginnt der Spaß, dachte sie.

Der Don nahm einen tiefen Zug und stieß eine weiße Rauchwand aus. Dann räusperte er sich. »So geht das aber nicht. So können Sie nicht mit mir umspringen. Sie geben das Material schön wieder her.«

»Aber mein Zimmer kündigen zu lassen, das war Ihre Idee, oder?«

Sie mußte sich recken, um die Asche abzustreichen, und sah, wie der Don auf ihre Beine blickte.

»Ein kleiner Klaps ist wohl auch nötig, um Sie zur Vernunft zu bringen.«

»Ach so. Sehen Sie, Herr Onofrio, Sie sollten sich einmal eine Abschrift der Lateran-Verträge besorgen. Kirche und Staat sind nämlich voneinander getrennt, sogar in diesem Land. Was meinen Sie, wie schnell der Concierge an der Rezeption seinen Job los ist, wenn ich das an die große Glocke hänge? So etwas nennt man Nötigung.«

Sie sah, wie der Don an seiner Zigarre zog, aber sie konnte nicht ahnen, daß ihm schwindlig wurde, weil er gegen seine Gewohnheit den Rauch bis in die Lungenspitzen gesogen hatte und dabei dachte: Herr Jesus, hilf mir.

»Ich bin für das Kloster verantwortlich. Das ist Diebstahl, was Sie da gemacht haben«, sagte er so entschlossen, wie er konnte.

»Jeder hat seine Probleme, lieber Herr Onofrio. Ich denke nicht daran, die Fotos herauszurücken. »

Der Don blickte wieder auf seinen Zettel. »Wir haben auch in Ihrem Verlagshaus Freunde, die es nicht zulassen werden, daß man sie durch diese Angelegenheit kompromittiert.«

Caroline ließ sich in den Sessel zurücksinken. Sie sah auf den Don, der mittlerweile einen puterroten Kopf hatte. Da ist etwas dran, dachte sie. Das ist sein einziger Trumpf. Die Schakale in meiner Redaktion würden mit Wonne zusehen, wenn mich unsere Chefchristen im Verlag vor die Tür setzten. Aber Ärger mit der Kirche sorgt für Schlagzeilen und Auflage, gedruckte Gebete tun das nicht. Dagegen müssen sie erst einmal ankommen.

»Wir werden uns nicht einigen. Vertagen wir das Problem doch erst einmal«, sagte sie. »Man wird dann schon sehen.« Sie wollte aufstehen.

»Sie können jetzt nicht einfach weggehen.«

Er tat ihr fast schon leid, wie er mit seinem Riesenkörper im Ledersofa versank und die Zigarre glühend rauchte.

»Nehmen Sie das nicht persönlich, Don Onofrio, aber ich muß mich darum kümmern, daß die zweite und dritte Folge unserer Serie vorbereitet werden.«

Der Don erhob sich mühsam. »Das geht aber nicht. Kardinal Girolamo della Robere wird das sehr persönlich nehmen. Und er hat mich hergeschickt, damit die Sache ein Ende hat.«

»Hat sie aber nicht«, sagte Caroline und wandte sich ab.

11

Sebastian Schäfer gab auf. Er war viel zu nervös, um weiterzuessen. Er schob die Pizza von seinem Teller auf ein Holzbrettchen und stellte sie in den Ofen, wusch den Teller ab und setzte sich dann an das Fenster. Es war schon nach Mitternacht. Wo blieb sie bloß? Einen Moment lang fürchtete er, sie könnte nach Mailand zurückgefahren sein. Aber das machte keinen Sinn. Warum aber war sie aus dem Hotel ausgezogen? Vielleicht war ihr das Zimmer einfach nicht schön genug gewesen.

Die Eisstücke im Sektkübel waren längst geschmolzen. Schäfer konnte nicht mehr sitzen bleiben. Er schenkte sich ein Glas Rotwein ein und ging zu seinem Schreibtisch. Immer wieder hatte er die entscheidenden Sätze kontrolliert. Er hatte sie auf jede mögliche Art ausgelegt. Aber er war immer wieder zu dem gleichen Ergebnis gekommen. Er hatte die Fotos und die Zettel mit der Übersetzung des dritten Abschnitts in eine Mappe gelegt und zwischen seinen Büchern versteckt. Der Gedanke, daß sie offen auf seinem Schreibtisch herumlagen, war ihm unerträglich. Wenn sie in einer Stunde immer noch nicht da ist, klappere ich die Hotels in der Nähe des Forums ab, beschloß er. Wenn sie umgezogen ist, dann sicher nicht gleich an das andere Ende der Stadt. Er schenkte sich noch einmal das Glas voll, als es klingelte. Gott sei Dank, dachte Schäfer und ging zur Tür.

Sie trug ihren Blouson und Jeans. Sie hatte tiefe Ränder unter den Augen und sah sehr müde aus.

»Gut, daß du kommst.«

»Es hat alles länger gedauert, als ich dachte. Ich mußte umziehen.«

»Der Portier hat mir erzählt, daß du ausgezogen bist. War dir die Suite zu klein?«

Sie blieb in der Küchentür stehen. »Was ist denn hier passiert?«

Schäfer stand neben ihr und hätte gern den Arm um sie gelegt, um ihr die ganze Pracht zu zeigen, aber er traute sich nicht. »Ich dachte, ich investiere mein Traumhonorar in ein bißchen Lebensart. Hast du Hunger?«

Sie setzte sich an den Küchentisch und nahm einen Schluck aus seinem Weinglas.

»Willst du keinen Sekt?«

»Ich glaube nicht, daß wir etwas zu feiern haben.«

»Doch, haben wir.«

»Du vielleicht, ich nicht. Mir ist der Pater von der päpstlichen Kommission auf die Pelle gerückt. Erst hat er dafür gesorgt, daß ich aus dem Hotel rausfliege, und jetzt will er im Verlag seine Kirchenmänner gegen uns rebellisch machen. Ich mußte schon mal eine Front gegen eventuelle Attacken aufbauen. Ich habe eine stundenlange Telefonkonferenz mit der Chefredaktion der Archäologie-Zeitschrift, mit den Kollegen aus meiner eigenen Redaktion und mit der Rechtsabteilung hinter mir. Die nehmen die Sache wichtiger, als ich mir je hätte träumen lassen.«

»Das wundert mich nicht.«

»Jedenfalls: Bisher habe ich gewonnen. Sie wollen die Serie weiterdrucken. Hast du den zweiten Abschnitt übersetzt?«

»Nicht nur das. Da du mich heute abend versetzt hast, hatte ich genug Zeit, auch den dritten zu bearbeiten.« Schäfer entkorkte die Sektflasche, goß zwei Gläser voll und setzte sich zu ihr an den Tisch.

»Danke, ich möchte eigentlich nicht. Ich wollte dir nur zwei Dinge sagen und die Übersetzungen mitnehmen. Also, hör zu!«

»Nein. Jetzt hörst du zu!«

»Willst du dich ausgerechnet jetzt mit mir streiten? Es ist mitten in der Nacht.« Sie zündete sich eine Zigarette an und nippte an dem Sektglas.

»Nein, verdammt noch mal, laß mich doch ausreden.« Schäfer stand auf und holte einen Aschenbecher.

»Bitte setz dich wieder und erzähl mir, was du zu sagen hast. Es macht mich nervös, wenn du herumläufst.«

»Du wirst noch viel nervöser werden.« Schäfer nahm sein Sektglas und lehnte sich an den Kühlschrank. »Wo sind die Fotos von dem vierten Teil des Textes, die ich noch nicht habe?«

»Im Hotel. Was willst du damit? Wir müssen erst einmal drucken, was du schon übersetzt hast.«

»Du sagst mir gleich deine Zimmernummer, und ich werde sie holen. Hier sind sie sicherer.«

»Bist du jetzt auch durchgedreht?« Sie nahm einen kräftigen Schluck aus dem Sektglas.

»Caroline, bitte bleib eine Minute ruhig hier sitzen. Nur dieses eine Mal! Wenn du aus der Wohnung gehst, zerre ich dich an den Haaren wieder herein.«

»Was willst du von mir?«

»Bleib sitzen!« Schäfer ging hinüber in sein Schlafzimmer und fischte die Mappe mit der Übersetzung zwischen den Büchern hervor.

»Hör zu«, sagte sie, als er wieder in der Küchentür stand. Sie war aufgestanden und hatte sich ein zweites Glas eingeschenkt. »Ich weiß nicht, was mit dir los ist, aber ich bekomme langsam doch Hunger.«

»Der Appetit wird dir vergehen.« Er legte die Mappe vor sie auf den Tisch. »Lies das!«

»Was ist das?«

»Der dritte Teil.«

»Nichts gegen deine Arbeit. Aber ich bin todmüde. Das muß ich doch nicht jetzt lesen.«

»Doch.« Schäfer bekam vor Aufregung kein Wort mehr heraus. Er nahm ihr das Glas aus der Hand und trank es aus.

Sie sah ihn entgeistert an.

»Caroline, dieser Text ist eine derartige Bombe, daß er uns zwischen den Händen explodieren kann. Die Geschichte ist so heiß, daß deine ganzen Sensationsartikel dagegen die reinsten Ammenmärchen sind. Verdammt noch mal, Caroline, was du da entdeckt hast, könnte der wichtigste Text der Geschichte sein. Wenn du je Kinder haben solltest, werden die das Datum auswendig lernen, an dem du ihn gefunden hast.«

Caroline sah ihn mit ihren großen Augen an. »Soll das ein Witz sein?«

»Das ist kein Witz. Ich habe jeden Buchstaben auf dem Foto zigmal kontrolliert. Ich irre mich nicht. Caroline, wir haben etwas entdeckt, mit dem wir so steinreich werden können, daß du dir dein eigenes Verlagshaus kaufen kannst.«

»Was zum Teufel steht denn da drin?«

»Lies es. Für diesen Text würden die Monsignori noch ganz andere Sachen machen, als dich aus dem Hotel zu schmeißen. Wenn denen auch nur annähernd klar wird, was wir da in der Hand haben, dann schicken die eine ganze Armee los, um die Fotos in die Hand zu bekommen.«

»Du phantasierst. Es ist ein Uhr nachts. Du bist überarbeitet. Laß uns morgen darüber reden!« Sie stand auf.

Schäfer faßte sie am Arm und drückte sie wieder auf den Stuhl. »Ich dachte mir, daß du mir nicht glauben würdest. Ich werde dir also ein Angebot machen, das du nicht abschlagen kannst.« Er zog sein Portemonnaie aus der Tasche.

»Um die paar Seiten zu lesen, brauchst du etwa eine Viertelstunde. Ich gebe dir für jede Minute fünfzigtausend Lire.« Er zählte das Geld auf den Tisch.

Caroline zog ihren Blouson aus. »Wenn du dich so leicht von deinem Geld trennst, muß der Text der größte Hammer seit Watergate sein.«

»Watergate ist dagegen ein Sturm im Wasserglas.«

»Schenk mir noch ein Glas Sekt ein und setz dich neben mich. Die Fotos holen wir nachher gemeinsam aus dem Hotel, wenn du unbedingt willst. Diese Viertelstunde können sie da noch liegen bleiben.« Caroline sortierte die Seiten und begann zu lesen.

12

Dritte Buchrolle, Spalte eins

Ne ego homo sum infelix ... Was bin ich für ein Unglücksmensch. Ein scharfer Wind weht heute über Herculanaeum. Er trieb den Staub mir in die Augen. Seit Stunden bin ich fast blind. Aus den Ruinen hinter dem Forum hört man wilde Hunde heulen. Vielleicht taten die Besitzer doch gut daran, die Häuser nach dem großen Beben vor siebzehn Jahren nicht wieder aufzubauen. Erneut traf in der Nacht ein leichter Erdstoß die Stadt. Eine Staubsäule steht über dem Gipfel des Vesuvs und scheint ein großes Unwetter anzukündigen. Den Fortgang der Stunden ahnt man nicht, das gleiche trübe Licht erhellt am Morgen wie in den Mittagsstunden dürftig dieses Haus. Fast möchte ich Fackeln aufstecken lassen.

Nur die Mahlzeiten teilen meine ungeliebten Tage ein. Die fette Fischsoße bekommt mir nicht. Mag sie auch besser sein als die verdünnte Soße, die in Rom die Händler verkaufen, liegt sie mir doch allzu schwer im Magen. Den Hunger stille ich ohne Freude. Schon beinah mit Wehmut gedenke ich der Kaldaunen-Würste, die Asiaticus so vortrefflich zu bereiten wußte. Wie konnte nur ein so schlechter Mensch in einem so guten Koch verborgen sein. Eines seiner Festmahle, die mich so milde stimmten, brachte mich dazu, den zweiten Schritt des teuflischen Planes von Asiaticus selber zu befehlen.

Es war eines dieser Nachmittags-Mahle, die mit gepökeltem Schweinerücken, gebratenem Fasan und den unübertroffenen gerösteten Kastanien mir den Sinn vernebelten. Nie hatte ich mehr als nötig auf das Essen am Nachmittag gegeben. Jetzt wurde es ein Fest, auf das ich mich bereits am Morgen freute. Selbst die ältesten Senatoren besaßen sicher keinen geschickteren Koch als ich. Seine Kunst war das Maßhalten. Etruscus hatte mit immer größeren Mengen der teuren Fischsoße Garum versucht, die Speisen schmackhafter zu machen. Allein der Gaumen konnte außer Garum nichts mehr schmecken. Auch den teuren Pfeffer und den Wurzelsaft Asa foetida gebrauchte Etruscus, als ob ich der Kaiser wäre. Asiaticus nahm nur ein wenig von den besten Gewürzen, mischte sie jedoch so gut, als koche er für die Götter. So blieben die Kosten für die Speisen gleich, und das Nachmittags-Mahl bot dennoch nur Spezialitäten.

An jenem Tag kam Asiaticus unter dem Vorwand, selbst die leeren Schalen zurück in die Küche zu tragen, in das Triclinium. Julia, die kaum von den Speisen genossen hatte, war bereits zurückgekehrt in ihre Kammer, um mir zu entfliehen. So befahl ich dem fetten Asiaticus, Platz zu nehmen, um mir Gesellschaft zu leisten. Ich gab ihm sogar Wein. Er wußte nur zu gut, daß ich auf das Geschwätz eines Sklaven nichts gab. Er schwieg daher, bis ich ihn anredete.

»Deine Kochkunst erfreut mich sehr. In Kürze werde ich meine Freunde hier versammeln, auf daß sie bei einem Festschmaus den Gaumen sich von dir verwöhnen lassen. Für diesen Tag will ich dir auch eine neue Toga schenken. Dein schmutziges Oberkleid, das alle deine Soßen schon gekostet hat, macht weder dir noch mir viel Ehre.«

»Von meinem schmalen Lohn konnte ich mir bisher kaum ein neues leisten. Doch Herr, wenn ich die bescheidene Bitte äußern darf, so sagt mir diesen Festschmaus zwei Tage vorher an, da vieles vorzubereiten sein wird.«

»Deine Umsicht ehrt dich, Sklave. Ich werde es dich früh genug wissen lassen.«

»Ein Spanferkel, gefüllt mit gebratenen Würsten, und einen großen Fisch, verziert mit Wachteleiern, könnte ich auftragen.«

»Koch, du machst mich hungrig. Den Speiseplan vertraue ich voll und ganz dir an.«

»Ich hoffe, das Fest wird dich zerstreuen. Mir scheint, dich plagen große Sorgen.«

Gedankenverloren stimmte ich ihm zu.

Er fuhr fort: »Das Schicksal der Herrin Julia plagt dich, die regungslos an deiner Seite sitzt. Es ist nicht gut, daß ein Weib keine Aufgabe und Arbeit im Hause hat.«

Statt ihn zu prügeln wegen dieses frechen Rats, fragte ich in meiner Güte zurück: »Und was soll sie tun?«

Er antwortete rasch und spielte den Verschämten: »Frage sie nur, Herr. Sie wird die Antwort wissen.« Dann verschwand er schnell in der Küche. Ich tappte auch in diese Falle und nahm den Ratschlag an.

Schon am darauffolgenden Morgen stieg ich zu Julias Gemach hinauf. Ganz gegen jede Gewohnheit trank ich schon zu früher Stunde eine Schale Wein. Seit Tagen hatten wir nun nicht mehr als einige Worte gewechselt. Sie saß im Zimmer auf der Liege und stierte auf den Boden.

Gedankenverloren blickte sie auf und sah so leer, als erkenne sie den Eintretenden nicht, mich an.

»Julia, ich habe mit dir zu reden.«

Sie nickte nur stumm.

»Du sollst eine Aufgabe in diesem Haus wahrnehmen.

Nicht länger möchte ich, daß du Tag um Tag in deiner Kammer verträumst.«

»Welche Aufgabe soll das sein?« fragte sie mit leiser Stimme, als langweile sie das Gespräch, noch bevor es begonnen hatte.

»Das wähle du. Meine Aufgabe erfülle ich schon. Du sollst etwas tun. Du bist die Herrin des Hauses. Zeige es auch!«

Als wären alle Furien in sie gefahren, so schrill lachte sie auf. »Dies ist nicht mein Haus. Es ist mein Gefängnis. Mehr als deine Sklavin bin ich doch nicht. Bald wirst du mich in Ketten legen wie die Sklaven des Nachts und mich prügeln wie den alten Koch.«

Welch armselige Furcht doch in ihr steckte. Viel zu sehr mußte ich auf meinen Ruf achten, als daß ich mein Weib in Ketten hätte legen können. Ahnte sie das nicht einmal? Ruhig sprach ich: »Ich bin nicht hier, um dich zu strafen. Ich bin hier, um dich zu fragen, welcher Sache du dich widmen willst.«

»Da du mich fragst, zum ersten Mal, ergreife ich die Gelegenheit gern beim Schopfe. Mein Vater soll hier in dem Hause einziehen. Er ist arm, meine Mutter tot. Er wohnt in einer elenden Kammer neben der Backstube. Hier ist mehr Platz als genug.«

»Du bist von Sinnen. Als Sproß deines Geschlechtes reichst du mir voll und ganz.«

»So miete ihm ein Zimmer in den Insulae-Wohnhäusern in unserer Straße.«

Ihrem Geist gelang es nicht, auch nur zu erahnen, was sie zu wählen hatte. Ich sagte: »Dem klapprigen Greis will ich nicht in dieser noch in einer anderen Wohnung eine Bleibe bieten. Du solltest mir klar und deutlich sagen, womit du in diesem Haus deine Zeit mit Nutzen zu verbringen gedenkst!«

»Frag den Häftling doch in seiner Zelle, womit er die Zeit verbringen will! Dies ist nicht mein Haus.«

»So mache es auch zu deinem«, sagte ich ruhig.

»Gut.« Sie nickte und stand auf. Jetzt sprach sie mit erhobenem Haupt, als hätte ein Rhetor sie unterrichtet. »Als erstes will ich, daß das Wasser, welches mir die Sklaven am Morgen bringen, angewärmt werden soll. Wenn ich schon eines reichen Mannes Weib sein soll, will ich es auch genießen können.«

Ihr kindlich-weibischer Wunsch machte mich fast lachen. »Gut«, sagte ich. »So sei es.«

Ihr errötetes Kindergesicht ließ das junge Weib fast begehrenswert wirken. Ihre Brust hob und senkte sich rasch, so sehr war sie erregt.

»Im Perystil soll ein Kirschbaum gepflanzt werden, und im Becken sollen Muränen schwimmen. Eine Stunde am Tag will ich dort allein sein, um zu singen.«

»Ein Kirschbaum kostet viel. Aber gut, ich werde sehen, daß wir einen kaufen lassen. Die Stunde im Perystil sei dir gegönnt. Die Sklaven will ich gern für eine Stunde am Tag aus dem Hof verbannen, mich selbst wirst du kaum in meine Kammer sperren können«, sprach ich fast lachend.

»Dann will ich gehen, wenn du ins Perystil kommst.«

Warum ich ihre Frechheit an diesem Tag nicht mit dem Stock austrieb, kann ich noch immer nicht begreifen. Ich wandte mich zum Gehen.

»Gib mir eine Kammer oder zwei, in denen ich tun kann, was mir gefällt«, sagte sie.

»Und was ist es, das dir gefällt?« fragte ich sie wieder.

»Ich will weben. Nur rohe Wolle soll gebracht werden. Ich will sie waschen, spinnen und weben, wie es meine Mutter noch mich lehrte.«

Freude erfüllte mich. In diesem jungen Weib steckte

doch etwas Gutes. Die Tugenden der Frauen waren ihr nicht ganz abhold. Wie selbst des Kaisers Augustus Weib die Wolle für die Toga ihres Mannes selber spann und das wollene Unterkleid selbst gewebt hatte, wollte auch Julia diesen Dienst mir tun. Die Freude machte mich blind, denn auf ihre freche, ungeheuerliche Bedingung ließ ich mich ein.

»Nur eines erbitte ich noch«, sagte sie. »Diese Kammern darfst du nur betreten, wenn ich es gestatte. Wir weihen die Räume der Bona Dea, der Göttin der Frauen, die anzubeten dem Mann verwehrt ist.«

»Und aus welchem Raum willst du mich aussperren? Es ist wohl deine eigene Kammer, die du der Bona Dea widmen willst, damit ich dich nachts nicht wieder aufsuchen kann.«

»Gib mir nur die beiden leeren Vorratsräume neben der Küche.«

Ihre Bescheidenheit überraschte mich. Diese Räume waren dunkel und zu feucht, um dort Speisen oder Korn zu lagern. Sie lagen so nahe bei der Küche, daß der Geruch der Braten einen Aufenthalt in diesen Kammern wenig erquicklich machte. Zudem trieb der Wind durch die Fugen einer kleinen Holztür, die sich zur Straße öffnete, Staub und Regen in die Kammer. Vor langer Zeit hatte die Tür den Küchensklaven als Aus- und Eingang gedient. Jetzt war sie verriegelt. Warum das junge Weib ausgerechnet in dieser Kammer weben wollte, erschien mir rätselhaft. Hatten doch auch die Ahnen die Arbeit im Hause immer überaus hoch geachtet.

»Die Kammern seien dir gegönnt. Auch Webrahmen und Wolle will ich noch heute dir kaufen lassen.«

Zum ersten Mal seit unserer Hochzeit zeigte Julia sich dankbar. Wie hätte ich denn ahnen können, daß ich der Christensekte einen Versammlungsraum geschaffen hatte?

Krachend stürzte soeben ein Ziegel vom Dache. Gern unterbrach ich meine trüben Erinnerungen und ging in den Hof. Die Freigelassenen sammelten die Bruchstücke des Ziegels auf und verschwanden, als sie mich aus der Kammer kommen sahen. Ein kleines Loch klafft jetzt im Dach. Der Wind pfeift hindurch. Noch immer verhängen graue Wolken das Blau des Himmels. Trüb plätschert kaltes Wasser aus dem Brunnen im Hof. Kalt starrt mich die Fratze des Satyrs an, der die rote Mauer im Hof doch schmücken soll. Wie gern hätte ich für einen Tag auch nur bei Sonnenschein im Hof meine Aufzeichnungen fortgeführt. Selbst das ist mir verwehrt. Immer wieder zieht es mich in die dunkle Kammer.

Nicht einmal Kraft genug, um den Befehl zu geben, daß der Ziegelstein ersetzt werde, finde ich. Dabei wird es bald regnen. Kälte steigt mir in die Beine. Sie scheinen taubes Fleisch zu sein. Wenn die Ahnen mich noch einmal an den Tod gemahnen und als Boten einen Schlaganfall mir schicken, werde ich diese Beine nicht mehr bewegen können. Das prophezeiten mir die Ärzte schon nach dem ersten Schlag. Just an dem Morgen, an dem ich durch allzu loses Geplapper einen Mörder mir vor das Haus rufen sollte, schickten mir die Ahnen aus der Unterwelt einen Anfall.

Seit wenigen Wochen erst waren zwei Zimmer in meinem Haus in Rom als Werkstatt für Julia eingerichtet. In kaltem Schweiß gebadet, wie nur der Toten Stirn sie kennt, erwachte ich an diesem Morgen. Meine Beine waren taub. Umsonst versuchte ich den Fuß zu heben, die Glieder rührten sich nicht vom Fleck. Auch der Arm, der alte Gefährte, hob sich nicht, wie ich ihm befahl. Taub zeigte sich die Göttin Salus gegenüber meinem Flehen. Mühsam konnte ich mich nur beherrschen, vor Angst nicht zu schreien. Ich hörte, wie Julia schon bei der Arbeit versonnen vor sich hinsang. Langsam nur konnte ich die Hand dazu zwingen, mein Bein kraftlos zu massieren. Wie alter, von Fäulnis angefressener Stoff fühlten sich mein Bein und darauf die stumpfen weißen Haare an. Kraftvoll war es nie gewesen. Nie war ich in den Krieg gezogen, hatte nicht Meile um Meile marschierend hinter mich gebracht. »Hackt es ab, das Bein ist taub«, stammelte ich wie im Fieber.

So spät entdeckte ich Narr mein eigenes Alter. An diesem Morgen zersprang der Traum, durch fortgeschrittene Jahre auch eine große Würde zu erreichen, wie ein unnützer Teller. Wie konnte ich nur glauben, das Alter lasse mir Geschmeidigkeit und schenke mir das ehrenvolle Aussehen eines ergrauten, weisen Greises?

Stumpf fiel ich zurück auf die Liege. Noch immer prangte das schlecht gezeichnete Bild der Reiterscharen Scipios in Afrika auf meiner Wand. Wenn meine Asche, kümmerlich in einer feuchten Urne verscharrt, in dunkler Erde ruhen wird, wird das verdammte Bild noch immer diese Wand dort schmücken, fuhr es mir durch den Sinn. Wie dumm war doch dieser verzweifelte Gedanke. Wie stolz hat Plinius das Grauen des Alters besungen. Mein hohler Geist war nur zu stumpfer Verzweiflung fähig. So tot wie dieses Bein war auch mein Kopf. Nicht einmal die Furcht vor meinem Sterben diktierte mir einen großen Satz. So wie mein Körper hier in dieser Kammer nur zum dummen Sterben fähig war, schuf auch mein Geist im Angesicht des Todes nur Geschwätz.

»Ihr Götter«, murmelte ich auf der verdammten Liege und faßte das Bein des Bettes, als könne es Trost mir spenden. »Die Ahnen rufen mich. Ihr Götter, steht mir bei«, versuchte ich zu beten. Ich alter Narr besann erst an jenem Tag mich auf den Beistand des kraftvollen Jupiters. Doch der Gott blieb stumm. Was konnte anderes ich auch erwarten. Seit Jahrzehnten hatte ich lustlos den Göttern geopfert, und nur aus Neugier war ich der Prozession der Vestalinnen gefolgt. Nie hatte ich zum stolzen Mars gebetet, dessen Figur ich in das Atrium schleppen ließ. Als Schmuck diente mir der Gott. Ein Kind war ich wohl noch, als ich zum letzten Mal zu den Göttern mit ganzem Herzen gebetet hatte. Ich ließ den Kopf auf die Liege sinken. »Ich bin bereit zu sterben«, jammerte ich mir zu.

Plötzlich verstummte Julias Gesang. Ich wollte aufspringen, um zu ihr zu gehen. Ich mußte mit einem lebendigen Menschen sprechen. Mühsam nur konnte ich die Beine heben. Die Kammer verdunkelte sich vor meinen Augen. »Julia«, flüsterte ich. »Hilf mir!«

Ich schleppte mich ins Perystil. Wie einen aus der Unterwelt entflohenen Schatten starrten mich die Sklaven an. Ich rief Philippus, meinen Sklaven. »Hol Fabius! Er soll das Bild der Schlacht des Scipio in meinem Schlafraum übermalen. Mach schnell!« Dann schlich ich zur Wasserschale. Das kalte Naß erfrischte mich nur wenig.

»Julia, warum singst du nicht«, murmelte ich wieder. Ich schleppte mich zu den Küchenräumen. Entsetzt sah Asiaticus mich an. »Klopfe an die Tür ihrer Kammer und sag ihr, sie soll das Bild der Bona Dea bedecken. Ich will zu ihr.«

Ich vernahm Julias Antwort: »Warte, ich komme heraus.«

»Ich kann mich nicht mehr auf den Beinen halten.«

Ich fiel gegen die Tür, die aufschwang, und taumelte in die Kammer. Auf einen Ballen roher Wolle kam ich zu liegen. Ich nahm ein Tuch, warf es auf das Bild der Göttin, ohne es anzusehen. Mühsam richtete ich mich auf dem Ballen auf. Dumm glotzend stand Asiaticus in der Tür.

»Geh und schließ die Tür!« befahl ich ihm mit schwacher Stimme.

Entsetzt sah Julia mich an. »Du darfst hier nicht sein«, stotterte sie.

»Deine Göttin ist verhüllt. Laß mich!«

Der Raum war klein und stickig. Hinter ihrem Webrahmen und inmitten all der Wolle schien Julia mir sonderbar tröstend, wie mein braves Weib, das ruhig seine Pflicht erfüllt. Wohl bemerkte ich die Unruhe in Julia. Doch ahnte ich nicht den Grund. Ich bemerkte nur gleich, daß sie versuchte, mit dem Rücken das kleine Tor zur Straße hin zu verdecken. Auch sah ich, daß ein neues Schloß das Tor verriegelte. In meiner Schwäche dachte ich nur: Wann hast du bloß den Befehl gegeben, das Schloß austauschen zu lassen?

»Was ist mit dir geschehen? Was starrst du mich so an?« fragte Julia ängstlich.

»Singe, ich bitte dich«, stotterte ich.

»Ganz wie du befiehlst. Doch du bist krank und solltest dich auf deiner Liege ausruhen, nicht hier«, sagte das junge Weib.

»Laß mich hier eine Weile ruhen. Singe!«

Ihre zarte Stimme rührte mich.

»Julia, höre! Wir ehren die Götter nicht. Sie verlassen uns«, sagte ich leise.

Sie unterbrach ihren Gesang. »Ich wußte nicht, daß du viel auf die Götter gibst«, antwortete sie rasch.

»So ist es. Allein ohne Beistand eines Gottes stehe ich. Im Schlaf riefen mich in der Nacht die Ahnen an. Ich fürchte meinen Tod.«

Ruhig, als plauderte ich von den Preisen der Gänse auf dem Markt, webte sie weiter. »Deine Götter können dir nicht helfen«, sagte sie.

Ich verstand nicht, was sie meinte. »Sie haben mir einmal geholfen. Als mein Vater starb, war ich noch ein Kind. Er war Soldat und vom Feldzug nicht zurückgekehrt. Eines Abends schlich ich ins Juno-Heiligtum. Der Fackelschein wärmte die Betenden und das Gesicht der Göttin. Ich war nicht allein in dem Tempel, doch als plötzlich die Göttin die Lippen öffnete, sprach sie nur zu mir. Sei ein starker Mann, sagte sie.«

Ungerührt hörte Julia mir zu. Das Sprechen brachte meine Lebenssäfte wieder in ihre Bahn. Ich spürte, wie das Blut langsam mir in die Adern zurückkehrte. Ich rief den Koch und wies ihn an, den besten Wein zu holen und ihn mit viel Wasser vermischt zu reichen.

»Gehen wir in das Tricilinium, dort kannst du ausgestreckt trinken«, sagte Julia.

»Bald. Doch laß mich noch einen Moment hier ruhig bei dir sitzen. Es beruhigt meine Gedanken, dich weben zu sehen.«

Asiaticus brachte die Schale Wein. Ich bot auch Julia von dem Getränk an. Sie verstand die Geste des Friedens, lehnte jedoch ab. Der Wein ließ meinen Kopf nicht schwer werden, sondern schien meinen alten Körper zu erfrischen.

»Gern sehe ich, wie deine jungen Hände den flinken Faden lenken. Von düsteren Gedanken bist du verschont.«

»Ich webe gern.« Fröhlich lachte Julia, erleichtert wohl, daß ich nicht entdeckt hatte, was in dem Raum verborgen war. »Ja, dankbar bin ich dir, daß du die Wolle und den Webstuhl kommen ließest. Auch wenn die Weiberarbeit, ein Gewand zu wirken, wenig gilt, so freut es mich doch, eine kleine Arbeit in diesem Haus tun zu können.«

»Im Kleinen verbirgt sich oft das Große. Mein Leben widmete ich einer Arbeit, die nur bei wenigen etwas galt.«

»Du warst Besoldeter des hohen Senats und kein Weib, das nur im Hause etwas gelten darf. Sieh, bald steht die Sonne hoch am Himmel, und mehr nicht als dieses kleine Stück Stoff habe ich gewirkt. Es ist nur wenig, doch wenn ich es in der Hand halten kann, macht es mich froh.«

Wie eine Göttin vertrieb das junge Weib meine düstersten Gedanken. Daß sie mich nur zum Sprechen brachte, um meinen Blick zu trüben, ahnte ich nicht.

»Besser, als du denkst, verstehe ich deine Freude. Wenn ein wertvolles Schriftstück im Tabularium an seinen Platz zu bringen war, befahl ich nie einem Sklaven, die Rolle zum Regal zu tragen. Ich selbst nahm stolz das Papyrus in die Hände, als sei es meines, und trug wie ein Sieger das Dokument an seinen Platz. Es sorgsam abgelegt an seinem Ort zu wissen, war meine ganze Freude.«

Julia wandte sich wieder der rohen Wolle zu. Selbst für das kleine Webgestell war das Zimmer kaum groß genug. Nur einen schmalen Tisch und zwei Hocker hatte sie zwischen den Bergen roher Wolle und den kleinen Knäulen zarter Fäden unterbringen können.

Ich ließ nochmals Wein bringen und trank. »Zum ersten Mal seit vielen Jahren verspüre ich den Wunsch, Sextus wiederzusehen. Ich habe oft an ihn gedacht. Allein, die alte Feindschaft schien mir noch nicht begraben, und so suchte ich ihn niemals auf.«

»Wer ist jener Sextus?« fragte Julia rasch.

»Mehr als fünfundzwanzig Jahre war er mein erbittertster Feind. Vor dreißig Jahren, noch unter dem Prinzipat des Kaisers Claudius, lange bevor du geboren wurdest, waren wir gemeinsam ins Tabularium-Archiv eingetreten. Der Kaiser, der eine berühmte Geschichte der Etrusker geschrieben hatte, stockte die Zahl der Beamten im Archiv auf. Seite an Seite arbeiteten wir und haßten uns auf den

Tod. Es kam soweit, daß ich in solche Verzweiflung über Sextus geriet, daß ich Rom und das Archiv verlassen wollte.«

»Was hat er dir getan?« fragte Julia.

»Nun, ich glaube nicht, daß ich dir unseren Kampf erklären kann. Nur kleine, spitze Pfeile schossen wir ab. Sextus neidete mir vor allem meine sichere Hand. Hielt ich eine Buchrolle, deren Papyrus in Ägypten nicht sorgfältig genug gestampft und dann geglättet worden war, wußte ich beim ersten Wiegen in der Hand zu erkennen, ob die einzelnen Blätter einer Rolle sorgsam aneinandergeklebt waren oder nicht. So manche Rolle zog ich bei meinem Gang im Tabularium aus den Regalen und reichte sie den Sekretären. Nicht einmal irrte ich. Die Seiten der Rollen, die ich herausgegriffen hatte, waren auseinandergebrochen und mußten neu geklebt werden. Sextus haßte mich ob dieser Fähigkeit.«

»Unternahm er etwas gegen dich?«

»Ja, er machte sich beim obersten Beamten des Archivs beliebt und setzte sich für die Zusammenfassung aller militärischen Berichte in einem Teil der Bibliotheken und aller zivilen in einem anderen Teil ein. Seit Jahren hatte ich jedoch mit meinen Händen Hunderte von Büchern nicht nach militärisch oder zivil unterschieden, sondern nach den betreffenden Provinzen eingeordnet. Die Berichte der Armee waren auf solche Weise abgelegt, daß sie die Aufzeichnungen der Reisenden aus diesen Provinzen ergänzten. Diese Sache scheint dir sicher nicht groß und eines Streites kaum würdig. Als Archivar sah ich mich jedoch an einem einzigen Tag vor den Trümmern jahrelanger Arbeit.«

Ich trank von dem Wein, der meine Sinne immer mehr belebte, dann fuhr ich fort: »Die Niederlage war um so schmerzlicher, als ich jahrelang zahlreichen Feldherren, die in ferne Barbarenländer ziehen mußten, Bücher gab und so einen kleinen Teil zu ihrem Sieg beitrug. Ich gab ihnen Buchrollen über den Bau der Brücken, über die Kunst der Reiterei in tiefem Gelände oder über die Sitten der Germanen zu lesen. Viele vergaßen mich nicht, wenn sie im Triumph in Rom einzogen. Mit Geldgeschenken und Beute aus fremden Barbarentempeln wurde ich geehrt.«

»Sonderbar«, sagte Julia und unterbrach ihre Arbeit, »soeben erst bist du bleich und atemlos hier in die Kammer gekommen. Jetzt plauderst du, als wäre nichts geschehen. Hat ein Fieberanfall dich im Schlafe überrascht?«

Sie hatte recht. Vor wenigen Augenblicken nur hatte mich die Angst zu sterben in engem Griff gewürgt. Jetzt schien der alte Körper wieder stark. Arme und Beine verweigerten nicht länger ihren Dienst.

»Ich glaubte, geträumt zu haben, daß mich die Ahnen aus dem Hades anrufen. Kein Traumbild war mir jedoch vor den verschlafenen Augen erschienen. Wohl nur die morgendliche Mattigkeit deutete ich voreilig als ein Zeichen, als Ahnung meines Todes gar. Ich fürchte, ich habe dich erschreckt«, sprach ich sanft.

»So wie es jetzt ist, hatte ich mir die Ehe mit dir wohl erträumt«, fuhr Julia fort. »Daß du wie mein Vater einst neben mir sitzt und mit mir plauderst. Nur, daß aus deinem Leben du sicher mehr als mein Vater zu erzählen weißt, der Tag auf Tag mit seinem Brot euch Herren von weitem nur die geheimen Geschäfte des Staates besorgen sah.«

»Auch ich bin froh«, sagte ich rasch. »Es drängte mich, mit dir zu sprechen. Verlassen glaubte ich mich plötzlich.« Kaum hatte ich diese allzu offenen Worte ausgesprochen, ergriff mich die Scham.

»Sextus war also dein Freund«, kam Julia mir zur Hilfe.

»Er war mehr als ein Freund. Er war der wichtigste Weggefährte meines Lebens, obwohl wir uns doch haßten. Wir erwogen sogar, bei unserer Entlassung aus dem Tabularium ein Buch über die Verwaltung der Bücher zu schreiben. Verbrecherisch schien es uns, den Schatz an Wissen, den wir angehäuft hatten, mit uns untergehen zu lassen. Wir gaben den Plan jedoch bald auf. Die Fehler unserer Nachfolger, der Freigelassenen des Kaisers, hätten wir aufnehmen müssen, und unser Spott wäre der Majestätsbeleidigung gleichgekommen.«

»Warum wurdet ihr entlassen?«

»Vespasian war geizig. Die Freigelassenen erhielten kaum den zehnten Teil des Lohns, den wir bekommen hatten.«

»Wenn euch doch das gleiche Schicksal bis zum letzten Tag bestimmt war, warum saht ihr nie einander wieder?« fragte Julia.

»Unsere Freundschaft war nicht von gewöhnlicher Natur. Erst als der wahnsinnige Nero die Stadt tyrannisierte, schloß ein feines Band, das keine Freundschaft und keine Feindschaft war, mit Sextus mich zusammen. Wir sprachen nicht mehr als nötig miteinander. Nach dem Tagwerk ging ein jeder seiner Wege. In dieser Zeit thronte ein kranker Kopf auf diesem gigantischen Körper, zu dem das Reich gewachsen war. Die treuen Diener dieses Staates, die noch nicht aus dem Amt gejagt worden waren, mußten Sorge tragen, daß es nicht zusammenbrach. Wir waren zwei von ihnen. Wir wollten das Archiv retten, bis ein anderer Kaiser regieren würde. Die Göttin Roma stand uns bei. Nero zeigte kein Interesse am Tabularium. Nur einen entfernten Verwandten seiner Günstlinge mußten wir aufnehmen. Alles, was Neros Blick auf das Archiv hätte lenken können, hielten wir geheim.«

»Was hieltet ihr vor dem Kaiser denn verborgen?« fragte Julia wieder.

»Viele Schriften. Wir bewahrten Gesetzestexte der Republik, die deutlich bewiesen, daß Nero alle Grundsatzregeln des römischen Rechtes übertreten hatte.«

»Daß Nero diese Gesetzestexte wirklich gefürchtet hätte, glaube ich nicht. Schafft doch jeder Kaiser seine eigenen Gesetze und erfreut sich noch an dem Übertreten alter Regeln.«

»Nun, wir besaßen auch noch wichtigere Dokumente, die ich beim großen Brand eigenhändig aus dem Archiv rettete und die im neuen Staatsarchiv nun aufbewahrt werden.«

»Was für Dokumente waren das?«

»Ich erinnere mich an den Brief des Statthalters aus Palästina, der an den Senat und Kaiser Tiberius gerichtet war.«

Als wenn ihre Neugier geweckt worden wäre, fragte Julia: »Schrieb er über Wunder, die in seinem Land geschehen waren?«

»Nichts Wundersames enthielt der Brief. Es war ein Dokument, in dem der Statthalter erklärte, daß er mit einem Schiff voller Veteranen, die ihre Militärzeit abgedient hatten und auf dem Weg zurück nach Rom waren, eine Gruppe Rebellen aus Palästina in die Verbannung auf eine der Inseln vor Sizilien geschickt hatte. In jener Zeit war es noch üblich, Staatsfeinde nicht durch eine Hinrichtung zu Helden zu verklären.«

»Was war an dem Brief so sonderbar?«

»Der Statthalter schrieb wie ein Dichter der Komödie. Er schrieb, er habe mit ein paar Worten die Aufrührer überzeugt, besser mit ihrem Kopf auf den Schultern das Schiff zu besteigen, als ohne Kopf an Land zu bleiben.«

»Nur aus diesem Grund, weil die Schrift amüsant war, hieltest du sie vor Nero geheim?«

»Nicht nur. Ich wollte diesem Tier von einem Kaiser nicht mit einem Leckerbissen für seine Spottlieder unser Tabularium empfehlen. Unter den Namen der Rebellen, die das Schiff in die Verbannung bestiegen, nannte der Statthalter Pilatus auch einen Mann, der Jesus hieß und dem man wohl den Göttertitel Christus gab.«

Der Fürst von Strasano

I

Zwischen den Hügeln tauchte ein Motorrad auf, der Fahrer beugte sich tief über den Lenker. Das Motorrad verschwand zwischen den Olivenbäumen, bog in die enge Kurve vor dem Kirschgarten ein und fuhr über die Brücke durch das Tor. Der Fahrer bremste ab, um auf dem Kies nicht ins Rutschen zu kommen, und fuhr die Auffahrt zum Palast hoch. Er hielt neben dem Delphinbrunnen unten an der Freitreppe.

Giacomo wischte den Schleier beiseite, den sein Atem auf das Fenster gezeichnet hatte. Unten stand Stefano La Verga, der Postbote, noch immer über den Motor des Postautos gebeugt, als hätte er das Motorrad nicht kommen hören. Der Fahrer trat neben ihn und nahm den Helm ab. Die beiden Männer wechselten ein paar Worte, dann beugten sie sich gemeinsam über den Motor. Der Motorradfahrer richtet sich plötzlich wieder auf, schlug leicht mit dem Kopf gegen die Motorhaube, fluchte und ging zu seiner Vespa. Er wuchtete eine Werkzeugtasche vom Gepäckträger, nahm einen großen Schraubenschlüssel heraus und beugte sich wieder über den Wagen. La Verga richtete sich auf und sah zum Palast hoch. Als er Giacomo hinter der Glasscheibe am Hauptportal erkannte, machte er ihm ein Zeichen herunterzukommen.

Giacomo dachte nicht daran hinunterzugehen. Draußen war es viel zu kalt, und außerdem haßte er La Verga. Der junge Postbote führte sich wie ein Herr auf, seit er dem Fürsten die Briefe persönlich bis ins Rauchzimmer bringen durfte. Zweifellos wußte er nicht, daß er, Giacomo, jahrzehntelang am unteren Ende der Freitreppe gewartet hatte, damit Rinaldo, der alte Briefträger, mit seinen lehmigen Stiefeln nicht die Marmorstufen beschmutzte. Das war lange her. Giacomo sah den dunklen Wolken zu, die der Wind vom Golf auf das Land zu trieb. Ein Regenschauer kündigte sich an und mit ihm vielleicht ein Gichtanfall. Giacomo schaffte den Weg bis in die Zimmer des Fürsten nur noch einmal am Tag. Obwohl er seit dem Tod seiner Frau im Palast wohnte und sich so den weiten Weg vom Dorf bis hier herauf ersparte, reichte seine Kraft für mehr nicht mehr aus.

Giacomo wußte, daß der Fürst dem Postboten Trinkgeld gab. Er wußte nicht, wieviel es war, aber es mußte eine stattliche Summe sein, die der Briefträger einstrich. Zu eifrig sprang der junge Mann die Treppe hinauf. Giacomo hatte nie Trinkgeld bekommen. Nur hin und wieder einen neuen Anzug, damit er als Diener eine stattliche Figur abgab, und zu seinem Geburtstag eine Flasche Wein. Heute hatte der Briefträger nicht einmal gegrüßt, als Giacomo ihm die Tür aufgeschlossen hatte. Als er dann heruntergekommen und der Wagen nicht mehr angesprungen war, hatte Giacomo gedacht: Das hast du verdient. Er hatte sich lange bitten lassen, bis er endlich bereit gewesen war, die Werkstatt unten im Dorf anzurufen.

Stefano La Verga zeigte dem Mechaniker etwas im Motorraum, dann wandte er sich ab und ging am Delphinbrunnen vorbei zur Treppe. Giacomo hörte den Kies unter den schweren Schuhen des jungen Mannes knirschen. Der Postbote war mit ein paar Sprüngen die Treppe hoch und klopfte an die Scheibe. Giacomo trat einen Schritt zur Seite und schloß die Tür auf.

»Du solltest herunterkommen. Ich habe dir doch gewinkt.«

Giacomo antworte nicht. Er hätte leicht der Großvater

dieses Bengels sein können. Er war froh, daß er es nicht war.

»Wir brauchen ein paar Lappen. Bei der Kälte rutschen die Finger am Werkzeug ab.«

»Wir haben keinen Putzlappen. Besorgt euch selber welche.«

»Hör mal, du wirst doch in diesem Riesenhaus ein paar Lappen auftreiben können.«

Giacomo sah an dem jungen Mann vorbei und zu dem Auto hinunter. Der Mechaniker schien eifrig zu arbeiten. Plötzlich hörte er sie. Zuerst glaubte er, er habe sich getäuscht, aber dann hörte er sie noch einmal, lauter. Kein Zweifel, es war die Glocke.

»So ruft dich also der Fürst. Jetzt komme ich seit Jahren hierher, aber die Glocke habe ich noch nie gehört.«

Giacomo sah ihn entgeistert an. »Sie war fünfunddreißig Jahre lang stumm. Als die Fürstin oben starb, läutete der Fürst zum letzten Mal.«

»Dann ist es wohl besser, wenn du dich sputest. Ich suche allein ein paar Lappen.«

»Nein.« Giacomo nahm den Postboten am Arm. »Du gehst jetzt raus. Hier läuft keiner herum, wenn ich nicht da bin.«

»Du bist wohl verrückt geworden.« Stefano machte sich los.

Der Diener trieb ihn wie einen Hund bis zur Tür. »Los, raus!«

»Du bist verrückt. In dem Palast gibt es doch schon längst nichts mehr zu stehlen, weil der Fürst alles versetzt hat.«

Giacomo schob La Verga vor die Tür und schloß ab.

Die Glocke läutete noch einmal. Ich komme ja, dachte Giacomo. Ich komme. Er stieg Treppenstufe für Treppenstufe, so schnell er konnte, hinauf.

Er hat sicher einen Herzanfall und hat in seiner Not die Glockenschnur gezogen, dachte Giacomo. Der Arzt hat immer gesagt, er hat ein schwaches Herz. Am oberen Ende der Treppe verschnaufte Giacomo nur einen Augenblick. Dann öffnete er die hohen Türen zum großen Empfangssalon. Weil sich ihm alles drehte, mußte er sich an dem Marmortisch abstützen, auf dem vor langer Zeit die goldene venezianische Uhr gestanden hatte.

Dann ging er durch den kleinen blauen Salon. Mit letzter Kraft öffnete er die Tür zum Ballsaal. Er ließ sich in den kleinen Sessel neben der Tür fallen, am Ende seiner Kräfte. Eine Staubwolke wirbelte durch die Luft. Der alte Diener fürchtete, daß er keine Luft bekommen würde. Als die alte Anna noch lebte, hatte er einmal im Monat zusammen mit ihr die kleinen Sesselchen und die Diwane an der Wand abgestaubt. Einmal hatten sie sogar eine kleine goldene Uhr gefunden, die vor Jahrzehnten zwischen die Polster gerutscht sein mußte. Anna hatte sie in Neapel verkauft, und sie hatten das Geld geteilt. Ich muß weiter, dachte Giacomo. Ihm war abwechselnd heiß und kalt. Die lange Reihe der Spiegel und Kristalleuchter unter der Decke schien wie aus gefrorenem Eis geformt.

Der Diener erhob sich mühsam. Er sah zur Decke. Hier oben konnte er die Glocke nicht mehr hören, aber er sah, daß sich das rote Band bewegte, das die Glocke läuten ließ. Es lief über den Stuck am Sims der Decke entlang. Giacomo bereute, daß er keinen der Spazierstöcke des Fürsten mitgenommen hatte. Vielleicht ist es das letzte Mal, daß du zum Fürsten laufen mußt. Geh, beeile dich, dachte der Diener. Endlich erreichte er den Korridor der Galerie. Das Band unter der Decke bewegte sich immer schneller. Er ging von Fenster zu Fenster, stützte sich an den Tischchen unter den Fensterbrettern ab und sah immer wieder hoch zu dem Band.

Wie ein schmaler roter Bach verband es die Bilder der ehemaligen Besitzungen des Fürsten, die in grellen Farben unter die Decke gemalt waren. Das Landgut von Torre Annunziata, das Sommerhaus im Weinberg am Vesuv und die kleine Thermenanlage bei Strasano waren abgebildet. Schon lange kam es Giacomo vor wie Bilder aus einem anderen Leben, als er mit dem alten und dem jungen Fürsten in all den Landhäusern gewesen war. Die Häuser waren fast alle verkauft worden. Wenn der Fürst stirbt, werden sie auch diesen Palazzo verkaufen und mich in die armselige Wohnung im Dorf jagen.

Endlich erreichte er die kleine Treppe, die zu den Privatzimmern führte. Setz dich nicht auf die Stufen, dachte Giacomo. Die Kälte des Steins ist Gift für dich. Du wirst schon nicht umfallen. Noch kannst du weitergehen. Geh immer weiter. Giacomo hielt sich an den abgegriffenen Löwenköpfen fest, die aus der Wand ragten. Er versuchte, nicht nach oben zur Decke zu sehen, weil er Angst hatte, daß das Band sich nicht mehr bewegen würde. Außerdem war das Bild unter der Decke ein solches Durcheinander, daß der alte Diener fürchtete, ihm würde beim bloßen Hinsehen übel. Die Götter tummelten sich in einer Schlacht mit den Titanen. Sie warfen große Felsbrocken, die so verzeichnet waren, daß sie wie riesige Kalbfleischstücke aussahen.

Es kam ihm vor, als wären Stunden vergangen, als er endlich oben an der Treppe stand und die Tür zur Bibliothek öffnete. Wenn er aus den Sälen des Erdgeschosses nach oben kam, schien es Giacomo immer noch, als müßte er den Kopf einziehen, um nicht gegen die niedrigen Decken zu stoßen. Nicht sterben, Fürst! Ich bin ja da. Giacomo stieß die Tür zum Rauchzimmer auf.

Fürst Eugenio Casacciolo hielt in der einen Hand eine Zeitschrift, mit der anderen riß er energisch an einem roten

Samtband. Er sah erstaunt zu, wie Giacomo sich mit einem Gesicht, das unter dem weißen Kranz der Haare vor Röte glühte, in einen Sessel fallen ließ. Der Diener war so erhitzt, daß sein Atem wie eine Rauchschwade vor seinem Mund stand. Das Feuer im Kamin war schon lange erloschen. Im Rauchzimmer war es kalt, doch der Fürst trug nur seinen Schlafanzug, Pantoffeln und einen seidenen Hausmantel.

»Ich glaubte, mit Ihnen wäre etwas geschehen.«

»Es ist etwas geschehen. Gib mir deine Brille.«

»Deswegen haben Sie geläutet? Ich bin auf dem Weg fast gestorben.«

»Ich muß wissen, ob ich richtig gelesen habe.«

Giacomo sammelte Luft. »Meine Brille hilft Ihnen nicht. Das habe ich Ihnen schon hundertmal gesagt. Sie brauchen eine eigene Brille.«

»Dann lies du!« Der Fürst reichte ihm die aufgeschlagene Zeitschrift.

»Was ist das?«

»Eine Zeitschrift, die ich jede Woche mit der Post beziehe. Du müßtest sie kennen. Lies!«

»Sie haben mich hierhergejagt, damit ich Ihnen vorlese?«

»Ich habe dich nur gerufen. Also lies!«

Giacomo war zu erschöpft, um sich zu wundern. Er nahm die Brille aus der Jackentasche. »Aus den Quellen des ...«

»Nicht die Überschrift. Lies, wo der Text beginnt.«

»O Himmel, o Erde. Laß ab von mir, Fortuna, wenn du die Göttin bist, deren Zorn ich herausgefordert habe.«

»Lies weiter.«

»Verfolge mich nicht länger, strafe mich nicht mit neuen Schlägen des Schicksals, da ich keinen Schild mehr habe, sie abzuwehren. Meine Hände, umwickelt mit schmutzigen Lappen, schmerzen, da ich ...«

»Er ist es«, sagte der Fürst.

»Er ist was?«

Fürst Casacciolo nahm dem Diener die Zeitschrift aus der Hand und ging zur Tür. »Komm mit, wir müssen etwas nachsehen.«

Der Fürst stieß die Tür zur Bibliothek auf, deren niedrige Decke mit einem kitschigen Sternenhimmel bemalt war, den er immer gehaßt hatte. Er vermied es, in die zimmerhohen, halbblinden Spiegel zu sehen. Seine Haare waren nicht gekämmt, er war noch nicht rasiert, und er trug nicht einmal ein Halstuch. Der Fürst hob die korinthische Vase, die eine billige Fälschung war, auf dem Kaminsims an und zog darunter den kleinen Schlüssel hervor.

Neben dem Bücherschrank standen die beiden Stative, die einmal Hasselblad-Kameras getragen hatten. Unter den weißen Schutztüchern wirkten die Stative wie dreibeinige tote Rieseninsekten. Er rückte eines der Stative vor dem sizilianischen Bücherschrank zur Seite. Hinter der Glastür, im mittleren Fach des Schrankes, über der kleinen Sammlung antiker Vasenscherben, hatte er vor langer Zeit die Familienbibeln und den signierten D'Annunzio eingeschlossen. Dort stand auch die Ledermappe.

Er schloß den Schrank vorsichtig auf und nahm die Mappe heraus. Sie war verschnürt und staubig. Ungeduldig löste er die Knoten und klappte sie auf. Die Abschrift war unberührt. Mit einer Hand zog er die zusammengehefteten Schreibmaschinenseiten heraus. Die Negative waren nicht mehr da.

»Was ist?« Giacomo lehnte erschöpft am Rahmen der Tür.

»Wo ist die Leiter?«

»Was sagten Sie?«

»Ich fragte, wo die hohe Leiter ist.«

»Im Innenhof. Wieso?«

»Wir müssen sie holen.« Der Fürst legte die Mappe auf einen der kleinen Goldlack-Spiegeltische, die verloren im Raum standen. Die dazu passenden Sessel waren verkauft worden. »Giacomo, komm her! Was ist in der Mappe?«

Der Diener schlurfte langsam zum Tisch. Er nahm die Abschrift heraus und schaute in die Fächer der Mappe.

»Abgesehen von den beschriebenen Blättern ist die Mappe leer. Sie werden sich erkälten, wenn Sie sich nicht ankleiden. Sie sollten sich etwas anziehen. Dann gehen wir in die Küche, und ich mache Tee. Das wird Sie beruhigen.«

»Giacomo, ich bin ruhig. Wir gehen jetzt hinunter und holen die Leiter.«

Giacomo wischte sich den Schweiß von der Stirn. Der Fürst schloß die Mappe wieder ein und ging zur Tür.

»Was hast du denn? Komm schon!«

Als sie die Treppe am Hauptportal hinunterstiegen, sah Giacomo durch die Glastüren, daß der Postwagen und die Vespa verschwunden waren. Auf den letzten Stufen stolperte der Diener, und der Fürst mußte ihn am Arm festhalten.

Giacomo spürte einen stechenden Schmerz im Fuß. Er schämte sich, weil er fühlte, daß ihm die Tränen kamen. Er blieb am Treppenabsatz stehen. »Fürst, es ist niemand mehr da, der uns helfen kann. Es ist besser, Sie gehen wieder nach oben und legen sich ihn.«

»Wenn niemand da ist, holen wir die Leiter eben alleine.«

Giacomo schluckte. Der Fuß schmerzte immer mehr. »Ich bin ein alter Mann, Fürst, ich kann nicht mehr bei all

Ihren Kapriolen mitmachen. Und auch Sie sind zu alt für solchen Unfug.«

»Zu entscheiden, was Unfug ist, steht dir nicht zu. Mir ist möglicherweise etwas gestohlen worden. Das muß ich herausfinden.«

Giacomo starrte den Fürsten feindselig an. »Aus diesem Haus ist so viel weggeschleppt worden, daß es auf eine Sache mehr oder weniger nicht mehr ankommt. Sie haben das Bild Ihres Großvaters verkauft. Seitdem gibt es hier nichts mehr, was noch irgendwer haben wollte.«

»Es war ein gräßliches Bild. Großvater sah in der Uniform eines römischen Legionärs aus wie in einem Karnevalskostüm.« Der Fürst öffnete die Tür und stieg die Treppen hinab.

Die Kälte drang ihm durch den dünnen Morgenmantel. Der Fürst fror. Er versuchte, sich tiefer in das dünne Tuch zu vergraben. Beim Delphinbrunnen bog er rechts ab und schritt durch den Torbogen, der in den alten Gemüsegarten geführt hatte. Nach dem Bau der Südumgehung von Neapel hatte der Fürst die Gärten, in denen die Tomaten früher so gut gediehen waren, zu einem Hügel aufschütten und mit Orangenbäumen bepflanzen lassen. Seit die Bäume dichtes Blattwerk getrieben hatten, konnte man die Autobahn wenigstens nicht mehr sehen. An den Gestank der vorbeirasenden Autos, den der Wind, wie vor langer Zeit den Duft von Oregano, aus dem Tal hinauf bis zum Palast trug, hatte er sich noch immer nicht gewöhnt.

Die Leiter lehnte beim Ziehbrunnen an einer Wand der alten Stallungen. Der Fürst hatte sie kaufen müssen, als er nach einem seiner alten Pächter geschickt hatte, damit der die Dachrinne am Hauptgebäude repariere. Der Fürst hob sie vorsichtig an. Sie war aus Aluminium und ganz leicht. Neben der Leiter fand er einen verrosteten kleinen Hammer. Er hob ihn auf und steckte ihn in die Tasche des Morgenmantels. Von seinem Diener war keine Spur zu sehen.

»Giacomo, komm her. Ich habe sie gefunden.« Er rieb sich die Hände und stellte sich nahe an die Wand, um nicht von dem kalten Wind erfaßt zu werden. Ich werde mich verkühlen, dachte er.

Der alte Diener kam langsam auf ihn zu. Er wischte sich mit einem Tuch die Augen.

»Was ist denn mit dir«, herrschte ihn der Fürst an. »Nimm die Leiter! Ich helfe dir.«

Der Diener schwang die Leiter auf die Schultern. Der Fürst hielt eine Sprosse am unteren Ende, damit die Leiter nicht auf den Boden schlug. Zweimal mußte Giacomo die Leiter auf der Freitreppe absetzen. Dann waren sie endlich oben.

Der Fürst öffnete die Türen. Er fror und spürte Seitenstiche vom Treppensteigen. Giacomo zog die Leiter neben sich her über den Marmorboden. Er schnauft wie ein Pferd, dachte der Fürst.

»Wo soll die verdammte Leiter denn hin?« fragte der Diener.

»Nach oben. In den Ballsaal.«

»Wir schaffen es niemals, die Leiter die Treppe hinauf zu tragen. Wenn ich stolpere, stürzen wir beide hin.«

»Gib her. Ich gehe vor.«

Der Fürst nahm die Leiter, setzte sie auf den Stufen ab und schob sie die Treppe hoch. Giacomo hielt das untere Ende fest. Er konnte kaum Schritt halten.

Im Ballsaal richtete Fürst Eugenio Casacciolo die Leiter auf. Der Diener ließ sich in einen Sessel fallen und rang um Atem. »Wir sind beide alte Männer, Fürst. Wenn Sie mich in Ihrem Alter zu solchem Unfug zwingen, dann muß ich Sie allein lassen und meine Rente verlangen.«

»Ach, Giacomo. Du willst uns seit fünfzig Jahren verlassen.« Der Fürst schob die Leiter nahe an die Wand unter den Gips-Merkur. »Geh jetzt.«

»Was?«

»Du sollst höflicher fragen, wenn du nicht verstanden hast. Ich sagte, geh!«

Giacomo stand auf. »Wenn Sie sich den Hals brechen, weil Sie von der Leiter gefallen sind, trifft mich keine Schuld. Immerhin kann ich mit den Flaschen aus dem Weinkeller dann einen Laden aufmachen.« Der Diener ging hinaus und schloß die Tür.

Der Fürst sah zur Decke. Der mannshohe Gips-Merkur saß auf einer Wolke und ließ die Beine nach unten hängen. In einer Hand hielt er einen Stab, dick wie vier Männerfäuste. Grimmig schaute er auf den Fürsten hinab.

Ich muß wissen, ob Sie die Botschaft noch haben, Gott der Reisenden und Händler. Das müssen Sie verstehen, schließlich sind Sie auch der Gott der Diebe. Der Fürst rückte die Leiter noch etwas näher an die Wand und stieg hinauf. Eine dicke Schicht aus schwarzem Staub bedeckte die ganze Figur. Der Fürst versuchte mit einem Finger den Staub von dem Stab fortzuwischen. Er ekelte sich. Es war nicht mehr zu erkennen, wo der Stab aufgeschnitten worden war. Wie lange ist das eigentlich her, dachte der Fürst. Es müssen mehr als vierzig Jahre sein. Vorsichtig klopfte er mit dem Hammer gegen das untere Stabende. Winzige Gipssplitter sprangen ab. Der Fürst schlug fester zu. Der Stab und ein Stück von der Hand des Merkur brachen ab und stürzten zu Boden. Am unteren Ende war der Stab aufgebrochen.

Der Fürst hielt sich erschrocken an der Leiter fest. Du Tolpatsch, dachte er. Wer hätte dieses Versteck entdecken können? Kein Mensch. Du hast vor lauter Dummheit alles zerschlagen. Das Manuskript ist zweitausend Jahre alt und zerbrechlich wie Glas, und du hast mit einem Hammer darauf geschlagen. Langsam stieg er die Sprossen hinunter. Er wagte es kaum, den Gipsstab aufzuheben. Er kniete sich hin und nahm ihn vorsichtig in die Hand. Der Stab war leer.

2

»Tantum ergo sacramentum ...« Schäfer sang mit. »Venerebur cernui et antiqum documentum ...« Selbst der Klang der Lautsprecher seines Billig-Kassettenrecorders, der auf der Fensterbank stand, konnte den Gregorianischen Gesängen nicht ganz ihre Erhabenheit rauben.

Schäfer saß auf dem Fußboden und rieb mit einem Lappen die Rippen der Heizung vor dem Küchenfenster sauber. Die üblichen Putzmittel hatten keine rechte Wirkung gezeigt. Er hatte sich deshalb gezwungen gesehen, einen Cocktail aus fünf verschiedenen Tinkturen und einem Pulver zu mixen. Damit konnte er zwar den schmierigen Film von den Heizkörpern reiben, mußte dabei allerdings die Luft anhalten, denn das chemische Gebräu schien die Atemwege zu verätzen. Schäfer hatte das Fenster geöffnet. Es war noch ziemlich kalt, und er hatte seine Jacke überziehen müssen, aber die Sonne schien, und die Luft roch schon nach Frühling. Schäfer sang: »Genitoque genitoquis, laus et iubilatio«. Wenn er schon einmal putzte, dann hörte er am liebsten Gregorianische Choräle.

Er war oft am Sonntag in die kleine Kirche hinter der Piazza Navona gegangen, um den Mönchen zuzuhören, die immer noch diese tausend Jahre alten Lieder sangen. Die Lieder waren Schäfer erschienen wie die gesungene Erinnerung an eine andere Zeit, in der die intelligentesten Menschen noch in Klöstern wohnten und den Tag damit zubrachten, über das Glück und die Sünde und die Reinheit nachzudenken. Schäfer hatte sich nie für einen sonderlich religiösen Menschen gehalten, aber den singenden Mönchen fühlte er sich seltsam nahe. Es tröstete ihn, daß Menschen, die sich nur mit integrierten Schaltkreisen auskannten, zur Zeit der Blüte der Klöster nie als wirklich klug gegolten hätten. Er empfand es als ungemein beruhigend, daß damals die praktischen Wissenschaften noch etwas Anrüchiges gehabt und als weit weniger bedeutsam gegolten hatten als Disziplinen, welche die Frage nach dem Sinn stellten.

Schäfer spulte die Kassette zurück und hörte den Choral noch einmal von vorn. »Tantum ergo sacramentum«. Caroline hatte gestern nacht zwar kein Wort über den schmierigen Heizkörper verloren, aber sie hatte ihn mehrmals mit leicht angeekeltem Blick zur Kenntnis genommen. Schäfer war das nicht entgangen. Sie hatte den antiken Text zuerst gelangweilt, dann immer interessierter und schließlich mit echter Begeisterung am Küchentisch gelesen. Zwischendurch hatte sie ab und zu auf den Heizkörper geblickt, weil er ziemlich übel roch, wenn er warm wurde, was Schäfer in dieser Nacht zum ersten Mal bemerkt hatte. »Laus et iubilatio ...«

Schäfer hörte nicht, daß jemand an seine Wohnungstür klopfte, die nur angelehnt war, und er hörte auch nicht die Schritte im Flur. Erst als der Hausverwalter Luigi De Santis schon in der Küchentür stand und an den Rahmen klopfte, nahm er ihn wahr.

»Welche Ehre, Luigi.« Schäfer ließ den Schwamm in den Putzeimer fallen, wischte seine Hände an der Hose ab und stand auf. Es gelang ihm nicht ganz, sich ein Grinsen zu verkneifen, und so drehte er sich rasch um, schloß das Fenster und stellte den Kassettenrecorder leiser. »Willst du einen Kaffee?« fragte er.

Luigi blieb im Türrahmen stehen und sagte: »Einen Kaffee, ja, das ist gut. Es wird mich beruhigen. Ich bin böse auf dich, Sebastiano, sehr böse.«

Luigi De Santis trug eine riesige Sonnenbrille, die sein Gesicht wie den Kopf eines monströsen Insekts aussehen ließ. Sein makelloser weißer Leinenanzug wurde durch ein giftgrünes Halstuch verschönert. Unter der Jacke schillerte ein gelbes Seidenhemd. An den Füßen trug Luigi braune Schlangenleder-Slipper mit goldenen Schnallen. Trotz dieses Aufzugs sah der Hausverwalter mit seinen grauen Haaren im Grunde gut, wenn auch etwas eigenwillig aus. Er stammte aus der einzigen Stadt der Welt, die Menschen wie Luigi hervorbringt, aus Neapel. Oder, genauer gesagt, aus Ottaviano, einem neapolitanischen Vorort, aus dem – wie Luigi gern betonte – bedeutende Ehrenmänner wie Raffaele Cutolo stammten, der legendärste aller Camorra-Paten. Vermutlich liebte Luigi Neapel – und Ottaviano natürlich auch – vor allem deshalb, weil das die einzigen Orte auf der Welt waren, an denen er nicht deplaziert wirkte.

Schäfer stellte die Espressokanne auf den Gasherd und nahm zwei Tassen aus dem Schrank. Luigi schob den Tisch wieder an das Küchenfenster und setzte sich.

Ob Luigi De Santis ein Verbrecher war, hatte Schäfer nie herausfinden können. Es deutete allerdings einiges darauf hin. Als Hausverwalter verdiente Luigi nur eine bescheidene Summe. Trotzdem fuhr er einen neuen Mercedes, besaß neben seiner Hausmeisterwohnung im ersten Stock ein Haus am Strand bei Ostia und verbrachte seinen Urlaub, wenn nicht bei seiner zahlreichen Verwandtschaft in Neapel, am liebsten in Brasilien.

Daran, daß Luigi nicht ganz korrekte Abrechnungen für Heizkosten und Renovierungsarbeiten an die Mieter schickte, hatte man sich gewöhnt. Luigi De Santis konnte durch Methoden, die von Schmeichelei bis zur offenen Erpressung reichten, mit den Brennstoffhändlern und Handwerkern nicht nur gute Preise aushandeln, sondern von ihnen auch überhöhte Rechnungen erhalten, die er den Mietern vorlegte. Trotz zahlreicher Versuche hatte ihn jedoch noch niemand im Haus bei einem echten Betrug erwischen können. Es hielten sich nur hartnäckiges Mißtrauen und das Gerücht, daß er in nicht allzu ferner Zeit mit der Kasse der Hausgemeinschaft durchbrennen werde, um sich mit Hilfe seiner Beute zur Ruhe zu setzen. Schäfer schenkte Kaffee ein, gab Luigi den Zuckertopf aus dem Schrank und setzte sich neben ihn.

»Ich bin sehr enttäuscht von dir, Sebastiano. Du weißt, ich bin dein Freund. So viele Jahre wohnst du jetzt schon hier. Aber es gibt Dinge, die kann man nicht tun.«

Schäfer hatte keine Ahnung, worauf der Hausverwalter hinauswollte. Streit gab es nur gelegentlich um sein Fahrrad, das im Hausflur angeblich den Durchgang behinderte.

»Ich bin ein Mann, der immer zur Kirche stand. So wie alle hier im Haus. Du bist zwar ein Ausländer, und zu euch müssen wir noch freundlicher sein als zu unseren Landsleuten. Aber irgendwann ist es genug. Du mußt ausziehen.«

Schäfer blickte auf Luigis Insektenbrille. »Und warum?«

»Das mußt du schon selber wissen. Das Haus gehört dem Vatikan. Das weißt du, und die Monsignori möchten dich nicht mehr in ihrer Wohnung haben.«

»Um Gottes willen, jetzt geht das schon wieder los. Dabei war ich schon eine Ewigkeit nicht mehr bei Don Sergio.«

»Das ist eine Lüge, Sebastiano. Frau Semestrini aus dem

dritten Stock hat dich erst letzte Woche mit dem Drogenpfaffen gesehen.«

»Und? Don Sergio ist der einzige Priester, den ich kenne, der mir außerordentlich sympathisch ist.«

»Das hat dir auch eingetragen, daß alle im Haus glauben, auch in deiner Wohnung kreisten Drogen.«

»Ach, Luigi. Wo kreisen sie denn? Unter der Decke? Sergio ist der einzige Mensch in dieser Stadt, der sich um diese armen Schweine kümmert. Und ich gehe ab und zu in seinem Gemeindezentrum ein Bier trinken.«

»Und unterstützt die Süchtigen, die dort herumlungern.«

»Ich habe ihnen einmal eine alte Bettdecke gebracht, die ich nicht mehr brauchte. Daß ihr mich wegen Don Sergio rausschmeißen wollt, ist doch wohl ein Scherz.«

»Es geht überhaupt nicht um deine Freundschaft zu dem Drogenpriester. Du sollst etwas mit einem Buch und einer Zeitschrift angestellt haben. Deshalb mußt du hier raus. Es tut mir leid, Sebastiano. Es ist so. Aber mach dir keine Sorgen. Ich kenne einen Geistlichen aus dem Verwaltungsrat des Hauses. Er ist ein verständiger Mann. Mit ihm kann man offen reden. Ich kann dich bei ihm vorstellen, und du wirst dich entschuldigen. Am besten gehen wir sofort zu ihm. Ich verliere zwar den Nachmittag dabei, aber schließlich geht es um deine Wohnung.«

»Ich werde nirgendwo mit dir hingehen. So einfach kann mich hier niemand hinauswerfen. Es gibt schließlich Gesetze. Ich will erst einmal eine schriftliche Kündigung sehen, und dann müßt ihr mir ein paar Monate Kündigungsfrist geben.«

Luigi faßte mit seinen gepflegten Fingern vorsichtig in die Innentasche seiner Leinenjacke, zog ein Papier hervor und reichte es Schäfer.

»Ich weiß nicht, was du getan hast. Aber es muß

schlimm sein. Denn die Monsignori sind sehr böse auf dich. Sie haben die Wohnung für baufällig und wegen der Risse in der Wand für einsturzgefährdet erklären lassen.«

»Das ist doch ein Witz. Jedes zweite Haus in Rom wäre demnach im Grunde baufällig.«

Luigi nahm seine Sonnenbrille ab und rieb sich gequält die Augen, als müsse er einem Schuljungen klarmachen, daß er wegen Faulheit sitzengeblieben war. »Was willst du machen, Sebastiano. In deinem Fall wurde die Baupolizei bemüht. Die werden sich vielleicht schon heute mit den Priestern deine Wohnung ansehen. Zur Sicherheit werden sie dann ein Gerüst aufstellen, um die Decke abzustützen. Du mußt hier raus.«

Schäfer las aufmerksam den Brief, in dem die Hausverwaltungsgesellschaft »Santa Croce« Luigi De Santis mitteilte, daß er den Mieter Schäfer über die Baufälligkeit seiner vier Wände informieren solle. Man hatte ihn auf die Straße gesetzt.

Schäfer faltete das Papier sorgfältig wieder zusammen. Luigi faßte ihn am Arm und sah ihn an. Er setzte den Gesichtsausdruck auf, den er vermutlich auch bei der Taufe von einem seiner Enkel benutzte oder am Weihnachtstag, wenn er für die ganze Familie den Fisch filetierte. Er kniff die Lippen zusammen, ließ die Nasenflügel leicht erbeben und atmete tief ein. Luigis Gesicht war eine sich ständig wandelnde Maske. Welcher sein natürlicher Gesichtsausdruck war, wußte er sicherlich selbst nicht mehr. Wahrscheinlich schnitt er sogar im Schlaf Grimassen.

Er senkte seine Stimme um eine Oktave. »Du bist mein Freund, Sebastiano. Freunde sind etwas sehr Wichtiges. Etwas Heiliges. Deshalb lasse ich dich auch nicht allein. Du willst auf meinen Rat nicht hören und nicht mit mir zu dem Pfarrer gehen. Nun gut. Ich habe eine große Familie.

Mein Cousin hat eine Wohnung an der Via Nomentana. Er kann dir ein Zimmer vermieten. Es ist zwar nicht groß, aber sehr hell und nicht viel teurer als die Wohnung. Seine Frau kocht sehr gut. Wenn du willst, kannst du gegen einen kleinen Betrag dort essen.«

»Luigi, ich bin kein Student mehr, den man in ein Zimmer sperren kann. Ich brauche eine Wohnung, und ich werde keine andere finden. Ich wohne seit vier Jahren hier, und Gott sei Dank können die die Miete nicht erhöhen. Eine bezahlbare Wohnung auf dem freien Markt zu finden, ohne Beziehungen, die ich nicht habe, ist unmöglich. Ich bin nicht reich. Ich kann hier nicht ausziehen.«

»Das hättest du dir überlegen müssen, bevor du die Kirche verärgert hast.« Luigi setzte seine Sonnenbrille wieder auf. »Wenn du nicht gehst, wird dich die Polizei hier rausschleifen. Es geht schließlich um deine Sicherheit. Man hat mich beauftragt, dich darüber zu informieren. Es tut mir persönlich leid für dich, Sebastiano, aber ich kann da nichts machen. Daß du nicht in die Wohnung zu meinem Cousin ziehen willst, hätte ich mir denken können. Du hast eine neue Freundin, habe ich recht? Du bist verliebt. Man sagt, sie sei eine sehr schöne Dame und reich. Sie kam dich schon besuchen, nicht? Für sie brauchst du natürlich eine eigene Wohnung, weil du zu ihr nicht gehen kannst. Denn sie ist verheiratet. Ist es nicht so? In ein Hotel könnt ihr auch nicht gehen, weil ihr da eure Ausweise zeigen müßt und es jemand merken könnte, nicht wahr?«

»Das geht dich einen Dreck an.«

»Sei doch nicht gleich beleidigt. Ich kann schweigen. Das weißt du doch. Aber da du nun einmal für euch diese Wohnung brauchst, bringst du am besten das Problem mit den Monsignori wieder in Ordnung. Wir nehmen gleich mein Auto und fahren hin. Du wirst sehen, in ein, zwei Stunden ist alles wieder in Ordnung.«

Schäfer nahm einen Schluck aus seiner Tasse. De Santis sah ihn nun aufmerksam an. Er wollte seinen Vortrag wirken lassen. Schäfer war es ziemlich klar, warum De Santis sein Wohnungsproblem lösen wollte. Wenn es ihm gelang, würde er Schäfers Anteil an der Treppenhausreinigung und den Heizkosten verdreifachen. Schäfer würde sich nie wieder dagegen auflehnen können. De Santis scheute niemals eine Mühe, wenn er jemandem einen Gefallen erweisen konnte, für den sich später eine Gegenleistung herauspressen ließe. Er sah sich schon die Koffer packen und die Regale abschrauben. Für ein paar Tage konnte er zu seinem Freund Massimo gehen. Aber Massimo hatte Kinder und eine Frau. Lange konnte er dort nicht bleiben.

Schäfer stand auf und räumte die Tassen ab. Aus dem Kassettenrecorder klang leise »Adoremus in eternum«. Er spülte die Tassen aus und blickte hinüber zu dem Hausverwalter, der immer noch seine ernste Miene aufgesetzt hatte und ihn scharf ansah.

»Ich bleibe hier. Ihr müßt mich hier heraustragen. Ich gehe auch zu keinem Pfarrer.«

Luigis Gesicht verwandelte sich schlagartig in das eines Komikers, der sein Pulver verschossen hat, ohne jemanden zum Lachen zu bringen. Er stand verärgert auf. »Du bist ein Schwachsinniger, Sebastiano. Du bist den Argumenten eines vernünftigen Mannes nicht zugänglich.« Er trat ans Fenster und sah hinunter.

Schäfer trocknete die Tassen ab.

»Sebastiano, du weißt, daß ich mich nicht in private Angelegenheiten einmische. Ich sage immer, ich kümmere mich darum, daß das Treppenhaus sauber ist, welche Schweinereien in den Wohnungen getrieben werden, ist mir egal. Aber ich muß dir einfach einen Rat geben.« Er drehte sich um. »Sebastiano, du machst einen großen Fehler, verstehst du? Du kannst dich mit der Polizei anlegen, das würde dir jeder verzeihen, du weißt ja, in einem Land verfolgt die Polizei einen Verbrecher, der woanders Polizeichef wird. Aber mit der Kirche ist das etwas anderes. Die sind in jedem Land, überall.« Er drehte sich wieder zum Fenster und sah hinaus. »Und das ist noch nicht einmal das Schlimmste. Die Kirche hat immer recht, verstehst du?«

Schäfer stellte die Tassen in das Regal und ließ das Wasser aus der Spüle.

»Sieh nur da unten. Sie haben schon zwei Priester geschickt, die dich bewachen sollen. Sie stehen vor dem Eingang.«

Schäfer lachte. »Und sie schichten an der Bushaltestelle schon einen Scheiterhaufen auf.«

»Lach nicht. Sie haben schon nach dir gefragt. Ich habe ihnen gesagt, daß du hier wohnst. Das mußte ich. Ich habe gleich erkannt, daß die beiden Priester in Zivil sind. Sie sagten, sie wollen mit dir sprechen, wegen eines Buches.«

Schäfer ging zum Fenster und sah die vier Stockwerke hinunter zur Straße.

Er wußte sofort, daß es zu Ende war. Er hatte sich so oft vorgestellt, wie das Ende sich ankündigen würde, daß er jetzt nicht den geringsten Zweifel hegte. Er hatte immer gewußt, daß er irgendwann soviel Ärger mit einem Verlag bekommen würde, daß es nicht mehr reichen würde, die Briefe ungeöffnet zurückzuschicken und die Tür nicht mehr aufzumachen, wenn es klingelte. Irgendwann würde jemand vor ihm stehen und ihn zur Rechenschaft ziehen. Natürlich hatte er das gewußt.

Dabei kannst du sie noch nicht einmal richtig erkennen, dachte Schäfer. Dabei siehst du nur zwei Männer, einen mit Glatze, die in schwarze Mäntel gehüllt sind. Aber er wußte, was an den Männern nicht stimmte.

Wann machst du dir schon Gedanken darüber, in welcher Haltung ein Mann auf der Straße steht, versuchte er sich zu beruhigen. Aber er sah es ja. Natürlich sah er, daß die da unten mit den verschränkten Armen vor der Brust nicht auf den Bus warten konnten und auch nicht auf ein Taxi. Sie standen dort in dieser Haltung, die keinen Zweifel daran ließ, daß sie gleich eine unangenehme – vor allem für ihn unangenehme – Sache hinter sich bringen mußten, die aber getan werden mußte, weil es nur gerecht war. Er wußte, daß der Größere mit den grauen Haaren der Rechtsanwalt war und der Kleinere natürlich der Verlagsleiter sein mußte. Sie würden sich vor ihm aufbauen und ihn fragen, wie er dazu gekommen sei, ihre angesehene Fachzeitschrift mit einer vollkommen dilettantischen Übersetzung in eine Katastrophe zu stürzen. Universitäten hatten zu Dutzenden die Zeitschrift abbestellt, die Fachwelt war sich darüber einig, daß dieses Blatt keinerlei Vertrauen mehr verdiene. Die Hälfte der Auflage hatten sie schon verloren, das allein kostete zwei Milliarden Lire, die Werbekampagne, um das Schlimmste zu verhindern, eine weitere Milliarde. Soviel Geld konnte er in diesem und im kommenden Leben nicht verdienen. Das Schlimmste war: Sie hatten recht, und er hatte es gewußt. Der Text des Plancus war nur mit seinem Namen erschienen: »Übersetzt von Sebastian Schäfer/Rom«. Es war ein Kinderspiel gewesen, ihn zu finden. Caroline war in der Zeitung nicht einmal erwähnt.

Was für einen Sinn hätte das, wird sie sagen, daß wir uns beide verhaften lassen, dachte Schäfer. Im Gegenteil, außerhalb des Gefängnisses kann ich dich viel besser unterstützen. Natürlich würde sie abstreiten, ihn jetzt im Stich zu lassen, aber genannt war schließlich nur er. Er hatte den Text in der Hand gehabt und übersetzt, obwohl er wußte, daß das Manuskript dem Kirchenstaat gehörte. Caroline würde abstreiten, je von dem Text erfahren zu haben.

»Jetzt wirst du schweigsam, Sebastiano. Siehst du, die Priester machen ernst. Hast du was anzuziehen? Ich meine, wenigstens ein ordentliches Jackett und eine Krawatte?«

»Wieso?«

»Du kannst in diesem Aufzug nicht zu einem Priester gehen.«

»Ich hasse Krawatten.«

»Das habe ich mir gedacht. Du wirst dich jetzt rasieren und einen Menschen aus dir machen. Dann fahren wir mit meinem Wagen zu dem Priester, und du bringst das in Ordnung, Sebastiano.«

Schäfer schwieg. Nur eine Frage blieb noch offen. Warum kamen sie nicht hoch? Es gab drei Möglichkeiten. Entweder sie erwarteten eine Polizeistreife, die sie unterstützen sollte, oder sie warteten auf einen dritten Mann – vielleicht einen weiteren Anwalt? Die dritte Möglichkeit war die, daß die Männer da unten erst die Vorboten des Untergangs waren. Es konnten auch einfach zwei Professoren sein, die ihn fragen wollten, wo um Gottes willen er den Text herhatte und warum er sich herausgenommen hatte, dieses Werk zu übersetzen, obwohl niemand in der Fachwelt, der bei Sinnen war, bezweifelte, daß er, Schäfer, eine wissenschaftliche Null war.

»Was ist jetzt, Sebastiano. Warum hörst du mir nicht zu?«

Sie standen immer noch da unten, regungslos. Er mußte jetzt etwas tun, und dazu mußte er erst einmal allein sein.

»In Ordnung, Luigi, ich komme mit zu diesem Priester. Ich gehe mich duschen, und in einer halben Stunde holst du mich hier wieder ab.«

Der Hausverwalter grinste zufrieden. »Ich bringe dir eine von meinen Krawatten mit.« Er ging zur Küchentür und drehte sich noch einmal um. »Du brauchst dir keine

Sorgen zu machen. Ich werde mit dem Priester reden. Du mußt nur ein zerknirschtes Gesicht machen. Heute abend, wenn alles vorbei ist, essen wir zusammen. Meine Frau macht dir eine Pasta, die du in keinem Restaurant bekommst. Wir stoßen mit meinem Wein von zu Hause an. Geh, rasier dich. Ich bin gleich wieder da.«

Die Haustür klappte zu. »Adoro te devote«, schepperte es aus dem Kassettenrecorder.

Schäfer ging in sein Schlafzimmer und setzte sich an den Schreibtisch, der zwischen Schrank und Bett um seinen Platz kämpfte. Trübes Licht fiel vom Hof her durch das Fenster und zeichnete graue Schatten auf den schmutzigen Fußboden des Zimmers, das Schäfer den Regenraum nannte. Das Zimmer lag so genau nach Norden, daß nie die Sonne hereinschien und man schon auf der Schwelle das Prasseln des Regens zu hören glaubte.

Diesmal ist es etwas anderes. Er sah auf die braune Tapete, die er nie gemocht, aber auch nie übertüncht hatte. Diesmal ist es ernst. Er nahm seinen Paß aus dem Schreibtisch, dann stand er auf, ging zum Schrank und zog seine beiden besten Pullover über das Hemd. Er würde sie noch brauchen. Sicher war jetzt nur eines, er mußte sofort zu Caroline. Er mußte der Wahrheit etwas nachhelfen und ihr berichten, die Verlagsleute hätten auch nach ihr gefragt, es gehe um eine zweifellos astronomische Summe sowie um die Wiedergutmachungsklage, die Gegendarstellungsklage und die Klage um das Copyright. Wenn er sehr viel Glück hatte, würde sie das nicht kontrollieren und ihm glauben. Leider war das sehr unwahrscheinlich. Glaubte sie ihm doch, dann mußten sie den gleichen Weg gehen, den die illegalen Einwanderer nahmen, nur in die umgekehrte Richtung. Über Sizilien kam man problemlos nach Nordafrika. Dort konnten sie ja erst einmal ein paar Monate untertauchen, bevor sie sich neue Pässe besorgten.

Schäfer erinnerte sich, daß er schon in mehreren Romanen gelesen hatte, wie man sich einen gefälschten Paß besorgte. Theoretisch war das Problem also gelöst.

Er stand auf und überlegte, was er unbedingt mitnehmen mußte. Im Bad steckte er eine Zahnbürste, eine Tube Zahnpasta und ein Stück Seife in die Jackentasche. Dann nahm er zwei sehr dicke Romane aus dem Bücherschrank, die er auf jeden Fall noch einmal lesen wollte, und einen Stoß Papier. Er wollte Tagebuch führen, nahm er sich vor. In die Innenseite der Jacke steckte er die Übersetzungen und die Fotos des antiken Textes, die er noch gestern nacht aus Carolines Hotelzimmer geholt hatte. Ein Kapitel hatte er noch vor sich.

Er ging in die Küche und stellte sich noch einmal vorsichtig ans Fenster, um nicht gesehen zu werden. Sie standen immer noch dort unten. Eine Chance, daß es gut ausgehen würde, gab es immerhin. Es konnte auch sein, daß die beiden da unten einfach Hausierer oder Zeugen Jehovas waren. Aber warum hätten sie dann nach ihm fragen und sagen sollen, es gehe um das Buch? Es konnte immerhin noch sein, daß die beiden da unten Verleger waren, die ihm ein neues Buchprojekt, einen Reiseführer zum Beispiel, anbieten wollten. Der Gedanke beruhigte ihn nicht.

Es gab nur eine Möglichkeit, um herauszufinden, was die von ihm wollten. Er mußte erst einmal verschwinden, durch die Hintertür. Abends konnte er dann Massimo anrufen, der in der Wohnung vorbeischauen und nachsehen konnte, ob die Polizei sie versiegelt hatte. Massimo konnte auch den Verlag und die Polizei anrufen und vorsichtig in Erfahrung bringen, ob Schäfer gesucht wurde.

Was auch immer geschehen würde, es war das Ende, der Abschied von Italien. Sollten sie ihn nach ein paar Monaten Knast – und dort würde er zweifellos landen, weil er den geforderten Schadensersatz niemals würde zahlen können – wieder freilassen, dann blieb fürs erste nur das Zimmer im Reihenhaus seiner Mutter. Er begriff, vielleicht zum ersten Mal, wie dünn der Boden war, auf dem er sich bewegte. Denn die schiere Tatsache, in Rom zu leben, hatte jeden Zweifel erstickt und die Fragen beantwortet, die Schulkameraden aus grauer Vorzeit und sonstige Besucher aus Deutschland zu stellen pflegten, die allesamt schon Agenturen, Kneipen oder gutdotierte Posten besaßen und ihm vorwarfen, nicht erwachsen werden zu wollen. Dabei hatten sie ihren Neid unterdrücken müssen, denn er hatte Zeit gehabt, und hier war Zeit etwas sehr Kostbares, weil man die Augen spazierenführen oder sich erinnern konnte an den Applaus im Kolosseum oder die Galgen der Päpste, an Ereignisse, die man nie gesehen hatte und die sich genau hier abgespielt hatten, in einer Stadt, die nur aus Erinnerung bestand. Aber das war jetzt für immer vorbei. Es war besser, wenn er jetzt ging. Er warf die erloschene Zigarette in den Ausguß. Dann nahm er den Plastiksack aus dem Mülleimer, überlegte einen Moment, ob es in seiner Situation klug war, den Müll mit hinunter zu nehmen, entschied sich dafür und ging zur Tür. Er schloß hinter sich ab.

Der Flur war dunkel. Die Glühbirnen waren so oft aus den Lampenfassungen gestohlen worden, daß Luigi De Santis es aufgegeben hatte, neue hineinzuschrauben. Er war noch keine zwei Schritte gegangen, als er klar und deutlich einen Mann laut um Luft ringen hörte. Er blieb stehen und sah vorsichtig das Treppenhaus hinunter. Nur wenige Sekunden verrannen, dann hustete jemand, und Schäfer sah eine weiße Männerhand, die sich am Geländer im ersten Stock hochzog. Für einen Augenblick nur konnte er eine weiße, leuchtende Glatze und einen vermutlich schwarzen Mantel sehen. Schäfer zweifelte keine Sekunde daran, daß es einer der beiden Verleger war, der jetzt zu ihm hochkam. Er wartete einen endlosen Moment darauf, ob der Mann im zweiten Stock an irgendeiner Tür klingeln würde. Aber der andere stieg langsam, lautstark um Atem ringend, weiter hoch.

Schäfer setzte den Müllbeutel ab und tastete sich, so leise es ging, zurück. Er stieg die Treppe zur Dachterrasse im fünften Stock hoch, suchte nach dem Schlüsselbund, fand nach einer Ewigkeit den Schlüssel für das Vorhängeschloß, schloß auf und hob die Terrassentür leicht an, damit sie nicht quietschte.

Das grelle Tageslicht traf ihn wie ein Hieb. Er mußte blinzeln. Es war sehr windig, und die Antennen, die zu Dutzenden an die niedrige Begrenzungsmauer angeschraubt waren, wiegten sich quietschend hin und her. Von der Terrasse konnte er über die Häuser im Stadtteil San Lorenzo schauen. Wie ein schmutziger Patchworkteppich reihten sich die Flachdächer aneinander, nur durch die Schluchten der Straßen unterbrochen.

Es gab nichts zu sehen, von hier aus. Die Spanische Treppe war ebensoweit weg wie der Petersdom oder das Kolosseum oder sonst irgend etwas, das eindeutig signalisiert hätte, daß man in Rom war. Nur der chaotische Häuserhaufen, die bunt aufeinandergetürmten Wohnungen, die nie geplant und nie genehmigt worden waren, behaupteten sich hier noch gegen die großen Hochhauswohnblocks, die ein paar hundert Meter weiter begannen und auf deren schmalen Balkons sich Hausfrauen zu schaffen machten. Von hier aus sahen sie aus wie Kanarienvögel, die ihre Köpfe aus den Käfigen steckten.

Von außen ließ sich die Terrassentür nicht abschließen. Schäfer wollte sie leise anlehnen, doch der Wind riß ihm die Metalltür aus der Hand und schlug sie mit Wucht zu. Obwohl es auf der Terrasse empfindlich kühl war, trat Schäfer der Schweiß auf die Stirn.

Wenn der Typ nicht völlig taub ist, dann weiß er jetzt, wo ich bin, dachte er. Er hob die Tür leise an, öffnete sie einen Spaltbreit und lauschte.

Vielleicht steht er gleich hier oben und sagt: Was machen Sie denn hier? Ja, was machte er hier eigentlich? Ganz deutlich hörte er plötzlich seine Türklingel. Der Verlagsleiter drückte ein paarmal energisch den Klingelknopf, dann war es still. Schäfer ging einen Schritt zurück und blickte hinunter in den Innenhof. Er konnte es eventuell schaffen, bis auf die Äste der krüppeligen Eiche zu springen, dabei würde er sich aber vermutlich alle Knochen brechen. Plötzlich spürte er diese Angst vor der Tiefe, die er sonst nur aus Träumen kannte, in denen er an Häusersimsen hing und mit beiden Beinen über der Leere strampelte. Er war nie freiwillig auf etwas hinaufgeklettert, nicht einmal auf einen Kirschbaum, und sehr zum Verdruß seines Vaters.

Seine Türklingel summte noch einmal, dann hörte er Schritte. Vielleicht kommt er jetzt wirklich hier herauf, dachte Schäfer, und vielleicht sagt er dann nur: Wollen Sie sich hier oben etwa auf ewig verstecken? Beeil dich, dachte Schäfer, eine Lösung ist das vielleicht nicht, aber es ist immer noch besser, als sofort ins Gefängnis zu gehen. Er überlegte, welches Land in Asien das war, in dem man angeblich mit zweihundert Mark im Monat problemlos leben konnte. Für ein knappes halbes Jahr würden dann seine Ersparnisse dort reichen, und immerhin konnte er dort Englisch unterrichten – wenn die da nicht sowieso schon alle englisch sprechen, dachte Schäfer.

Er ging gebückt bis zum Rand der Terrasse. Das Flachdach des Nebenhauses war viel tiefer unter ihm, als er gedacht hatte. Es lag da wie eine Schlucht, eingezwängt zwischen den beiden Häusern, die um ein Stockwerk höher waren. Auf dem Dach des übernächsten Hauses flatterte bunte Bettwäsche im Wind. Schäfer beugte sich über den Sims. Im Sommer lag dort unten die dickliche Bibliothekarin auf ihrem Liegestuhl und bräunte sich. Schäfer hatte sie oft gesehen, wenn er auf der Terrasse seine Wäsche aufgehängt hatte. Jetzt standen dort unten nur einige leere Blumenkästen, die irgend jemand auf die Terrasse gestellt hatte, um sie eines Tages zu bepflanzen. In einer Ecke lag das Gerippe eines vergessenen Tannenbaumes. Schäfer sah an der Wand hinab. Es waren mindestens zwei Meter. Auf halber Höhe entdeckte er eine kurze Eisenstange, die aus der Wand ragte. Im Sommer diente die Stange als Halter für die Wäscheleine.

Wenn du die Stange als Stufe benutzt, müßte es gehen, dachte er. Abermals warf der Wind mit einem lauten Knall die Eisentür zu. Schäfer sah zurück. Wenn der Verlagsleiter ihm gefolgt war, mußte er jeden Augenblick auf die Terrasse kommen. Schäfer setzte sich auf die niedrige Mauer. Im Sitzen schien alles noch viel tiefer zu sein. Er krallte sich mit den Händen an der Mauer fest, schwang seinen Körper hinüber und setzte seinen Fuß auf die Stange. Er legte sein ganzes Gewicht auf den Fuß und wollte sich eben umdrehen, um hinunterzuspringen, als die Stange abbrach. Er stürzte auf die tiefere Terrasse hinab und schlug mit den Knien auf den Betonboden. Bücher, Zahnbürste und Seife kullerten auf die Terrasse. Seine Hände bluteten, die Hose war zerrissen. Mühsam stand Schäfer auf. Das linke Knie schmerzte fürchterlich. Er hörte, wie unter ihm ein Fenster aufgestoßen wurde.

»Hast du das gehört?« schrie eine Stimme.

»Ich bin ja nicht taub, da ist was umgefallen.«

»Was soll denn da oben umfallen? Das war ein Meteorit oder so was.«

»Du bist ja verrückt. Ich gehe nachsehen.«

Eine braune Holztür führte auf die Terrasse. Schäfer

war klar, daß sie jeden Augenblick aufspringen mußte. Er sah an der Wand hoch. Die Stange hatte ein großes Stück Putz aus der Wand gerissen. Die ganze Fassade mußte jetzt vermutlich neu verputzt und gestrichen werden. Das kostet mindestens zwanzig Millionen Lire, dachte er. Wenn die dich hier oben finden, bist du einen Jahreslohn los. Ängstlich schaute er nach oben. Es war, als stünde er in einer Schlucht. Oben konnte jeden Augenblick der Verlagsleiter am Mauersims auftauchen. Nichts wie raus hier, dachte Schäfer.

Neben der Terrassentür waren Eisentritte in die Wand eingelassen, über die man, wenn man geschickt war, zur Terrasse des Nebenhauses hinaufklettern konnte. Mit dem kaputten Knie schaffst du das nie, dachte Schäfer. Er stieg langsam Tritt um Tritt hinauf. Der Schmerz im Knie ließ zwar seltsamerweise etwas nach, dafür konnte er mit seinen blutigen Händen nicht mehr richtig zufassen.

Da die Sprossen nur bis zur Hälfte der Wand reichten, mußte er sich mit den Händen am Mauersims hochziehen. Er wuchtete seinen Oberkörper auf die Mauer und hob dann das gesunde Bein hinüber. Dann ließ er sich auf den Boden der Terrasse hinunter und ging in die Hocke. Grellbunte Bettwäsche flatterte vor ihm auf der Leine. Dazwischen hingen ausgeleierte Männerunterhosen und verschlissene Badetücher. Er hörte, wie unten auf der Terrasse die Tür aufgeschlossen wurde.

»Was ist denn hier passiert? Sieh dir das an. Die Stange kann doch nicht von allein aus der Wand gebrochen sein.«

»Komm, es ist besser, wir gehen hinunter. Der Hausmeister hängt das doch nur uns an, wenn wir melden, was passiert ist. Er wird behaupten, ich hätte zu schwere Wäsche aufgehängt, und dann müssen wir das bezahlen. Komm schon.«

»Unsinn. Wir waren es doch nicht.«

Schäfer hörte, wie jemand anfing, die herausgebrochenen Mauerstücke zusammenzulegen. Vorsichtig kroch er hinter ein hellgrünes Laken, das ihn abschirmte, und stand auf. Jetzt konnten sie ihn nicht mehr sehen, auch der Rechtsanwalt unten auf der Straße nicht. Zwischen den Wänden aus nasser Wäsche sah er auf der Terrasse einen viereckigen Turm mit kleinen Fenstern und einem Glasdach, in dem die Maschine für den elektrischen Aufzug untergebracht war. Irgendwo in dem Turm mußte es eine Tür geben, die nach unten führte. Schäfer duckte sich und ging an rosafarbenen Badetüchern vorbei auf den Turm zu.

»Was machen Sie denn da?«

Eine dunkelhaarige, etwa vierzigjährige Frau mit Zopf stand zwischen den im Wind flatternden Laken vor ihm und versperrte ihm den Weg. Sie trug einen Jogginganzug und Turnschuhe. Ihre großen Brüste betonten die schwarze Nase und ein Ohr eines Mickey-Mouse-Kopfes, der auf den Jogginganzug gedruckt war. Sie hatte Ringe unter den Augen und sah ziemlich aggressiv aus. Zu ihren Füßen saß ein Hund, von dem Schäfer glaubte, daß es ein ungefährlicher Foxterrier sei.

»Ihr kommt also über die Dächer. Und wir haben uns immer gefragt, wie ihr überhaupt ins Haus kommt. Dreimal habt ihr meine Wohnung aufgebrochen. Jetzt kommt ihr sogar schon am hellichten Tage, weil die alte Frau Marielli zu ihrer Tochter gefahren ist, was?«

Schäfer wich einen Schritt zurück.

»Diesmal hat es nicht so ganz geklappt. Du hast da unten die Stange aus der Wand gebrochen. Ich hab's gehört. Du bist doch der Deutsche, der Bücher schreibt. Skäfer heißt du, oder?« Sie sprach das deutsche ch, wie die italienische Lautgesetze es verlangten, als k aus.

Schäfer wollte mit der linken Hand das hellgrüne Bettlaken zur Seite streifen, um darunter durchzutauchen. Die Frau machte einen Schritt auf ihn zu.

»Wenn du dich an mir vergreifst, dann schreie ich.«

Schäfer sagte nur: »Bleiben Sie ganz ruhig.« Dann begann die Frau loszuschreien.

Sie ließ den Wäschekorb fallen und bahnte sich durch die Wäsche einen Weg zum Rand der Terrasse. Schäfer hörte, wie jemand von unten hochrief: »Was ist denn da oben los?« Dann rannte er zur Tür. Der Foxterrier sprang vor ihm her.

Das Treppenhaus sah nicht viel anders aus als in seinem eigenen Mietshaus. Eine schmale Wendeltreppe führte nach unten. Die Wände waren jedoch mit weißer Farbe frisch gestrichen worden, und es gab ab dem fünften Stock einen Fahrstuhl. Schäfer rannte, so schnell er konnte, die Wendeltreppe hinunter. Der Foxterrier stürmte fröhlich kläffend vor ihm her. »Hau doch ab«, zischte Schäfer den Hund an. Unten an der Treppe riß er die Tür zum Fahrstuhl auf. Der Foxterrier sprang hinein, setzte sich in eine Ecke und knurrte Schäfer an. Verdammter Hund, dachte Schäfer, schlug die Fahrstuhltür zu und drückte den Erdgeschoß-Knopf. Der Fahrstuhl fuhr an. Er hörte, wie die Frau mit dem Wäschekorb oben schrie: »Sibylla, Sibylla, haltet ihn, der arme Hund!«

Schäfer drückte sich in eine Ecke des Fahrstuhls, so weit wie möglich weg von dem Hund. Der Foxterrier sah ihn interessiert, aber keineswegs ängstlich an. Plötzlich kläffte der Hund los.

»Sei ruhig, Sybilla, wir haben schon genug Ärger«, murmelte Schäfer. Dann war der Fahrstuhl schon unten. Als Schäfer die Tür aufriß, blieb der Foxterrier wie gebannt in der Ecke sitzen.

Die Eingangshalle des Hauses war hoch und sehr dunkel. Schäfer stolperte die schmalen Treppenstufen hinunter. Das Haustor war eines dieser römischen Ungetüme, die für den Zweck gebaut zu sein schienen, eine Elefantenherde hindurchzulassen. Für die Menschen hatte man nur eine kleine Luke, wie ein Katzentor, eingebaut. Schäfer zog die Tür vorsichtig einen Spaltbreit auf.

Er konnte es nicht fassen, aber sie standen immer noch da. Zu zweit, auf der anderen Straßenseite. Sie mußten einen dritten Mann haben, den Raschelnden, der ihm gefolgt war. Für einen Moment konnte es Schäfer kaum begreifen, daß er immer noch so nah an seinem Haus war. Es schien ihm, als hätte er schon Kilometer zurückgelegt.

Er konnte die Köpfe der beiden über den Autodächern auf der anderen Seite erkennen. Sie starrten immer noch regungslos auf den Hauseingang. Der größere der beiden hatte weiß-graue Haare. Die Straße war ziemlich leer. Es war früher Nachmittag, und die meisten Geschäfte waren noch geschlossen. Ein blauer BMW fuhr mit hoher Geschwindigkeit die Einbahnstraße hoch und an Schäfer vorbei. Sie sahen ihm nicht nach. Schäfer hörte jetzt eilige Schritte auf der Treppe, noch ziemlich weit oben im vierten oder dritten Stock.

»Sybilla, o mein Gott, was hat er mit dir gemacht?«

Der Foxterrier streifte plötzlich an Schäfers Bein vorbei und zwängte sich durch das Tor. Auf dem Bürgersteig blieb der Hund stehen. Der Lärm auf der Straße schien ihn zu erschrecken. Der Foxterrier verschwand mit zwei Sätzen unter einem Landrover, der vor der Tür am Straßenrand geparkt war.

Schäfer schloß vorsichtig das Tor hinter sich und kauerte sich neben den Landrover. Der Bürgersteig war leer. Der Hund unter dem Auto knurrte ihn an.

»Sei ruhig, Sybilla, verdammt noch mal.«

Der Hund begann zu bellen. Vorsichtig hob Schäfer den Kopf und blinzelte durch die schmierigen Autoscheiben.

Der Rechtsanwalt und der Verlagsleiter hatten sich nicht bewegt. Schäfer blickte die Straße hinunter. Luigi De Santis stand auf der gegenüberliegenden Seite und sah dem BMW nach. Schäfer hatte ihn nicht sofort gesehen, weil der Hausverwalter sich hinter einem der grünen Müllcontainer zu schaffen gemacht hatte.

Schäfer tastete sich zum Heck des Landrovers vor. Luigi De Santis sah ihn – oder vielmehr seinen winkenden Arm – sofort. Er überquerte die Straße, zwängte sich zwischen den Stoßstangen der dicht geparkten Autos hindurch und kam über den Bürgersteig auf ihn zu.

»Was machst du denn da?«

»Hock dich hin, sonst können sie dich sehen. Bring mich hier weg, Luigi, bitte bring mich sofort hier weg.«

»Jetzt hast du doch Angst bekommen.«

»Quatsch nicht herum. Gehen wir.«

Schäfer schob Luigi De Santis in gebückter Haltung vor sich her. Zum Glück waren es kaum zehn Meter bis zu Luigis weißem Mercedes. Luigi schloß auf, und Schäfer ließ sich auf die Rückbank gleiten. Dann stieg De Santis ein und startete den Motor.

Schäfer zog den Kopf ein. Er konnte im Rückspiegel sehen, wie die Frau im Jogginganzug aus dem Tor trat. Der Foxterrier schoß unter dem Auto hervor und sprang auf sie zu. Sie nahm ihn auf den Arm und drückte ihn so fest an sich, daß der Hund sich strampelnd zu befreien versuchte. Dann sah sie den Bürgersteig hinunter. Schäfer ließ sich noch ein Stück tiefer gleiten.

»Fahr schon. Worauf wartest du. Fahr irgendwohin!«

»Ich denke, wir fahren zu meinem Priester?«

»Ich will zu keinem Priester, fahr mich nur zwei Ecken weiter und laß mich dann raus!«

Umständlich rangierte Luigi De Santis den Wagen zurück und schlug das Lenkrad ein, um auf die Straße einzubiegen. Obwohl die Straße leer war, sah er angestrengt in den Außenspiegel.

»Fahr schon, verdammt.«

Schäfer konnte jetzt im Rückspiegel sehen, wie der zweite Mann, der glatzköpfige Verlagsleiter, aus seinem Haus auf die Straße trat. Von seinen beiden Kollegen auf der Straßenseite gegenüber nahm er scheinbar keinerlei Notiz. Statt dessen kam er langsam auf Luigis Mercedes zu.

»Worauf zum Teufel wartest du?«

Der Wagen setzte sich in Bewegung. Im Schrittempo rollte er auf die Straße. Der dicke, glatzköpfige Verlagsleiter grüßte höflich die Frau mit dem Foxterrier, die immer noch mit ungläubigem Gesicht die Straße absuchte. Jeden Augenblick mußte der Verlagsleiter am Mercedes vorbeigehen. Schäfer sackte tiefer in sich zusammen.

»Was ist denn los? Verdammt, warum fährst du nicht?«

Die Beifahrertür wurde aufgerissen. Der Verlagsleiter ließ sich neben Luigi auf den Sitz fallen. Kaum hatte er die Tür zugezogen, als der Mercedes nach vorn schoß. Schäfer sah, wie sich die Verriegelung an seiner Tür senkte. Der Verlagsleiter drehte sich mit seinem dicken, roten Gesicht zu ihm um.

»Kommen Sie hoch, Herr Schäfer. Ich bin Don Onofrio.«

3

Unbekümmert zog die Welt an den blaugestreiften Sitzbezügen vorbei, am Kolosseum, das sie umrundeten, an der schwarzen Kopfstütze, auf der De Santis' pomadige Haare lagen, am Forum Romanum, wo sie nach rechts abbogen.

Schäfer verstand nicht, wieso der dünne Bäcker Federico, der vor seinem Geschäft am Trajans-Forum lungerte und der seine Vorliebe für Creme-Hörnchen kannte, dem Wagen nicht nachsah. Er verstand nicht, weshalb Frau de Luca, die ihn eigentlich hätte sehen müssen, als sie die Kreuzung Via Cavour erreichten, einfach ihre Einkäufe erledigte, mit Gianni am Zeitungskiosk schwatzte, ihm und dem Mercedes kaum Beachtung schenkte, statt Hilfe herbeizuholen. Er fühlte keine Empörung in sich, die ein Hilfesuchender fühlen mochte, der ignoriert wurde. Er verstand nur einfach nicht, warum draußen vor den Wagenfenstern alle ihr Leben weiterlebten, als wäre nichts geschehen.

De Santis bog bei Rot in die Hauptstraße ein, vermied mit knapper Not und dicht nacheinander zwei Unfälle und dirigierte den Wagen in Richtung Bahnhof.

Der Pater versuchte, sich am Handschuhfach festzuhalten, und blickte sich furchtsam zu Schäfer um. »Hätten Sie ihm nicht etwas Anständiges anziehen können? Wir liefern ihn ja in Lumpen ab. Außerdem hätte er ein Bad gebrauchen können.«

»Ich habe getan, was ich konnte. Wenn Sie sich nicht eingemischt hätten, lieber Don, säße er jetzt rasiert und gekämmt neben mir.« De Santis steuerte den Wagen in den Tunnel unter dem Bahnhof.

Schäfer rieb seine blutigen Hände, während ihn sein schmerzendes Knie an die Wolke aus dunklen Vorahnungen erinnerte. Wo immer sie mich hinbringen, wird einer von De Santis' Verwandten mir die Jacke herunterreißen und die Fotos abnehmen und wahrscheinlich auch den Wohnungsschlüssel, um sicherzugehen, daß ich dort nichts versteckt habe. Damit hatte es sich dann. Dann blieb ihm nur noch, Caroline seine Niederlage einzugestehen. Aber das war nicht so schlimm. Viel schlimmer war, daß die Polizei ihn wie einen Einbrecher behandeln würde, denn es gab keinen Grund, warum ein geistig normaler, gesetzestreuer Mensch auf die Dächer der Nachbarhäuser stieg.

Vermutlich würden sie seine Wohnung nach Diebesgut absuchen wollen. Flüchtig dachte Schäfer an die Gabel einer indonesischen Fluglinie, die in seiner Küchenschublade lag. Er wußte nicht mehr, woher er sie hatte. In Indonesien war er nie gewesen. Im besten Fall würde er obdachlos werden und die Reparatur an der Mauer bezahlen müssen, was gleichzeitig das Ende seiner Existenz bedeuten würde. Sie sollen anhalten, dachte Schäfer. Sie nehmen sich ja doch, was sie wollen. Er wollte, daß es jetzt anfing, er einen Schlag in die Magengrube bekam und man ihn dann aus dem Auto stieß, an irgendeiner Ecke, wo er genausogut liegenbleiben konnte. Denn wozu sollte er noch aufstehen?

Der Wagen bog in eine Straße hinter der Staatsbank ein.

»Schön, daß du so ruhig bleibst, Sebastiano. Wir bringen dich nur zu jemandem, der dich sprechen will. Es ist nichts Persönliches, ich bin nur ein kleiner Angestellter, Sebastiano. Wenn die großen Herren pfeifen, dann muß ich springen. Wenn du einsichtig bist, wird der Herr, der auf dich wartet, alle deine Probleme lösen«, sagte Luigi.

Schäfer schwieg und rieb sich das Knie, in dem der Schmerz pochte, der wie zum Hohn seine Aufmerksamkeit beanspruchte.

De Santis sah in den Rückspiegel. »Gehörten die beiden Schergen vor dem Haus zu Ihnen, Don Onofrio?«

»Nein, nie gesehen.«

»Dann hat er zur Sicherheit noch einen Trupp geschickt. Sie sind hinter uns in dem alten blauen Fiat, sehen Sie?«

Während Schäfer das Blut aus der Innenfläche seiner

linken Hand lutschte, bogen sie in eine schmale Straße ein, die für Privatwagen gesperrt war. Zwei Polizisten hielten sie an, warfen aber nur einen Blick auf Don Onofrio und winkten sie dann durch. Auch der Wagen mit der Eskorte hatte gehalten, und der Fahrer zeigte den Polizisten irgendeinen Ausweis. Die Polizisten ließen auch sie passieren.

Schäfer wischte seine schweißnassen, blutigen Hände an der Hose ab. De Santis hielt plötzlich vor einem großen Tor, hinter dessen Gitterstäben ein Garten und eine flache rote Villa lagen, deren noble Abgeschiedenheit an den Landsitz eines Grafen in den Hügeln bei Florenz erinnerte. Die Villa sah im Chaos dieser Stadt unwirklich aus. Schäfer hatte sie nie zuvor gesehen.

Das Tor glitt auf. De Santis fuhr einen schmalen Kiesweg hoch, der von Weinranken überwachsen war, und hielt in einem kleinen Hof, in dem ein Brunnen plätscherte. Die Knöpfe der Türsicherungen hoben sich wieder.

Luigi stellte den Motor ab. »Wir sind da. Steig aus.«

Neben dem Brunnen standen zwei verwitterte Steinbänke. Der Pater schloß eine kleine Holztür auf, die zwischen Weinranken verborgen war. Luigi schob Schäfer vor sich her.

Vor ihnen lag ein dunkler Korridor, der mit einem dicken Teppich ausgelegt war. Daß es überhaupt möglich war, daß jemand, einfach so, sich die Macht nahm, ihn vor sich herzuschubsen, und daß er sich widerstandslos so behandeln ließ, machte Schäfer angst. Wenn sie dich in irgendeinem dunklen Winkel zusammenschlagen, wirst du auch das mit dir geschehen lassen, dachte er. Sie folgten dem Gang nach links. Über einer riesigen, dunklen Eichenkommode brannten in einem Leuchter zwei schwache Glühbirnen und erhellten dürftig ein dunkles Ölbild.

Der Pater öffnete eine Tür. »Bitte, Herr Schäfer.«

Der Raum war noch dunkler als der Korridor. Hinter einem monumentalen Schreibtisch, auf dem Kerzen in vier großen Leuchtern brannten, saß ein Mann in einem schwarzen Seidengewand und schrieb. Er schaute nicht auf, als der Don die Tür hinter ihnen schloß. Don Onofrio blieb neben der Tür stehen und faßte Schäfer fest am Arm. Schäfer mußte sich erst an die Dunkelheit gewöhnen. Die Fensterläden waren verschlossen. Der Raum war fast leer. Gegenüber dem Schreibtisch standen zwei ledergepolsterte Thronstühle. An der Wand gegenüber gähnte das große Loch eines Kamins.

Der Mann am Schreibtisch schrieb immer noch. Erst als Luigi De Santis sich vor ihn stellte, legte er den Stift zur Seite und blickte hoch. »Was wollen Sie?«

»Küß die Hand, Eminenz. Ich bin Luigi De Santis. Wir sprachen miteinander. Ich habe ihn hergebracht. Wir konnten ihn leider nicht mehr in angemessene Kleidung stecken. Aber wie Sie sehen, habe ich nicht zuviel versprochen, als ich sagte, daß er überall mit mir hingehen würde.«

Der Mann am Schreibtisch blickte zu Schäfer und zu Don Onofrio. Dann nahm er wieder die Feder zur Hand und schrieb. »Gehen Sie«, sagte er zu De Santis. »Warten Sie draußen.«

Don Onofrio schob Schäfer bis zum Tisch.

»Ich möchte, daß Sie auch gehen, Don Onofrio. Schließen Sie von außen ab.«

Schäfer sah über die Kerzenleuchter hinweg zu dem Mann in Schwarz. Er trug ein schweres goldenes Kreuz auf der Brust und die purpurrote Schärpe der Kardinäle. Er beachtete ihn nicht. De Santis stand noch immer unschlüssig vor dem Schreibtisch.

»Gehen Sie schon! Worauf warten Sie?«

»Meinen Sie nicht, Exzellenz, daß es besser wäre, wenn ein zweiter Mann hierbliebe?«

»Nein, das meine ich nicht.«

Don Onofrio zog den Kopf ein und wandte sich zur Tür. De Santis folgte ihm. Schäfer hörte, wie sich der Schlüssel im Schloß drehte.

»Setzen Sie sich. Ich bin gleich soweit.«

Es war still in dem Raum. Schäfer hörte nur das Kratzen der Feder. Er ließ sich langsam auf einem der Thronstühle nieder und suchte in dem schmalen, nach unten gewandten und von tiefen Furchen gezeichneten Gesicht des Mannes hinter dem Schreibtisch ein Zeichen der Hoffnung – Hoffnung, daß der silberhaarige Herr gleich aufstehen würde, um zu erklären, er sei schließlich ein Kardinal und gedenke, sich entsprechend zu benehmen. Daher biete er Schäfer seinen Dienstwagen an, bitte um Entschuldigung für das Räuber-und-Gendarm-Spiel, mit dem er natürlich nichts zu tun habe, und wünsche Schäfer einen schönen Tag. Aber in den Augen unter den buschigen, schwarzen Brauen las Schäfer nur, daß er seine Hoffnung begraben konnte.

Es ging etwas aus von diesem Mann, von den stark behaarten Händen, den geschmeidigen Bewegungen und der Kälte, die ihn zu umgeben schien. Schäfer wußte auch, was es war. Aber als ob ihm sein Gedächtnis ausgerechnet jetzt den Dienst verweigern wollte, fiel ihm das Wort nicht ein – der Begriff, der erklärt hätte, warum dieser Mann Macht ausstrahlte, warum man meinte, er sei es gewohnt, leise, aber präzise Befehle zum Angriff zu geben, und warum er so gefährlich aussah. Schäfer fürchtete sich jetzt davor, daß er aufhören würde zu schreiben. Sein Knie schmerzte immer mehr. Er massierte es mit der linken Hand. Mit der rechten tastete er vorsichtig nach den Fotos in seiner Jackentasche.

Plötzlich legte der Kardinal den Füllfederhalter weg, schob das Papier in eine Ledermappe und sah Schäfer an. Er schwieg, verschränkte die Hände auf dem Tisch und schien sich zu sammeln.

»Zunächst muß ich mich entschuldigen, daß ich mich solcher Herren bedienen mußte. Ich hätte gern auf die Hilfe dieses Hausverwalters verzichtet, aber ich fürchtete, Sie würden eine förmliche Einladung ablehnen.«

Schäfer ließ sich mit dem Rücken gegen die Lehne des sesselartigen Stuhles sinken.

»Ich sehe, Sie sind verletzt. Ich hoffe, daß daran nicht die beiden Herren schuld sind, die sie herbrachten.«

»Nein.« Nervös suchte Schäfer in seiner Hosentasche nach Zigaretten.

Der Kardinal stand auf. Er war sehr groß, sehr schlank und bewegte sich mit den geschmeidigen, fast lautlosen Schritten eines Mannes, der es gewohnt war, lange Strecken zu laufen. Er ging zum Kamin, nahm einen Aschenbecher vom Sims, stellte ihn vor Schäfer auf den Tisch und legte eine Schachtel amerikanischer Zigaretten daneben. »Viele Leute entspannt das.« Im Aschenbecher lagen Streichhölzer. Schäfer zündete sich eine Zigarette an. Der Kardinal setzte sich wieder und sah ihn an.

Schäfer versuchte, dem Blick auszuweichen. Er sah auf die Kerzen. Was immer dieser Mann sagen würde, war in diesem Raum Gesetz. Es kam Schäfer so vor, als lebe der Kardinal nur in diesem Zimmer und beherrsche alle, die es betraten. Er konnte sich nicht vorstellen, daß der Kardinal je in der Welt jenseits der Mauern dieses Hauses gewesen war. Denn dort galt sein Wort nichts mehr.

»Wir wußten, daß irgendwann jemand wie Sie kommen würde, Herr Schäfer. Wir fürchteten diesen Tag, und Jahr um Jahr wunderten wir uns immer mehr, daß er noch nicht gekommen war.«

Schäfer sah dem Kardinal jetzt wieder in die Augen, denen die Flammen der Kerzen einen flackernden Schein verliehen. Der Kardinal sprach ruhig, und seine Stimme war nicht sehr tief.

»Sie haben ein Schriftstück in die Hand bekommen, das in den siebziger Jahren nach der Geburt unseres Herrn abgefaßt wurde. Es enthält eine dummerweise recht glaubwürdige Darstellung der Geschichte Christi, die in den entscheidenden Punkten mit dem Neuen Testament nicht übereinstimmt. Daß es solche Schriftstücke irgendwo in dem antiken Schutt unter Rom, Herculaneum oder Pompeji geben mußte, haben wir geahnt.«

Schäfer beobachtete den Kardinal über die Glut seiner Zigarette hinweg.

»Wir fürchteten das Auftauchen von Briefen, Tagebüchern, wie in Ihrem Fall, oder gar Dokumenten aus einem ganz einfachen Grund.«

Der Kardinal stand auf. Die nachdenkliche Ruhe war plötzlich von ihm gewichen. Mit leichten Schritten verschwand er in der Dunkelheit des Raumes, als müsse er zu Schäfers Sicherheit einige Meter zwischen sie bringen. Schäfer glaubte zu wissen, was geschah. Der Mann war zornig geworden. Schäfer wagte es nicht, sich umzudrehen. Die Worte des Kardinals füllten plötzlich den ganzen Raum, wie ein Echo aus den Bergen.

»Gefürchtet haben wir diesen Tag, da wir dem nichts entgegenzusetzen haben. Nichts. Gar nichts. Unser erstes Schriftstück stammt etwa aus dem Jahr 100. Die Rede ist da von einem gewissen Joseph, der sich mit seiner Frau Maria nach Bethlehem aufmacht. Kein Wort von Jesus, kein Wort von Auferstehung, kein Wort von Gottes Sohn. Die ersten wesentlichen Schriftstücke, die nur Fragmente des Neuen Testaments sind, lassen sich mit etwas Glück auf das vierte Jahrhundert datieren. Die Abschriften der

Briefe stammen erst aus dem siebten Jahrhundert. Wissen Sie, was das heißt? Das heißt nach Ansicht unserer Gegner: Mindestens dreihundertfünfzig Jahre lang gingen die Evangelien von Mund zu Mund. Das ist, als wenn eine Geschichte aus dem Jahr 1650 bis heute nur mündlich weitererzählt worden wäre. Spätestens nach fünfzig Jahren erzählt man sich eine völlig andere Version. Man könnte es so sehen, daß das Neue Testament ein Produkt aus dreihundertfünfzig Jahren Fälschungsgeschichte ist.«

Die Stimme des Kardinals kämpfte sich mühsam durch das dumpfe Echo, das sie in dem Raum erzeugte.

»Wir haben nicht einen einzigen echten Beweis für die Existenz Jesu. Da geht es uns zwar nicht besser als den Mohammedanern. Aber uns trifft es härter. Denn sobald irgendein Herr Schäfer auch nur den geringsten Fetzen eines Briefes auf den Tisch legen kann, der die Darstellung des Neuen Testaments anzweifelt, werden unsere Gegner und unsere Gläubigen über uns herfallen, weil die westliche Zivilisation, anders als die östliche, ihren Glauben verloren hat. Diesmal können wir uns nicht mehr aus der Affäre ziehen, indem wir ein Dogma erlassen und unsere Darstellung zur einzig richtigen erklären. In diesem Fall würden die Leute scharenweise aus der ohnehin schon in Bedrängnis geratenen Kirche austreten.«

Schäfer wagte es nicht, etwas zu sagen. Der Kardinal stand irgendwo hinter ihm. Er konnte ihn nicht sehen. Es schien ihm, als lauere er in seinem Nacken.

»Wir haben jahrhundertelang mit Argusaugen jede einzelne Ausgrabungsstätte in Italien und in Kleinasien beobachtet. Bis in die vierziger Jahre dieses Jahrhunderts war das kein Problem. Wir konnten durch die päpstliche archäologische Kommission Grabungsorte beschlagnahmen lassen, die vermutlich Kultstätten der ersten Christen waren, und Ausgrabungen verhindern, die auf den Ländereien unserer Freunde aus der Aristokratie stattfinden sollten. Nicht ganz ohne unser Zutun liegt noch die Hälfte der im Jahr 79 nach Christus verschütteten Städte Pompeji und Herculanaeum unter der Erde. Denn wir wußten, daß dort unten ein Manuskript liegen konnte, die Schriften irgendeines Römers, der vielleicht nur zum Zeitvertreib die Anekdoten über Jesus aufgeschrieben hatte, die sich die ersten Christen über ihren Messias erzählten. Wir wußten, daß diese Anekdoten im schlimmsten Fall nichts mit den Evangelien gemein haben würden. Wir mußten damit rechnen, daß irgendwo Abschriften der Akten der römischen Justiz über den Fall des Petrus, des Paulus oder gar des Jesus von Nazareth lagen.«

Irgendwo im Dunkel hinter Schäfer machte der Kardinal eine Pause. Er schneuzte sich langsam die Nase, nicht wie ein Kirchenfürst, sondern animalisch, als brauche er freie Nüstern, um die Witterung aufzunehmen.

»Immerhin war es möglich, daß ein reicher früher Christ solche Akten gesammelt hatte. Sie haben sicher von der Villa dei Papiri in Herculanaeum gehört. In dreißig Metern Tiefe liegt hermetisch abgeriegelt eine private antike Bibliothek, die einige hundert antike Schriften enthält. Das läßt sich in jedem Geschichtsbuch nachlesen. Wir haben bisher verhindert, daß dort unten gegraben wird. Was hätten wir denn getan, wenn irgendein angeblich der Wissenschaft verpflichteter Archäologe ein Schriftstück ausgegraben hätte, das älter gewesen wäre als unsere ersten kümmerlichen Bibelstellen des Neuen Testaments? Was hätten wir getan, wenn diese Texte nahelegten, daß Christus mit achtzig Jahren friedlich verstorben war? Wir können von Glück sagen, daß wir es nur mit zwei Dilettanten wie Herrn und Frau Schäfer zu tun haben und nicht mit einem atheistischen Archäologie-Professor.«

Der Kardinal tauchte aus dem Dunkel auf und ließ sich

wieder an seinem Schreibtisch nieder. Er sah Schäfer fest an. »Wieviel von dem Text haben Sie übersetzt?«

»Vier Kapitel.«

»Das allein ist erstaunlich, ich hätte nicht gedacht, daß es überhaupt noch jemanden unter den Laien gibt, der eine knapp zweitausend Jahre alte lateinische Handschrift entziffern kann. Sie wissen also, daß dieser Text allem Anschein nach authentisch ist. Dieser Flavius schreibt, daß der Mann, der sich zum König der Juden ausrufen lassen wollte, mit etwa vierunddreißig Jahren nach Sizilien in die Verbannung geschickt wurde. Sie wissen wahrscheinlich, daß sich diese Version weit glaubwürdiger anhört als die der Bibel, weil die Römer zu Lebzeiten Christi zahlreiche Rebellen aus den Provinzen verbannten und die Aufrührer nicht töteten, um keine Märtyrer zu schaffen. Jeder Historiker weiß das. In der Schriftrolle dieses Flavius steht kein Wort von Kreuzigung oder gar von Auferstehung. Wenn Sie immer noch nicht begriffen haben, was dieser Text für uns bedeutet, dann werde ich es Ihnen noch einmal sagen.«

Der Kardinal machte eine Pause. Dann flüsterte er: »Wir können nicht das Gegenteil beweisen. In einer Gesellschaft, die nur noch den Wissenschaftlern und nicht mehr den Predigern glaubt, bedeutet dieser Text unser Ende.«

Schäfer sah dem Kardinal in die Augen, dann sagte er: »Deswegen bin ich also hier.«

Der Kardinal stand ruckartig auf. »Wissen Sie, weshalb Sie hier sind? Ich habe einen Schwur getan, vor langer Zeit.« Er ging einen Schritt zum Fenster und öffnete einen der Blendläden. Eine Ahnung von Licht fiel in das Zimmer. »Ich habe geschworen, die Mutter Kirche vor den wilden Horden da draußen zu verteidigen, die nur darauf lauern, endlich die jahrtausendealte, müde, mit prächtigen Gewändern behängte Kirche, die sich durch die Zeit schleppt, zu vernichten. Vielleicht wollen sie sie aus purer Neugier stürzen, um zu sehen, was dann passiert. Vielleicht aber auch wollen sie ein letztes Mal schallend lachen über alles, was fromm, unschuldig und heilig ist.«

Er schlug den Blendladen wieder zu und kehrte zum Tisch zurück. »Ich kämpfe gegen die aggressiven, brutalen Scharen, die mit Lügen und gieriger Lust an der Besudelung der heiligen Symbole die Kirche eliminieren wollen. Sie sind jetzt schon überaus erfolgreich. Millionen Gläubige treten aus der Kirche aus. Niemand empört sich mehr über ein bespucktes Kruzifix. Es sind Horden, wie Rudel wilder Wölfe, die sich in die Gewänder der Kirche verbeißen und sie zerfleischen wollen.« Der Kardinal machte einen Schritt auf Schäfer zu, schlug beide Hände auf die Tischplatte und sah ihn an. »Sie sind ein Teil dieses Wolfsrudels, deshalb sind Sie hier.«

In diesem Moment verstand Schäfer, wer das war, den er vor sich hatte. Jetzt erst fügte sich alles zusammen: die buschigen Augenbrauen, der geschmeidige Gang, der heiße Atem, die schneidende Stimme. Jetzt erst fiel ihm das Wort ein, das erklärte, warum er in so großer Gefahr schwebte. »Sie sind der Wolf«, stammelte er. »Ich sitze hier gehetzt und mit zerkratzten Händen. Ich bin Ihr Gefangener, nicht umgekehrt.«

»Wenn Sie es so sehen wollen, dann bin ich vielleicht wirklich auch ein Wolf. Ich werde Ihnen notfalls mit Gewalt den Text abnehmen. Wir müssen diesen Unsinn in die Hand bekommen, um ihn zu prüfen, bevor irgendein Wissenschaftler ihn in die Finger bekommt. Anders als die Religionen, die auf reine Ideen aufgebaut sind, haben wir fast zweitausend Jahre lang ein geschichtliches Faktum behauptet: daß es die Kreuzigung und Auferstehung Christi in einer Stadt namens Jerusalem wirklich gegeben hat. In der Hoffnung, daß niemals irgendein Zipfel einer antiken Schriftrolle gefunden würde, die nahelegte, daß alles auch ganz anders gewesen sein könnte.«

Schäfer zündete sich eine dritte Zigarette an. Er löschte umständlich das Streichholz, kaute an dem Filter und zwang sich, nicht aufzusehen. Der Kardinal schwieg plötzlich. Es war ein kaltes, gefährliches Schweigen. Es war nicht so, als ob ihm die Worte abhanden gekommen wären. Er machte keine Pause, er dachte nicht nach. Schäfer wußte, daß er schwieg, weil er sein Opfer fixierte, weil die farblosesten Augen, die Schäfer je gesehen hatte, ihn unter den buschigen Brauen in völliger Stille von der anderen Seite des Tisches aus durchbohrten.

Schäfer drückte die Zigarette aus und sah auf. Diesen Augen konnte man nicht entkommen.

»Was war in dem Umschlag, den Sie bei Schwester Maddalena im Kloster erschwindelt haben?«

Schäfer antwortete nicht.

»Waren nur die Negative darin?«

Schäfer nickte schwach.

»Hat die Schwester irgend etwas gesagt?« Der Kardinal stand wieder auf. Er stemmte die Hände auf den Tisch und beugte sich zu Schäfer vor. »Was hat Ihnen die Schwester gesagt? Hat sie gesagt, wo die Fotos aufgenommen wurden? Hat sie gesagt, wo die antike Buchrolle ist, von der abfotografiert wurde?«

»Ich weiß nichts darüber«, sagte Schäfer. »Ich glaube, sie hat nichts gesagt. Ich glaube, meine Frau hat sie gar nicht zu Gesicht bekommen.«

Der Kardinal richtete sich hinter dem Tisch auf und verschränkte die weißen, gepflegten Hände vor der Brust. »Ich will, daß diese Veröffentlichungen in der Zeitschrift aufhören. Ich will alles Material, das in Ihrem Besitz ist. Die Fotos, die Abschriften, alles. Es darf nichts mehr veröffentlicht werden.«

Schäfer sah auf sein angeschwollenes Knie.

Der Kardinal stieß plötzlich den hohen Lehnstuhl energisch zur Seite, der quietschend über den Fußboden glitt. »Ich werde Ihnen sogar verraten, warum wir keine weiteren Veröffentlichungen dulden werden. Sie wissen so gut wie ich, daß diese Fotos auch eine Fälschung sein können. Wir müssen das Original suchen, die Buchrolle. Dabei interessiert uns noch nicht einmal so sehr das Tagebuch dieses Flavius, der kann ein Märchen erzählt haben. Wir müssen wissen, ob das Original des Pilatusbriefes wirklich existiert, ob darin wirklich steht, daß Jesus von Nazareth in die Verbannung geschickt wurde. Diesen Fetzen Papyrus, den Flavius angeblich besessen hat, müssen wir um jeden Preis in die Hand bekommen, falls es ihn gibt. Bei der Suche danach will ich keine Konkurrenz von kommunistischen Archäologen haben, die durch Ihre Veröffentlichungen angestachelt werden. Ist das klar?«

Schäfer wußte nicht, warum, aber er nickte.

»Da Sie Ihre Unterlagen kaum freiwillig herausgeben werden, muß ich Ihnen leider Ihren Wohnungsschlüssel abnehmen. Sie werden sie ja irgendwo in Ihren Bücherschrank gelegt haben. Sollten Sie sich wider Erwarten vernünftig zeigen, können Sie Ihre Wohnung behalten und ein paar Jahre mietfrei wohnen.« Der Kardinal machte eine Pause. »Glauben Sie mir, ich verabscheue es, Menschen zu bedrohen.«

Sebastian Schäfer schwieg.

»Ich verabscheue es zumindest ebensosehr, wie ich diese Lämmer verabscheue, die zur Kirche gehören, aber sich nur in ihren Klöstern und Pfarrstuben verkriechen und niemandem die Stirn zu bieten wagen. Wissen Sie, wovor sie sich verkriechen? Sie verstecken sich aus Angst vor ihren eigenen Gläubigen. Auch deshalb muß ich den Text haben.«

Der Kardinal sah Schäfer scharf an. »Denn es sind die Gläubigen, nicht die gleichgültigen Atheisten, die sofort bereit sind, in das Rudel der Wölfe einzuscheren und die Kirche zu vernichten. Wenn so ein Text auftaucht, wie Sie ihn in der Hand haben, werden auch sie über uns herfallen mit der immer gleichen Frage: Wie kann denn Gott so etwas zulassen, daß wir verunsichert werden, daß wir Dinge erfahren müssen, die unseren Glauben erschüttern? Ja, sagt denn Gott nie etwas? Warum vermittelt er uns nicht eine Ahnung Seiner Existenz?«

Er machte eine Pause. Dann flüsterte er: »Er ist ein schweigsamer, ein stiller Gott. Er spricht nie. Er steht uns nicht offen bei, wenn die Wölfe über uns herfallen, er sendet keine Zeichen und Wunder. Er ist still. Wir müssen allein die Attacken abwehren. Er sieht nur zu, blickt auf die Rudel, die sich um die Beute balgen. Aber derzeit ist die Kirche schon in Fetzen gerissen. Ich glaube zutiefst daran, daß ich ausersehen bin, um diese neue Prüfung des Glaubens vom Volk Gottes fernzuhalten. Und niemand wird mich von meiner Aufgabe abhalten.«

Er wandte Schäfer jetzt den Rücken zu. »Ich muß leider sichergehen. Ich gehe jetzt hinaus und gebe Ihnen fünfzehn Minuten. Wenn De Santis hereinkommt und Ihren Schlüssel oder gar die Negative auf dem Tisch vorfindet, wird er darauf verzichten können, Ihre Taschen zu durchsuchen. Sie bleiben so lange hier, bis wir haben, was wir suchen.«

Er ging zur Tür.

Schäfer drückte die Zigarette aus. Seine Stimme klang ruhig, als er sagte: »Sie machen mir keine angst.«

Der Kardinal drehte sich um. »Doch. Ich mache Ihnen angst. Denn ich weiß noch nicht, wie schwer es wiegt, daß Sie den Text gelesen haben. Deshalb ist es besser, wenn ich Ihnen angst mache, was nicht schwer ist, denn nach allem, was ich von Ihnen weiß, sind Sie ein eigenbrötlerischer Außenseiter mit mäßigem Erfolg im Leben. Das sollten Sie auch bleiben, und daß Sie es bleiben können, dafür sorge ich.«

Er klopfte. Die Tür wurde aufgeschlossen und sprang hinter dem Kardinal wieder ins Schloß. Schäfer hörte, wie sich der Kardinal entfernte. Ein Wachstropfen rann an einer der Kerzen hinunter, überwand den Tropfenfänger und fiel auf den Tisch. Der Kardinal war nicht fort. Noch nicht ganz. Im Raum stand immer noch wie schwerer Rauch der Geist des Wolfes.

Schäfer wagte nicht aufzustehen, weil er glaubte, daß der Geist ihn sehen könne. So leise er konnte, zog er seinen Schlüsselbund, die Fotos und die Abschriften aus der Jackentasche und legte sie vor sich auf den Tisch.

Es mußte in diesem Haus noch ein Zimmer wie dieses geben, kleiner vielleicht und noch dunkler. Dorthin zog sich der Kardinal jetzt zurück, um eine Viertelstunde zu beten und Gott um Führung und vielleicht auch um Verzeihung zu bitten. Die Zelle des Kardinals hatte sicher nur ein einziges Fenster, das auf einen dunklen Innenhof oder einen Lichtschacht wies. Nachts stand der Kardinal dort am offenen Fenster, um sie zu hören, wenn sie aus den Bergen zu ihm herüberheulten.

Es waren erst eine oder zwei Minuten vergangen, als sich der Schlüssel wieder im Schloß drehte. Eine dicke Frau mit pechschwarzen, fettigen Haaren, die einen blauen Kittel trug, unter dem ein riesiger Busen wankte, stand in der Tür.

»Seine Exzellenz wird langsam alt. Jetzt hat er in Gedanken hinter sich abgeschlossen. Sie sind doch sein Studienfreund. Nett, Sie kennenzulernen. Er wollte auf keinen Fall mit Ihnen gestört werden. Sie haben sich ja auch bestimmt viel zu erzählen. Um ehrlich zu sein, hatte ich Sie mir etwas älter vorgestellt«, schnatterte die Frau los. Sie schüttelte Schäfers Hand. Trotz ihres zweifellos enormen Gewichts war sie recht flink. Schäfer stand auf.

»Ich komme auch nur, weil Seine Exzellenz doch Geburtstag hat. Wußten Sie das?«

Schäfer nahm seinen Schlüssel vom Tisch und steckte ihn wieder in die Tasche. »Nein, davon hatte ich keine Ahnung.«

»Wir haben ihm eine neue Seidenstola gekauft, natürlich in Purpur. Wollen Sie sich nicht vielleicht beteiligen? Dann schreiben wir Ihren Namen mit auf die Glückwunschkarte.«

»Ja, gern.«

»Sie war nicht ganz billig. Wir suchen noch ein paar Beiträge. Ich meine, es kann natürlich jeder geben, wieviel er will, aber vierzigtausend Lire müßten es schon sein.«

»Gern«, stotterte Schäfer.

»Wir können es ja gleich in Ordnung bringen, bevor Seine Exzellenz zurück ist. Sie geben mir rasch das Geld. Ich schreibe dann später Ihren Namen auf die Karte. Wie heißen Sie denn?«

»Sebastian Schäfer. Aber das Geld habe ich draußen im Auto.«

»Gehen Sie schnell, bevor er wieder da ist. Er ist nach oben gegangen, wohl um etwas für Sie zu holen. Wenn Sie sich beeilen, sind Sie vor ihm wieder da.«

Schäfer raffte auch die Negative an sich und ließ sich aus der Tür schieben. Sie gingen nicht den gleichen Weg, den er gekommen war. Die Haushälterin schob ihn vor sich her über einen breiten Flur, in die mit Fresken ausgemalte Eingangshalle. Von Don Onofrio und De Santis sah er keine Spur. Die Frau öffnete einen Spaltbreit ein enormes Portal. Draußen schossen Autos vorüber. Es war mittlerweile dunkel geworden, aber Schäfer erkannte die Via Nazionale.

»Gehen Sie schon, ich warte«, sagte die Haushälterin und ließ ihre fleischigen Hände im Kittel verschwinden.

Sie ist nur ein kleiner, fetter Schakal, dachte Schäfer, und er muß sie sogar anlügen.

»Ich bin gleich wieder da«, sagte er und lief hinaus.

Als der Kardinal mit De Santis wieder in seinem Studierzimmer stand, konnte er es lange Zeit einfach nicht fassen, daß Sebastian Schäfer nicht mehr da war.

4

Die schwarzen Kutten waren überall. Sie warteten an den Haltestellen, ließen sich in den Lichtkegeln der Zeitungskioske die Zeitschrift ›famiglia cristiana‹ reichen und hielten am Straßenrand Taxis an. Sie tranken Kaffee in den hellerleuchteten Kaffeebars und eilten paarweise unter schwarzen Schirmen durch den Regen.

Sebastian Schäfer lief, so schnell er mit dem geschwollenen Knie laufen konnte. Dies war ihre Stadt. Es mußten Hunderte sein, oder eher Tausende. Sie eilten in die Sakristeien, läuteten die Glocken, hockten in Beichtstühlen und spähten aus den unzähligen Fenstern der Klöster, Kirchen und Kollegien nach ihm aus. Er war gegen die Fahrtrichtung in alle Einbahnstraßen gelaufen, die er finden konnte, das Gewirr der Gassen war in dieser Gegend unüberschaubar. Wenn der Kardinal einen Verfolgertrupp losgeschickt hatte, mußten sie ihn verloren haben. Aber sie hatten sicher zur Fahndung geblasen.

Schäfer hatte so oft die Richtung gewechselt, daß er nicht mehr genau wußte, wo er war. Der Regen hatte seine

Jacke völlig durchnäßt, und das Wasser lief von seinen strähnigen Haaren in den Kragen. Er trat in eine Bar, um sich aufzuwärmen, aber dann stürzte er nur einen Kaffee hinunter und eilte zurück auf die Straße. Er fand es unerträglich, nicht zu sehen, was hinter seinem Rücken geschah. Wenn er in Bewegung war, fühlte er sich besser. Ein heißer Klumpen Angst hatte sich in seinem Bauch eingenistet. Er blieb immer wieder stehen, um zu sehen, ob ihm jemand folgte, aber in der Dunkelheit und in dem Menschengewirr war es schwierig, einen Verfolger zu erkennen.

Er mied die Hauptstraßen, soweit er konnte. Es läutete zur Abendmesse, also mußte es kurz vor sieben Uhr sein. Die Glocken von Rom drangen in jede Gasse, übertönten die laufenden Motoren und das leise Gewirr der Stimmen. Der Schall brach sich an den hohen Palästen und hallte in seinen Ohren. In einer Gasse irgendwo hinter der Staatsbank blieb er vor einem Blumenladen stehen. Auf der gegenüberliegenden Seite standen zwei Franziskanermönche, die ihre Kapuzen hochgeschlagen hatten, und sahen in die Auslagen eines Buchgeschäftes. Die Gasse war so schmal, daß sie sich nur umdrehen mußten, um ihn festzuhalten, wenn er an ihnen vorbeiging. Schäfer wagte nicht weiterzugehen.

Sie können noch nicht wissen, wer ich bin, dachte er und versuchte, die Bilder zu vertreiben, die durch seinen Kopf schwirrten. Er sah ein großes Refektorium in einem Kloster vor sich. Die Mönche knieten zwischen Weihrauchschwaden in den Bänken. Der Abt kam herein und hielt ein Bild von Schäfer hoch. ›Mitbrüder, dies ist er. Es ist kein normaler Besessener. Der Satan selbst ist in ihn gefahren. Seid wachsam. Bruder Onofrio hat sein Bild an alle Pfarreien geschickt. Prägt es euch ein.‹

Vielleicht werden sie es in der Abendmesse den Gläubigen zeigen, dachte Schäfer. Aber nein. Soweit konnten sie nicht gehen. Sie konnten sich nur dem Klerus anvertrauen, den Brüdern und Schwestern, die gehorsam sein mußten. Das Heer der schwarzen Kutten würde ihn schon finden.

Die Franziskaner wandten sich von der Auslage ab und kamen auf ihn zu. Er konnte ihre Gesichter unter den braunen Kapuzen nicht erkennen. Sie gingen vorbei. Schäfer wischte sich das Wasser aus dem Gesicht und ging langsam weiter. Er erkannte jetzt eine Gasse wieder, in die er zufällig geraten war. Er war nicht mehr weit vom Bahnhof entfernt. In diesem Teil der Stadt kannte er niemanden, den er hätte besuchen können. Er ging weiter durch den Regen. Immer wenn er an einer der zahllosen kleinen Kirchen vorbeigehen mußte, verfiel er in leichten Trab. Vor seinem inneren Auge sah er, wie sich eine mannshohe Hand aus der Kirchentür schob und ihn in das dunkle Gebäude zu zerren versuchte.

In den Hauseingängen standen frierende Prostituierte und Nordafrikaner, die geschmuggelte Zigaretten anboten. Aus grell erleuchteten Imbißbuden roch es nach Pizza und gegrillten Hähnchen. Er ging die Straße am Bahnhof entlang, hinunter zum Tunnel, der nach San Lorenzo führte. Er wußte jetzt, daß er auf dem Weg nach Hause war, und er wußte, daß er nichts Dümmeres machen konnte. Es gab keinen Ort, wo sie ihn mit so absoluter Sicherheit abfangen würden wie vor seiner Haustür, aber er ging trotzdem weiter. Mit jedem Schritt, den er durch die Nässe machte, verstrickten sich die Fragen und Zweifel in seinem Kopf immer mehr. Er sah die Puttenengel an den Häusern, die ihm nachblickten, bemerkte die Kirchen, die nicht etwa zwischen den Häusern standen, wie er geglaubt hatte – er sah, daß es die Häuser waren, die von den Kirchen zusammengedrängt wurden, so daß die

Türme Aussichtsplattformen boten, von denen aus die schwarzen Kutten ihm in jede Straße nachblicken konnten.

Absurd, dachte er, absurd. Er fürchtete die Kirchen, wie er sich vor den Atomraketen gefürchtet hatte und vor dem Druck in seiner Brust, der ihn nachts nicht hatte schlafen lassen, weil es ein Tumor sein konnte, der in ihm bohrte. Aber die Raketen waren nie explodiert, er hatte nie eine gesehen und auch noch nie einen Tumor gehabt. Die Welt ist nicht so, dachte Schäfer. Es kann keine Kirchenverschwörung geben, die es auf mich abgesehen hat und ihre Häscher ausschickt. Es steht da nie einer mit einer Pistole, der dich bedroht, dachte er. Das ist alles Unsinn, weil es kein Räuber-und-Gendarm-Spiel gibt, sondern weil du nie weißt, wer dich bedroht, weil sie immer in ihren Kirchen und Aufsichtsratssitzungen hocken und ein Spiel spielen, das du nicht verstehst. Du hast Angst, und du kannst nicht schlafen, weil du nicht weißt, was sie mit ihren Kirchen, ihren Raketen tun und mit ihren Atomkraftwerken und dem Schweinefleisch, von dem du Krebs bekommen kannst, aber sie stehen nicht mit einer Axt in der Hand vor deiner Tür. Der Kardinal hat eine Chance gehabt, die hat er verpatzt. Damit hat es sich. Bedrohlich sind immer nur die Bankbeamten am Schalter, die dir keinen Kredit mehr geben wollen, oder die Frauen, die dich verlassen wollen, die sind echt.

Schäfer dachte plötzlich, daß alles ein kolossales Mißverständnis sein mußte, daß es so enden würde, wie alles immer endete, daß die Negative schon längst nicht mehr in seiner Wohnung waren und Caroline schon abgereist war und niemand sich mehr für ihn interessierte und daß Luigi De Santis ihm wieder auf die Schulter klopfen würde, als ob gar nichts passiert wäre. Er war sich jetzt sicher, daß niemand ihm vor der Tür auflauern würde. Es begann dunkel zu werden, und es regnete immer stärker, und er ging dicht an den Hauswänden entlang.

Die Tür zum Hinterhof war schon längst aus den Angeln gerissen worden, und er stieg vorsichtig über das Stahlgerippe. Der Regen hatte den Hof in eine Schlammpfütze verwandelt. Er sah hoch zu seinem Küchenfenster. Dort brannte Licht, und Schäfer konnte sich eigentlich nicht erinnern, es eingeschaltet zu haben. Vorsichtig öffnete er die Tür zum Hausflur. Es war stockdunkel, wie immer. Alles Unsinn, dachte er, der Klerikal-Krimi findet nur in deinem Kopf statt. Dann stieg er leise die ersten Stufen hinauf.

Es war nicht etwa so, daß er nicht gesehen hätte, daß da etwas auf der Treppe war. Vermutlich hätte er sich sogar im Hinaufgehen gebückt, um das, was da silbern glitzerte und ein Spiegel oder ein in silbernes Geschenkpapier eingewickeltes Paket sein konnte, aufzuheben. Was er nicht sah, waren die beiden dunklen Beine daneben, und erst als die Zigarette aufglühte, die Asche abfiel und zischend in dem Weihwasserkessel erlosch, den Don Sergio zwischen den Knien hielt, erschrak er. Er hielt sich am Treppengeländer fest, während seine Beine sich nicht so recht einig werden konnten, ob sie loslaufen sollten, und befahl sich, ruhig zu bleiben, als ob das irgend etwas genützt hätte.

Don Sergio saß dort wirklich in dem vertrauten schäbigen Priesterrock, der nach Tabak roch und nach dem Leim, mit dem der Pater immer wieder die eingetretenen Türen seines Asyls für Drogenabhängige zusammenflickte.

»Haben sie dich hergeschickt?«

Der Priester trat die Zigarette aus. »Nee, nach mir hat keiner geschickt. Aber es war ja gut, daß ich auf dich gewartet habe. Ich hab von dem Schlamassel gehört, weil ich hier heute in der Nähe die Wohnungen gesegnet hab. Wenn ich du wäre, würde ich verschwinden, dadurch ersparst du dir stundenlange Diskussionen. Da oben in deiner Wohnung wartet Frau Nicholetti von nebenan. Die hat die Polizei geholt, weil du in deiner Wohnung angeblich das in der Nachbarschaft zusammengestohlene Diebesgut hortest. Das ist aber noch gar nicht der Witz an der Sache. Kaum stand die Polizei vor deiner Wohnungstür, konnten sie gleich zwei echte Diebe festnehmen, die offensichtlich bei dir eingebrochen sind und deine Wohnung durchsucht haben. Seltsamerweise sind die Diebe beide jenseits der Siebzig.«

»Was für Diebe?«

»Die Nicholetti sagt nur, es seien wohl deine Komplizen. Laß ein paar Tage Gras über die Sache wachsen. Wenn du willst, kannst du solange bei uns im Asyl wohnen. Du brauchst nichts zu befürchten. Du warst es ja nicht.«

Hinter Schäfer wurde die Haustür aufgestoßen, er drehte sich um und sah in den Schein zweier Taschenlampen, die zwei Polizisten gehörten, die an Toasts kauten.

»Da is er ja.« Sie richteten die Lampe auf Schäfer, und der eine faßte ihn am Arm und schob ihn die Treppe hinauf. »Na, dann wollen wir mal.«

Der andere leuchtete Don Sergio an. »Was macht denn der Pfarrer hier? Sehen Sie mal zu, daß Sie hier wegkommen, das geht Sie ja nichts an.«

Don Sergio nahm den Weihwasserkessel in die Hand und stand auf. »Der Herr hier hat mich gebeten, seiner Wohnung den Segen zu spenden. Jetzt. Und das werde ich jetzt auch tun.«

Schäfer ließ sich nach oben schieben. Der andere Polizist stand noch vor Don Sergio.

»Ich hab nichts übrig für Pfarrer, und mit dem Herrn

hier haben wir was zu regeln, also sehen Sie zu, daß Sie in Ihre Kirche kommen.«

Schäfer wurde am Arm gerissen und mußte stehenbleiben. Der Polizist neben ihm schrie hinunter: »Du redest nicht so mit einem Monsignore, wenn ich dabei bin! Kommen Sie ruhig mit, wenn Sie wollen, Monsignore. Ich bin zwar nicht dafür, daß Sie den Fixern das Abendbrot in Ihrem Gemeindehaus noch auf dem Tablett servieren und keiner sich um die anständigen Leute kümmert, aber das ist ja Ihre Sache.«

Der Polizist vor Don Sergio hatte jetzt seinen Toast aufgegessen, und Schäfer sah, wie er sich den Mund wischte und betreten nach oben blickte. Schäfer ließ sich aufwärts schieben, während der Polizist neben ihm in der Dunkelheit murmelte: »Na, Freundchen, jetzt wollen wir doch mal sehen, was du alles zusammengescharrt hast.«

Als sie ihn in seinen Flur schubsten, sah Schäfer, daß seine Wohnungstür aufgebrochen worden war.

»Nicht in die Küche, da sitzen die anderen beiden. Die Gegenüberstellung machen wir später. Da rein.« Sie stießen die Tür zu seinem Schlafzimmer auf. Die Frau im Mickey-Mouse-Jogginganzug stand vor seinem geöffneten Kleiderschrank und sah ziemlich niedergeschlagen aus. Das Zimmer war ein absolutes Chaos. Alle seine Bücher lagen auf dem Bett, vermischt mit seinen Pullovern und Unterhosen.

»Da ist er ja. Aber es hat keinen Sinn. Er hat schon alles verkauft«, sagte sie lustlos. Jetzt im Licht erkannte Schäfer die beiden Polizisten. Sonst hingen sie meist in einem Streifenwagen herum und bewachten den jüdischen Kindergarten am Ende der Straße. Der Dickere hatte ihm einmal ein Strafmandat erlassen.

»Was haben Sie denn in seinen Sachen zu wühlen? Wir

haben gesagt, Sie sollen hier sitzen bleiben und warten.« Der Dicke schloß die Schranktür.

»Na, hören Sie, ohne mich hätten Sie den Dieb und seine Kumpels doch gar nicht gefangen. Ich hab doch nur nachgesehen, ob er noch was hat. Das Silber der Marchetti oder so. Aber es ist alles weg, verkauft.«

Schäfer ließ sich auf einen Stuhl fallen. »Sie haben gar kein Recht …« sagte er. Er sah seine Badeente, die aus dem Chaos der Klamotten auf seinem Bett lugte und dort absolut nichts zu suchen hatte, und er fragte sich bitter, was um Gottes willen er denn in der Ente hätte verstecken sollen. Dann stand Don Sergio in der Tür.

Die Mickey-Mouse fuhr ihn an: »Der hat uns gerade noch gefehlt, der atheistische Pfarrer. Ich würde den auch gleich einsperren lassen mit seinen Fixern, die klauen wie die Raben und dafür unser Gemeindehaus verdrecken dürfen, daß sich keiner mehr hineintraut. Die schlafen da ja sogar, und wer zahlt das alles, he?«

Don Sergio schloß hinter sich die Tür. »Jetzt ist Schluß, verdammt noch mal. Sie haben überhaupt kein Recht, hier einzudringen, und das wissen Sie ganz genau.« Der Priester redete weiter, obwohl der Dicke etwas von »Spurensicherung« murmelte.

»Das hier ist keine Bananenrepublik, auch wenn es manchmal so scheint. Also raus hier. Außerdem war er es nicht.«

Die Mickey-Mouse-Frau schrie zurück: »Ach nein? Und woher wissen Sie das? Was hatte er denn auf meinem Dach zu suchen?«

»Er war es nicht. Der, der es war, beichtet jeden Bruch bei mir, das muß als Erklärung reichen. Also raus, sonst rufe ich die Polizei.«

Der dünne Polizist zündete sich eine Zigarette aus dem

Päckchen an, das auf Schäfers Schreibtisch lag, dann baute er sich vor der Mickey-Mouse auf.

»Was haben Sie denn eigentlich gegen den Herrn hier in der Hand? Das hörte sich auf der Wache aber ganz anders an. Sie haben uns doch erzählt, Sie hätten selbst gesehen, wie er hier das Diebesgut stapelt.«

»Wenn eine ehrliche Bürgerin der Polizei helfen will, kommt so was dabei heraus. Mein Mann und ich haben den ganzen Tag das Haus bewacht, weil wir sicher waren, daß er das Zeug rausschleppen wollte, bevor ihr euch mal auf die Anzeige hin regt. Dann kamen ja auch die Typen, die jetzt in der Küche sitzen, und haben sein Schloß aufgebrochen, am hellichten Tag. Haben Sie schon mal von einem beklauten Dieb gehört? Der hat die doch hergeschickt, damit die das Diebesgut rausholen, weil er sich selbst nicht traute. Das ist doch glasklar.«

»Und wo ist das Zeug?«

Die Mickey-Mouse ließ sich nicht die Zeit, vollständig rot anzulaufen, sondern ging zur Tür und knallte sie hinter sich ins Schloß. Schäfer hörte, wie auch die Wohnungstür zufiel.

»Ein bißchen viel Aufregung wieder heute abend«, sagte der Dicke. »Also war das alles nichts als heiße Luft.« Er stand auf. »Dann wollen wir uns doch mal die beiden in der Küche vornehmen. Das wird Sie ja auch interessieren, Herr Skäfer. Die scheinen an Ihren Sachen interessiert gewesen zu sein.«

Als sie die Küchentür öffneten, erkannte Schäfer sofort den kleinen gedrungenen Mann von der Verlagsleitung, der vor seinem Haus gewartet hatte und immer noch den dunklen Mantel trug. Am Fenster stand der andere, gleichfalls im dunklen Mantel, und wandte dem Zimmer den Rücken zu. Ein Polizist, der sich aus Schäfers Kekskiste bedient hatte, stand neben ihm und wies jetzt auf den dicken Polizisten in der Küchentür.

»So, das können Sie jetzt alles noch einmal meinem Kollegen hier erzählen, daß Sie ein Fürst sind und so weiter und den Minister kennen.«

»Was für ein Fürst?« fragte der Dicke und schloß die Tür.

»Ich habe den Ausweis von dem da am Fenster kontrolliert. Er ist wirklich ein Fürst, und der andere ist sein Diener.«

»Ein Fürst, der einen Bruch macht?«

Der Mann am Fenster wandte sich um. »Es ist jetzt gut, meine Herren. Wir wollen gehen, auf Ihre Wache, damit ich ein paar Telefonate führen kann, um diese Geschichte aufzuklären.«

Schäfer sah, wie der Mann mit den eisgrauen Haaren und dem operettenhaften Mantel ihn fixierte.

»Sie sind Schäfer, nicht wahr? Entschuldigen Sie, aber die Eile zwang mich, mir auf etwas unkonventionelle Art bei Ihnen Zutritt zu verschaffen. Ich habe es im übrigen nicht gefunden. Leider. Aber Sie haben es doch – den Text, meine ich?«

»Was soll das Gequatsche, bringen wir sie weg«, sagte der dünne Polizist.

»Seien Sie still. Wir gehen ja«, fuhr ihn der Fürst an. »Wer hat Ihnen den Text gegeben? Eine Nonne? War es eine Nonne? Sagen Sie mir wenigstens, ob sie noch am Leben ist.«

Schäfer wußte nicht, woher der Mann seine Autorität nahm, und er wußte auch nicht, warum er nickte und sagte: »Sie lebt noch, aber sie ist sehr, sehr krank.«

5

Aufgelegt. Franco Ventini hatte einfach aufgelegt, ohne sich zu verabschieden oder zu fragen, ob er ihr jetzt irgendwie helfen könne. Caroline legte den Hörer langsam auf die Gabel. Sie schob die halbleere Kaffeetasse auf der zerkratzten Spiegelkommode zur Seite, nahm die Zigarettenschachtel und brach ihren Vorsatz, an Dienstagen nicht mehr zu rauchen. Außerdem war in zwei Stunden sowieso Mittwoch. Sie hörte noch Ventinis Stimme im Ohr: »Das ist jetzt ganz allein dein Problem. Du findest schon einen neuen Job. Du schaffst ja immer alles alleine.«

Sie blickte in den Spiegel. Ihr Haar kam ihr strähnig vor. Das Zimmer war jetzt dunkler als irgendein Hotelzimmer, an das sie sich erinnern konnte. Sie sah sich frühmorgens in Mailand im Büro ihren Schreibtisch ausräumen. Es mußte frühmorgens passieren, wenn nur die Putzkolonne da war. Sie brauchte eine große Tasche oder am besten zwei. Sie würde einfach ihre ganzen Sachen hineinwerfen, die beiden Bilder von der Wand nehmen und dann eine der Putzfrauen bitten, ihr Büro sauberzumachen für ihren Nachfolger. Sie durfte auf keinen Fall jemandem begegnen. Sie war zu arrogant gewesen. Sie hatte die Artikel der anderen verrissen, sobald sie stellvertretende Chefredakteurin geworden war. Sie war sich zu sicher gewesen, daß sie besser arbeitete als die anderen.

Sie sah Ventini vor sich, wie er in der Konferenz knapp erwähnen würde, daß man sich im gegenseitigen Einverständnis von Caroline Robert getrennt habe. Danach würde das große Tuscheln beginnen. Nach spätestens zehn Minuten würde der ganze Stock wissen, daß alles stimmte. Sie hatte Ventini angelogen. Eiskalt hatte sie einen Text in die Zeitung gehoben, ohne auf die Abdruckrechte Rücksicht zu nehmen. Sie hatte sich nicht verantwortungsbewußt gezeigt und schon gar nicht, wie der Verleger so gern sagte, sich der Wahrheit verpflichtet gefühlt. Keiner im Büro würde sie vermissen, außer vielleicht der Pförtner Gianfranco, der ihr manchmal Sandwiches aufgedrängt hatte, damit sie nicht zu sehr abmagerte. Alle würden froh sein, daß ein guter Job frei geworden war.

Sie nahm einen Kamm, der auf der Kommode lag, und versuchte, sich die Strähnen aus dem Haar zu kämmen. Ein wenig Zigarettenasche fiel auf ihre Beine. Sie wischte sie weg. Beim Telefonieren hatte sie sich an der Tischkante zwei Löcher in die Nylonstrümpfe gerieben. Sie zog Rock und Strümpfe aus, feuerte die Nylons in den Papierkorb neben dem Tisch und ging hinüber in das Vorzimmer. Du benimmst dich wie ein kleines Mädchen, das der Lehrer ausgeschimpft hat, dachte sie. Du rutschst auf deinem Stuhl hin und her und zerreißt dir die Strümpfe. Zieh dich jetzt erst einmal an wie eine vernünftige, erwachsene Frau!

Ihre Koffer standen aufgeklappt in dem riesigen Wandschrank. Sie wühlte in ihrer Wäsche. Im ersten Koffer waren keine Nylons, im zweiten auch nicht. Ihr stiegen Tränen in die Augen. Sie durchwühlte die Koffer noch einmal. Es ist lächerlich, wenn du dich wegen dieser verdammten Strümpfe so aufregst, dachte sie. Sie nahm die graue Stoffhose aus dem Koffer, die halbwegs zu ihrer Bluse paßte, und zog sie an. Sie ging hinüber ins Schlafzimmer, nahm noch eine Zigarette aus der Schachtel und stellte sich ans Fenster.

Der Verkehr wälzte sich die Via Cavour hinunter. Die Busse bliesen giftblaue Rauchfahnen in den nächtlichen Himmel. Die Hose kratzte. Sie legte die Zigarette auf den Unterteller, der auf der Spiegelkommode stand, zog die Hose aus und warf sie auf das Bett. Sie hätte schreien mögen und die Koffer aus dem Fenster werfen, weil sie keine Nylons fand, und dafür haßte sie sich. Es ist lächerlich, dachte sie und setzte sich auf den Boden. Sie stützte ihren Kopf in die Hände. Eine Welle des Selbstmitleids schwappte über ihr zusammen.

Ventini ist ein Schwein, dachte sie. Sobald es darauf ankommt, läßt er dich natürlich im Stich. Die Zigarette qualmte noch auf dem Unterteller. Aus dem Papierkorb hing ein Bein des Nylonstrumpfs. Sie trat gegen den Eimer, so daß er umfiel und durch das Zimmer rollte. Einen Augenblick dachte sie daran, sich wieder in das zerwühlte Bett zu legen. Aber jetzt würde sie sowieso nicht schlafen können. Sie ging in das blau gekachelte Bad, ließ Wasser in die große Badewanne ein und betrachtete sich in dem Spiegel gegenüber der Wanne, der die ganze Wand bedeckte. Ihre Augen waren verheult und sahen alt aus. Die Fältchen in den Augenwinkeln hatten sich in Falten verwandelt, trotz der Feuchtigkeit, die vier verschiedene Cremes im Laufe der Jahre literweise gespendet haben mußten. Sie zog ihre weiße Bluse aus, faltete sie fein säuberlich zusammen und legte sie auf den Hocker. Die dunklen Flecken im Dekolleté hatten sich immer weiter vermehrt. Wenn sie aufgeregt war, so wie jetzt, oder zu stark parfümierte Seife benutzt hatte, sprossen zudem kleine rote Flecken zwischen den dunklen Inseln auf der Haut. Ihr weißer Spitzen-BH kam ihr lächerlich vor. Für wen ziehst du so etwas eigentlich an?

Franco Ventini ist ein Schwein. Fünf Jahre hatten sie zusammengearbeitet. Kaum war er Chefredakteur geworden, hatte er sie zu seiner Stellvertreterin gemacht. »Wir sind ein gutes Gespann, weil wir Freunde sind«, hatte er gesagt. Zweimal hatte sie sogar ihren Vorsatz gebrochen und war mit Ventini ausgegangen, obwohl er verheiratet war, natürlich unglücklich verheiratet, wie er nicht müde wurde zu betonen. Damals hatte sie sich sogar ein neues Kleid gekauft. Sie waren zum Abendessen bis nach Como gefahren. Er hatte keine Annäherungsversuche gemacht, und letztendlich war sie darüber auch froh gewesen.

Gerade eben am Telefon hatte er sie sogar angebrüllt: »Ich hänge mich nicht für deinen Unsinn aus dem Fenster! Wenn du eine Bombe hast, die dir zwischen den Händen explodiert, ist das dein Problem!« Er ist ein Schwein, dachte sie wieder. Aber reg dich nicht weiter drüber auf. Die sind doch zu dumm, um zu begreifen, was für eine Geschichte ihnen entgeht. Dann haben sie es auch nicht besser verdient.

Sie zog den BH aus und betrachtete ihren Busen im Spiegel. Sie wußte nur durch die Fotos, die Schäfer vor vielen Jahren beim Nacktbaden in Sizilien aufgenommen hatte, wie ihre Brüste einmal ausgesehen hatten. Es war zwecklos, sich einzureden, daß sie sich eigentlich nicht sehr verändert hatten. Jahrelang hatte sie kaum eine Gelegenheit ausgelassen, sich über den Zwang zum Lifting lustig zu machen. Sie hob ihren linken Busen und formte ihn so, als ob er gestrafft worden wäre. Irgendwann muß es vielleicht wirklich sein, dachte sie. Sie zog ihren Slip aus und hielt vorsichtig einen Finger in die Wanne. Das Wasser war nicht einmal lauwarm. Sie drehte den Heißwasserhahn voll auf. Unter dem Waschbecken entdeckte sie eine Waage. Sie zog sie hervor und stellte sich darauf. Fast zweieinhalb Kilo zuviel. Kein Wunder, daß ich mich so mies fühle, dachte sie.

Die Wanne war jetzt voll. Sie drehte den Hahn zu und nahm zwei frische Handtücher vom Haken. Obwohl sie wußte, daß es lächerlich war, hatte sie immer noch ein schlechtes Gewissen, wenn sie in einem Hotel oder zu Hause die Handtücher über den Rand der Wanne legte, so daß sie ins Wasser hingen und ihr als Kopfkissen dienten.

Nicht einmal, als sie das erste Mal nachts nicht nach Hause gekommen war, hatte sich ihre Mutter so aufgeregt wie über die Handtücher in der Wanne.

»Nur weil unsere Madam ihr Köpfchen nicht auf die Emaille legen will, muß ich nach jedem Bad zwei Handtücher waschen, die sie nur als Kopfkissen benutzt«, hatte sie dem Vater gepetzt. Dem war es egal gewesen, wie vieles andere auch.

Sie hielt den Fuß vorsichtig ins Wasser. Die Temperatur war genau richtig, ziemlich warm, aber noch nicht zu heiß. Sie hockte sich in die Wanne, streckte dann langsam die Beine aus und ließ sich in das Wasser sinken. In der Seifenschale entdeckte sie ein Tütchen mit Schaumbad. Obwohl sie Schaum im Badewasser eigentlich nicht ausstehen konnte, goß sie es hinein. Sie streckte sich aus, so daß nur noch ihr Kopf aus dem Wasser ragte und ihre Brüste kleine Inseln bildeten. Sie blies eine Flocke Seifenschaum durch die Luft und massierte ihre Arme. Also, rekapitulieren wir, dachte sie. Was ist passiert?

Sie war früh nach Hause gekommen und wollte sich in ihrem Zimmer an das Fenster setzen und Pläne schmieden. Sie hatte den antiken Text noch nicht zu Ende gelesen, aber wie immer er auch ausgehen würde, allein die Textteile, die sie jetzt schon kannte, waren eine Sensation. Selbst wenn es im letzten Kapitel keinen weiteren Hinweis auf Jesus Christus geben sollte, reichte der eine Satz vollkommen aus, um aus dem Text einen Bestseller zu machen. Sie hatte kaum zweimal von ihrem Glas getrunken, als das Telefon klingelte. Es war Ventini. Sie hatte sich sofort in die Ecke drängen lassen. Sie türmte kleine Schaumberge auf und bugsierte sie mit ihren Händen bis zu den Brust-Inseln.

»Woher hast du den Text?« hatte Ventini sie angekläfft.

»Ich habe Fotos von einem Original, und das reicht ja wohl. Es ist die erste nichtbiblische Quelle, in der etwas steht, das sich vermutlich auf Jesus Christus bezieht.«

Ventinis Stimme klang ihr noch im Ohr. »Und wenn es sich auf Gottvater persönlich bezieht und von ihm selbst angefertigt wurde, will ich wissen, woher du das hast.«

Warum war sie nur so dumm gewesen zuzugeben, daß sie den Text auf nicht ganz saubere Weise beschafft hatte?

Ventini hatte sie kaum ausreden lassen: »Meine liebe Caroline. Wir haben mit der Erzbischöflichen Kurie in Mailand einen Heidenärger. Ein römischer Pater hat sie auf die Spur gesetzt, daß wir etwas veröffentlichen, das uns nicht gehört. Wir haben nicht das geringste Interesse an einem Streit mit der Kirche. Vor allem, wenn wir eindeutig im Unrecht sind, und das nur deswegen, weil uns die stellvertretende Chefredakteurin eiskalt belügt.«

Vorsichtig hatte sie eingeschoben: »Ich habe von dir gelernt, daß man etwas riskieren muß. Du wolltest doch immer, daß wir mehr Nachrichten – sprich: Skandale – selbst produzieren, statt darauf zu warten, bis wir zufällig einen solchen Skandal serviert bekommen.«

Ventini hatte gekläfft: »Du scheinst nicht zu verstehen, was du angerichtet hast. Die schreiben in der Personalabteilung an deiner Kündigung wegen vorsätzlicher Schädigung deines Arbeitgebers. Gott sei Dank haben wir erst zwei Teile von dem antiken Quatsch gedruckt. Wir stellen die Serie sofort ein. Wir haben schließlich einen großen Anteil katholischer Leser, und wir werden deren Gefühle nicht verletzen, nur weil unsere ehemalige stellvertretende Chefredakteurin nicht zwischen Recherche und Diebstahl unterscheiden kann.«

Sie hatte nur in ihrer Kaffeetasse gerührt und sich beschimpfen lassen.

Zum Schluß hatte Ventini noch einen Tiefschlag angebracht: »In zwei Tagen wollen wir deine Katakomben-

Geschichte auf dem Tisch haben. Die Buchhaltung zahlt noch bis morgen deine Hotelrechnung, dann ist Schluß. Der Unsinn hat uns genug gekostet.«

Sie tauchte unter. Sie wollte sich Ventinis Stimme aus dem Ohr spülen. Ich gehe nach Berlin, dachte sie. Die müssen mir eine Abfindung zahlen, und das Geld wird fürs erste reichen. Mit offenen Armen wird mich jetzt zwar niemand mehr empfangen. Statt eines eleganten Abgangs kann ich nur noch einen glatten Rausschmiß vorweisen. Aber immerhin war ich drei Jahre Vizechefredakteurin. Sie tauchte auf und setzte sich gerade. In der Seifenschale lag noch ein Päckchen mit Haarshampoo. Sie riß es auf und massierte sich das Shampoo in die Haare. Die kleinen, platzenden Bläschen knisterten in ihren Ohren. Sie wusch das Shampoo von den Händen, lehnte sich zurück und legte ihren Nacken vorsichtig auf die Handtücher.

Als Kind hatte sie auf einer Verpackung gelesen, daß man das Shampoo fünf Minuten einwirken lassen müsse. Sie wußte, daß diese Anweisung für moderne Haarwaschmittel nicht galt, bei diesen vermutlich sogar schädlich war. Dennoch hatte sie sich immer daran gehalten. Wenn sie es eilig gehabt und das Shampoo gleich wieder aus dem Haar gewaschen hatte, war ihr nie eine Frisur gelungen. Zumindest war es ihr immer so erschienen.

Sie streckte sich ganz aus und ließ ihre Beine aus dem Wasser auftauchen. Sie massierte leicht ihre Oberschenkel. Die waren noch völlig in Ordnung. Sie hob die Insel ihrer Schamhaare aus dem Wasser und zwirbelte mit den Fingern die Haare zusammen, so daß sie wie etwas schiefe Bäume in einem Sumpfgebiet aussahen. Um ihre Wohnung in Mailand tat es ihr nicht leid. Sie hatte sich dort nie wohlgefühlt trotz des schönen Blicks, den man vom Balkon aus auf die Stadt hatte. Erst später hatte sich herausgestellt, daß man den Balkon praktisch nicht benutzen konnte. Im Winter war es viel zu kalt, und im Sommer glaubte man, draußen im Smog und in der Hitze zu ersticken. Ihr Versuch, die Wohnung mit einer Mixtur aus Stahlmöbeln und Antiquitäten einzurichten, war ihr nie sonderlich gelungen erschienen. An ihrem Schreibtisch aus dem 18. Jahrhundert hatte sie praktisch nie gesessen. Zu Hause arbeitete sie sowieso fast nie, und Briefe schrieb sie nur ungern. Außerdem hätte sie gar nicht so recht gewußt, an wen.

Sie spürte, wie Blut in ihre Klitoris lief, die sich durch das warme Wasser geschmeichelt fühlte. Der Umzug würde kein großes Problem werden, dachte sie. Die meisten Möbel wollte sie verkaufen. Sie würde so schnell wie möglich nach Berlin fahren und sich beim Wohnungssuchen Zeit lassen. Vielleicht würde sie eine Altbauwohnung mit Kachelofen finden. So etwas gab es ja wahrscheinlich in Berlin. Sie wollte sich einen großen Sessel kaufen und im Winter Tee trinken und Lebkuchenherzen essen. Zeitungen gab es in Berlin genug. Vielleicht würde man ihr einen Platz in der Außenpolitik anbieten.

Sie ließ noch etwas heißes Wasser in die Wanne. Das Fenster und der Spiegel waren mittlerweile beschlagen, und an den hellgrünen Kacheln perlten in winzigen Bächen Wassertropfen herunter.

Vielleicht würde es in Berlin auch wieder einen Mann geben. Wichtig war das allerdings nicht. In Mailand hatte sie keinen Mann vermißt. Sie preßte die Klitoris zusammen. Sie hatte ein geschlechtsloses Leben geführt. Nur die Nachteile der Weiblichkeit, wenn sie im Bus angegrabscht worden war oder ein neuer Kollege ihr auf den Busen starrte, hatten sie daran erinnert, daß sie eine Frau war. Sie ließ ihre Finger langsam durch die Schamlippen gleiten.

Das Telefon klingelte. Sie wäre in der Wanne geblieben,

wenn sie nicht völlig sicher gewesen wäre, daß Ventini am Apparat war, um sich zu entschuldigen. Sie stieg aus dem Wasser, trocknete sich nur kurz ab und wickelte sich in eines der weißen Hotelhandtücher. Sie versuchte, ihr Bett nicht mit dem Shampoo vollzutropfen, und nahm den Hörer ab.

»Hallo.«

»Hier spricht die Rezeption. Ein Herr, der sagt, daß er Sie kennt, will Sie besuchen. Er sagt, er heiße Schäfer.«

»Lassen Sie ihn heraufkommen.«

Sie legte auf. Das Wasser lief an ihren Beinen hinunter. Sie schlüpfte in ihre Schuhe, ging zur Tür und schloß auf.

Wie kommt es, daß ich mich darauf freue, Schäfer zu sehen, dachte sie. Dann öffnete sie die Tür.

Der Korridor war leer. Sie begann zu frieren. Endlich hörte sie, wie der Fahrstuhl ansprang. Sie ließ die Tür angelehnt und lief längs der Tropfenspur zurück ins Badezimmer, wie sie als Kind gelaufen war, wenn sie im Winter zu früh aufgestanden war und noch einmal zurück ins warme Bett durfte. Als sie das Handtuch fallen ließ und wieder in die Wanne steigen wollte, hörte sie das Klopfen. Sie zog die Badezimmertür bis auf einen schmalen Spalt zu.

»Caroline?«

»Komm rein. Ich bin in der Badewanne. Im Schlafzimmer steht ein Stuhl. Wenn du ihn an die Badezimmertür rückst, können wir miteinander sprechen. Ich bin gleich soweit.« Sie streckte sich aus und nahm die Brause in die Hand.

Sie hörte, wie Schäfer seine Jacke auf ihr Bett warf und dann den Stuhl an die angelehnte Tür rückte.

»Ich hoffe, du hast nicht allzuviel übersetzt.« Sie drehte die Brause auf und versuchte, die richtige Temperatur zu finden.

»Nein, habe ich nicht.«

»Die Geschichte ist nämlich gestorben, und das ist noch nicht alles. Ich bin vermutlich rausgeflogen. Die Monsignori haben in Mailand einen ziemlichen Ärger gemacht. Die Serie ist eingestellt.«

»Es sind nicht nur die Monsignori.«

Caroline drehte die Brause wieder ab. »Was?«

»Nicht nur die Monsignori sind hinter dem Text her. Es spielen noch andere Herrschaften mit. Sie waren gerade bei mir.«

Das Wasser in der Wanne war jetzt zu heiß. Caroline setzte sich auf. »Wer war bei dir?

»Zwei Männer, einer ist ein Fürst. Wer sie sind, weiß ich noch nicht, aber wir werden es herausfinden.«

Caroline drehte die Brause wieder auf. »Diese Geschichte ist vorbei, Sebastian. Wir müssen überhaupt nichts mehr herausfinden. Morgen oder übermorgen fahre ich zurück nach Mailand. Aber nur, um die Wohnung aufzulösen. In ein paar Tagen bin ich in Berlin.«

»Haben sie dich wirklich entlassen? Ich dachte, du bist schon so hoch oben angelangt, daß sie dich nur noch versetzen können.«

»Ich weiß es noch nicht genau. Aber es deutet alles darauf hin, daß sie ernst machen.« Caroline drehte den Strahl kleiner und spülte sich das Gesicht ab. Langsam floß das Shampoo aus ihren Haaren. Sie ließ den Strahl in den Mund schießen, spie aus und redete über den Anruf von Franco Ventini.

Ihre Worte zwängten sich durch den Vorhang aus Wasserstrahlen, taumelten durch das Badezimmer, glitten an den feuchten Kacheln ab und erkämpften sich den Weg durch den Türspalt bis zu Schäfers Ohr. Caroline redete ununterbrochen. Ihre Worte beruhigten ihn. Sie zerrissen den Schleier aus Unwirklichkeit, der sich wie gläserne

Wände in den vergangenen Stunden um ihn aufgebaut hatte. Jetzt lauschte er Carolines Wortbruchstücken. Seine mit sauberem Pflaster verarzteten Hände schmerzten endlich nicht mehr. Er sah an seinem grauen Baumwollhemd, das weit genug war, um seine Figur zu kaschieren, und an der frischen Jeans herunter zu seinen Turnschuhen. Er empfand Genugtuung bei Carolines Schilderung ihres Konfliktes mit Ventini, dieses angeblichen Verräters, der sie einfach sitzengelassen hatte. Die große Journalistin war ziemlich unsanft abserviert worden. Er versuchte, durch den Türspalt zu blinzeln, konnte aber nur, wenn Caroline sich leicht zurücklehnte, ihren braunen Rücken erspähen.

Auf ihrem zerwühlten Doppelbett war ein Stapel Zeitschriften verstreut, der gemeinsam mit den zahllosen Kleidungsstücken diese Art sauberer Unordnung erzeugte, die nur Frauen verbreiten konnten.

Caroline stellte jetzt die Brause ab. Sie schäumte ihre Haare mit Pflegelotion ein. Gemessen an dem, was er hinter sich hatte, kam ihm ihre Erzählung relativ wenig spektakulär vor. Sie kam langsam zum Resümee.

»Verstehst du? Die bezahlen mir nicht einmal mehr das Hotel. Es hat keinen Sinn weiterzumachen.«

»Für mich sieht die Sache etwas anders aus. Immerhin habe ich keine Wohnung mehr.«

»Wieso das denn?«

Schäfer sah, wie sie ihren hübschen, dunklen Kopf auf eine Art Kissen aus Handtüchern zurücklehnte und sich mit ihren nackten Armen durch die Haare fuhr.

Er begann zu erzählen, von Luigi De Santis, den Verlagsleitern vor der Tür, dem Verlagsleiter im Treppenhaus und der Flucht über die Dächer.

»Sei mir nicht böse, Sebastian. Aber ich hätte dich für viel zu faul und unbeweglich gehalten, um über Terrassen zu klettern. Hast du dir weh getan?« warf sie nur ein.

Daß man sich vor einem Foxterrier fürchten konnte, mit dem man in einem Fahrstuhl eingesperrt war, konnte sie sich nicht vorstellen. Als er erzählte, daß der Priester zu De Santis in den Wagen gestiegen war, wischte sie sich den Schaum aus den Ohren, um besser hören zu können. Den Kardinal schätzte sie völlig falsch ein.

»Eine Art Über-Don-Onofrio ist er?«

»Don Onofrio ist ein Spatz gegen ihn. Es war der Kardinal, der alles eingefädelt hat, verstehst du? Er hat mir den Don und De Santis auf den Hals geschickt.«

»Wie bist du da herausgekommen?«

»Es gab dort einen kleinen Schakal, der den Kardinal umkläffte, einen weiblichen Schakal, den der Kardinal einfach außer acht gelassen hat. Das war sein Fehler.«

Das verstand sie nicht. Das konnte sie nicht verstehen. Lachen mußte sie trotzdem über die sammelfreudige Haushälterin. Nur die Angst vor den schwarzen Kutten, diese Angst glaubte sie ihm nicht.

»Warum bist du nach Hause gegangen? Du mußtest doch damit rechnen, daß die Pfarrer vor der Tür auf dich warten?«

»Ich wußte nicht, wohin ich sonst gehen sollte.«

Caroline setzte sich in der Wanne auf und nahm wieder die Brause in die Hand. Die Pflegekur hatte lang genug eingewirkt. Schäfer sah, wie die hellgelbe Tinktur über ihren braunen Rücken lief.

»Mamma mia«, sagte sie anerkennend. Dann drehte sie die Brause ab. Der Waschgang war beendet.

Schäfer blinzelte ins Bad. Er konnte ihren kleinen Hintern sehen, als sie aufstand, um sich abzuduschen. Sie stieg aus der Wanne und trocknete sich ab.

Er wußte, daß jetzt ihr Abendprogramm beginnen würde. Nägelmaniküre, Eincremen, Augenbrauen zupfen.

»Ich gebe dir meine Negative. Du kannst sie dem Kardinal bringen, und morgen hast du deine Wohnung wieder. Es wäre nett, wenn du mich vorher zum Flughafen bringen würdest. Wenn du willst, kannst du heute nacht vorn im Salon schlafen.«

Das ist also die letzte Nacht, dachte Schäfer. Vielleicht für immer. Sicher sogar für immer. »Hast du auch Hunger?« fragte er.

»Ja, ein bißchen. Laß doch den Zimmerkellner ein paar Brote bringen und etwas zu trinken.«

Schäfer nahm den Hörer ab und bestellte. Dann setzte er sich auf das Bett.

Gleich wird sie aus dem Badezimmer kommen, dachte er, vermutlich im Bademantel. Im günstigsten Fall kann ich ihr das Versprechen abnehmen, daß sie mir ihre neue Adresse schreiben wird. Daß sie so einen kleinen Hintern hatte, hatte er vergessen gehabt.

Als der Zimmerkellner kam, begann der Fön im Bad zu dröhnen. Schäfer nahm dem Kellner das Tablett ab und den Kübel mit der Weißweinflasche, fand aber kein Trinkgeld. Der Kellner blieb so lange stehen, bis Schäfer in Carolines Hosentasche einen Fünftausend-Lire-Schein gefunden hatte. Dann verschwand er endlich.

Schäfer nahm sich ein Sandwich, schenkte sich ein Glas Wein ein und trat vor das Fenster im Salon. Unter dem Schreibtisch lag ein umgestürzter Papierkorb, aus dem ein Paar Nylonstrümpfe hing. Er dachte einen Moment daran, sie einzustecken. Dann ließ er es aber doch und sah aus dem Fenster. Auf der Via Cavour tobte noch immer der Verkehr, dabei war es kurz vor Mitternacht. Gegenüber sah er den Eingang einer hellerleuchteten, vermutlich schmuddeligen Kaffeebar.

Bald würde er wieder dort unten sein, auf einer Straße wie dieser, und in solchen schmierigen Bars herumlungern, wo man fettige Toasts im Stehen aß. Caroline würde genauso unerreichbar sein wie eines dieser Hotelzimmer, in denen man den Kellner kommen lassen konnte, wenn man nachts noch Hunger hatte. Das war's also, dachte Schäfer. Eine Art Mut glomm plötzlich in ihm auf.

Er nahm sein Weinglas und ging zur Badezimmertür. Der Fön dröhnte immer noch. »Darf ich hereinkommen?«

»Ja, sicher.«

Sie stand in einem kurzen weißen Bademantel vor dem großen Spiegel, gegenüber der Badewanne, schaltete gerade den Fön aus und legte ihn auf das Waschbecken. Sie hatte vor dem Frisieren aus irgendeinem Grund das Deckenlicht ausgeschaltet. Jetzt brannten nur noch zwei kleine Glühbirnen über dem Spiegel.

Schäfer setzte sich hinter sie auf den hohen Rand der Wanne und sah in den Spiegel. Sie kämmte ihre schulterlangen Haare mit einer Bürste langsam nach hinten. Er sah auf ihre braunen Beine, den stark taillierten Bademantel, der ihren kleinen Hintern betonte, blickte auf den schmalen Rücken und den Streifen nackter Haut, den der Bademantel am Nacken freigab. Sie kann dich sehen, sie kann im Spiegel sehen, daß du ihren Körper betrachtest. Sie wird dich hinausschicken, wenn du nicht unbeteiligt in den Spiegel schaust, statt auf ihren Hintern zu schielen. Dabei hätte er nur seine Hand ausstrecken müssen, um ihn zu berühren.

Sie bürstete immer noch ihre Haare. Er zwang seine Augen, in den Spiegel zu sehen, aber da waren ihre nicht ganz vom weißen Frotteestoff verdeckten Brüste. Er befahl sich, ihr Gesicht im Spiegel anzublicken. Seltsamerweise hatte sie sich einen schwarzen Kajalstrich um die Augen gezogen. Das gehörte nicht zum Abendprogramm. Zumindest hatte es damals nicht dazugehört.

Sie ließ jetzt die rechte Hand mit der Bürste sinken und sah ihn im Spiegel an. Schäfer mußte schlucken. Er blickte auf ihre Hand und die Bürste vor sich. Sie schrie danach, diese Hand, angefaßt zu werden. Aber sie schrie vielleicht nur in seinem Kopf. Schäfer schluckte noch einmal. Mit der linken Hand versuchte sie etwas aus der Tasche des Bademantels zu fischen, aber Schäfer fing sie ab und drehte ihre Hand sanft, als wolle er Caroline gefangennehmen, auf den Rücken. Nahm dann ihre rechte Hand, die die Bürste umfaßte und sich wundersamerweise nicht sträubte, und hielt ihre Hände auf ihrem Rücken knapp über ihrem Hintern fest, obwohl die Bürste ihn wie ein neidisches, borstiges Tier stach.

»Was soll das?« fragte sie, wobei sie immer noch nach vorn in den Spiegel blickte.

»Hast du dich verändert?« fragte Schäfer.

»Wie meinst du das?«

»Ich meine, siehst du anders aus als vor sechs Jahren?« Er hielt ihre Hand immer noch fest, obwohl seine Finger zu schwitzen begannen.

»Ich habe braune Flecken im Dekolleté bekommen, von der Sonne, siehst du das nicht?«

»Doch, aber sie fallen kaum auf.«

»Die Brust ist auch etwas anders geworden, glaube ich.«

»Das kann ich nicht beurteilen. Ich sehe sie nicht.«

Schäfer hörte jetzt sein Herz, das irgendwo in seinem Ohr saß und einen Höllenlärm veranstaltete. Er wunderte sich, wie zielstrebig seine rechte Hand, die im Spiegel auftauchte, über den weißen Frotteestoff glitt. Er sah, wie seine Hand sich unter den Saum ihres Bademantels schob.

»Kitzeln dich die Pflaster an meinen Fingern?«

»Ein bißchen.«

»Dein Bauchnabel ist übrigens eckiger geworden.«

»Du spinnst.«

Die Hand spreizte sich auf dem Bauch langsam aus, öffnete den Bademantel, damit der Bauchnabel zwischen den Fingern hindurchschauen konnte.

»Doch, er ist eckiger geworden. Er sieht aus wie eine Pyramide.«

Faß nicht ihren Busen an. Faß bloß nicht ihren Busen an! schrie es in Schäfers Kopf. Ich bin nur mit dir rausgekommen, weil du beim Tanzen nicht versucht hast, meine Brust anzufassen, hatte sie ihm gesagt, damals, vor langer Zeit in jenem Garten auf dem Fest von Massimo, wo sie sich kennengelernt hatten.

»Vielleicht hast du recht«, sagte sie. »Vielleicht ist er eckiger geworden.«

Sie stand ganz still. Er sah im Spiegel, wie seine Hand in diesem ungefährlichen Tal ihres Bauches kreiste, das weit genug entfernt war von ihren Brüsten und ihren Schamhaaren.

Vorsichtig befreite sie ihre Hände aus seiner linken Hand. So vorsichtig, daß er wußte, was jetzt geschehen würde. Er stand langsam auf, als sie sich umdrehte.

Er nahm sie in den Arm, spürte den warmen Druck ihres Körpers an Bauch und Brust und suchte mit seinen Lippen vorsichtig ihren Mund. Er hielt sie fest und küßte sie und konnte seiner rechten Hand, die jetzt den Frotteestoff auf ihrem Hintern massierte, nicht mehr befehlen zurückzukommen. Er wagte es nicht, die Augen zu schließen. Er fürchtete sich davor, daß das Bild im Spiegel verschwinden könnte, mit seiner Hand, die so knapp über ihren nackten Beinen lag, und er wollte sichergehen, daß sie ihre Augen geschlossen hatte. Es war wie der erste Kuß, nur daß er viel weniger falsch machte. Er spürte ihre Zunge, die erst vorsichtig war und weich und nur langsam härter wurde und mutiger, und er spürte ihre Hände, die auf seinen Schultern lagen und begannen, seinen Nacken zu umfassen. Irgendwann ist er vorbei, dieser Kuß, und ich weiß nicht, was ich dann tun soll. Er schloß nun doch seine Augen und ließ seine Zunge ertasten, wie nahe das Ende war.

Ich kann sie nicht auf den Armen zum Bett tragen, sie hat es nie gemocht, herumgetragen zu werden. Sie zog ihre Zunge zurück, langsam und kaum merklich, aber Schäfer wußte, daß dieser Kuß gleich vorbei sein würde. Er konnte sie auch nicht einfach bei der Hand nehmen und nach nebenan führen, denn vielleicht würde sie nicht mitkommen. Sie entließ seine Zunge, und er küßte vorsichtig ihre Wangen. Sie hielt ihn fest. Er mußte etwas tun, eine Choreographie erfinden.

Manchmal mußt du mich einfach nehmen, hatte sie damals gesagt, und tun, wozu du Lust hast, und manchmal nicht. Manchmal mußt du ganz vorsichtig sein und mich erst überreden. Woher soll ich wissen, wann ich vorsichtig sein muß, hatte er gefragt. Du mußte es eben versuchen, und wenn es schiefgeht, dann geht es eben schief, hatte sie gesagt. Wenn es nicht schiefgehen könnte, wäre es nicht spannend.

»Ich bin nicht viel dicker geworden. Aber ein bißchen schäme ich mich schon«, flüsterte er.

Sie küßte seine Wange. »Auch wenn du es mir nicht glaubst, deinen Körper habe ich immer gern gehabt. Du hast so einen seltsamen, strammen Hintern. Nur dein Bauch ist dick. Aber er ist warm.«

Sie redet mit mir. Das ist gut, dachte er. »Es scheint mir nicht ganz gerecht, daß du nur einen Bademantel anhast, wie die Frauen in der Werbung, die halbnackt vor den Managern herumlaufen.«

»Das ist auch nicht gerecht.«

»Nein.« Er küßte sie vorsichtig auf den Mund und knöpfte sein Hemd auf. Kein Knopf sperrte sich, zum

Glück. Sie half ihm aus den Ärmeln. Dann streifte er ihren Bademantel zur Seite und drückte sie an sich, so daß er ihre Brust spürte.

Sie küßte ihn wieder. Dann sagte sie: »Nur das Hemd ist ein bißchen wenig.«

Er streifte die zum Glück ziemlich locker geschnürten Turnschuhe ab, und es gelang ihm irgendwie, die Boxershorts gleich mit der Hose auszuziehen. Dann stellte er sich vor sie, nahm ihren Nacken in beide Händen, ließ die Haare durch seine Finger gleiten und küßte sie. Dieser Strang aus Venen war aufgewacht, dieses seltsame Organ, das alles mögliche sein konnte, für das es vielleicht deswegen keinen vernünftigen Namen gab, richtete sich auf. Ab jetzt mußte er Caroline mit dem Venenstrang teilen. Er nahm sich vor, sich gegen dieses etwas stupide Organ zu behaupten. Sie hatte mit einer Hand ihren Bademantel aufgeknotet. Er streifte vorsichtig den weißen Stoff von ihrer Schulter und küßte ihre braune Haut. Sie drehte sich um und schlüpfte aus dem Bademantel. Er legte seinen Arm um sie, preßte ihren Rücken gegen seine Brust und sah im Spiegel, wie seine rechte Hand unter ihrem Busen lag, als wolle sie ihn stützen. Sie entspannte sich und sah sich interessiert im Spiegel an. Dann legte sie ihre Hände auf sein Becken und zog ihn näher zu sich.

»Meine Brustwarzen sind ganz schwarz geworden«, sagte sie ruhig, als habe sie es soeben erst bemerkt und als wäre Schäfer gar nicht da.

»Du hattest schon immer dunkle Brustwarzen. Deine Brust hat sich nicht sehr verändert, glaube ich.« Er fuhr vorsichtig mit seinen Fingern über die Brustwarze, die sich langsam zusammenzog, als sei sie erschreckt worden. Er ließ seine linke Hand behutsam über ihre Oberschenkel zu den Schamhaaren gleiten. Nur wie zufällig und nur für einen Augenblick fuhr er mit dem Handrücken über ihre Klitoris. Er küßte ihren Nacken, ihre Schulter und blinzelte zwischendurch in den Spiegel, nur um zu sehen, daß sie zusah. Er fürchtete sich davor, daß sie sich umdrehen könnte, er wollte so stehenbleiben mit ihr, solange wie irgend möglich, die ganze Nacht. Der heiße Strang aus Venen war beruhigt.

Geh nicht weg, hätte er gern gesagt. Aber er traute sich nicht. Noch war alles ein Spiel. Noch konnte sie sich einfach losmachen und fortgehen, um Brötchen zu essen. Sie führte seine Hand zwischen den Schenkeln zu ihren Schamlippen.

»Fährst du wirklich zurück?« fragte er plötzlich.

»Nicht jetzt«, sagte sie. »Jetzt fahre ich nicht weg.«

Sie löste langsam seine Arme und drehte sich um. Schäfer ließ sich gegen die Wanne drücken. Sie schob seine Hände zu ihrem Hintern.

»Komm, halt mich fest.« Sie legte ihre Hände um seinen Nacken, drückte ihn auf den Rand der Wanne und setzte sich, ohne daß Schäfer so recht begriff, was geschah. Sie sog ihn auf, sie nahm diesen heißen Strang aus Venen in sich auf, ganz einfach und ohne Mühe. Schäfer ließ seine Hände auf ihren Hintern gleiten und hielt sie ganz fest, so daß sie sich nicht bewegen konnte.

Sie versuchte seinen Händen zu entkommen. »Ich will mich bewegen!«

»Das geht nicht. Das geht jetzt nicht«, flüsterte er.

»Dann küß mich!«

Er küßte sie, und sie nutzte sofort den Moment seiner Unachtsamkeit, in dem der Druck seiner Hände nachließ, um den heißen Venenstrang noch einmal aufzusaugen, wie bei einem Kuß.

»Du weißt es schon längst«, sagte Schäfer. Er suchte ihren Mund, küßte sie vorsichtig und hielt dann wieder ihr

Becken fest. »Du hast schon gemerkt, daß ich dich immer noch liebe, daß ich Herzklopfen bekomme, wenn ich dich sehe.«

»Ja«, sagte sie. »Trag mich aufs Bett.«

6

Denkbar war natürlich auch die komplizierte Lösung – ein ruckartiges Zusammenziehen der Schultermuskulatur, das ihm gestatten würde, den Arm unter ihrem Kopf hervorzuziehen. Sehr schnell, geradezu blitzartig mußte dann mit der freien Hand ein Stück Kissen unter den Kopf geschoben werden, als Ersatz für den Arm.

Ebenso denkbar war die einfache Lösung: ein vorsichtiger Schwung mit dem Becken, der dazu führen konnte, daß Caroline sich von ganz allein zur Seite drehte. Beides war denkbar, und die Schwierigkeit der Entscheidung – nicht aber der anwachsende Schmerz in seinem mit frischem Blut hoffnungslos unterversorgten Arm – vertrieb den letzten Rest von Müdigkeit. Sie war nicht zufällig auf seinem Arm eingeschlafen, soweit er sich erinnerte. Sie hatte den Arm unter ihren Kopf geschoben, um so eine ideale Schlafposition zu finden. Ihre Beine hatten die Bettdecke in ein nicht zu entwirrendes Knäuel verwandelt, und natürlich lag sie so bewegungslos auf der Seite, daß kein Zweifel bestehen konnte: Sie schlief so fest wie ein Stein.

Schäfer fühlte sich ihr jetzt zum ersten Mal seit Jahren wieder nahe. Das hatte nichts mit Liebe oder Sex zu tun, sondern ausschließlich damit, daß er sich zum ersten Mal wieder einer dieser Regeln unterwarf, die nur aufgestellt werden, wenn Menschen sehr eng zusammenleben, und deren Sinnlosigkeit die Betroffenen zwar einsehen, denen sie sich aber um des lieben Friedens willen unterwerfen.

Sie war, seit er sie kannte, fest davon überzeugt, daß seine Unruhe in den frühen Morgenstunden sie am Schlafen hindere und somit an ihrer gelegentlich aufkommenden schlechten Laune schuld sei. Arbeitskollegen von ihr hatten ihm mehrfach erzählt, sie entschuldige Formschwäche immer damit, daß sie mit einem »hysterischen Schläfer« verheiratet sei. Das war eine glatte Lüge, denn sie schlief immer fest wie ein Stein. Sie konnte sogar während abendlicher Diskussionen, in denen er ihr vorwarf, daß sie wieder einmal viel zu spät nach Hause gekommen war, einfach einschlafen. Sie schlief in jedem erdenklichen Transportmittel, bei dröhnender Musik, trotz lärmender Nachbarn oder bei laufendem Fernseher. Er hätte auf dem Bett tanzen müssen, um sie zu wecken. Ihre Vorwürfe hatten jedoch im Laufe der Jahre dazu geführt, daß er steif wie eine Gipsfigur neben ihr im Bett liegenblieb, wenn er nachts einmal aufwachte.

Die Lichter brannten noch, und zu Schäfers Freude funktionierte die einfache Lösung ganz wunderbar. Sie drehte sich zur Seite und schlief weiter. Er stand vorsichtig auf, massierte seinen Arm und knipste die Nachttischlampen aus. Dann setzte er sich an den Schreibtisch, an dem immer noch eine Lampe brannte, und sah zum Fenster hinaus. Es war jener Augenblick in der Nacht, in dem man beim besten Willen nicht erkennen kann, wie spät es ist. Kein Mensch war auf der Straße zu sehen und noch kein Anschein von Morgendämmerung zu erahnen. Die Stadt konnte ebensogut gerade erst schlafen gegangen wie bereits mit dem Gedanken an das Aufstehen beschäftigt sein. Er wußte, daß er sich jetzt nicht wieder zu Caroline legen konnte. Ihr Unterbewußtsein würde zwei rasch hintereinander erfolgende Bewegungen auf dem Bett vermutlich registrieren.

Auf dem Tisch vor ihm lagen die Fotos der vierten Buchrolle ausgebreitet. Im Grunde war es viel zu dunkel, um auch nur einen Buchstaben zu erkennen. Er überflog auch nur die ersten paar Worte, aus purer Neugierde, und dachte: Sieh an, Flavius Plancus konnte auch nicht schlafen. Dann hielt er die Fotos in das Licht der Schreibtischlampe und begann zu lesen.

Vierte Buchrolle, Spalte eins

Hoscin Mores! Was für Sitten! Wem singen die Saiten der Harfe denn jetzt noch ihr Lied? Sanken nicht trunken schon alle Gäste auf das Lager? Verstummt ist das laute Geschrei nebenan im Haus des Etruskers. Nur die Klänge der Harfe finden noch ihren Weg durch die Nacht in meinen Hof. Mit der Spielerin der Harfe, die über die schlafenden Zecher wacht, will ich den Morgen erwarten. Die Lampen sind reichlich versorgt mit wohlriechendem Öl. Hoffend blicken meine Augen immer wieder zum Wasserbecken, auf daß doch kleine Wellen sich zeigen mögen, daß ein Wimpernschlag später ein Lufthauch mir frei zu atmen erlaubt und die kommenden Stunden mir hier nicht unerträglich werden. Die Nacht ist stickig und heiß.

Die Götter schenkten mir dennoch zu dieser späten Stunde wieder den sicheren Blick des Falken durch das Dickicht der Erinnerung, der in dieser Nacht meine Feder führt. Wie sehr mußte mein Haar doch erst ergrauen, bis ich das große Göttergeschenk zu ehren wußte, das uns befähigt, mit zurückgewandtem Blick unfehlbar das Wahre im Dunkel vergangener Tage zu sehen.

Nicht enden will ich zu rühmen jenen Tag, als mir dieses Göttergeschenk offenbar wurde, als das Erinnern seinen ihm angemessenen Platz neben dem Denken und Schaffen erhielt.

Mögen die Zecher im Haus des Etruskers ruhig schlafen. Sie wissen noch nicht, wie blind unsere Augen sind. Sie sind noch zu jung, um zu ahnen, wie wenig weise Ratschläge unsere Vernunft uns zu erteilen vermag. Blind gehen wir durch die Tage unseres Lebens, sehen nicht, was wir sehen müßten, urteilen falsch, verbringen Jahre auf Wegen, die uns nicht zum Ziel führen.

Welcher Gott mag uns den Blick der Erinnerung geschenkt haben? Es mag Apollon gewesen sein, dessen Augen unfehlbar die tödliche Bahn der Pfeile vorausahnen. Vielleicht gab er uns den unbeirrbaren Blick, der zurückgerichtet mit Leichtigkeit das Dickicht des Lebens durcheilt. Nutzlose Jahre erkennen wir sicher wie der Falke den Hasen. Jahrzehnte der Arbeit, der Ehe, der Mühen gerinnen unter dem Blick zu einem einzigen, unförmigen Klumpen. Doch wenn nur ein Tag, eine Stunde oder ein Augenblick in all diesen Jahren es wert war, gelebt zu werden, erkennt ihn der Blick des Apollon unfehlbar. Die Erinnerung kann ihn vor unser Auge holen, als wäre es soeben erst geschehen. In allem irren wir blind, nur durch diesen Blick, den die Götter uns gaben, können wir sicher entscheiden, ohne den geringsten Zweifel zu hegen. Selbst bei äußerster Anstrengung wird es uns nicht gelingen, Tage zu erinnern, denen wir kein Leben gaben. Der Blick zurück, den die Götter uns schenkten, sieht sie nicht. Sicher, wie durch die Hand des Apollon gelenkt, sehen wir unfehlbar nur die Momente des wahren Lebens. Wie vorher ganze Monate zu einem Klumpen Blei ohne jede Form zusammenschmelzen, taucht wie eine strahlende Münze dieser Morgen auf, als die Sklaven unter Geschrei die Kisten auf den Wagen wuchteten.

Die Reisekleider hatte ich angelegt, die ledernen Beutel mit Münzen aus Silber und Gold schnallte ich um. So klar erscheint dieser Morgen vor meinen Augen, daß ich mich der alten Schweißflecken auf den ledernen Beuteln entsinne, die meine Angst während mancher gefährlichen Reise auf das Leder gezeichnet hatte. Selbst jetzt scheint mir das Rumpeln des Wagens noch nicht verstummt, der uns den kurzen Weg zum Hafen nach Misenum brachte.

Ich sah, wie die Tore Herculanaeums hinter uns versanken. Julias warme Hand lag in der meinen. Ihr Gesicht war durch die Erregung erhitzt. Was für ein Gedränge erwartete uns in Misenum. Mazedonier, Griechen, Ägypter und immer wieder Soldaten schoben sich durch die Straßen. Vor einer öffentlichen Latrine kam unser Wagen zum Stehen. Ein Fuhrwerk, hochbeladen mit Fässern, blockierte die Straße. Das Pferd war gestürzt. Geschminkte Weiber, die ihre Notdurft verrichtet hatten, schoben sich durch die Drehtüren hinaus auf die Straße. Daneben torkelten betrunkene Soldaten schreiend durch die Holztüren der Latrine heraus.

Endlich entkamen wir dem Gestank. Es ging weiter. Langsam bahnte sich unser Wagen den Weg hinunter zum Hafen. Drei Schiffe wurden ausgerüstet im Kriegshafen. Unseres lag schon unter Segeln am Kai. Der Kapitän erwies uns alle Ehren. Das Gold und der Brief meines guten Lucius hatten den Weg geebnet, daß er uns Schiffspassage gab bis nach Syrakus. Schon bauschten sich die Segel, schmeckte meine Zunge das Salz des Meeres. Schon zog majestätisch der hohe Gipfel des Vesuvius vorbei, klatschten die Ruder in das tiefblaue Wasser. Selbst der Delphine entsinne ich mich, die wie ein Gruß Neptuns am Schiff springend vorbeizogen.

Unruhig suchte ich am ersten Tag der Reise die Linie des Wassers nach Segeln mordender Piraten ab. Doch bald schon gaben das schwere Schiff und die klare Luft des Meeres mir neu erstandene Kraft, schenkten mir das Vertrauen, da ich sehr wohl das Schwert zu führen weiß. Wie sehr entschädigten doch die warmen Nächte an Deck, wenn das Schiff mit gerafften Segeln in der Nähe steil aufragender Küsten vor Anker lag, für die Enge der stickigen kleinen Kabine.

Julia lief wie ein jungvermähltes Weib bald zum Vorderdeck, um das Setzen der Segel zu betrachten, bald schmiegte sie ihren warmen Busen an mich und deutete auf vorbeiziehende Inseln. »Ist das schon Afrika?« fragte sie, kaum daß wir Capri umschifften. Wie wollüstig folgten die Augen der Matrosen doch dem weißen Kleid Julias. Wie schnell aber erreichte plötzlich der Befehl der Aphrodite meine Julia, die die Liebe auf offenem Meer entdeckt zu haben schien und mir nachts zu öffnen die Schleife bot, die unter ihrem Busen das Kleid zusammenhielt.

So danke ich den Göttern, daß ich erkennen kann, daß die Tage auf dem Meer Tage des Lebens waren. Doch hilft mir der von den Göttern verliehene Blick nicht bei meinem augenblicklichen Geschäft. Ich schreibe dem Gott, der mir zürnt. Welche einfache Arbeit stünde mir bevor, müßte ich nur Augenblicke an Augenblicke reihen, die mir im Gedächtnis sind. Doch wie die Harfe, die soeben verstummte, nur stickige, heiße Nacht zurückläßt, verläßt mich die Gabe der Götter, wenn ich erinnern will, was vor der Reise auf See geschah. Die dunklen Wochen oder gar Monate der Trübnis haben kaum Spuren in meiner Erinnerung hinterlassen. Geronnen zu einem schweren Klumpen Blei sind sie in meinem Herzen. Doch muß ich sie erinnern, muß ich Tag auf Tag, Geschehnis an Geschehnis reihen, will ich nicht Gefahr laufen, wirr zu schreiben wie durch Eifer erhitzte Schüler. Besser wäre es, ich ließe die

Papyrusrolle fahren, als dem Geschehenen den Zusammenhang zu verwehren.

So tauche ich in das Dunkel, in dem der von den Göttern verliehene Blick kaum etwas zu erkennen vermag. Was mag geschehen sein in den Tagen, nachdem ich Julia die Verbannung des Christengotts auf jene Insel verriet? Sie muß mich häufig gefragt haben, ob ich den Brief des Pilatus wirklich in der Hand gehalten hatte. Sie muß gefragt haben, ob der Mann namens Jesus wirklich verbannt wurde. Ich schenkte dem keine Aufmerksamkeit. Stärkte es doch bloß meinen Widerwillen gegen das Weib, das nur Nebensächlichkeiten bei Tisch beplaudern wollte.

Wenn ich mich überhaupt an etwas erinnere, dann an die wachsende Enttäuschung, daß nimmer sie eine Gefährtin, nie mehr eine Geliebte sie mir sein würde. Ich ließ sie gewähren.

Mochte sie im Haus tun, was ihr beliebte, mochte sie spinnen in dieser Kammer, die ich nicht mehr betrat, bis ihr die Finger blutig waren. Was scherte es mich? Womit mag ich die Tage verbracht haben? Noch steckte mir die Steife in einem Bein. Viele Stunden muß ich im Bad zugebracht haben, um das alte Fleisch wieder zum Leben zu wecken. Ich bemerkte nicht, was die Sklaven schon längst wußten. Ich ahnte nicht, daß Nacht für Nacht Asiaticus in der Kammer zwischen Webstuhl und Wolle neben Julia opferte. Was mag ich getan haben, in diesen Stunden der Nacht, wo mir doch schon so lange kein ruhiger Schlaf mehr gegönnt ist? Ich lag wohl nur da und hoffte, daß mein unruhiger Geist meinen Körper rasch würde ruhen lassen.

Nicht einmal des Tages kann ich mich entsinnen, als Syrus, das Vieh, das jetzt in der Nacht mit einem Dolch in der Hand vor meinen Mauern hier lauern mag, zum ersten Mal das Haus betrat. Ein kurzer Augenblick nur taucht vor mir auf. Wochen mochten vergangen sein, als ich Asiaticus fragte, wer denn der dunkle Sklave sei, den ich so oft in der Küche bei ihm gesehen hätte.

»Er bringt nur Holz und Gewürze. Weit billiger kaufe ich bei seinem Herrn, als du je eingekauft hast«, antwortete er.

Womit mag ich in jenen Tagen die Zeit verbracht haben? Gab es Stürme oder Gewitter? Besuchte ich die Baustelle des großen Amphitheaters? Ich weiß es nicht. Das Leben kehrte mit seinem ganzen Entsetzen erst wieder in meine Tage ein, als Philippus mich noch vor dem Mittagsmahl um eine Unterredung bat.

Warum nur gräbt sich in die Erinnerung das Entsetzliche so unauslöschlich ein? Warum verschwinden ganze Jahre glücklich froher Jugend vor dem von den Göttern geschenkten Blick, mit dem wir unser Leben zurückschauend durcheilen? Was kann ich anderes darin erkennen, als daß die Götter uns weise werden lassen wollen, daß wir das Schlimmste und das Schönste nur erinnern können, um auf diese Weise gebildet den richtigen Lebensweg zu wählen? Doch welchen Sinn hat dann so eine Unterweisung, wenn doch von den sorglos hingelebten Tagen kaum eine Spur in unserem Gedächtnis bleibt, so daß im Alter wir uns nicht einmal in der Erinnerung mit ganzem Herzen daran erfreuen können?

Ich sehe noch das linkisch freudige Gesicht des Philippus, der wegen der Nachricht, die für mich ein Unglück war, kaum mehr an sich halten konnte. »Ein reges Kommen und Gehen, Herr, ist in deinem Haus.«

Ich ließ ihn sprechen.

»Des Nachts, kaum hast du dich zu Bett gelegt, öffnet die Herrin in ihrer Webkammer die schmale Tür zur Straße. Eine kleine Schar versammelt sich zum Götzendienst. Soweit ich mir ein Urteil erlauben darf, feiern sie

Mysterien der Christensekte. Ich lauschte manche Nacht an ihrer Tür. Man weiß schon in der ganzen Straße, was vorgeht im Haus des Flavius Plancus.«

Ich entgegnete nur: »Warum meldest du mir das erst jetzt?« Dann schickte ich ihn fort.

Nur mühsam erinnere ich mich, was dann geschah. Nicht einmal Eifersucht regte sich. Ich hielt Julia ja der Liebe, der Hingabe nicht für fähig. Daß sie nachts mit den Sklaven in dieser Kammer Unzucht treiben könnte, bedachte ich nicht einmal. Anders als meine erste Frau, die sich jedem hingab, hatte ich in all den Monaten meines Lebens mit Julia nie die Zeichen der Wollust, den gierigen, auf die Körper gerichteten Blick auf ihrem Gesicht gesehen. Die Leiber waren ihr gleich. Daß sie jetzt der Christensekte anhing, die nach allem, was ich wußte, einen keuschen Gott verehrte, war kaum mehr als ein neues Ärgernis über dieses Weib, das ich schon längst aus meinem Geist verbannt hatte. Schlimmer als bisher konnte sie mich nicht mehr enttäuschen. Mehr Sorgen machte mir, daß Sklavenbrut nachts durch mein Haus gestrichen war. Doch war es ja ein leichtes, das in Zukunft zu verhindern. Gestohlen war bisher nichts, soweit ich wußte.

Am gleichen Tag noch ließ ich die Tür der Kammer schließen. Philippus bestimmte ich zum Wächter. Ich versprach ihm Kopfgeld, sollte er des Nachts wieder Fremde in meinem Hause antreffen. Ich mußte es nie zahlen. Daß Asiaticus mit Julia Götzendienst geleistet hatte, wollte ich nicht wissen. Er war ein guter Koch. Ich züchtigte auch Julia nicht. Was hätten die Schläge schon erreichen können? Daß sie ein Weib mir würde, wie ich es verlangte, sicher nicht.

Nicht einmal, ob wir von dem Vorfall sprachen, will mir vor dem Blick der Erinnerung erscheinen. Wie ein noch fernes Feuer, das die Schiffe lenkt, tauchen in meinem

Gedächtnis nur die Abende auf, an denen ich erfrischt nach dem Bade mit Julia zu Tische lag und mit Erstaunen endlich bemerkte, daß das Weib mir wohlgesonnen war. Sie ahnte nicht, wie wenig sie mir noch bedeutete. Sie erfaßte mit dem Geiste nicht, warum ich sie nicht in ihre Kammer sperrte, prügelte, da ich erfahren hatte, daß sie zu einem Götzen betete. Sie wußte nicht, daß schon so viele Anbeter des Mithras und der Isis in Roms Armeen dienen, daß Platz auch für einen weiteren Gott noch sein mußte. Sie verstand nicht, daß ich niemals die Verfolgung eines Christen gutgeheißen hätte, da es doch bedeuten würde, dem Vieh von einem Nero rechtzugeben, der in den Christen das Übel gesehen, das er selbst angerichtet hatte.

Ein leichter Wind erhebt sich jetzt. Ich weiß, so kündigt sich der Morgen an. Den schweren Beinen verschaffte ich Bewegung im Hof, den Augen gönnte ich ein paar Augenblicke Ruhe, da sie nun schon so lange das Blatt betrachten müssen, das so unzureichend nur von den Lampen beleuchtet wird. Ich bemühe mich, den Blick des Apollon durch die dunkle Nacht der Ehe zurückwandern zu lassen. Doch so wenig kann ich fassen. Auch beherrscht mich jetzt der Gedanke, ob ich die jetzige Nacht erinnern werde, wenn Syrus meinem Leben nicht gewaltsam ein rasches Ende setzt. Werde ich in den Jahren, die noch kommen werden, dieser Nacht gedenken? Wird sie geadelt werden durch mein Schreiben? Oder endet dieses kurze Manuskript im Feuer, weil es mir selbst nichts mehr wert sein wird? Wird es mit dem Hausmüll auf die Straße gekehrt, weil ich der durchwachten Nächte nicht mehr gedenken mag, wenn Syrus erst wird von seinem Herrn in Ketten gelegt sein?

Worüber mag ich mit dem Weib gesprochen haben, an all den Abenden, als ich schon wußte, daß sie zum Christengott betete? Sie erhielt Briefe ihrer Sekte. Ich wußte es und ließ es auch geschehen, daß man sie ihr in die Hände spielte. Hieß dies doch, daß sie auf keinem anderen Weg mit der Sekte mehr geheime Worte tauschen konnte. Mochten ihre Hohepriester ihr Beschwörungsformeln auf Papier zusenden. Mir war es eins. Doch mit den Formeln erhielt sie auch den Auftrag, mich zu der Reise nach der Insel zu drängen.

Jetzt weiß ich, daß Syrus unbedingt in Erfahrung bringen mußte, ob mein Wissen eine Gefahr war. Er mußte herausbekommen, ob der Christengott wirklich unter einem Haufen Steine auf jener Insel begraben lag. Denn in diesem Fall war mein Wissen gefährlich, war ich sein Feind. Bestand doch die Möglichkeit, daß ich in Briefen an die Magistraten mein Wissen kundtun und öffentlich die Christensekte mit der Nachricht, wo ihr Gott begraben lag, zerschlagen würde.

Mehr als eine Laune erkannte ich zunächst jedoch nicht in dem ständig wiederholten Wunsch des Weibes, die Reise über das Meer nach jener Insel zu wagen. Ich wies sie knapp auf die hohen Kosten einer solchen Unternehmung hin. Daß es mir selbst auch ein Geschenk sein könne, mutig die Reise bis zu dieser Insel anzustreben, ahnte ich nicht. Wie oft sie ihren Wunsch mir wiederholte, wie viele Tage hingingen, weiß ich nicht. Vor dem Auge des Apollon taucht klar nur der Tag auf, als ich am Kuhmarkt, nahe am Tiber, jenen zerlumpten Soldaten traf, der mir geheimnisvolle Zeichen machte. Ich hielt an. Mitten im Geschrei der Händler zog der mit Narben übersäte Veteran eine Buchrolle unter seinem Mantel hervor. Es war ein farbig bemaltes Manuskript ägyptischer Art. Der Soldat schwor jeden Eid, daß er es eigenhändig aus den Archiven Thebens entwendet habe. Er schwor, das Manuskript erzähle die Geschichte, wie der Nil aus der Sonne selbst entspringe.

Ich kaufte es für eine Handvoll Kupfermünzen. Die Bedeutung der rätselhaften Zeichen erriet ich nicht. Doch ergötzte ich mich an manchen regnerischen Tagen an den Zeichnungen der Götter Ägyptens, die das Papyrus zierten. Selbst Julia zeigte ich das Buch. Sie wandte jedoch den Blick rasch ab von dem, was ihr als Götzenbrief erscheinen mußte. Ein seltsam einfacher Gedanke beherrschte damals meine Sinne. Wie konnte ein solch stolzes, altes Volk wie die Ägypter Jahrtausende geglaubt haben, daß der Nil aus der Sonne selbst entspringt? Wo doch der größte und der kleinste Fluß von einer Quelle gespeist wird und zudem die Hitze der Sonne das Wasser unweigerlich verbrennen mußte?

Ich teilte Julia den Gedanken eines Abends mit. Was geschähe, sagte ich, wenn alle Ägypter eines Tages an der Quelle des Nils versammelt würden? Ihr Glaube würde dann unweigerlich zusammenbrechen. Ein kaltes Schweigen meines Weibes erntete ich nur. Da erkannte ich, als hätte ein Schleier sich gehoben, daß es in meiner Hand lag, Julia zu den Quellen ihres Nils zu führen.

Wenn sie den Greis, zu dem dieser Jesus jetzt geworden sein mußte, oder sein bleiches Gebein auf jener Insel sehen würde, mußte sie von dem Glauben ablassen und stumm mit mir niederknien, um Jupiter und mich um Gnade anzuflehen, ging es durch meinen Sinn. Sie floh meine Arme, weil ich in ihrem Gott nur einen Götzen sah. Ich pries meine Klugheit, daß ich endlich erkannt hatte, warum sie nicht, wie es ihre Pflicht war, mein Weib sein wollte. Ich hing ihrem Glauben nicht an, so konnte sie mich nicht mit liebenden Armen umfangen. Sie verweigerte ihre Liebe, ihre Aufmerksamkeit dem Gatten, weil vor der Ehepflicht ihr dieser Christengott stand. Hatten doch die Anhänger dieses Gottes ausgestreut, er sei zum Himmel aufgefahren und werde schon bald auf einem

Wolkenwagen wieder zur Erde niedersteigen, um nur die reinen Gläubigen mit sich zu nehmen. Wenn Julia erst, so hoffte ich, von der Falschheit der Legende des Christengottes überzeugt, ihren Glauben ablegte, würde auch wieder Freude in ihr Herz und damit in das meine einkehren.

Nur wenige Tage nach jenem Abend zogen wir für eine kurze Rast in dieses Haus hier ein. Erregt durch die Wärme des Sommers und die bevorstehende Reise, packten wir das Nötigste in Holzkisten zusammen. Lucius hatte mir geraten, ein Schiff zu nehmen, das Misenum in Richtung Syrakus verließ, und von dort mit einem Boot die Insel anzusteuern. Von Roms Hafen Ostia aus wäre die Reise um vieles teurer gewesen. So zieht erneut der strahlend warme Tag im Monat Julius auf vor meinem Blick, als wir dieses Haus verließen und jene lange Reise begann, die mir eine kurze Freude und die Liebe meines Weibes schenken sollte.

7

Als Schäfer zum ersten Mal aufwachte, rollte sie sich gerade aus dem Bett. Mit ihr ging auch die Wärme ihres Körpers. Er hüllte sich tiefer in die Decken und hörte, wie im Bad der Wasserhahn zu laufen begann. Dann stieg schon dieser dunkle, rußige Rauchschleier in seinem Inneren auf, der sich zu einer bösen Ahnung des Halbschlafs verdichtete. Irgend etwas stimmte heute morgen nicht. Geld war es nicht, Arbeit auch nicht; Caroline fuhr ab. Richtig, das war es.

Der schwarze Rauchschleier formte ein angsteinflößendes Gebilde. Die dunkle Vorahnung war noch weit dunkler, als er befürchtet hatte. Dieser Tag war nicht mehr zu retten, und die kommenden Wochen, vielleicht Monate, würden es vermutlich auch nicht sein. Es machte keinen Unterschied, ob er jetzt aufstand oder gleich liegenblieb. Schäfer rollte sich noch tiefer in die Decke. Als wüßte der Schlaf, was Mitleid ist, wischte die Müdigkeit noch einmal den dunklen Rauch zur Seite.

Als Schäfer zum zweiten Mal aufwachte, klopfte es an der Tür. Er hörte Carolines Schritte in ihren Pantoffeln, dann stand sie schon neben dem Bett, mit einem riesigen Tablett in der Hand, das sie auf einem kleinen Tisch abstellte. Sie trug noch ihren weißen Bademantel. Aber sie war schon frisch geduscht, und neben dem Bett standen die gepackten Koffer. Es mußte ziemlich viel Arbeit gewesen sein, die verstreuten Sachen in den Koffern und Reisetaschen unterzubringen.

»Du bist bestimmt noch todmüde, oder? Du mußt ja die ganze Nacht gearbeitet haben. Ich habe vorhin deine Übersetzung gelesen. Ganz schön enttäuschend, nicht? Der Name der Insel steht nicht drin. Außerdem hört das Tagebuch gerade da auf, wo es noch mal richtig spannend wird.«

Schäfer schwang sich aus dem Bett. Das Badezimmer war schon leergeräumt. Sie hatte nur eine Zahnbürste und etwas Zahnpasta für ihn auf dem Bord unter dem Spiegel liegengelassen. Er putzte sich die Zähne, gurgelte den schalen Geschmack aus dem Mund und wusch sich das Gesicht. Als er aus dem Badezimmer zurückkam, saß sie auf dem Bett, schon mit einem Hörnchen und einem Glas Orangensaft in den Händen. Das Frühstückstablett war das reichhaltigste, das er je gesehen hatte. Es gab Kaffee, Tee, Säfte, sogar Sekt, Rührei mit Schinken, gekochte Eier, Brötchen, Toast, Hörnchen und jede Menge Käse.

»Heute morgen muß noch die Zeitung zahlen«, sagte Caroline fröhlich und trank einen Schluck Orangensaft. Sie sah frisch aus, ausgeschlafen und sehr reizvoll.

Schäfer nahm ihr das Glas und das Hörnchen aus der Hand, faßte sie unter den Armen und zog sie aufs Bett. Sie rollte sich auf seinen Bauch und küßte ihn lange und zärtlich. Dann nahm sie seine Hände wie eine Ringkämpferin und bog sie hinter seinem Kopf zurück.

»Seit wann bist du denn schon am frühen Morgen ein Ausbund an Leidenschaft, Liebster?«

Schäfer brummte nur, drehte sie auf die Seite und hielt sie fest. Sie lachte und preßte die Beine zusammen, als Schäfer sich auf sie rollte. Sie drückte ihn wieder herunter, schwang sich auf seinen Bauch in den Sitz. Keusch zupfte sie ihren Bademantel über den Brüsten zusammen.

»Erst frühstücken.«

Dann ließ sie sich neben ihn fallen, so daß sie mit einer Hand das Glas mit dem Saft erreichen konnte. Er schmiegte sich an ihren Rücken, streifte den weißen Frotteestoff auf ihrem Bein zurück und streichelte sie. Sie hielt es für ein Spiel, zupfte den Bademantel wieder über ihr Bein und schenkte sich Kaffee ein. Schäfer nahm sie in den Arm, ohne sie beim Kaffeetrinken zu behindern. Es war kein Spiel. Nur so, während er ihren warmen Körper spürte, würde er die letzten Stunden mit ihr ertragen können.

»Willst du keinen Kaffee?«

Schäfer winkte ab. Er würde nichts herunterbekommen. Es hatte keinen Sinn, sich etwas vorzumachen. Er liebte sie. Ein anderes Wort gab es nicht dafür. Es war einfach so. Er spürte es ganz deutlich, und er konnte nicht verstehen, warum sie ab jetzt nicht jeden Tag miteinander aufwachen konnten, warum sie nicht bei ihm bleiben konnte. Er wußte, daß das nicht ging, aber er verstand es nicht, schließlich war sie sogar seine Frau. Sinnlos, mit ihr darüber zu reden.

Aber warum eigentlich? Er schielte hinüber zu den

Koffern. Gleich würde es vorbei sein. In ein paar Stunden würde er wieder in seiner Wohnung sitzen, vorausgesetzt, der Kardinal gab sie ihm zurück. Diesmal wird es lange dauern, dachte Schäfer. Diesmal wird es sehr lange dauern, bis du aufhörst, dich zu fragen, warum das eigentlich nicht weitergehen konnte. Er sah ihr zu, wie sie mit geradezu erschreckendem Appetit das Rührei und den Käse mit Brot, die süßen Hörnchen und dann das gekochte Ei vertilgte. Sie drehte sogar die kleine Sektflasche in der Hand, stellte sie dann aber doch wieder weg.

»Könntest du mich vorher noch zum Flughafen bringen? Die Maschine geht um halb eins. Wenn du im Taxi mitfährst, brauche ich die schweren Koffer nicht zu schleppen.«

»Natürlich komme ich mit. Wirst du mir die neue Adresse in Berlin schreiben?«

»Warum denn nicht? Schließlich bist du mein Mann. Du mußt mich noch daran erinnern, daß ich dir die Fotos mitgebe. Du kannst ja vom Flughafen gleich zu deinem Kardinal fahren und deine Wohnung auslösen.«

»Das ist nett, daß du mir die Fotos gibst. Aber ich bringe sie nicht dem Kardinal.«

»Und warum nicht?« Sie biß gerade in ein Käsebrot mit Ei.

»Ich laß mich nicht erpressen, ganz einfach. Im Gegenteil, ich werde heute erst einmal versuchen herauszufinden, wer der seltsame Fürst ist.«

»Das ist unmöglich. Du hast weder seinen Namen noch eine Ahnung, wo er sein könnte. Um ihn zu finden, brauchst du mindestens zehn gute Leute und einen Raum mit einem Dutzend Telefonen. Bis du allein die einschlägigen Hotels abgesucht hast, ist der Fürst längst über alle Berge, glaube mir. Ich mache so etwas beruflich. Außerdem, was hättest du schon davon?«

»Er ist die einzige Spur. Deine Nonnen in den Katakomben werden uns ganz sicher nichts mehr sagen, weil der Kardinal ihnen einen Maulkorb umgebunden hat. Don Onofrio können wir ebenfalls streichen. Wir müssen herausfinden, wer der Fürst ist, um dem Geheimnis näherzukommen.«

Sie befreite sich aus seinem Arm und drehte sich mit der Kaffeetasse in der Hand zu ihm um. »Du willst also tatsächlich weitermachen. Wieso eigentlich?«

»So eine Geschichte passiert mir vielleicht nur einmal in meinem Leben. Ich glaube, ich könnte es später einmal bereuen, wenn ich jetzt aufgebe, ohne wenigstens versucht zu haben, das Rätsel zu lösen.«

»Zeitverschwendung«, sagte sie und biß noch einmal in ihr Brot.

Schäfer stand auf. Er nahm seine Unterhose, die sie auf ihren Koffer gelegt hatte, zog sie an und setzte sich auf den Sessel am Schreibtisch. »Du hast es nicht verstanden. Für dich war es immer nur eine Sensationsgeschichte. Aber das ist nicht wahr. Es geht um viel mehr«, sagte er.

Sie nahm einen Schluck Kaffee. »Sebastian, es ist eine Sensationsgeschichte. Es ist die Sensationsgeschichte. Und weißt du warum? Weil so viele Menschen betroffen sind. Weil die Millionen, die in einem Slum ein geschnitztes Kruzifix an der Wand haben, und all die, die ein goldenes Kreuz auf der Brust tragen – weil du denen allen mit unserem Manuskript klarmachen kannst: Werft es weg! Was immer mit Jesus geschehen sein mag, gekreuzigt wurde er nicht.«

Schäfer schüttelte den Kopf.

»Das ist erst der erste Punkt«, sagte Caroline. »Der zweite ist der, daß die ganzen Kreuze da draußen auf den Kirchen auch so etwas sind wie das Reklameschild und das Programm eines Weltkonzerns. Sie haben sich eine Bombengeschichte mit Kreuzigung und Wiederauferstehung ausgedacht und damit zweitausend Jahre lang die Menschheit unterdrückt. In Ordnung. Und wir hätten jetzt theoretisch die Chance, diese Geschichte auseinanderzunehmen. Aber so toll das auch klingt, die Sache hat einen Haken. Wir können nichts beweisen.«

Schäfer trat ans Fenster und zog sein Hemd an. »Wir müssen doch gar nichts beweisen. Jetzt müssen wir erst einmal Fragen stellen und der Sache nachgehen.«

Caroline trank einen Schluck Kaffee. »Wenn wir keine Beweise haben, haben wir keine Geschichte. Selbst wenn wir uns mit dem, was wir bisher wissen, im Ausland an eine Zeitung wenden, werden die fragen, warum wir das nicht in Italien veröffentlichen konnten. Die werden sehr schnell herausfinden, daß das Material zu heiß ist, und die Finger davon lassen, und sie haben recht damit. Denn wir wissen einfach nicht, was wirklich passiert ist. Und wir werden es nie erfahren.«

»Caroline, du verstehst nicht, was ich meine. Schau dir die Leute da unten auf der Straße an. Wenn die sich ausnahmsweise einmal nett und freundlich und solidarisch aufführen, warum tun sie das? Weil sie daran glauben, daß man seinen Nächsten lieben muß. Und warum glauben sie das? Weil man ihnen gesagt hat, daß es einmal einen Mann namens Jesus gab, der Gottes Sohn war und am Kreuz für sie gestorben ist. Die da unten haben verdammt noch mal ein Recht darauf, daß wir weitermachen, auch wenn wir noch nichts veröffentlichen können. Denn wir haben etwas in Erfahrung gebracht, das ihr Leben verändern würde.«

Er setzte sich wieder auf den Sessel. Sie kaute an einem Stück Toast, trank einen Schluck Orangensaft und sah ihn dann an.

»Jetzt habe ich begriffen, warum du so ein Theater

machst. Du hast den ganzen Firlefanz auch geglaubt, und seit du das Plancus-Manuskript übersetzt hast, fragst du dich, ob du nun anfangen kannst, ausgiebig zu sündigen, weil dich nach deinem Tod vielleicht gar keine Teufelchen erwarten, die dich auf einem Rost grillen wollen.« Sie lachte.

Schäfer stand auf und zog seine Hose an. Dann sagte er: »Man kann mit dir nicht darüber reden. Sobald du etwas von Gott und Kirche hörst, denkst du an die Inquisition, an die Herrenmenschen im Kirchenstaat, die jahrhundertelang ein unwissendes Volk ausplünderten und selber in Saus und Braus lebten.«

»So ganz falsch ist das ja wohl auch nicht.«

»Nein, aber es ist nicht alles. Hast du denn noch nie in einer alten Kirche gesessen und auch nur gedacht: Herr im Himmel, ist das schön, daß ich am Leben bin? Ich meine, hast du denn noch nicht ein einziges Mal das Gefühl gehabt, daß dir jemand zuhört, wenn du betest?«

Sie schob das Tablett zur Seite. »Natürlich habe ich so was mal erlebt. Ich glaube sogar an etwas. Aber nicht an sterbende Helden an Kreuzen. Vielleicht an das Gute, an die Welt, an das Leben. Ich glaube sogar, daß es irgendwie weitergeht nach dem Tod. Aber mein Glaube hat nichts mit einem Jüngsten Gericht zu tun. Es hat auch nichts damit zu tun, was vielleicht vor zweitausend Jahren in Jerusalem passiert ist. Und es hat vor allem nichts mit dieser Priesterkaste zu tun, die diesen Mann unbedingt am Kreuz hat sterben sehen wollen. Ich weiß nicht so recht, woran ich glaube. Vielleicht sollte ich mal ein paar Tage Urlaub machen und es mir überlegen.«

Schäfer stand wieder am Fenster und sah hinunter auf die Via Cavour. Eine Horde Schüler, die aus einem dunklen Bau stürmte und die Straße überquerte, sorgte gerade für einen enormen Stau. Er drehte sich wieder zu ihr um.

»Caroline, ich erinnere mich in letzter Zeit oft daran, wie ich als kleiner Junge nachmittags dem Küster freiwillig half. Wenn wir das Kreuz, das riesige mittelalterliche Kreuz, aus der Kapelle über dem Allerheiligsten abnahmen, um es zu entstauben, dann zitterten mir die Hände, weil es so heilig war. Jahrzehnte später entdeckst du zufällig ein Manuskript, das vielleicht beweist, daß diese Vorstellung von etwas Heiligem vollkommen falsch ist. Verstehst du nicht, daß ich jetzt einfach wissen muß, was daran wahr sein kann?«

»Du hast dich einfach reinlegen lassen. Vielleicht ist es das, was dich jetzt so schockiert. So wie sich zweitausend Jahre lang Millionen von Menschen reinlegen ließen. Die Menschheit hat auf das falsche Pferd gesetzt. Ich glaube, dein Drogenpfarrer, wie heißt er noch …?«

»Don Sergio.«

»Ja, der, Don Sergio, der weiß das, glaube ich, schon lange. Vielleicht stimmt die Geschichte von Buddha oder von Mohammed. Vielleicht hat es auch Jesus gegeben. Nur sein Leben verlief ganz anders, als man uns glauben machen wollte.« Sie raffte die Bettdecke zur Seite, um aufzustehen.

Schäfer drehte sich zu ihr um. »Caroline, du verstehst es nicht. Du kannst vielleicht eine Titelgeschichte gut verkaufen, aber diese Geschichte hier, die verstehst du nicht. Es geht nicht um hohe Auflagen und Beweise. Du hast keinen Bankenskandal aufgedeckt.« Er setzte sich wieder in den Sessel. »Hör mir nur noch einen Augenblick zu, nur eine Minute. Soviel Zeit haben wir noch.«

»In Ordnung«, sagte sie.

»Ob Jesus gekreuzigt wurde oder nicht, war und ist für diese Welt, für den Portier da unten und den Busfahrer und den Bischof in Chicago, von entscheidender Bedeutung. Nicht, weil das Christentum untergehen könnte.

Sondern weil die Leute, die so wie du und ich mehr oder weniger an einen christlichen Gott glauben, wissen, daß das Kreuz Hoffnung auf Erlösung bedeutet.«

»Quatsch«, sagte sie. »Das denken vielleicht die Theologen.«

»Nein«, sagte Schäfer. »Nein. Wenn es stimmt, daß Gottes Sohn am Kreuz für uns starb, dann erlöst uns das von dem religiösen Erfolgszwang. Denn er ist für uns gestorben. Das heißt, es gibt einen Gott, der uns liebt – egal, ob wir mit Drogen handeln oder Fahrerflucht begehen.«

»Und du meinst, mein Taxifahrer in Mailand weiß das?«

»Ja, natürlich. Wenn dein Taxifahrer vor dem Kreuz im Dom steht, dann denkt der wahrscheinlich: Mamma mia, immerhin hatte der Kerl am Kreuz Mumm. Der hat sich annageln, die Beine brechen, die Lunge durchlöchern lassen, obwohl er seinem Vater mal eben einen Wink hätte geben können, um es den Römern, die ihn in der Mangel hatten, ordentlich zu zeigen. Es gibt unglaublich viele arme, unterdrückte Menschen, denen es einfach guttut, vor einem Kruzifix zu beten. Denn sie stehen vor dem Bild des einzigen Menschen, der je etwas für sie getan hat, ohne nach dem Preis zu fragen.«

»Sebastian, du hättest Priester werden sollen. Ich glaube, du hättest es weit gebracht.« Sie raffte ihren Bademantel zusammen.

»Ich bin mit der Predigt sofort fertig. Hör mir noch eine Sekunde zu.«

Sie nickte.

»Verstehst du denn nicht, warum ich jetzt unmöglich aufhören kann, mich um diese Sache zu kümmern? Wir wissen unglaublich wenig über dieses Manuskript des Plancus. Aber indem wir versuchen herauszufinden, ob Plancus tatsächlich die Wahrheit erzählt, sind wir der wichtigsten Frage der Welt auf der Spur. Die lautet: Sind wir wirklich allein, oder gibt es einen gnädigen Gott? Einen Gott, der uns zuhört, der uns Kraft gibt, der uns verzeiht, der seinen Sohn töten ließ, weil er die Menschen liebt?«

Sie stellte die Tasse ab und sah auf die Uhr. »Ich glaube, es ist besser, ich ziehe mich jetzt an. Wir müssen gleich fahren. Um diese Zeit gibt es immer viel Verkehr.« Sie küßte ihn noch einmal auf die Stirn und stand dann auf.

Ihre Kleider lagen über einem Stuhl.

Das war es also, dachte Schäfer. Das war's. Die Geschichte interessiert sie tatsächlich nicht mehr. Einen Versuch noch, dachte er. Vielleicht geht es gut.

Er ging zum Telefon und nahm den Hörer ab. »Hallo. Suchen Sie mir bitte die Nummer der Katakombe Santa Caterina heraus, und verbinden Sie mich dann. Danke.«

Caroline schlüpfte gerade in ihre Hose. »Was soll das denn?«

Das Telefon klingelte.

»Hallo, spreche ich mit Santa Caterina?« fragte Schäfer mit der Stimme, die er für das typische Fisteln einer Sekretärin hielt.

»Hier spricht das Hotel Balduini. Der Fürst hat nach der Feierstunde einige seiner Geschenke vergessen. Ich hörte, er sei bei Ihnen.«

»Einen Moment«, sagte die Nonne.

Caroline hakte den BH zu, dann setzte sie sich neben Schäfer und preßte ein Ohr an den Telefonhörer. Schäfer hielt ihn ihr ein wenig hin, damit sie mithören konnte.

Eine andere Nonne war plötzlich am Telefon. »Ja?«

»Hallo. Hat Ihnen Ihre Kollegin schon gesagt, worum es geht?«

»Ja«, sagte die Nonne. »Der Fürst war hier und hat seine Visitenkarte dagelassen. Er trifft sich morgen mit unserem Don hier im Kloster. Schicken Sie die Sachen einfach her.«

Schäfer fistelte ins Telefon: »Sagen Sie mir doch bitte einmal den genauen Namen des Fürsten und seine Heimatadresse.«

Die Nonne überlegte einen Moment, dann sagte sie: »Schreiben Sie einfach ›Katakombe Santa Caterina, Schwester Oberin‹. Sie wird es ihm dann geben. Schicken Sie einen Kurier?«

Schäfer fistelte empört: »Also so geht das nicht! Ich muß einen ordnungsgemäßen Lieferschein ausfüllen mit der genauen Adresse des Empfängers. Wenn ich keinen ordentlichen, vollständig ausgefüllten Lieferschein vorweisen kann und die Fracht verschwindet, hängt man es mir an. Außerdem sind die Dinge recht wertvoll. Ich kann das zwar zu Ihnen schicken, aber ich brauche trotzdem die Heimatadresse des Empfängers. Wenn Sie mir die nicht sagen wollen, auch gut. Mir persönlich ist das völlig egal. Dann schicke ich die Geschenke eben zurück an die Geber. So kommt wenigstens nichts weg.«

»Moment«, sagte die Nonne.

Nach einem Augenblick war sie wieder am Telefon. »Also, der Fürst heißt Eugenio Casacciolo, Adresse Palazzo Casacciolo in der Via dei Casacciolo 1, Neapel Schrägstrich Strasano.«

»Danke«, fistelte Schäfer und legte auf. Er kritzelte die Adresse auf ein Stück Papier.

Caroline stand auf und zog ihre Bluse an. »Alle Achtung. Und was jetzt?«

»Ich fahre hin. Massimo wird mir schon seinen Wagen leihen.«

»Und was willst du dort erreichen?«

»Das werde ich dann ja sehen.«

Caroline zog ihre Schuhe an und nahm den Mantel aus dem Schrank.

Schäfer nahm sie noch einmal in den Arm und küßte sie

vorsichtig. »Vorher bringe ich dich natürlich zum Flughafen.«

Caroline machte sich aus seinem Arm frei, dann schaute sie noch einmal in den Schrank. Plötzlich knallte sie die Schranktür zu. Schäfer hatte schon seine Jacke angezogen.

»Ich komme mit nach Neapel. Wir nehmen einen Mietwagen.«

Das kann doch nicht wahr sein, dachte Schäfer. Bleib jetzt ganz ruhig. Mach jetzt nichts falsch. Dann nahm er sie vorsichtig in den Arm und küßte sie auf die Wange, wie man einen Kompagnon küßt. »In Ordnung«, sagte er leise. »Ich bringe dein Gepäck nach unten und bestelle an der Rezeption einen Mietwagen.«

»Gut, dann kann ich mich noch ein bißchen schminken. Laß den kleinen Koffer oben.«

Schäfer schleppte den großen, schwarzen Hartplastikkoffer und die Reisetaschen zur Tür, schleifte die Gepäckstücke durch den Korridor und rief den Fahrstuhl. Noch nicht auf dem Korridor und auch noch nicht, als er in den Fahrstuhl stieg, erst als er unten in der Halle ankam und der Fahrstuhl sich öffnete, schrie er: »Ich liebe dich!«, so daß sich das Ehepaar entgeistert ansah, das ihm die Fahrstuhltür öffnete und schüchtern »Guten Tag« wünschte.

Der Mietwagen kam schon nach ein paar Minuten. Es war ein großer, ganz neuer Fiat, dessen Rückbank zum Teil noch in einem Plastikschoner steckte, ein ungemütliches Auto, das so stark nach Klebstoff roch, daß man es freiwillig pünktlich zurückbringen würde. Schäfer hätte gern ein älteres Auto bekommen, mit durchgesessenen Ledersitzen und ein paar Kratzspuren, eben ein Auto, an das man sich gewöhnen konnte.

Er wuchtete das Gepäck in den Kofferraum und kaufte sich dann rasch noch in dem Geschäft nebenan eine Zahnbürste, eine Unterhose und ein paar Socken. Als er zurück zum Wagen kam, verhandelte Caroline mit dem Empfangschef an der Rezeption. Sie trug jetzt Jeans, flache Halbschuhe und eine Jacke. Offensichtlich war es kein Problem, die Hotelrechnung und den Mietwagen auf Zeitungskosten abzurechnen. Schäfer hatte sich immer darüber gewundert, daß Hoteliers ab einem bestimmten Betrag keine Bezahlung mehr verlangten, sondern damit einverstanden waren, die Rechnung an irgendeine Adresse zu schicken. Nur mit den einfachen Kunden feilschten sie um jedes Frühstücksei.

Er stellte sich an die Beifahrertür und hielt ihr den Schlüssel hin. »Willst du fahren?«

Sie wollte. Schweigend stieg sie ein und dirigierte den Wagen durch das Verkehrschaos der Innenstadt in Richtung Süden. Die komplizierte Straßenführung in Rom war ihr offenbar noch geläufig. Nur zweimal bog sie nicht in die richtige Straße ein, aber nur deshalb, weil vor ein oder zwei Jahren die Fahrtrichtung geändert worden war.

Er erinnerte sich jetzt plötzlich an das Licht, das im Sommer in Rom herrschte, wenn die Sonne am Nachmittag endlich Ruhe gab. Wenn es einen Gott gab, dann zog er um diese Stunde in seine Stadt ein.

Schäfer rauchte und sah auf die Straße. Er wäre jetzt gern immer weiter gefahren. Dies war ein Morgen wie ganz am Anfang. Wie vor langer Zeit, als er noch den Bussen nachgesehen und sich gefragt hatte, wo all diese Straßen in Rom hinführen mochten, als es noch herrlich gewesen war, Tag um Tag zu begreifen, daß er jetzt hier zu Hause war. Ein paar Jahre später hatte es noch einmal so eine Zeit gegeben – als er Caroline kennengelernt und mit ihr am Meer gesessen und geredet und geredet hatte. Erst wenn es Morgen wurde, wenn die Sonne dem Meer mit einem Schlag die schwarze Decke herunterriß und es wieder blau färbte, waren sie nach Rom zurückgefahren, und die Stadt hatte nach heißen Hörnchen gerochen. Damals waren die Schätze plötzlich wieder aufgetaucht, die Unzahl der Galerien und Paläste, die Plätze und die Parks, wo sie sich ins Gras legten, und die Brunnen, in die sie ihre Beine baumeln ließen. Damals war es, als wären sie für einen kleinen Moment erlöst gewesen.

Sie näherten sich schon dem Autobahnring um Rom, und sie sprach immer noch kein Wort.

Sie denkt nach, dachte Schäfer, sie sucht eine Antwort. Aber auf welche Frage? Versucht sie, sich nur darüber klar zu werden, ob es ein Fehler war, diesen Tag mit einer Reise nach Neapel zu vergeuden? Sie muß für sich eine Entscheidung treffen, das hat sie früher auch schon getan. Sie muß sich entscheiden, ganz für sich allein, erst dann, wenn sie das Gefühl hat, sich entschieden zu haben, kann sie einen Weg ohne Gewissensbisse verfolgen. Sie tut so gut wie nichts, ohne mit sich ins Gericht zu gehen. Aber welche Frage stellt sie sich? Fragt sie sich, ob sie mitgefahren ist, weil sie mit mir zusammenbleiben will?

Schäfer sah zu, wie die Häuserblocks des römischen Stadtrandes vorbeiflogen. Er wußte, daß auch er jetzt schweigen mußte. Er durfte auf keinen Fall versuchen, sie auf seine Seite zu ziehen. Er durfte sie jetzt auch nicht anfassen, sonst konnte es geschehen, daß sie den Wagen anhielt und einfach ausstieg.

Sie waren schon in den Autobahnschlauch nach Neapel eingebogen, als sie auf eine Raststätte fuhr. »Es ist besser, wir tanken noch einmal«, sagte sie.

Sie reihte sich in die Schlange an einer Zapfsäule ein. Schäfer stieg aus und ging zu der Kaffeebar. Er hatte Hunger. Er kaufte zwei Tüten Brötchen, einen Arm voll Süßigkeiten und etliche Dosen Zitronenlimonade, Mineralwasser und Coca-Cola.

Sie bezahlte gerade beim Tankwart, als er die Lebensmittel auf dem Rücksitz verstaute. Sie schwieg immer noch.

Sie bogen wieder auf die Autobahn ein. Schäfer bot ihr Brötchen an, aber sie winkte ab. Er sah zu, wie die Landschaft vorbeizog, diese roten Häuser, die einmal traumhafte Landvillen gewesen sein mußten, bevor die Autobahn gebaut worden war.

Er aß nur ein Brötchen, um nicht gefräßig zu erscheinen, und hielt sich dann an die Pralinen. Sie ließ sich nur einen Schluck Mineralwasser geben, schaute dabei aber nicht zu ihm herüber, sondern verfolgte mit den Augen starr die endlose Autokolonne, die sich in Richtung Süden wälzte. Wenn sie auf die Überholspur einbog, klickte der Blinker durch die dröhnende Stille im Wagen.

Schäfer streckte die Beine aus und ließ die Kohlensäure aus einer Dose Zitronenlimonade zischen. Es war in diesem Moment gleichgültig, wie sie sich entscheiden würde. Jetzt, in diesem Augenblick, war sie hier, und es gab keinen Grund, daraus kein Fest zu machen. Er aß hemmungslos die Pralinen und lehnte sich zurück.

Ich könnte immer so weiterfahren, dachte Schäfer, in dieser rollenden Blechdose mit den großen Fenstern unter diesem verhangenen Himmel hindurch, und mir die Landschaft Latiums ansehen. Er wußte jetzt, warum er so viele Lebensmittel eingekauft hatte. Er wollte, daß sie weiterfahren konnten, wenn sie wollten, ohne anzuhalten, die ganze Nacht hindurch, irgendwohin in den Süden.

Sie kamen an den Abfahrten der Seebäder vorbei. Er hätte gern vorgeschlagen, zum Meer zu fahren, nach Sperlonga, vielleicht um Kaffee zu trinken, aber er wußte, das ging nicht, und er traute sich auch nicht.

Er blätterte im Autoatlas und in dem schmalen Hotelführer, der offensichtlich zur Ausstattung der gehobenen

Kategorie von Mietwagen gehörte. Wir könnten heute an Neapel vorbeifahren, bis an die Amalfi-Küste, und dort zu Abend essen, dachte er. Es gab ein Hotel in Positano, das ihm noch einen Gefallen schuldig war. Sie könnten noch vor dem Abendessen auf der Terrasse sitzen und reden. Es gab sagenhafte Linguine mit Meeresfrüchten in diesem Restaurant am Hafen von Positano. Und herrlich kühlen, fruchtig-trockenen Greco di Tufo. Greco di Tufo hatte er mit Caroline auf Sizilien getrunken, damals, als sie sich kennengelernt und die Hochzeitsreise sozusagen vorweggenommen hatten.

Schäfer blätterte weiter im Straßenatlas. Wir könnten auch bis Paestum fahren. In Paestum waren sie nie gemeinsam gewesen. Er kannte ein angenehmes kleines Hotel mit Pool in der Nähe der Tempel. Zum Abendessen konnten sie nach Agropoli fahren, zu dem seltsamen Japaner, der aus unerklärlichen Gründen in diesem winzigen Ort ein Restaurant eröffnet hatte und seit Jahren gegen den Bankrott kämpfte.

Es waren nur noch knapp hundert Kilometer bis nach Neapel, als Caroline endlich ihr Schweigen brach.

»Hast du auf der Karte nachgesehen, wie wir in den Stadtteil Strasano kommen?«

»Natürlich«, sagte Schäfer. Er hätte ihr auch die beiden kürzesten Routen von der Amalfi-Küste nach Strasano beschreiben können, aber noch wußte er nicht, wie sie sich entschieden hatte.

»Zu Hause sein wird der Fürst ja wahrscheinlich nicht.«

»Nein, er ist sicher noch in Rom.«

»Was suchen wir also hier?«

»Wir müssen herausfinden, warum sich der Fürst für den Text interessiert.«

»Und welche Möglichkeiten gibt es deiner Ansicht nach?«

»Die plausibelste Möglichkeit scheint mir die zu sein, daß er das Papyrus kennt.«

»Papyrus?«

»Bisher hatten wir nur Fotos. Aber es muß ja Originale geben oder gegeben haben, die abfotografiert wurden. Flavius Plancus schrieb auf Papyrusrollen. Vielleicht kennt der Fürst diese Originale, und vielleicht weiß er, welch ungeheure Bedeutung sie haben. Wenn das so ist, muß er sich ziemlich gewundert haben, als wir den Text in der Archäologie-Zeitung veröffentlicht haben.«

»Wenn der Fürst aber in Rom ist, wie willst du dann herausfinden, ob er das Original kennt?«

»Vielleicht finden wir eine Spur, die in das Katakomben-Kloster führt. Vielleicht hatte er eine Schwester, die dort Nonne geworden ist.«

»Und welche Möglichkeit gibt es noch?«

»Hunderte. Ich weiß es nicht genau. Mir fallen nur ziemlich absurde Erklärungen ein, deshalb fahren wir ja auch hin.«

»Und was wäre eine absurde Erklärung?«

Schäfer trank einen Schluck von seiner Zitronenlimonade. Ihre Stimme klang hart. Aus der Amalfi-Küste würde mit Sicherheit nichts werden. Wenn er Glück hatte, würde sie den Palast des Fürsten einen Tag lang mit ihm beschatten. Dann würde sie vielleicht noch eine Nacht mit ihm in einem Hotel in Neapel zusammenbleiben.

»Absurd wäre es, wenn der Fürst das Ende der Geschichte nicht hätte abwarten können. Er las das erste Kapitel in der Archäologie-Zeitschrift und wollte unbedingt wissen, wie es weitergeht. Allerdings habe ich noch nie gehört, daß jemand einen Autor überfällt, um das Ende einer Fortsetzungsgeschichte zu erfahren. Ich sagte ja, mir fallen nur absurde Lösungen ein. Ich weiß es einfach nicht.«

Sie wollte einen Schluck Wasser und eine Zigarette. Schäfer zündete ihr eine an. Sie schwieg schon wieder.

»Wenn du müde bist, kann ich fahren«, sagte er.

»Nein«, sagte sie. »Das Fahren tut mir ganz gut. Ich kann dabei gut nachdenken.«

Sie überholte einen Lkw, dessen Anhänger gefährlich nach links schlingerte. Sie nahm das Steuer wieder in beide Hände. Schäfer blätterte weiter in dem Hotelführer.

Montecassino lag schon hinter ihnen, als sie noch eine Zigarette verlangte. Schäfer zündete sie an.

»Glaubst du«, fragte sie dann, »daß wir auch nur einen Schritt, einen einzigen Schritt, weiterkommen? Ich dachte gerade daran, daß ich das Original – wenn wir es schaffen zu beweisen, daß es eines gibt – Ventini und den anderen Geiern bei meiner Zeitung um die Ohren schlagen könnte.«

»Ich glaube, wir kommen weiter. Gemeinsam haben wir immer eine ganze Menge geschafft.« Schäfer nahm einen Schluck von seiner Limonade.

Sie überholte einen Campingwagen, und dann endlich, als sie wieder auf freier Strecke waren, nahm sie die rechte Hand vom Lenkrad und legte sie auf Schäfers Knie. »Du hast recht, Sebastian, wir schaffen das schon.«

Jetzt ließ sie sich auch eine Nougatpraline geben und sang mit, als Schäfer »la mia bella Napoli, mai piu ti rivedro« summte.

Die Autobahnausfahrt Neapel-Striano gab es nur im Atlas. Sie mußten auf dem Ring um Neapel herumfahren, eingekeilt zwischen den Lkws, die ungeniert rechts überholten, und Motorrädern, deren Fahrer sich ohne Helm zwischen den Autokolonnen hindurchzwängten. Sie hatten schon lange die Grenze überschritten, doch Schäfer fiel es jetzt erst auf – jene unsichtbare Grenze, die den Norden vom Süden trennt, das zivilisierte Europa von seinem chaotischen und genialen Anhängsel. Niemand wußte, wo diese Grenze in Italien verlief, niemand konnte es wissen, denn sie war beweglich. Sie verschob sich von Tag zu Tag, von Stunde zu Stunde. Seit es gelegentlich auch in Rom geschmuggelte Zigaretten am Straßenrand zu kaufen gab, was früher ein Privileg des Südens gewesen war, kam es Schäfer so vor, als verliefe sie nur noch wenige Kilometer südlich von Rom.

Von fern sahen sie am Hafen die Schornsteine, die diesen grauen, wolkenverhangenen Himmel zu produzieren schienen. Caroline fuhr schneller, um sich dem Tempo der Autokolonne anzupassen. Auf der linken Seite zog langsam der Vesuv an ihnen vorbei, der immer noch diesen Küstenabschnitt beherrschte, der einmal das Paradies auf Erden gewesen sein mußte.

Die rostigen Anzeigetafeln signalisierten ihnen, daß sie das Zentrum Neapels schon wieder verließen. Sie folgten der Autobahn in Richtung Salerno. Schäfer sortierte den Müll aus Limonadendosen und Pralinenschachteln. »Fahr ab«, sagte er plötzlich. »Fahr an der nächsten Ausfahrt ab.«

»Strasano liegt weiter südlich«, sagte Caroline.

»Fahr trotzdem ab, wir schauen uns an, wo unser antiker Freund Plancus gewohnt hat.«

»Spinnst du?«

»Nein, fahr hier ab.«

Vorsichtig bugsierte Caroline den Wagen auf die rechte Spur und ließ ihn an der Ausfahrt Ercolano ausrollen. Sie hielten an der Zahlstelle für die Autobahngebühren. Der Kassierer sah trotz des daumendicken Panzerglases, hinter dem er thronte, ziemlich ängstlich aus.

Caroline steuerte den Wagen die steilen Straßen hinunter in Richtung Meer. Es war trotz aufmerksamer Beobachtung nicht herauszubringen, ob die Häuser noch nicht fertig oder schon wieder im Einsturz begriffen waren. Allen Gebäuden fehlte der Putz, einigen das Dach oder die Fenster. In jedem Fall war es schwer zu sagen, ob der erbarmungswürdige Zustand der Wohnblocks eher mit dem letzten Erdbeben oder schlicht mit Armut zusammenhing. Die Mietskasernen standen so dicht aneinandergedrängt, als hätte ein Riesenbagger sie den Hang hinunter schieben und ins Meer stürzen wollen, um die Küste von dieser Scheußlichkeit zu befreien. Der Baggerführer hatte es sich dann aber offenbar im letzten Moment anders überlegt.

Ercolano hatte so gar nichts mehr von dem Chic des antiken Herculaneum. Man sah dieser Stadt an, daß hier alle paar Jahre ein Bürgermeister durch das organisierte Verbrechen ermordet wurde, daß die Arbeitslosigkeit jenseits der fünfzig Prozent lag und daß es – außer auf einen Sieg der geliebten Fußballmannschaft des SSC Neapel – hier ziemlich wenig zu hoffen gab. Ercolano war genau die Art Stadt, in der einzig die wohnten, die wirklich nicht die geringste Chance hatten, von hier wegzugehen. Caroline lenkte den Wagen vor den einst pompösen Eingang zu den Ausgrabungen und stellte den Motor ab. Ein Polizist kam auf sie zu.

Caroline drehte die Scheibe herunter. »Kann ich hier parken, oder ist das ein Halteverbot?«

Der Polizist spuckte eine Zigarettenkippe aus, murmelte nur »arme Irre« und überquerte dann die Straße.

Caroline sah ihm nach. »Was sollte das?«

»Er wollte dir sagen, wenn du den neuen Wagen mit deinem ganzen Gepäck und dem Autoradio darin hier einfach an der Straße abstellst, ist er in ein paar Minuten ausgeraubt oder ganz weg. Dort hinten ist ein bewachter Parkplatz.«

Sie fuhr langsam an.

Außer mit bewachten Stellplätzen handelte der Wächter, auf dessen Platz sie parkten, auch noch mit antiken Amphoren, die täuschend echt aussahen. Schäfer wußte, daß die meisten sogar tatsächlich echt waren. Es war in einer Stadt wie Ercolano weit weniger aufwendig, in die riesigen Lager auf dem Ausgrabungsgelände einzubrechen, als eine glaubwürdige Fälschung herzustellen.

Sie gingen hinüber zu den Ausgrabungen.

Unter der Glasscheibe am Kassenhäuschen schob Schäfer zwei Scheine zu dem Wärter hindurch, der ein beißend scharf riechendes Kraut rauchte. »Zweimal.«

Der Wärter schob die Scheine wieder zurück. »Wir machen in einer halben Stunde zu«, sagte er in starkem Dialekt.

Schäfer schob die Scheine wieder zu ihm hinein. »Das weiß ich. Wir wollen nur einen Blick auf die Ausgrabungen werfen.«

Der Beamte rührte das Geld nicht an. Er schien nachzudenken, dann sagte er: »Das lohnt sich aber nicht.«

Schäfer stammelte, das sei schließlich seine Sache, dann sagte er laut: »Wir kommen bestimmt wieder.«

Der Beamte schob ihm entschlossen die Scheine wieder zurück. »In einer halben Stunde sieht man gar nichts.«

Doch Schäfer quetschte jetzt, so energisch er konnte, die Scheine abermals unter der Scheibe hindurch. Mit erhobener Stimme sagte er: »Das weiß ich, aber wir wollen nur einen ersten Eindruck.«

»Amerikaner?«

»Ja«, log Schäfer.

»Ach so«, sagte der Wärter und schob ihm das Wechselgeld zurück.

Sie gingen durch die Sperre. »Hat der sie noch alle?« fragte Caroline.

»Ja, ich weiß«, sagte Schäfer, »bei euch in Mailand gibt es so was nicht. Erstens macht man hier überhaupt nichts unkommentiert, also ohne zu quatschen, zweitens wollte er uns ein bißchen seine Macht spüren lassen, daß wir sozusagen erst einmal an ihm vorbei müssen, um die Ausgrabungen zu sehen. Drittens hatte er keine Lust, die Tickets abzureißen und abzustempeln, und viertens sind für ihn sechzehntausend Lire viel Geld. Diese Summe für einen Blick auf eine Ruinenstadt auszugeben, die aus seiner Sicht sowieso immer schon da war, hält er sozusagen für unmoralisch.«

Sie blieben auf der Brücke stehen, die steil hinab zu den Ausgrabungen führte. Unten sah man die Straßen, die Dächer der Geschäfte, Mietshäuser und Villen, und man sah auch die Gärten der Stadt, die vor zweitausend Jahren binnen weniger Stunden verschwunden waren, bis ein Bourbonenprinz bei der Verlegung von Wasserleitungen diesen unglaublichen antiken Schatz wiederentdeckt hatte. Von oben sah Herculanaeum weit beeindruckender aus als die Schwesterstadt Pompeji, weil es inmitten der bebauten, modernen Stadtfläche liegt und nur ein winziger Bruchteil bereits ausgegraben ist. Auf den ersten Blick hätte man meinen können, das Ausgrabungsloch sei ein enormer Bombenkrater. Dazu paßte allerdings nicht, daß die antiken Häuser, die Badeanlagen und Werkstätten noch ganz gut in Schuß zu sein schienen. Das war vermutlich das Unglaubliche an dem Anblick, den Herculanaeum bot – die modernen, direkt an den Krater gebauten, außerordentlich häßlichen Häuser wirkten weitaus baufälliger als ihre zweitausend Jahre älteren Schwestern, die neun Meter tiefer lagen.

Caroline zeigte hinunter auf das nahe Meer. »Wie konnten die nur einen solchen Schrott an diese schöne Küste bauen. Ich meine nicht die antiken Römer, sondern die Leute von heute.«

»Ich verstehe schon, aber blau sieht das Wasser nur von

weitem aus. In Neapel gibt es keine Kläranlagen, da unten schwimmt der Dreck von zwei Millionen Menschen im Meer.«

»Und wo hat er nun gewohnt, unser Plancus?«

Schäfer zeigte auf eine antike Straße, die an dem Erdwall endete, auf dem die modernen Häuser standen. »Diese Straße muß er herunter gekommen sein. Ich glaube, mit deinem Manuskript würdest du eine ganze Menge Archäologen, die hier arbeiten, glücklich machen, wir wissen nämlich viel mehr als die.«

»Wieso?«

»Plancus schreibt, er mußte eine abschüssige Straße hinunter gehen, um zum Meer zu kommen. Da, wo die antike Stadt jetzt einfach aufhört, weil man nicht mehr weitergraben konnte, muß der Weg ansteigen. Die Stadt muß sich einen Hügel hinaufgezogen haben.«

»Und sein Haus?«

»Das muß irgendwo auf diesem Hügel gestanden haben.« Schäfer zeigte auf einen überdachten Bau, der, erst zur Hälfte freigelegt, halb noch in der Erde zu stecken schien. »Das ist das Augustus-Heiligtum. Plancus schreibt, daß er daran vorbeigehen mußte auf dem Weg zum Meer. Es muß also diese Straße sein. Wenn man die Stadt abreißen und weitergraben würde, dann würde man vermutlich an der Straße auch den Marktplatz finden, das Forum.«

»Wieso?«

»Plancus schrieb von dem Lärm der Händler und der Schenken an der Ecke. Er wohnte also wahrscheinlich in der besten Wohngegend, nahe am Forum, wo sich die Händler herumtrieben und die meisten Kneipen waren. Bisher haben die Archäologen noch keine Ahnung, wo das Forum liegen könnte. Wenn sie dein Manuskript hätten, dann hätten sie auch schon mal einen Anhaltspunkt. Die wissen derzeit noch nicht einmal, wie groß die Stadt überhaupt war, bisher hat man kein Stück von den Stadtmauern gefunden. Plancus schreibt, daß der Weg ziemlich weit war. Vermutlich liegt sein Haus irgendwo dort, wo jetzt die Autobahn ist.«

»Meinst du, daß es möglich wäre, Herculaneum ganz auszugraben?«

Schäfer zeigte auf ein paar mannshohe Löcher, die in die steil abfallenden Wände an den Grabungen gebohrt worden waren. »Ein paar Abenteurer haben immer wieder versucht, Gänge zu graben, vor allem, um die Schätze der verschütteten Häuser zu plündern. Aber das ist zu gefährlich. Die ganze moderne Stadt steht ja darüber, die Gänge stürzen nach ein paar Metern ein. Um Herculaneum wirklich auszugraben, müßte man ein paar tausend Leute umsiedeln, eine moderne Stadt und eine Autobahn abreißen und Tausende von Archäologen bezahlen können. Dann ginge es.«

»Können wir auf dem Rückweg nicht noch einmal vorbeikommen, ich würde gern ein paar Stunden da unten spazierengehen.«

»Klar«, sagte Schäfer.

Sie gingen zurück zum Ausgang. Der Wächter am Parkplatz hatte unterdessen das Auto gewaschen und verlangte ein horrendes Honorar. Schäfer zahlte.

8

Caroline steuerte den Wagen auf die Küstenstraße, in Richtung Torre Annunziata. An einer himmelblau gestrichenen Autobahnunterführung bogen sie von der Hauptstraße auf eine trostlose Landstraße ab. Ein Schild verhieß, daß es hier nach Strasano ging. Am Straßenrand graste ein stattlicher Ziegenbock, von seinem Besitzer war keine Spur zu sehen. Wellblechbaracken tauchten auf, die der Staat den Opfern des verheerenden Erdbebens im Jahr 1980 gestiftet hatte, damit sie bis zum geplanten Bau der neuen Satellitensiedlungen ein Dach über dem Kopf hatten. Die Menschen wohnten immer noch in den Baracken, denn die Siedlungen waren nie gebaut worden.

Das erste, was sie von Strasano sahen, war ein merkwürdiger Rundbau aus Beton mit eingeschlagenen Scheiben. Jede Stadt in der Umgebung von Neapel besaß wenigstens eines dieser Gebäude, die Kindergärten, Schulen, Altenheime oder Turnhallen hatten werden sollen und schon bei Fertigstellung für baufällig erklärt werden mußten. Die Bauunternehmer hatten trotzdem ihr Geld bekommen, und natürlich hatte das alles mit der Camorra zu tun.

Die Straße verengte sich. Sie fuhren an den Schuttresten der vom Erdbeben zerstörten Häuser vorbei. Niemand hatte sich die Mühe gemacht, sie wegzuräumen. Katzen spielten darin. Caroline hielt auf einem kleinen Platz, der vermutlich das Zentrum von Strasano darstellte. Kümmerliche Zierpalmen kämpften in schmalen Erdlöchern mitten im Beton ums Überleben. Die Stadt dämmerte noch in der Nachmittagslethargie. Die Geschäfte waren geschlossen. Nur die Bar dello Sport, vor der ein Tisch stand, unter dem zwei Hunde schliefen, schien geöffnet zu sein.

Caroline hielt an. »Gehst du fragen?

»Ja.« Schäfer stieg aus.

Der Wind trug den Geruch von brennendem Gummi herbei und ließ die Perlenschnüre im Eingang der Bar gegeneinander klimpern. Eine dicke Frau in Trauerkleidung und weißer Schürze erhob sich aus einem Campingstuhl, als Schäfer eintrat. Ein junger Mann in Jeans und Turnschuhen stand über eine laut surrende Gefriertruhe gebeugt und las eine zerfledderte Sportzeitung. Die dicke Frau sah Schäfer schweigend und desinteressiert an.

»Ein Glas Wasser, bitte, mit Kohlensäure.«

Sie nahm eine schmierige Wasserflasche aus einem Fach in der riesigen Metalltheke und schenkte ihm ein. Hinter ihrem Rücken waren vier staubige, halbleere Flaschen mit billigem Likör im Regal aufgereiht.

»Vierhundert Lire.«

Schäfer legte das Geld auf den Tresen. Die Frau nahm es, wandte sich gleich wieder ab und schlurfte zu ihrem Campingstuhl.

»Wissen Sie, wo die Via Casacciolo ist? Da muß es einen Palast der Familie Casacciolo geben.«

Die Frau setzte sich in den knarrenden Stuhl.

Der junge Mann richtete sich auf und drehte sich zu Schäfer um. »Wollen Sie den Spiegelsaal besichtigen?«

»Nein. Eigentlich wollen wir den Fürsten sprechen.«

»Der ist nicht da.« Der Mann kam an die Theke. Er trug ein blütenweißes T-Shirt und hatte ein von Narben entstelltes, sonnenverbranntes Gesicht. Vielleicht ist er bei einem Autounfall gegen die Windschutzscheibe geprallt, dachte Schäfer.

»Wollen Sie einen Kaffee? Assunta, mach uns zwei Kaffee.«

Die dicke Frau erhob sich wieder.

»Ich kann Sie mit dem Diener des Fürsten zusammenbringen. Er zeigt Ihnen den Spiegelsaal im Palast. Das ist eine echte Sehenswürdigkeit aus dem 17. Jahrhundert. Es gibt auch Bilder dort. Ehrlich.«

»Können Sie uns den Weg zeigen?«

»Sie würden nicht hineinkommen. Das Tor ist immer abgeschlossen, und es gibt keine Klingel. Aber das macht nichts. Der Diener, Giacomo, kommt sowieso gleich in die Stadt.«

Die Frau stellte zwei Tassen mit Espresso auf den Tresen. »Er bringt Blumen in die Kirche, jeden Nachmittag. Ist pünktlich wie eine Uhr.« Sie sah Schäfer an. »Eintausendvierhundert Lire.«

Schäfer gab ihr einen Zweitausend-Lire-Schein. »Stimmt so.«

Der Narbige hob protestierend die Hände. »Nein. Den geb ich aus.«

»Schon gut«, sagte Schäfer.

Der Narbige nickte dankend mit dem Kopf. »Ich kenne Giacomo gut. Ich kann Sie beide zusammenbringen. Sehen Sie, er ist schon etwas seltsam und alt. Er redet nicht mit Fremden. Ich müßte eigentlich mein Geschäft gleich wieder aufmachen, aber wenn ich jemandem einen Gefallen tun kann, helfe ich gern.«

»Wo ist die Kirche, in die er die Blumen bringt?«

»Hier gleich um die Ecke. An der Piazza.«

Schäfer trank den Kaffee aus.

Der Narbige sah ihn abschätzend an. »Sie brauchen gar nicht mit Giacomo zu reden. Ich handele mit ihm einen guten Preis aus, und dann zeigt er Ihnen den Spiegelsaal im Palast. Sie haben Glück. Wenn der Fürst da ist, kommt keiner rein.«

»Ich will nur mit ihm reden«, sagte Schäfer. »Zeigen Sie mir die Kirche.«

Der Narbige schob den Vorhang vor Schäfer zur Seite. Sie gingen hinaus auf den Platz. »Ich heiße Enrico.«

Schäfer gab ihm die Hand.

Als der Narbige den Wagen mit Caroline sah, blieb er diskret ein paar Schritte zurück.

Sie hatte die Scheibe heruntergelassen. »Wer ist das denn?«

»Er sagt, er kennt den Diener des Fürsten, Giacomo. Er will uns mit ihm zusammenbringen.«

»Warum hast du ihn nicht einfach nach dem Weg gefragt? Den Typen werden wir doch nicht wieder los.«

Schäfer lehnte sich an den Wagen. »Er sagt, wir kommen nicht in den Palast, weil das Tor abgeschlossen ist.«

»Das hätte ich an seiner Stelle auch erzählt. Wieviel will er?«

»Ich habe ihn nicht gefragt.«

»Du benimmst dich wie ein Kind, Sebastian. Wir brauchen niemanden. Wir hätten den Diener auch allein gefunden.« Sie kurbelte ärgerlich die Scheibe hoch.

»Er will uns in die Kirche bringen, in die der Diener gleich kommen soll.«

»Von mir aus«, sagte Caroline. Sie parkte den Wagen am Straßenrand und stieg aus.

Der Narbige trat neben Schäfer. »Probleme?«

»Nein, sie hat Kopfschmerzen.«

»Ach so.«

Caroline sah nach, ob der Kofferraum abgeschlossen war, dann kam sie mißmutig auf Schäfer zu.

»Ich heiße Enrico. Sind Sie aus Rom?«

»Nein«, sagte Caroline. »Wo ist der Diener?«

»Er kommt immer dort in die Kirche. Es ist nicht weit.«

Sie schlenderten über den Platz.

»Dies ist der Platz für die Opfer des Erdbebens«, erklärte Enrico. »Es war furchtbar. Ich bin nur noch am Leben, weil ein Wunder geschah. Das Dach über unserem Schlafzimmer stürzte trotz der Erschütterung nicht ein.«

Die Kirche stand gegenüber der Bar dello Sport am Rande des Platzes. Der kleine Glockenturm war eingestürzt, und die Steinbrocken waren gegen die Fassade geschleudert worden. Die Kirche sah aus wie nach einem Bombenangriff. Schäfer ging auf das Hauptportal zu.

»Nein.« Enrico winkte ab. »Die Tür ist zu. Die Kirche

ist gesperrt. Einsturzgefahr. Wir müssen durch den Seiteneingang.«

Sie stiegen über die Trümmer des Glockenturms. Schäfer bemerkte die verwesenden Überreste einer toten, teilweise schon skelettierten Katze. Die Seitenscheiben der Kirche waren mit Plastikplanen geflickt. Neben dem Seiteneingang stand auf einem schlammigen Platz eine große Wellblechbaracke.

»Das ist die neue Kirche. Nach dem Erdbeben hat die Feuerwehr aus Neapel sie aufgebaut. Aber wir benutzen sie fast nie. Würden Sie etwa darin heiraten wollen?« Enrico zog die Holztür auf.

Überall in der Kirche standen rote Plastikstühle. Auf der gegenüberliegenden Seite war die Kuppel einer Nebenkapelle eingestürzt. Das Loch im Dach war mit einer großen Plane geflickt worden. In der Kapelle waren die Reste von zerschmetterten Beichtstühlen und Kirchenbänken aufgestapelt. Es war kühl. Auf dem Boden standen Pfützen.

Schäfer sah in die Hauptkuppel empor, wo Gottvater soeben Erde und Wasser schied. Sein Bart war durch einen riesigen Wasserfleck verwischt worden. Das Fresko mußte einmal schreiend bunt wie eine Kirmesdekoration gewesen sein. Jetzt blätterte überall der Putz ab. Auf dem Altar lag ein strahlend weißes Leinentuch. Daneben stand ein pompöser Sessel für den Priester.

Enrico kniete nieder und bekreuzigte sich. Dann stand er auf und ging zu einem Glaskasten neben dem Altar. In dem Kasten sprangen Neonlampen an. Das Licht tauchte eine lebensgroße Wachsfigur Marias, die ein groteskes, blutendes Plastikherz in der Hand hielt, in hartes Licht. Vor dem Kasten stand eine große Vase mit frischen Schnittblumen.

Caroline hatte die Hände in den Hosentaschen vergraben und ging den Mittelgang zwischen den Stuhlreihen hinunter. Sie sah nach oben. »Wenn du mich fragst, Sebastian, stürzt der Rest der Kirche beim nächsten Sturm ein.«

Schäfer ging zu ihr. »Ich würde sagen, schon beim nächsten stärkeren Lüftchen.«

Caroline setzte sich auf einen der Stühle. Enrico stellte sich vor sie. Sie sah ihn feindselig an. »Wo ist also dieser Diener?«

»Er wird gleich kommen. Er ist immer pünktlich. Aber kommen Sie. Ich zeige Ihnen etwas.«

Er ging den Mittelgang hinunter zum Hauptportal. Rechts daneben verschwand er in einer Seitenkapelle. Schäfer sah, daß er dort das Licht anschaltete.

Caroline erhob sich mißmutig. »Was ist denn da?«

»Das ist die Familienkapelle der Casacciolos.«

Sie gingen den Mittelgang hinunter. In der Kapelle stand ein überdimensionierter, bunt bemalter Porzellanaltar. In der Mitte prangten vier Leuchter. Über dem Altar waren Paläste, Landvillen und – vermutlich erst vor wenigen Jahrzehnten – ein Haus, das am Meer stand, an die Wand gemalt worden.

»Das waren mal die Besitzungen der Casacciolos. Unter jedem Bild ist der Name des Ortes eingetragen, in dem der Besitz lag. Inzwischen ist fast alles verkauft«, trug Enrico vor.

Caroline kramte eine Sofortbildkamera aus der Tasche und machte Fotos von der Kapelle.

Unter dem Altar lag, von einer nervös flackernden Neonlampe beschienen, eine in Goldbrokat eingewickelte mumifizierte Leiche.

Caroline setzte sich auf einen der Stühle. »Die Katholiken sind fürchterlich«, sagte sie. »Ich habe nie verstanden, warum sie die Toten nicht in ihren Gräbern in Ruhe lassen, sondern unter den Altären ausstellen.«

Sie trat in die Kapelle und lehnte sich an die Wand. Schäfer stellte sich vor den Glassarg.

Enrico kniete nieder und zeigte mit dem Finger auf den Totenschädel, dem man ein von Motten zerfressenes rotes Mützchen aufgesetzt hatte. »Es ist ein römischer Märtyrer. Früher gab es sogar eine Wallfahrt hierher. Links und rechts sind die Ahnentafeln der Familie Casacciolo.«

Schäfer konnte die Büsten von zwei pausbäckigen, grimmig dreinblickenden Glatzköpfen sehen.

»Stefano Casacciolo ist in dieser Wand begraben. Er ist der Vater des gegenwärtigen Fürsten. Er hat auch den Märtyrer gefunden.«

»Wo?« fragte Schäfer.

»Im Garten, kurz nach dem Krieg, als man einen Brunnen ausschachten wollte. Er lag auf einer antiken Straße, unter der Asche. Mein Vater war auch dabei, als man ihn ausgegraben hat.«

Enrico war jetzt ganz Fremdenführer. »Unter der Leiche fand man auch ein heiliges Buch. Bisher konnte es noch keiner entziffern. Es ist im Palast der Familie Casacciolo. Es geht die Sage, daß nur ein Heiliger das Buch einst wird lesen können.«

Schäfer kniete sich vor dem Glassarg hin. Die Hände der Mumie steckten in löchrigen Samthandschuhen und waren auf dem Bauch zusammengelegt. Die Knochen der Daumen ragten heraus. Über die Füße waren rote Pantoffeln gestülpt worden. Erst jetzt konnte er die schmale Inschrift auf der Tafel über dem Toten erkennen.

Nein, dachte Schäfer. Nein!

Auf dem Schild stand:

Martyrus Flavius Plancus. Victus Eruptione Vesuvis, Citadinus Herculanaeum

Der Märtyrer Flavius Plancus. Opfer des Vesuvausbruchs. Bürger von Herculaneum

»Caroline.«
»Was denn?«
»Das ist er.«
»Was?«
»Komm her!«
Sie hockte sich gelangweilt neben Schäfer hin.
»Lies doch.«
»Das kann doch nicht wahr sein!«
»Ja, es ist eine echte Leiche«, murmelte Enrico andächtig.

Caroline kniete jetzt ganz nah vor der Scheibe. »Du meinst, sie haben die Leiche des Plancus bei Ausgrabungen im Garten gefunden und hier eingemauert?«

»Und unter ihm lag unser Buch, verdammt!« Er kniete sich neben sie. Er konnte seinen Augen nicht befehlen wegzusehen. Hatte dieser knöcherne Daumen wirklich die Feder geführt, zu seltsamen, geschwungenen Bögen? »Die ausgebrannten Fackeln des Nachts machen mein Herz bang.« Schäfer betrachtete noch einmal den Schädel, die dunklen Löcher der Augenhöhlen. Hatten sie den Bau des Kolosseums gesehen, den Brand von Rom vor fast zweitausend Jahren? Waren diese wenigen Knochen die simple Antwort auf eine monströs komplizierte Frage?

Es war alles ganz offensichtlich. Aber es ist offensichtlich nicht zu begreifen, dachte Schäfer. Waren es eben diese jetzt so grotesk zusammengelegten Hände, die vor unvorstellbar langer Zeit den Küchensklaven Etruscus gezüchtigt hatten, bis der Stock zerbrochen war? Ich erinnere mich, dachte Schäfer, ich erinnere mich an den Morgen, als du aufgestanden bist und deine Beine nicht mehr spürtest. Du hast geglaubt, die Ahnen hätten dich gerufen, die Götter, an die zu glauben dir so schwerfiel. Mir hast du geschrieben: »So wie mein Körper hier in dieser Kammer nur zum dummen Sterben fähig war, schuf auch mein Geist im Angesicht des Todes nur Geschwätz.«

Eine Tür schlug zu.

Enrico stand auf. »Da ist er. Um diese Zeit kommt nur Giacomo. Setzen Sie sich besser auf die Stühle. Ich rede mit ihm.«

Auch Schäfer erhob sich. Caroline sah immer noch auf die Knochen. Als sie sich von Schäfer hochziehen ließ, stand er schon in der Kapelle.

Er trug einen blauen Arbeitskittel und einen Eimer mit Schnittblumen. Er sah alt und grimmig aus. Es war der Verlagsleiter. Er erkannte Schäfer sofort. Er setzte den Eimer ab und ließ sich auf einem der Stühle nieder.

»Was soll das? Was wollen Sie von mir? Enrico, was soll das?«

»Der Herr möchte nur mit dir sprechen, und ich dachte, du zeigst ihm den Spiegelsaal.«

»Ich habe nichts mit ihm zu besprechen. Will er schon wieder die Polizei holen?«

»Nein, Giacomo, keine Polizei. Wieso die Polizei?«

»Vielleicht wäre die Polizei gar nicht schlecht«, sagte Schäfer. Er nahm Carolines Hand.

»Ist das der Einbrecher, der mit dem Fürsten bei dir zu Hause aufgetaucht ist?«

Schäfer nickte.

Caroline schob sich an ihm vorbei und setzte sich auf einen Stuhl neben Giacomo. »Das ist ja interessant. Aber wir werden keine Polizei rufen, wir haben nur ein paar Fragen.«

Giacomo nahm ein Bündel Schnittblumen aus dem Wasser und schnitt sie mit einem Messer an. »Ich habe nichts zu sagen. Ich habe den Mann nie gesehen.«

»Lassen wir das doch«, sagte Caroline.

Giacomo hob vorsichtig den Kopf und sah Caroline an. »Keine Polizei?«

»Nein, keine Polizei.«

Giacomo ließ die Blumen wieder in den Eimer gleiten. »Wenn schon. Ich habe dem Fürsten gesagt, daß es schlimm ausgehen wird. Aber er hat ja nie auf mich gehört. Er hat auf niemanden gehört.«

Caroline faßte in ihre Hosentasche. Sie zog zwei Zehntausend-Lire-Scheine heraus und reichte sie Enrico. »Gehen Sie. Danke für alles, aber wir brauchen Sie nicht mehr.«

Enrico verbeugte sich und verschwand. Schäfer wischte sich die schweißnassen Hände an der Hose ab. Er lehnte sich gegen die Mauer der Kapelle.

Caroline zog einen Fünfzigtausend-Lire-Schein aus der Tasche und zeigte ihn Giacomo. »Den bekommen Sie, wenn Sie mir alle Fragen beantworten.«

Der Diener nahm ihr den Schein aus der Hand und steckte ihn in die Tasche. »Was wollen Sie wissen?«

»Waren Sie dabei, als die Leiche gefunden wurde? Ich meine den Märtyrer da.« Sie zeigte auf den Glaskasten.

Der Diener nahm ein Bündel Blumen aus dem Eimer, schnitt sie sorgfältig an und warf sie auf die Erde. »Ich war dabei.«

»Wo hat man die Leiche gefunden?«

»Im Garten des Fürsten, nach dem Krieg.«

»Wer hat sie gefunden?«

»Die Bauern und die Nonne. Wir brauchten einen neuen Bewässerungsgraben, deshalb haben wir gegraben.«

»Was für eine Nonne?« fragte Caroline.

»Es war kurz nach dem Krieg. Die Gemüsefelder des Nonnenklosters unten in Strasano waren von den Deutschen vermint worden. Sie schickten jeden Tag eine junge Nonne hoch. Der alte Fürst schenkte ihnen immer einen

Korb voll Obst und Gemüse und etwas Brot. Die Nonne war dabei, als wir die Leiche im Garten fanden.«

»Und dann?«

»Wir gruben durch meterdicke Vulkanasche. Plötzlich fanden wir große, behauene Steine. Der alte Fürst wollte sie erst ausgraben lassen, um ein Gartenhaus daraus zu bauen. Aber dann sah die junge Nonne die Steine. Sie war eine Studierte. Sie sagte, das sei eine uralte Straße.«

Der Mann machte eine Pause.

»Der Sohn des Fürsten kam gleich mit seinem Fotoapparat, den er damals immer mit sich herumtrug, und machte Bilder von dem Straßenstück. Am nächsten Tag fanden wir ihn dann. Wir wollten den Graben verbreitern und hoben die Erde von dem Straßenstück ab. Da fanden wir den Märtyrer. Er lag da unter der Vulkanasche. Er hatte sogar noch Haare am Kopf und seine Zähne. Der alte Fürst hat uns allen Wein spendiert und die Knochen in die Kapelle bringen lassen. Vorher hatten wir nur den Fingerknochen der heiligen Berta. Der alte Fürst ließ den Pfarrer kommen, und der segnete dann die Kapelle ein. Es gab ein großes Fest. Schließlich hatten wir jetzt einen ganzen Märtyrer, statt nur einen Fingerknochen. Sogar der Prinz Campitello kam, obwohl er vor Neid fast kein Wort herausbrachte. Die Campitellos haben den ganzen Fuß des heiligen Ivo. Aber was ist das schon gegen den Märtyrer.«

»Und wo war das Buch?« fragte Caroline ungeduldig.

»Unter den Knochen in einer Holzkiste. Ich habe es nur einmal gesehen. Es war eine lange Rolle. Der alte Fürst schickte seinen Kammerdiener in das Nonnenkloster, mit Hühnern und Olivenöl und einem Käse. Er brauchte ja jetzt die junge Nonne. Sie konnte Latein. Sie mußte das Buch, also die Heiligengeschichte, übersetzen.«

»Hieß sie Schwester Maddalena?«

»Ich weiß es nicht. Sie war noch keine richtige Nonne. Erst Novizin. Wir riefen sie mit ihrem Mädchennamen, Maria.«

»Wo ist das Buch geblieben?«

»Ich weiß es nicht. Der junge Fürst fotografierte die Rolle, und die Nonne saß wochenlang über die Bilder gebeugt oben in der kleinen Bibliothek. Der Märtyrer war schon hier aufgebahrt, und die Maurer hatten eine Nische in den Altar gebrochen, wo das Buch ausgestellt werden sollte. Aber das Buch war wohl doch nicht so heilig, wie der alte Fürst geglaubt hatte. Nur sein Name wurde unter dem Sarg eingemeißelt.«

»Was wurde aus dem Buch?«

»Weiß ich nicht.«

»Wann haben sie es zum letztenmal gesehen?«

»Im gleichen Sommer. Wir fuhren mit den Pferdewagen in das Haus am Vesuv. Wir fuhren immer in die Berge. Ich habe im Dienst der Familie in all den Jahren nicht einmal das Meer gesehen. Sie sagen, sie ertragen die Frische der Seeluft nicht. Nur der junge Fürst und die Nonne blieben damals hier unten. Sein Großvater hatte es ihm erlaubt, damit er beim Übersetzen mit der Nonne Lateinisch lernte. Die Nonne habe ich nie wiedergesehen. Auch das Buch nicht.«

Giacomo stand auf und nahm den Eimer. Er steckte die Blumen in zwei große Blumenvasen vor dem Altar. »Wenn Sie den Fürsten sehen, dann habe ich nichts gesagt. Die Geschichte mit der Nonne kennt die ganze Stadt.«

Schäfer schob sich an Giacomo vorbei aus der Kapelle. Auf der Türschwelle drehte er sich noch einmal um. »Keine Sorge, wir sagen dem Fürsten nichts.«

Giacomo füllte Wasser aus dem Eimer in die Vasen.

»Und wenn schon, ich weiß von nichts. Ich weiß seit vierzig Jahren von nichts.«

Caroline stand auf. »Danke.«

Der Diener antwortete nicht.

9

So schlecht hatte der Fürst noch nie gesessen. Er dachte nach, ob er überhaupt schon jemals auf einem so entsetzlich unbequemen Möbelstück hatte Platz nehmen müssen. Diese Dinge vergaß er nicht so leicht und verzieh sie noch viel weniger. Die völlig durchgesessene Sitzfläche war mit einem Turm selbstgehäkelter Schaumstoffkissen ausgestopft worden, in welche sich die Sprungfedern bohrten. Der Sessel war voller Tücke. Auf den ersten Blick war ihm nicht anzusehen, daß der Benutzer beinahe bis auf den Boden sacken würde. Es war fast unmöglich, eine menschenwürdige Haltung zu bewahren.

Der Fürst versuchte, mit der Hand die Rauchschwaden aufzulösen, und fächelte sich Luft zu. Don Onofrio schien dem keine weitere Bedeutung zuzumessen. Er blies eine weitere Wolke in den dunklen Raum. Der Pater hatte sein Glas mit dem nach Geheimrezept gebrannten Kräuterschnaps, dessen Farbe allein schon dem Fürsten Ekel bereitete, bereits geleert und schielte begierig auf das noch unberührte Glas des Fürsten. Im Grunde war die Oberin schuld, die dem Don einen Aschenbecher bereitgestellt hatte. Es zeugte nicht von guter Erziehung, in einem Nonnenkloster zu rauchen, stellte der Fürst fest. Dann versuchte er mit seinen tränenden Augen den Blick des Don aufzufangen, der sich gesammelt zu haben schien und augenscheinlich seinen Vortrag fortführen wollte.

»Ich möchte sagen, daß ich froh bin, daß Sie darauf dringen, Schwester Maddalena zu sehen. Ich hätte es sonst meinerseits vorgeschlagen, aus pädagogisch-geistlichen Gründen.«

Der Don, der sich in seinem Sessel, aufgrund erstaunlich flinker Gewichtsverlagerung, leichter bewegen konnte, nahm sein Schnapsglas auf, das kaum noch einen Tropfen enthielt.

»Wissen Sie, damit die Schwester Gelegenheit zur Buße hat, ist es für sie von großer Wichtigkeit, demjenigen gegenüberzutreten, dem sie Leid zugefügt hat. Denn wie der Herr sagt, müssen wir auf Erden die Verzeihung der Menschen erlangen, bevor wir Gott um seine Gnade bitten. Versäumen wir dies, dann erwartet uns dort oben der gerechte Zorn Gottes.« Der Don deutete mit seiner Zigarre mit einer Unheil verheißenden Geste zur Decke. »Vor allem«, fuhr er fort, »in ihrem jetzigen Zustand. Sie wissen es ja wahrscheinlich schon von der Oberin, Exzellenz, die Schwester liegt im Sterben. Sie ist herzkrank.«

Es war dem Fürsten äußerst unangenehm, daß der Don ihn jetzt betrachtete, um zu sehen, welchen Effekt diese Nachricht auf ihn machte. Er sah sich gezwungen, die Peinlichkeit zu überwinden, indem er eine Frage stellte. »Die Schwester stammt aus der Umgebung von Neapel, nicht wahr? Sie heißt mit bürgerlichem Namen Maria, oder?«

Der Don streifte vorsichtig die Asche ab. »So, das wußte ich gar nicht. Wissen Sie, im geistlichen Stand zählt die weltliche Vergangenheit nicht mehr sehr viel. Obwohl ich sozusagen als geistlicher Vater dem Kloster vorstehe, könnte ich doch nicht sagen, woher die fleißigen Nonnen stammen oder wie sie einmal hießen. Durch ihre Ehe mit Christus haben sie diese Welt hinter sich gelassen.«

Der Fürst spannte die Muskeln der Oberschenkel an. Er bereitete sich darauf vor, mit einem Ruck aufzustehen.

Der Don kam ihm mit einer Frage zuvor: »Wir kennen uns doch auch? Flüchtig, meine ich.«

Der Fürst vertraute das Gewicht seines Körpers wieder dem Schaumstoff an. »Ich fürchte, nein.«

»Nun, ich sah Sie zum ersten Mal sozusagen im Rückspiegel. Sie folgten mit Ihrem Wagen dem unsrigen, auf dem Weg zu – sagen wir, zu einem Freund, einem sehr wichtigen geistlichen Freund, der den Rang eines Kardinals innehat.«

Auf dieses Manöver war der Fürst vorbereitet. »Lieber Don, ich halte es so, daß ich die Verbindung zu, wie Sie sagen, gewissen Freunden nur dann erwähne, wenn es unbedingt nötig ist.«

Der Don wirkte ein wenig erschrocken. Er schwieg und zog ärgerlich, wie es dem Fürsten schien, an der Zigarre. »Da haben Sie natürlich recht«, sagte er.

Der Fürst drückte den Rücken durch und versuchte zum zweiten Mal, die Muskeln für ein rasches Aufstehen vorzubereiten. »Lieber Don. Es ist wohl an der Zeit, daß ich zu ihr hinaufgehe. Wenn Sie so gütig wären, mir den Weg zu beschreiben, dann werde ich es schon finden.«

Der Don paffte in die Luft. »Selbstverständlich werde ich Sie begleiten. Sehen Sie, in einer so delikaten Sache kann ich schließlich die arme Schwester nicht allein lassen. Die Absolution erwartet die Schwester zu Recht natürlich von mir.«

»Ich fürchte«, sagte der Fürst, »ich muß darauf dringen, allein hinaufzugehen. Sehen Sie, auch wenn es altmodisch erscheinen mag, bin ich doch ein Mann der alten Schule. Gewisse Dinge, vor allem mit Damen – und schließlich ist auch eine Nonne eine Dame –, regele ich nur unter vier Augen. Vom moralischen Standpunkt aus ist das sicher begreiflich.«

Der schmale Streifen Tageslicht, der sich durch die Holzblendläden kämpfte, schien den Raum plötzlich in eine Zelle zu verwandeln. Drohend blickte der Don auf den Fürsten und antwortete nicht.

Der Fürst bemerkte, wie der Blick des Don an ihm abglitt, als könne er sich nicht entscheiden, ob die Verbindung des Fürsten zu dem gewissen Freund im Range eines Kardinals für ihn bedrohlich werden konnte.

Endlich drückte er die Zigarre aus. »Gut, Sie können allein zu ihr gehen. Aber dann muß ich darauf bestehen, daß Sie mir vorher sagen, was Sie mit ihr besprechen wollen.«

»Wie ich bereits sagte, brachte die Schwester einen Text in Umlauf, den die päpstliche archäologische Kommission in meinem Garten fand und der unserer traditionsreichen Familie zur Aufbewahrung anvertraut wurde. Offensichtlich hat einer der Dienstboten – Sie wissen, lieber Don, wie unzuverlässig das Personal heute ist – eine Kopie des Textes auf verschlungenen Wegen an dieses Kloster ausgeliefert. Selbstverständlich werde ich dem Kloster gestatten, eine Kopie der Schrift zu behalten. Aber die Umstände, wie die Schwester den Text in Umlauf brachte, muß ich schon von ihr selbst erfahren. »

Der Don richtete sich plötzlich auf. »Dagegen habe ich keine Einwände. Ich zeige Ihnen den Weg.«

Es gelang dem Fürsten, sich ruckartig aus dem Sessel zu erheben.

Auch der Don stand auf. Sie gingen in die Halle des Klosters. Plötzlich legte der Don vertraulich seine Hand auf den Arm des Fürsten und zeigte auf eine der Türen am Ende einer breiten Treppe. »Dort oben ist ihr Zimmer.«

Der Fürst hatte nicht so recht verstanden, welche Tür gemeint war, nahm aber an, daß es die erste war. Unter der Tür meinte er einen Lichtschimmer zu sehen. Den Don noch einmal zu fragen, welcher Eingang gemeint war, kam ihm unpassend und peinlich vor.

Er streifte Don Onofrios Hand von seinem Arm ab. Das war zwar nicht freundlich, es war sogar eine regelrechte Beleidigung, aber das ging schließlich zu weit. Er ließ sich nicht von irgendeinem Pfarrer am Arm festhalten. Er ging auf die Treppe zu und stieg mit der Eile, die er selbst die Geschwindigkeit des Automaten nannte, die Treppe hinauf. Hatten seine Schritte einmal diese Geschwindigkeit erreicht, ging er in exakt demselben Takt weiter, gleichgültig, ob er Treppen hinaufstieg, einen Hügel hinabging oder einen Flur entlang. Er mußte auch vor einer Tür nicht einmal stoppen, sondern konnte die Geschwindigkeit beibehalten, jede Tür öffnen und im Zimmer verschwinden. Er spürte den Blick des Don, der ihm dreist folgte.

»Ich warte hier unten auf Sie.«

Der Fürst nickte nur, dann hatte er die Tür erreicht, öffnete und schloß sie in perfektem Takt. Das Zimmer war stockdunkel. Er hatte offensichtlich die falsche Tür erwischt.

Der Fürst errötete nie. Wenn die Scham wegen einer nur schwer zu ertragenden Peinlichkeit in ihm aufstieg, hielt er den Atem an. Das hatte er von seiner deutschen Gouvernante gelernt. Im gleichen Augenblick sagte er sich den Grund der Peinlichkeit auf und atmete dann aus.

Ich stehe in einer Abstellkammer, und unten im Flur verzieht der Don seinen fetten Mund zu einem amüsierten Grinsen, weil ich nicht einmal abwarten wollte, bis er mir das richtige Zimmer zeigen konnte, sagte sich der Fürst. Gleich werde ich wieder auf dem Flur stehen, und der Don wird mir mit einer herablassenden Geste die richtige Tür zeigen. Der Fürst atmete aus. Im selben Moment nahm er ein Geräusch wahr, wie Zähneknirschen.

In der tiefen Schwärze links neben sich an der Wand konnte er plötzlich ein Bett erahnen, das wie eine graue Insel in der Dunkelheit schwamm. Auf der Bettdecke lag ein Arm, dann erkannte er einen Kopf. Als ob sich ein dunkler Nebel lichten würde, bemerkte der Fürst jetzt ein fest geschlossenes Fenster, ein großes schwarzes Holzkreuz an der Wand gegenüber, eine niedrige Kommode und einen Stuhl neben dem Bett. Er hielt den Atem an. Du hast dich zwar nicht in der Tür geirrt, aber du stehst im Zimmer einer Dame, die schläft. Man hatte nicht den Anstand, ihr deinen Besuch auch nur anzukündigen. Er atmete aus, aber die wilde Scham blieb.

Setzen, sagte sich der Fürst. Du gehst hin und wachst am Bett einer Kranken. Wenn es ihm nicht sofort gelang, mit dem Atmen die Peinlichkeit zu besiegen, sprach er sich selbst Befehle vor, als ob sie aus dem Mund der Gouvernante kämen. Dabei konnte er nicht mehr mit Bestimmtheit sagen, ob die Gouvernante wirklich kurze, knappe Befehle erteilt hatte. Er ging langsam zum Stuhl und setzte sich. Eben noch rechtzeitig entdeckte er eine Karaffe Wasser und ein Glas, die neben dem Bett standen. Vorsichtig setzte er die Füße ab, ohne etwas umzustoßen.

Sie befreite ihre Zunge gerade vom Speichel, als wolle sie im Schlaf etwas sagen, und schloß dann den Mund. Der Fürst erkannte sie nicht. Er erkannte nichts an ihr. Strähniges graues Haar umrahmte ihren Kopf. Ihr Gesicht war schmal und bleich, wie das eines kranken Kindes. Ihre Lippen waren nur noch rote Striche. Auf den Wangen spannte sich lederne, zerfurchte Haut. Der Hals glich der einer Eidechse. Der Fürst hielt den Atem an. Du sitzt wie ein unverschämter Voyeur am Bett einer schlafenden Nonne und starrst sie schamlos an. Aufstehen und gehen!

Die Übung half nichts. Der Fürst spannte den Rücken an, bis er hart wurde wie ein Brett. Diese Methode hatte er selbst erfunden. Wann, wußte er nicht mehr, aber sicher schon als Kind, wenn der Vater ihn in die Bibliothek gerufen hatte, um ihn zu demütigen. Dann hatte er den Rücken hart gemacht. Die Vorwürfe und Beleidigungen, kurz, alles, wofür er sich – für seinen Vater und für sich selbst – schämen mußte, drangen dann zwar noch durch die Rippen in seine Brust und berührten das Herz, prallten aber von der harten Platte des Rückens ab und verließen wieder den Körper.

Aufstehen und gehen, befahl er sich noch einmal. Dann lauschte er, ob sich die Schritte des Don auf dem Gang ankündigten. Aber es war alles still. Er war zweifellos richtig hier.

Der Fürst verstand nicht, warum er nicht aufstand und ging. Es gab nichts zu sehen. Er kannte das Gesicht dieser alten Frau, die dort auf dem Bett lag, nicht. Er wollte es nicht wahrhaben, aber es war nicht das Gesicht, das ihn fesselte. Es war der durch die Bettdecke verhüllte Körper. Er erinnerte sich an das, was er nicht sah, an die Beine, die Füße, den Bauch, die er besser zu kennen glaubte als seinen eigenen Körper. Er war gefesselt von der schlichten, aber unfaßbaren Tatsache, daß dort unter dieser Decke derselbe Körper lag. Älter geworden und ausgezehrter, aber immer noch derselbe Körper. Diese Beine hatten sich nur einmal, ein einziges Mal, an ihn geschmiegt. Aber er hatte sich so oft an sie erinnert, sie so viele Jahre lang in seinen Gedanken geformt, daß dieser Körper jahrzehntelang das einzige gewesen war, was er sich wirklich gewünscht hatte.

Aufstehen, befahl sich der Fürst. Aufstehen, gehen und vergessen.

Sie drehte sich im Schlaf auf die Seite, so daß sie ihm nun zugewandt lag. Er konnte sie dennoch nicht deutlicher sehen, denn die Haare hingen ihr wirr ins Gesicht. Dort unter der Decke, zwischen ihren Armen, mußten eingefallen und alt die weißen Brüste liegen, mit diesen roten Knospenwarzen, die so fest und klein gewesen waren, so ganz ohne Ähnlichkeit mit dem großen Busen seiner Frau, die seine beiden Kinder gesäugt hatte.

Was ist denn, dachte der Fürst. Was ist jetzt? Aufstehen! Es ist doch lächerlich, dachte er. Lächerliche Episoden. Das hatte er auch den Vater gefragt. Warum erinnerst du dich nicht an mehr, hatte er seinen Vater gefragt, damals, als er gestorben war. Warum fallen dir nur zwei oder drei Episoden ein? Mehr als achtzig Jahre hast du gelebt, und jetzt kannst du dich nur an drei schöne Episoden aus dem langen Leben erinnern, immer nur die gleichen drei Geschichten.

Es ist so, hatte der Vater gesagt. Mehr bleibt nicht.

Dies ist mehr als eine lange Episode, dachte der Fürst. Du hast recht behalten. Das zählt. Es war ein Fehler, im Kloster zu bleiben. Du hast es vorher gewußt, die Ehe mit Christus war nichtig. Das zählt.

Der Wind, richtig, es ging ein scharfer, heißer Wind. Er wehte durch ihr Haar, das bis zur Schulter reichte. Der Wind strich es für einen Moment zur Seite und gab den weißen Hals preis. An Schönem bleibt nicht mehr.

Der harte Rücken schmerzte. Sie schlief ruhig und fest. Manchmal schluckte sie Speichel. Die rechte Hand lag neben ihrem Gesicht. Es war still.

Ich habe mehr als die Episoden des Vaters, dachte der Fürst, ich habe recht behalten. Es war falsch, falsch, falsch von ihr, den Schleier zu nehmen. Die Bluse der Mutter hatte ihr besser gestanden. Er hielt den Atem an. Diese alte Frau vor dir auf dem Bett hatte einmal in ihrem Leben die Bluse deiner Mutter an, und du hast ihr auf den Busen gestarrt.

Aufstehen und gehen, dachte der Fürst. Was ist nur?

Was macht die Beine so schwer, daß ich nicht gehen will? Halbe Sache, dachte er. Es ist nur eine halbe Sache, hierherzukommen und sie anzusehen und sie nicht zu erkennen. Sage es dir! Peinlich ist es. Sag es dir, dann kämpfe die Peinlichkeit nieder. Der Rücken ist hart. Der Fürst hielt den Atem an. Dann senkte sich wieder diese bleierne Schwere des Sommers auf seinen Kopf, der starke Geruch von Basilikum, den der Wind aus dem Tal hoch zum Palast trug, lange bevor die Autobahn gebaut worden war.

Es war der letzte Abend. Das antike Buch war übersetzt. Der Märtyrer war kein Märtyrer. Jesus Christus war nicht am Kreuz gestorben und in Jerusalem wiederauferstanden. Aber das war mir, dem linkischen Jüngling, den ich nur von Fotos kenne, obwohl ich selbst es gewesen bin, vollkommen egal. Maria, die Novizin, konnte Jesus nicht heiraten. Das war das einzige, was zählte. Der Fürst atmete aus. Weiter, sage es dir! Dann steh auf!

Sie konnte nicht mehr Nonne werden. Ich war schüchtern, unbeholfen und steif, aber ich war nicht dumm. Die Eltern waren in die Berge gefahren zur Sommerfrische. Ich habe die Unterschrift des Vaters gefälscht und den Boten in das Kloster geschickt mit der Mitteilung, daß Maria zum Nachtessen eingeladen sei und erst am Morgen kommen würde. Die Äbtissin hat den Segen geschickt. Dann habe ich die Dienstboten entlassen.

Es reicht noch nicht, dachte der Fürst. Du mußt dir alles sagen. Deswegen bist du hierhergekommen, deshalb die weite Reise, deshalb die Unbequemlichkeit. Es ist eine reinigende Übung.

Die Nonne schluckte wieder und legte den Arm auf die Bettdecke. Schlaf, dachte der Fürst. Es war ja alles falsch, und jetzt ist es zu spät, schlaf. Der Wind hatte dein Haar zur Seite gestrichen. Wir standen im Garten, und du wolltest dich verabschieden. Dann habe ich dir den Brief der

Äbtissin gezeigt, die dich erst für morgen erwartete. Du erschrakst, und dann hast du gelacht. »Wenn meine Eltern fortfuhren und ich mit meinem Bruder allein im Haus blieb, haben wir immer König und Königin gespielt.«

Drei Episoden ist Unsinn, dachte der Fürst. Eine Episode, eine nur, mehr nicht.

Dann bin ich mit Maria in die Küche hinuntergestiegen, und wir haben Gemüsesuppe mit Rindfleischstücken gekocht. Ich habe den Tisch im Garten bei den Fischteichen gedeckt. Als du in den Garten kamst, hattest du deine weiße Novizinnentracht abgelegt: Du hattest diese rote Seidenbluse der Mutter an und einen schwarzen Rock. Rot geworden bist du, und dann hast du gestammelt: »Das ist das letzte Mal, daß ich die Königin sein darf. Bald muß ich das Gelübde ablegen.«

Ich hab dir den Stuhl gerückt, ich, dieser schüchterne Knabe, dessen Herz zum ersten Mal vor Erregung pochte. Niemand hat uns gestört. Ich habe leichten, kalten Weißwein aus dem Keller geholt und der Königin eingeschenkt, die noch nie in ihrem Leben Wein getrunken hatte. Dann haben wir getanzt. »Eine Königin muß Walzer lernen.« Du hast gelernt, schnell gelernt. Dann sind wir durch den heißen Garten spaziert bis zum Grab des Flavius – diesem Haufen auf der Straße, wo er, von der Asche überrascht, erstickt war.

Der Fürst schlug die Beine übereinander und atmete ruhig aus. Es war noch nicht ganz vorbei.

Dann haben wir die Leiter geholt und mit einer Säge den hohlen Stab in der Hand des Merkur aufgeschnitten. Du hast die Rolle hineingelegt, im Halbdunkel des Saals. Dabei hast du wie eine Priesterin geflüstert: »Die Welt ist nicht reif, das zu erfahren.« Mir war es gleich. Wir haben den Stab in der Hand des Merkurs zugegipst. Es war spät geworden, aber es war zu heiß, um zu schlafen.

Woher habe ich nur den Mut genommen, dich dann auf einmal auf die Arme zu nehmen und in das Gästezimmer zu tragen? Du bist so leicht gewesen. So eine kleine zerbrechliche Königin mit schwarzem Haar. Wir haben am Fenster gesessen und den Wein ausgetrunken, und dann bin ich nicht gegangen. Natürlich waren wir nicht mehr wir selbst. Wir waren schon längst in einem Märchen, in dem der König seine Frau küssen durfte. Ich habe oft von dieser Nacht geträumt, so oft, daß ich nicht mehr weiß, wie es war, als wir miteinander geschlafen haben. Nur deine Beine, diese schmalen weißen Schenkel, die sich gegen mich preßten, die habe ich nie vergessen. Ich habe dich gebeten, meine Frau zu werden, und du hast nur geantwortet: Das bin ich doch längst. Und dann ist es irgendwann Morgen geworden, und ich träumte noch immer von dem König und der Königin, als du davonschlichst, als du noch einmal auf die Leiter stiegst und dem Merkur seinen Schatz wieder raubtest, den wir ihm anvertraut hatten.

Als ich aufstand, warst du nicht mehr da, und die Bluse und der Rock hingen wieder im Keller auf der Leine.

Mehr als vierzig Jahre lang sprach ich heimlich mit dem Merkur unter der Decke, von dem ich glaubte, daß er unser Geheimnis hütete.

Der Fürst atmete aus. Diese Frau dort auf dem Bett vor ihm, mit den blau geäderten, schmalen Händen und den weißgrauen Haaren, die sich jetzt auf den Rücken drehte und den Mund weit aufriß, um im Schlaf atmen zu können, war Maria gewesen.

In einer solchen kalten, kargen Kammer hätte ich sie nicht liegenlassen, dachte der Fürst. Auch wäre sie bei mir nicht so abgemagert, bis auf das Gerippe einer alten Frau. Ihre Wahl war falsch, und jetzt ist es zu spät. Er entspannte seinen Rücken und stand langsam auf. Er wandte sich zur Tür und hatte die Türklinke schon fast in der Hand, als sie aufwachte. Er hörte das Rascheln ihrer Arme auf der Bettdecke.

»Was wollen Sie?« Schwester Maddalena hob mit einem Ruck den Kopf.

Der Fürst spannte den Rücken an. »Entschuldigen Sie, Schwester. Ich erlaubte mir, ein wenig bei Ihnen zu wachen. Der Don gestattete mir, Sie aufzusuchen. Ich erkannte nicht gleich, daß Sie schliefen.«

Der Fürst sah, wie die alte Frau versuchte, ihr Haar zur Seite zu streichen. Sie rieb sich die Augen. »Richtig, der Don sagte mir, das jemand kommen würde.«

»Also, auf Wiedersehen«, sagte der Fürst und nahm die Klinke in die Hand.

Schwester Maddalena tastete nach der Bettkante. »Dürfte ich Sie bitten, mir noch ein Glas Wasser einzuschenken?«

Der Fürst ließ die Klinke wieder los, ging zum Bett und schenkte ihr aus der Karaffe das Glas voll. Er hielt den Atem an, als er es ihr reichte. Nicht einmal ihre Stimme hatte einen vertrauten Klang. Sie trank, dann gab sie ihm das Wasserglas zurück. Sie setzte sich auf und schob das Kissen in ihren Rücken. Der Fürst ging zur Tür.

»Eine Augenblick, bitte.«

Der Fürst blieb in der Tür stehen.

»Entschuldigen Sie, aber es ist mir erst jetzt wieder eingefallen. Sie sind der Herr, der mich wegen des antiken Buches sprechen wollte.«

Der Fürst sah noch einmal zu der alten Frau, die jetzt an die Wand gelehnt aufrecht im Bett saß. »Es hat sich erledigt«, sagte er. Dann drückte er die Klinke herunter, schaute aber noch einmal auf das Bett.

Sag es, dachte der Fürst, sag die letzte Peinlichkeit und dann geh, geh endlich. »Ich bin Fürst Eugenio Casacciolo. Leb wohl, Maria.«

Die Tür war schon halb geöffnet, das Licht des Flures blendete den Fürsten, als die Nonne, gar nicht mehr schläfrig, antwortete: »Ich heiße nicht Maria.«

Der Fürst schloß die Tür wieder und sah die Schwester an. Sein Rücken war bretthart. »Ich bin kein Mann, der sich leicht in den Anredeformeln vergreift. Ich weiß sehr wohl, daß Sie Schwester Maddalena heißen. Ich nahm mir nicht aus Rüpelhaftigkeit die Freiheit heraus, Sie zu duzen, sondern weil ich Sie kannte, als Sie noch Maria Boccati hießen. Ich glaube, Sie werden mir zustimmen, daß ich Sie zumindest damals gut genug kannte, um eine vertrauliche Anredeform zum Abschied zu wählen.«

Die Schwester zog die Decke hoch bis zum Hals. Sie schien jetzt vollkommen wach zu sein, ihre Augen blinzelten in der Dunkelheit. »Sie müssen mich verwechseln. Ich heiße wirklich nicht Maria.«

Der Fürst hielt den Atem an. Warum nur dieser sinnlose Wortwechsel mit dieser alten, kranken Frau. Schweig, befahl er sich mit der Stimme der Gouvernante. Warum schweigst du nicht. Weil der Preis so hoch war, den du zahlen mußtest. Weil man nur einmal im Leben den richtigen Menschen trifft, und wenn man diese Gelegenheit verpaßt, geht das Leben vorbei. Sag es.

Sie hielt mit beiden Händen die Bettdecke unter dem Kinn fest und sah ihn jetzt furchtsam an. »Der Don sagte mir nur, Sie seien ein neapolitanischer Fürst. Aber wir haben uns nie kennengelernt, und es hat uns auch nie jemand vorgestellt«, sagte Schwester Maddalena.

Der Fürst sah wieder auf das Bett. »Sie scheinen es darauf anzulegen, mich als indiskret hinzustellen. Ich weiß nicht, welche Namen Sie sich noch geben mußten, um die Wahrheit auszulöschen. Mir Indiskretion vorzuwerfen, halte ich selbst von einer Person des geistlichen Standes für eine ziemliche Vermessenheit. Ich habe beinahe fünfzig

Jahre lang keinen Versuch unternommen, mein Eigentum von Ihnen zurückzubekommen oder Sie auch nur aufzusuchen. Schließlich ließen Sie durch Ihre Flucht kaum einen Zweifel daran, daß Sie mich nicht wiederzusehen wünschten.«

»Ich verstehe nicht, wovon Sie reden.« Schwester Maddalena drehte sich etwas näher zur Wand und raffte die Decke um ihren dünnen Körper.

»Sie waren es, die das Buch des Flavius Plancus veröffentlicht hat. Oder nicht?«

Schwester Maddalena wagte nur zu nicken.

Sag es, dachte der Fürst. Sag es. »Es dürfte Sie kaum verwundern, daß ich Sie aufsuche, nachdem Sie begonnen haben, mein oder, sagen wir besser, unser beider Eigentum zu veröffentlichen. Es läßt sich kaum etwas anderes darin erkennen als die Einsicht, daß Ihre Ehe mit Jesus Christus ein Irrtum war.«

»Der Herr möge Ihnen solche Reden vergeben.«

»Wenn Sie nach so langer Zeit unser Buch veröffentlichen, aus dem hervorgeht, daß Jesus in Jerusalem nicht gekreuzigt wurde, kann ich kaum einen anderen Sinn darin erkennen. Wenn Sie sich damals für mich entschieden hätten, wäre Ihnen dieser erbärmliche Raum erspart geblieben. Aber Sie wollten sich nun einmal opfern. Deshalb mußte auch ich einen Preis bezahlen, und glauben Sie mir, er war hoch.«

Die Schwester preßte sich gegen die Wand. »Ich kann mich wirklich nicht an Sie erinnern«, stammelte sie.

Der Fürst hielt den Atem an. Dann sagte er: »Nach dem, was zwischen uns gewesen ist, könnte man einen solchen Ausspruch wohl nur einem Giacomo Casanova verzeihen. Aber, nun gut, auch ich erinnere mich nicht mehr. Jedoch verlange ich die Buchrollen des Flavius zurück. Wo sind sie?«

Die Nonne faßte sich jetzt an das Herz. Der Fürst sah, wie sie mühsam nach Worten suchte. »Ich weiß von all dem nichts. Holen Sie eine Schwester, gehen Sie. Sie soll mein Herzmittel bringen.«

Der Fürst faßte nach der Türklinke. »Selbstverständlich, Schwester. Ich hole den Don.«

Die Nonne atmete unüberhörbar schwerer. »Nein«, sagte sie, »nicht den Don. Holen Sie eine Schwester.«

Der Fürst trat hinaus auf den Flur. Er hielt den Atem an. Du hast dir die größte Blöße deines Lebens gegeben, mit einer alten, kranken Nonne zu streiten, die nichts mehr mit der Maria gemein hat, die dein und ihr Leben vertat. Der Flur war leer. Unten im Treppenhaus war vom Don keine Spur zu sehen. Der Fürst ging den Korridor entlang.

Dies ist ein Notfall, dachte er. Vermutlich ziemt es sich dann, an der Tür einer Nonne unangemeldet zu klopfen. Er verhielt seine automatischen Schritte vor einer schmalen weißen Tür zu einer Nonnenzelle und wollte gerade den Finger heben, um zu klopfen, als neben ihm, leise wie ein Schatten, eine zierliche Nonne auftauchte, die eine Regenjacke mit Kapuze trug.

Sie hatte ein sehr weißes, aber fast faltenloses Gesicht. Sie streifte die Kapuze ab und ordnete ihr dichtes graues Haar. »Was suchen Sie? Ich bin Schwester Cristina.«

»Ich bin ...«

Die Nonne schnitt dem Fürst das Wort ab. »Ich weiß, wer Sie sind. Ich traf den Don im Besucherraum. Waren Sie bei Schwester Maddalena?«

Der Fürst konnte keine Antwort geben. Er schaute auf die zierliche, kleine Nonne herab, die noch immer bemüht war, ihren Haarknoten im Nacken zu ordnen. Er sah auf ihre schmalen, aber noch roten Lippen, mit denen sie ihre klare Stimme zu einem bitteren Tonfall preßte.

»Was haben Sie ihr gesagt?«

Der Fürst hielt den Atem an, trotzdem fürchtete er zu erröten. Er sah den Flur entlang, der glücklicherweise vollkommen leer war. Durch das Fenster schien warmes Sonnenlicht auf den hellen Steinfußboden. Der brettharte Rücken schien nachzugeben.

Er wagte jetzt wieder, die Nonne anzusehen. Es lag ein trüber Schleier des Alters über ihren Augen.

»Sie heißen jetzt Schwester Cristina?«

Die Ordensschwester nickte nur. Dann sah sie wieder zu dem Fürsten hoch. »Weiß es Schwester Maddalena?«

Der Fürst nickte. »Ich gab mir die Blöße.«

»Warte hier«, sagte Schwester Christina, dann streifte sie mit ihrem aderigen Handrücken wie aus Zufall die Hand des Fürsten und ging den Korridor entlang.

Als das Licht eingeschaltet wurde, mußte Maddalena blinzeln. »Wer ist da?« Sie erkannte Schwester Cristina erst, als sie ganz nahe am Bett stand. »Etwas Furchtbares ist geschehen. Ich bin so froh, daß mir jemand hilft. In der Kommode stehen die Herztropfen. Gib sie mir.«

In dem hellen Licht konnte Schwester Maddalena nur die dunklen Umrisse von Schwester Cristina erkennen und die schillernde Regenjacke. Während sie die Tropfen schluckte, gewöhnten sich ihre Augen an das Licht.

Sie ließ sich langsam wieder auf ihr Kissen an der Wand sinken. Schwester Cristina hielt noch immer ihre Hand.

»Ein Mann war hier, ein Herr, der sehr verwirrt sein muß. Er ist vor einem Augenblick erst gegangen. Ich habe Todesangst gespürt.« Maddalena massierte ihr Herz und richtete sich langsam wieder auf. Aber sie verstand nicht, warum sich Schwester Cristina vor ihr auf die Erde kniete, die Hände faltete und den Kopf beugte. Erst als sie sich weiter aufrichtete und glaubte, die Wirkung der Tropfen zu spüren, begann sie endlich zu verstehen.

»Maria Boccati«, flüsterte Schwester Maddalena, »Maria Boccati heißt du. Richtig, für einen Moment hatte ich es vergessen. Steh doch auf.«

»Vergib mir erst, Schwester, und stehe mir bei. Verrate mich nicht gleich. Gib mir eine Stunde für die Beichte. Danach will ich es der Oberin sagen. Ich weiß, daß ich jetzt nicht mehr im Orden bleiben darf.«

Schwester Maddalena glaubte zu spüren, wie das Blut warm durch ihre Adern schoß. »Du hast die Negative in den Schrank gelegt. Aber warum nur?«

»Wo sollte ich sie denn sonst hinlegen? In meiner Zelle wären sie doch gleich aufgefallen. Verbrennen wollte ich sie nicht, und außerdem, wie konnte ich denn ahnen, daß jemand wie du tatsächlich ganz allein das Chaos des Archivschranks durchforsten würde. Sie hätten da Jahrhunderte liegen können, ohne daß jemand etwas gemerkt hätte. Ich wollte es Gottes Willen überlassen, ob sie gefunden würden.«

Schwester Maddalena ließ sich auf ihr Kissen sinken. »Wo ist er jetzt?« fragte sie dann.

»Er steht draußen auf dem Flur. O Maddalena, vergib mir.«

»Geh«, sagte Schwester Maddalena. »Geh, da draußen wartet jemand auf dich. Und das ist mehr, als ich jemals hatte.«

10

»Fortschritt« strich Schäfer als erstes. Das Wort stand erst an fünfter Stelle seiner Liste, aber heute vormittag konnte es keinen Fortschritt mehr geben. Er schaute auf seinen Wecker. Es war viertel vor zwölf.

Ich hätte nicht so lange schlafen dürfen, dachte er. Um ein Uhr machen die Büros und die Banken zu, verdammt.

»Fortschritt«, hatte Caroline gesagt, als sie ihn gestern abend nach der Rückkehr aus Strasano vor der Pension Amalfi am Campo dei Fiori aus dem Auto hatte aussteigen lassen. »Wenn es einen echten Fortschritt gibt, wenn du weiterkommst in der Geschichte, dann bin ich dabei. Ich meine, es war ja aufregend in dieser Villa bei Neapel, aber ich sehe nicht, wie wir jetzt weitermachen sollen. An Schwester Maddalena im Nonnenkloster kommen wir wohl kaum mehr heran.«

In irgendeinem Hotel ein Zimmer mit ihm teilen wollte sie auch nicht.

»Das wäre mir zu nah, verstehst du«, hatte sie gesagt. »Ich bleibe ja noch ein paar Tage in Rom, und wir werden uns auch sehen. Aber weißt du, gleich wieder ein einziges Zimmer mit dir zu teilen, das wäre für mich zu eng. Wenn du ein Haus fändest, irgendwo auf dem Land, wo wir ausruhen könnten, dann ja. Ich möchte jetzt wirklich gerne einmal ausspannen, bevor ich mich in die nächste Arbeit stürze. Am liebsten irgendwo in einem Haus in der Toskana, wo wir Platz hätten.«

Ein Haus auf dem Land, dachte Schäfer. Wo zum Teufel soll ich ein Haus auf dem Land hernehmen, und wie soll ich das bezahlen?

Er malte noch einen dicken Balken durch das Wort »Fortschritt«. Es konnte heute keinen Fortschritt geben. Wo hätte er anfangen sollen? Er wußte im Grunde nur drei Dinge: Es gab tatsächlich ein Originalpapyrus des Buches von Plancus, das eine Nonne – vermutlich Schwester Maddalena – im Garten des Fürsten ausgegraben hatte, und vielleicht hatte die Nonne gemeinsam mit dem Papyrus auch den Pilatusbrief gefunden. Zweitens wußte er, daß sowohl der Fürst als auch der Kardinal das Original suchten, und drittens, daß nur der Kardinal eine gute Chance besaß, Schwester Maddalena das Papyrus und eventuell auch den Pilatusbrief abzunehmen, wenn sie dieses Material überhaupt bei sich hatte.

Wie aber sollte er in das Kloster kommen, geschweige denn, an das Bett der Nonne, nach allem, was geschehen war? Er konnte versuchen, den Fürsten zu treffen, aber er wußte ja nicht einmal, wo er anfangen sollte, ihn zu suchen, und ob der Fürst überhaupt mit ihm reden würde.

Verbündete, dachte Schäfer, ich brauche Verbündete. Er sah sich auf einem der langen Flure der Universität sitzen, vor dem Zimmer eines Professors für Archäologie. Was hätte ausgerechnet er denn einem Professor sagen können? Daß er Fotos besaß, die vielleicht ein antikes Papyrus abbildeten, das sich auf Jesus Christus bezog, wahrscheinlich in Kampanien gefunden worden und irgendwie im Katakomben-Kloster Santa Caterina in Rom gelandet war? Im günstigsten Fall würde der Professor im Kloster nachfragen und an den Kardinal weitergeleitet werden. Und dann? Rauswerfen, dachte Schäfer. Rauswerfen würde er mich.

Er ließ seinen Kugelschreiber zu dem ersten Wort auf seiner Liste wandern.

»Geld«. Das war es. Damit mußte er anfangen. Er zählte noch einmal die fein säuberlich ausgebreiteten Scheine auf dem Tisch. Er besaß genau 872 750 Lire. Das triste Zimmer der Pension Amalfi kostete achtundsechzigtausend Lire am Tag. Das war Wucher und trotzdem wohl immer noch das billigste Pensionszimmer in ganz Rom. Ich hatte nie Geld, dachte Schäfer. Aber ich habe es nie so recht gemerkt, weil ich im Monat nur läppische zweihunderttausend Lire Miete gezahlt habe. Hier kann ich nicht einmal zehn Tage bleiben. Vorher bin ich pleite. Heute abend würde er Caroline zum Essen einladen. Wer weiß, wie lange sie noch bliebe. Dann waren wieder hunderttausend Lire weg. Er konnte mit ihr nicht in irgendeine billige Pizzeria gehen. Sie würde ahnen, daß er pleite war. Das durfte sie auf keinen Fall erfahren.

Schäfer kaute an seinem Kugelschreiber und sah aus dem Fenster. Die Wolken hatten die gleiche schmutzige Farbe wie die schmierige Tapete des Zimmers. Schülergruppen aus England hatten die Tapete und auch den Tisch, den er an das winzige Fenster gerückt hatte, mit Trinksprüchen bekritzelt.

Es hilft nichts. Wenn ich mir drei schöne Tage mit Caroline machen will, bin ich nachher blank.

Schecks oder eine Kreditkarte, dachte Schäfer und schaute auf den Wecker. In einer Stunde waren die Banken zu. Er hatte sich nie die Basisausstattung des bargeldlosen Zahlungsverkehrs geben lassen, weil er wußte, daß er sich dann unweigerlich verschulden würde.

Die geben mir keine Schecks, dachte er. Das Konto ist so gut wie leer. Vielleicht geben sie mir eine Kreditkarte, heute hat ja jeder eine. Aber das geht sicher nicht sofort. Man muß Papiere unterschreiben, und es gibt Fristen, die man abwarten muß.

Wenn nachher Massimo seine Sachen aus der Wohnung brachte, konnte er ihn um hunderttausend Lire anpumpen. Dann würde er 970 000 Lire besitzen. Ein Abendessen mehr.

Ein Vorschuß für seinen »Reisen-auf-Sizilien«-Artikel würde er unter Garantie nicht bekommen. Also bleibt nur die Schule, dachte Schäfer. Er konnte Fabio anrufen und ihn bitten, wieder Deutschstunden geben zu dürfen. Vier Stunden – also achtzigtausend Lire – pro Tag wird man mir vielleicht zugestehen, vielleicht sogar schon heute nachmittag, bevor ich Caroline treffe, dachte Schäfer. Hinter das Wort »Geld« schrieb er: »Fabio anrufen«.

Es klopfte an der Zimmertür. »He, Sie sollen mal runterkommen. Ich mache dann auch gleich das Zimmer sauber.«

Schäfer stand auf. Er steckte den dünnen Packen Geld ein, nahm seine Reisetasche, die neben dem Bett stand, öffnete den klapprigen braunen Schrank und wuchtete sie hinein. Dann warf er die Handtücher über einen Stuhl und öffnete die Tür.

Die kleine, zahnlose Putzfrau im blauen Kittel sah ihn desinteressiert an. »Wenn Sie wieder oben sind, ist das Zimmer fertig. Wischen muß ich wohl noch nicht. Sie sind ja erst gestern abend gekommen.«

»Ja, ja«, sagte Schäfer. Er ging den Flur entlang zur Treppe. Auf dem Weg ins Erdgeschoß überlegte er sich eine Antwort für den Pensionsbesitzer Adamo. Er wußte, daß Adamo es regelrecht roch, wenn Gäste Geldprobleme hatten. Er wird Vorauskasse verlangen, dachte er.

Adamo thronte mit mürrischem Gesicht auf dem hohen Sessel der Rezeption. »Telefon!« schrie er. »Kabine eins!«

Schäfer nahm erleichtert eine Zigarette aus der Hosentasche und zwängte sich in die Kabine. »Hallo.«

»Sebastiano? Ich bin's, Massimo. Das sieht ja wüst aus bei dir zu Hause.«

»Ja, ich weiß.«

»Die ganze Wohnung ist voller Baugerüste. Kein Wunder, daß du da nicht noch einmal reinwolltest. Was machen die da eigentlich?«

»Die stützen die Decke ab.«

»Ach so. Ich bringe dir deine Sachen nicht. Das macht dein Freund. Er fährt sie gleich zu deiner neuen Adresse.«

Schäfer gelang es endlich, die Zigarette anzuzünden. »Was für ein Freund?«

»Na, der in deiner Wohnung gewartet hat. Er half mir, deinen Krempel einzupacken.«

»Wie heißt er?«

»Giulio.«

»Ich kenne keinen Giulio.«

»Das ist ja seltsam. Wir haben eine ganze Weile geplaudert, über dich und Caroline und so. Wahrscheinlich hast du seinen Namen absichtlich vergessen. Er wollte wissen, wieviel Geld du hast und wann er seinen Kredit wohl zurückbekommt.«

»Was für einen Kredit?«

»Hör mal, Sebastiano, das ist ja deine Sache, und du weißt, du kannst auf mich zählen, aber ich habe zur Zeit selber nicht viel, verstehst du?«

»Ich verstehe überhaupt nichts.«

»Wie du meinst. In jedem Fall soll ich dir deine neue Adresse sagen. Er wartet mit den Sachen da auf dich. Hast du was zu schreiben?«

»Moment.« Schäfer riß eine Seite aus dem Branchenbuch, das vor ihm lag, und zog einen Kugelschreiber aus der Tasche.

»Also, Via dei Giardini dei Cenci. Das ist am Gianicolo-Hügel, glaube ich. Hat er die Wohnung für dich da gefunden? Das ist das beste Viertel der Stadt.«

»Ich sage doch, ich habe keine Ahnung.«

»Du mußt es mir ja auch nicht sagen.« Massimo machte eine Pause. »Sebastiano, ich glaube, du hast schlecht geschlafen. Ich habe übrigens auch Besseres zu tun, als deine Sachen aus deiner Bude zu holen. Na, dann melde dich mal wieder, wenn es dir bessergeht.«

Massimo hängte ein.

»Es ist Zeit.«

Don Onofrio machte keine Anstalten, sich zu erheben.

Der Kardinal sagte noch einmal: »Es ist Zeit. Er wird gleich kommen.«

Durch das große Fenster bewunderte Don Onofrio die Aussicht. Er konnte von seinem Sessel aus fast die ganze Stadt sehen, mit ihren Kirchen, Türmen und Parks. Das Wort »Jagdsitz« fiel ihm seltsamerweise ein. Dann sagte er: »Ich werde ihn von hier aus sehen, wenn er den Weg hinaufkommt. Dann gehe ich nach oben.«

Der Kardinal stand auf. Er trat an das Fenster und sah hinunter zum Tor. Dieser Gimpel, dachte er ärgerlich. Dieser einfältige Gimpel. Wenn das hier vorbei ist, werde ich ihn in eine Diözese irgendwo in Südamerika schicken. Da gibt es in Brasilien diesen deutschstämmigen Kardinal, der ihn an die Kandare nehmen wird. Aber noch geht es nicht, noch brauche ich ihn.

Der Kardinal sah hinunter in den Garten, zu der Figurengruppe am Brunnen.

Weil man nicht alles selber machen kann, gibt es diese Welt der Korruption und Eitelkeiten, dachte er. Es sind diese Don Onofrios, die für das schwarze Chaos sorgen, in dem sich die Sünde einnisten kann, nur weil die Befähigten, die Klugen einfach nicht alles selber machen können. Aber wir brauchen sie, diese Mitläufer und Schmarotzer. Es hilft nichts.

Der Kardinal kämpfte seine Wut nieder und drehte sich zu dem Don um, der immer noch im Samtsessel saß und mit seiner Zigarre Ringe in die Luft blies.

»Es hat ja ausgezeichnet geklappt, wie Sie das Haus hier in ein paar Stunden freibekommen haben«, sagte der Kardinal.

Der Don blickte ihn jetzt selbstsicher an mit seinem rosigen, aufgeschwemmten Gesicht. »Es war gar nicht so einfach. Ich mußte diesen skandinavischen Professor auf Knien bitten auszuziehen. Ich habe den halben Vormittag am Telefon verbracht, um für den Professor eine andere angemessene Wohnung zu bekommen. Dabei hat es viel böses Blut gegeben. Denn schließlich konnte ich kaum zugeben, daß ich die Villa für eine Art arbeitslosen Studenten brauche. Eine kleinere Wohnung zu bekommen wäre viel leichter gewesen.«

Er hat nichts verstanden, dachte der Kardinal. Er hat es immer noch nicht verstanden. »Es mußte sein, lieber Don, und Sie werden sehen, es wird sich lohnen.« Er drehte sich wieder zum Fenster. Es hat keinen Sinn, es ihm zu erklären, dachte er. Er ist zu bösartig, zu egoistisch und zu dumm.

Er dachte darüber nach, was er diesem Deutschen sagen würde. Er hatte keine Stichworte vorbereitet wie sonst. Er wollte auf seine Intuition vertrauen. Vielleicht wäre es doch besser gewesen, die entscheidenden Sätze einmal durchzudenken, dachte der Kardinal. Es wird sicher nicht ganz einfach werden, ihn zu überzeugen. Aber vielleicht ist ja noch genug Zeit. Vielleicht könnte ich es doch mit Don Onofrio versuchen. Denn schließlich ist Schäfer auch bösartig und egoistisch. Vielleicht wird mir dann alles etwas klarer.

Er wandte sich vom Fenster ab und setzte sich neben dem Don in einen der Sessel. »Wir müssen ihm einen hohen Preis bieten. Denn er ist gefährlich.«

»Eminenz«, sagte der Don bedächtig. »Eben das verstehe ich nicht – was an diesem unzivilisierten Deutschen so gefährlich ist. Ich denke, die Zeitung will den Text nicht mehr haben, er kann also nichts tun.«

»Nein. Er kann nichts tun. Aber er hat auch nichts mehr zu verlieren. Wir haben ihm die Wohnung genommen, er ist arm, und es scheint, als würde seine Frau ihn jetzt wieder verlassen.«

»Und was heißt das?«

»Das heißt, daß er Zeit hat – und Wut. Eine unselige Kombination. Sie, lieber Don, und auch ich haben noch andere Aufgaben, denen wir uns widmen müssen, als dieses Papyrus zu suchen und zu verhindern, daß es in die falschen Hände gerät. Denken Sie daran. Während Sie im Kloster nach dem rechten sehen, während Sie seelsorgen, beten, sich mit der Oberin beraten, könnte dieser Schäfer unentwegt, den ganzen Tag über, seine Zeit darauf verwenden, das Papyrus zu suchen und uns zu schaden.«

Der Don schien eine Weile nachzudenken. Die Vorstellung, daß ein rätselhafter Mann unentwegt zum Schaden der Kirche tätig sein könnte, während er selber gerade ahnungslos seine wohlverdiente Ruhe genoß, bedrückte ihn offenbar. »Wie sollte er aber etwas finden, das nicht einmal wir finden können, Eminenz?«

»Eben das ist es! Weil wir nicht genau wissen, was er tun könnte, müssen wir ihn beschäftigen.«

Der Don warf den Stummel der ausgebrannten Zigarre zu den Holzresten im offenen Kamin. »Er wird sich aber verstockt zeigen. Schließlich ist er das letzte Mal Hals über Kopf geflohen.«

»Deshalb können wir auch nicht versuchen, ihn zu kaufen. Weil er gegen uns ist.«

»Wie bitte?« Der Don setzte sich auf. »Wir geben ihm diese Villa, ich lasse fünf Millionen Lire monatlich auf seinen Namen anweisen, und wir kaufen ihn gar nicht?«

»Er würde sich nicht kaufen lassen. Das Geld und das Haus müssen ihm nur als angenehmes Beiwerk geboten werden. Natürlich ist das auch für ihn die Hauptsache. Aber es darf nicht so aussehen. Wir müssen ihn überzeugen.«

»Wie wollen Sie das erreichen?«

»Waren Sie schon einmal in der staatlichen Universität in Rom?«

Der Don schüttelte den Kopf. »Man hat dort versucht, den Heiligen Vater niederzuschreien. Es ist wohl kein Ort für einen Geistlichen.«

»Sie sollten einmal hingehen. Sie werden eine seltsame Entdeckung machen. Es gibt hochgebildete, kluge Leute dort, die unseren Seminaristen an der päpstlichen Universität in nichts nachstehen.«

»So?« fragte der Don.

»Niemand braucht sie allerdings. Niemand. Es ist die Tragik dieser Generation, daß sie vergeblich ausgebildet wird. Diese jungen Menschen werden ihr Wissen nie anwenden können. Vor allem Herren wie dieser Schäfer nicht. Er übersetzt fließend aus dem Lateinischen und scheint ein hervorragendes Grundwissen der römischen Geschichte zu besitzen. Deshalb wird er unseren Vorschlag auch nicht ablehnen.«

»Ich verstehe nicht.«

Das erstaunt mich kaum, dachte der Kardinal. »Wenn Schäfer nicht wirklich selber wissen wollte, ob das Papyrus existiert, wenn er es nicht wirklich in der Hand halten wollte, hätten wir keine Gelegenheit, ihn auf unsere Seite zu bringen.«

»Warum denn nicht? Er bekommt doch Geld und alles, was er will. Sie überschütten ihn doch damit, Kardinal.«

»Es würde nichts nützen. Als Gegner können wir ihn nicht ausschalten, indem wir ihn ausschließen, sondern nur, wenn wir ihn beteiligen. Wir müssen ihm weismachen, daß wir ihn brauchen. Wir sind die ersten, die jemals seine Fähigkeiten auf dem Gebiet, das er studiert hat, anerkennen.«

»Nach allem, was geschehen ist, kann ich mir nicht vorstellen, daß er sich so leicht überreden lassen wird.«

Der Kardinal stand auf. Es ist gut, dachte er. Es ist gut, daß ich mit dem Don rede. »Wissen Sie, warum er einschlagen wird?« Er machte eine Pause. »Ein Kompliment, das wirklich schmeichelt, kommt immer vom Feind.«

Der Don nickte, als hätte man ihm eine Lektion erteilt.

Er durchsucht seinen Kopf nach Einwänden, dachte der Kardinal. Es schmeichelt ihm, mit mir zu debattieren.

»Wie soll er denn beteiligt werden?« fragte der Don.

»Wir lassen ihn mit dem Text des Plancus arbeiten.«

»Ist das nicht gefährlich, solange wir das Original nicht gefunden haben?«

»Nein, es ist vollkommen ungefährlich.« Der Kardinal zeigte auf den Tisch. »Sehen Sie diesen Umschlag?«

»Selbstverständlich.«

»Es sind die Gutachten unserer Professoren der päpstlichen Universität, denen wir Teile des Textes gezeigt haben. Sie kamen zu dem Schluß, daß der antike Text zwar echt ist, daß aber der Autor, dieser Flavius Plancus, sich das Tagebuch zurechtgelegt hat. Was er erzählt, ist erfunden. Er hat nie im Tabularium gearbeitet, nie eine junge Frau geheiratet und besaß auch kein Haus in Herculaneum. Wir haben antike Aufzeichnungen, die diese Schlußforderung nahelegen.«

Der Don grunzte zustimmend. »Darf ich sagen, daß ich mir gleich dachte, daß das Ganze Hokuspokus ist? Außerdem«, fuhr er fort, »war mir klar, daß unsere Experten natürlich wesentlich besser, gründlicher und schneller arbeiten können als ein dahergelaufener Student.«

»Er kommt«, sagte der Kardinal. »Gehen Sie bitte hoch.«

»Wartet Luigi De Santis – oder soll ich besser sagen, ›Giulio‹ – noch oben?«

»Nein, ich habe ihn weggeschickt. Gehen Sie, und kommen Sie nicht herunter, bis ich Sie rufe.«

Der Don erhob sich.

Kardinal della Robere ging zum Fenster. Er sah den behäbigen blonden Deutschen langsam den Kiesweg hochschlendern. Er war allein. Er ist doch mutig, dachte der Kardinal. Das darf ich nicht vergessen. Er sah, wie Schäfer an dem Brunnen stehenblieb und vorsichtig und beinahe zärtlich die Flügel eines Gipsengels streichelte. Der Kardinal wußte, daß der Engel das einzige war, was im Garten sehenswert war, eine genaue Kopie eines Engels von Gianlorenzo Bernini aus dem Petersdom.

Er hat noch die Muße, vor einem Engel stehenzubleiben und wie ein Kind den Stein anzufassen. Seit Jahren bist du vor nichts mehr stehengeblieben und hast es einfach betrachtet, schon gar nicht, wenn du ahnen mußtest, daß vor dir vielleicht schon ein Netz gespannt war, um dich zu fangen. Es wird doch schwieriger werden, als ich glaubte, dachte der Kardinal.

Don Onofrio stieg langsam die Treppe hinauf. Er hörte, wie der Kardinal den Deutschen einließ. Das Wohnzimmer im ersten Stock war ein großer, hoher Raum mit einer Front aus Glastüren, die auf eine sehr große Terrasse führten. Der Don ging hinaus. Ein Sessel stand dort und ein Tisch mit einem Aschenbecher. Er ließ sich nieder und zündete eine weitere Zigarre an. Der Abend nahte, aber die Märzluft war noch warm.

Es wird bald Sommer, dachte er. Die Mandelbäume sind schon verblüht. Wenn es wirklich heiß wird, fahre ich zu diesem deutschen Pfarrer in die Eifel. Er hat ja diese Beziehungen zu einem Kurhotel, dachte der Don. Ich fahre aber erst, wenn es sich lohnt, wenn es in Rom wirklich zu heiß ist. Im August also, oder schon im Juli.

Er hörte Stimmen von unten. Der Deutsche sprach. Ein kluger Mann, der Kardinal, dachte der Don. Vielleicht ein wenig zu klug. Wenn er sich nur nicht in seinem eigenen Netz verfängt. Die Zigarre brannte nicht so, wie sie sollte, und der Don drückte sie ärgerlich aus. Jetzt sprach der Kardinal. Er wird gleich gehen, dieser Schäfer, dachte der Don. Ich werde ihn wohl sehen, wie er den Weg hinunterschleicht.

Er streckte sich in dem Sessel aus und versuchte zu lauschen. Er konnte keine Worte unterscheiden. Es begann kühl zu werden. Er verschränkte die Arme auf der Brust und dachte an den Urlaub. Wassertreten müßte ich wieder, dachte er. Das hat wirklich geholfen. Nur mit der Blase sollte ich vorsichtiger sein. Fröstelnd stand er auf und ging hinein. Leise schloß er die Glastür, dann ließ er sich in das Sofa sinken, das nahe bei der Treppe stand. Jetzt sprach der Deutsche.

»Darf ich fragen, warum Ihre Experten glauben, die Geschichte, die Plancus erzählt, sei erfunden?«

»Die Antworten sind in Einzelheiten in einem Aufsatz zusammengefaßt, der hier in der Mappe liegt. Sie können ihn behalten. Es geht in groben Zügen darum, daß Plancus sowohl Einzelheiten aus Herculaneum falsch darstellt als auch die Arbeit im Tabularium falsch beschreibt. Er ist niemals in Herculaneum gewesen und war niemals Beamter im Tabularium.«

»Was wollen Sie dann noch von mir?«

»Das eben versuche ich Ihnen ja die ganze Zeit deutlich zu machen.«

Der Don hörte, wie jemand Blätter hin und her schob. Dann sprach wieder der Deutsche. »Warum trauen Sie Ihren Experten nicht, wenn die doch bewiesen haben, daß Plancus sich alles ausdachte?«

»Ich traue ihnen. Aber jeder kann sich irren.«

»Und ich nicht?«

»Auch Sie. Aber Sie haben einen enormen Vorteil. Sie sind kein Theologe.«

»Wieso sollte das von Vorteil sein?«

»Ich will offen zu Ihnen sein. Unsere Professoren glaubten von Anfang an nicht, daß es tatsächlich diesen Bericht des Pilatus geben könne, nach dem Jesus in die Verbannung geschickt wurde. Sie haben den Text mit, sagen wir, erheblichen Vorbehalten betrachtet und nur nach einer Bestätigung für ihren Zweifel gesucht. Aber ich will ganz sichergehen.«

»Dazu brauchen Sie ausgerechnet mich?«

»Richtig. Wenn Plancus doch die Wahrheit erzählt, werden Sie es herausfinden, weil Sie es wirklich wissen wollen.«

»Warum beschäftigen Sie nicht einen echten, vatikanunabhängigen Experten, sondern mich?«

»Ich sagte bereits, daß wir das Manuskript des Plancus in der Fachwelt veröffentlichen wollen. Aber vorher soll es nicht durch zu viele Hände gehen. Sie kennen es bereits. Was liegt also näher, als Sie mit der Überprüfung zu beauftragen, zumal wir durch Erkundigungen wissen, daß Sie eine sehr solide Ausbildung haben und der Aufgabe gewachsen sind?«

Jetzt sprach wieder der Deutsche. »Und was ist, wenn ich herausfinde, daß Plancus die Wahrheit schreibt, Jesus friedlich in der Verbannung starb, somit nicht gekreuzigt wurde und auch niemals auferstand?«

Der Don hörte die Stimme des Kardinals. »Ja, glauben Sie denn, ich würde mich wirklich vor so einer Entdeckung fürchten? Meinen Sie das im Ernst? Dann haben Sie wenig verstanden. Ich fürchte dieses Risiko nicht, weil ich glaube. Verstehen Sie das nicht? Ich habe mein ganzes Leben auf eine Hoffnung hin gelebt, auf die Erlösung durch Jesus Christus. Das war ein Risiko, weil ich mein ganzes Leben einsetzen mußte. Meinen Sie denn, ich scheute mich jetzt, meine Glaubensstärke prüfen zu lassen?«

Das ist es, dachte der Don. Das ist es, was ihn zu einem so guten Prediger macht. Er schreit nicht. Aber er kann seine Stimme verändern. Sie schneidet in die Ohren. Der Don hörte jetzt aufmerksam zu. Wieder sprach der Kardinal.

»Sie werden das niemals verstehen, aber selbstverständlich muß ich mich fragen, ob Gott uns durch das Manuskript nicht eine letzte, entscheidende Prüfung geschickt hat. Die Kirche hätte das verdient. Viele vertrauen nicht mehr auf die Geheimnisse des Glaubens. Ich weiß, daß sogar viele Priester hinter dem Rücken ihrer Bischöfe zugeben, daß sie nicht mehr an die Wandlung des Brotes in Christi Fleisch glauben, daß sie es nur für ein Symbol halten. Stellen Sie sich das doch einmal vor, die Kirche droht ihre Sendung zu verraten.«

Der Don hörte nun nicht mehr zu. Er sah zum Fenster hinaus, auf die Stadt, die friedlich dort unten lag. Das Chaos des Straßenverkehrs war von hier aus nicht einmal zu ahnen. Die ersten Lichter flammten auf.

Er war eingenickt, kurz bevor ihn der Kardinal rief. »Kommen Sie schon, Don Onofrio! Worauf warten Sie noch?«

Mühsam stemmte er sich aus dem Sofa. Der Deutsche stand am Fenster und blickte hinaus. Der Kardinal nahm Don Onofrio am Arm und führte ihn zur Tür. Don Onofrio konnte gerade noch einwerfen: »Haben Sie ihm gesagt, daß der Haustürschlüssel auf dem Kaminsims liegt?«

»Er hat es ja jetzt gehört. Kommen Sie!«

Sie gingen den Kiesweg hinunter durch das Tor, das noch offenstand, und stiegen in einen großen schwarzen Wagen. Schäfer sah ihnen nach. Er nahm eine Zigarette aus der Tasche. Das Feuerzeug klappte auf, und er inhalierte tief.

Das Auto war jetzt verschwunden, aber das Tor stand noch auf. Er ging aus dem Wohnzimmer, an der breiten Treppe vorbei in den Flur, der zur Haustür führte. Hinter einer großen braunen Holztür fand er die Küche. Sie war so geräumig wie seine ganze ehemalige Wohnung und blau und freundlich gekachelt. Er nahm sich ein Glas Wasser und ging zur Haustür. Neben dem Rahmen war ein Schalter mit der Aufschrift »Tor« angebracht.

Er drückte darauf. Dann trat er vor das Haus und sah befriedigt zu, wie das Tor sich langsam schloß.

»Das kann doch alles nicht wahr sein«, flüsterte er.

Er ging zum Telefon im Wohnzimmer. »Ist dort die Rezeption? Ich möchte gerne eine Nachricht für Frau Robert hinterlassen.«

»Wir können Sie auch zu ihr durchstellen. Sie ist auf ihrem Zimmer.«

»Nein. Richten Sie ihr bitte nur etwas aus!«

»Bitte. Diktieren Sie!«

»›Komm um zwanzig Uhr dreißig zum Dinner in die Via dei Giardini dei Cenci 20. In Abendkleidung‹.«

»Ist das alles?«

»Ja. Das heißt, nein, warten Sie. Schreiben Sie: ›Laß dich von dem Taxifahrer nicht vor dem Tor absetzen. Er soll die Auffahrt hochfahren. Zu Fuß ist der Weg zum Haus zu weit. Ein Freund‹.«

»Ich werde es ausrichten.«

Schäfer hängte ein. Jetzt gehe ich einkaufen, dachte er. Dann schrie er laut, als ob er bis zum ersten Stock hinaufrufen müßte: »Jetzt gehe ich für achthunderttausend Lire einkaufen!«

11

Es war nicht so, daß mit dem Haus etwas nicht stimmte – zumal ohnehin kaum etwas zu sehen war, selbst wenn man so nahe daran wohnte wie der Wirtschaftsattaché der französischen Botschaft. Pinien, Palmen und Zypressen verdeckten das Haus, und so dauerte es einige Tage, bis der

Einzug der beiden in die Villa, die sich ein Kardinal Riasio vor fünfhundert Jahren als Stadtpalast hatte bauen lassen, überhaupt bemerkt wurde. Erst als der letztmögliche Termin für einen Begrüßungscocktail anläßlich der Aufnahme engerer Beziehungen zur neuen Nachbarschaft verstrichen war – auf den man in diesem Teil der Stadt und mit diesen Nachbarn auch dann nicht verzichten konnte, wenn man jung war –, begann sich eine üble Vorahnung breitzumachen. Die Theorien, die beiden hätten eine ansteckende Krankheit, vorgebracht von Contessa Baldini, oder seien taubstumm, vorgetragen von Attaché De Corbusier, bestätigten sich nicht. Daß die Bewohner, zumal in einer Villa, die der Kirche gehörte, zumindest eigenwillig waren, fand sogar der auf strikte Nichteinmischung festgelegte Conte Ugolino Baldini, als er den Hausherrn, dessen Name (Schäfer) längst bekannt war, mit einem Arm voller Plastiktüten sah, die offenbar den Einkauf aus einem billigen Supermarkt enthielten, und beobachtete, wie Schäfer höchstpersönlich die schwere Last schnaufend nach Hause transportierte.

In einer Gegend, in der selbst »die Bräute angeliefert werden«, so Contessa Baldini, war ein solches Verhalten schon mehr als ungewöhnlich. Es dauerte auch nicht lange, bis die Putzfrau von Marchese Carraro, der ein Nachbar des Attachés war und als äußerst verschwiegen galt, über ihren Dienstherrn in Umlauf brachte, daß die Putzfrau der Schäfers gesiezt werde. Ja, daß der dickliche blonde Deutsche »meine liebe Frau Sestini« zu der Putzfrau sage. Obwohl die Contessa Baldini zunächst versuchte, die Wogen der Empörung zu glätten, jedoch einräumte, daß sie zu ihrer Angela auch auf dem Totenbett noch Angela sagen werde, war sie dann doch schockiert, als sie erfuhr, daß Schäfers ihrer Putzhilfe einen dreimal höheren Lohn als üblich zahlten.

Die Vermutung, das junge deutsche Paar fühle sich in dem Haus und der neuen Umgebung inmitten der Nachbarschaft (die nun einmal »die Elite« sei, so Contessa Baldini) nicht wohl, zerstreute zumindest die hübsche Frau des Deutschen täglich. Weiß bezogene Holzsonnenschirme und Liegen mit weich gepolsterten Auflagen, die wie Pilze an dem frisch renovierten und wieder mit Wasser gefüllten Swimmingpool aus dem Boden schossen, verwandelten den Garten in kürzester Zeit in eine Oase. Bergeweise wurden alte Gardinen, verschlissene Teppiche, Bruchstücke eines vom Wurm befallenen Himmelbettes am Straßenrand aufgetürmt, in dem gleichen Tempo, in dem Kleinlastwagen Sofas und Lampen, eine Anrichte und ein Bett anlieferten, das Conte Ugolino Baldini als »recht poppig« bezeichnete.

Den ungeheuren Verdacht, daß mit dem Haus und seinen neuen Bewohnern tatsächlich etwas nicht stimmen könne, bestätigte Herr Schäfer dann eines Abends selbst, als er in der eleganten Enoteca an der Ecke, in der auch die Contessa Baldini »gelegentlich an einem Gläschen Champagner probierte, wie denn der Jahrgang geraten sei«, zum besten gab, daß er meine, sein neues Haus sei doch sehr groß. Zumal er gehört habe, daß im vergangenen Winter ausgerechnet hier in der Nähe ein Penner erfroren sei. Als die Gäste der Enoteca wissen wollten, was das eine denn mit dem anderen zu tun habe, ahnte der Attaché der französischen Botschaft, daß »Schäfer sich seines Reichtums schämt«.

Die von der Contessa Baldini vorgebrachte Erklärung, die beiden seien ein wenig extravagant, weil sie vom Vatikan angeheuerte Künstler seien, die eine neue Kirche gestalten sollten und daher freies Wohnrecht genössen, fand leider keine Bestätigung, da man auf der Terrasse weder eine Staffelei noch einen Zeichenblock, sondern nur einen tragbaren Computer bemerken konnte, mit dem sich vorzugsweise die Gattin des Deutschen beschäftigte. Als Gianni, der Enoteca-Besitzer, die Weisung erhalten hatte nachzuhaken, stellte sich überraschenderweise heraus, daß Schäfer auf Giannis Frage, ob es ihm denn in der Nachbarschaft gutsituierter Bewohner des Gianicolo nicht gefalle, antwortete, er sei nicht gutsituiert und habe ein »seltsames Gefühl im Bauch, seitdem er nicht mehr mit Sicherheit sagen könne, ob er wirklich noch auf der anderen Seite stehe als die Macht«.

Ob Schäfer allein oder beide zusammen dem Haus die Atmosphäre verliehen, daß ein jeder, der eine Millionenvilla bewohnte, sich auch zu schämen habe, und man daher beschlossen habe, sich im Haus des alten Kardinals Riasio zu schämen, ließ sich nicht klären. Diesen Eindruck verstärkten aber beide schließlich dadurch, daß sie Fahrräder anschafften und kein Auto kauften und offensichtlich keinerlei gesellschaftliche Verpflichtungen wahrnahmen. Der Deutsche war keinem der Bekannten der Contessa Baldini, die zusammengenommen alle wichtigen Clubs von Rom repräsentierten, je vorgestellt worden. Es schien aber, daß die Frau des Deutschen weniger Scham über ihren ungewöhnlichen Reichtum empfand, da sie keinerlei Hemmungen hatte, den Garten der Villa »mit fast nichts bekleidet« ausgiebig zu nutzen, wie die Contessa Baldini beobachtete. Recht freizügig zeigte sie sich auch, was ihre Zeichen der Zuneigung zu ihrem Mann anging. Man sah sie »sich knutschen, auf offener Straße«, und Contessa Baldini verheimlichte nicht ihre Schlußfolgerung, daß »sie bestimmt schwanger ist«.

Nachdem Schäfer in der Enoteca zugegeben hatte, nicht von Haus aus vermögend zu sein, blieb die Frage ungeklärt, wie das Ehepaar in einem solchen Haus, das eine Unsumme an Unterhalt kostete, finanziell bestehen konnte. Denn der Hausherr schien keiner erwerbstätigen Beschäftigung nachzugehen. Deshalb wurde es allgemein mit Erleichterung aufgenommen, als Herr Schäfer an einem Junimorgen, etwa drei Monate nach seinem Einzug, um halb neun Uhr morgens von einer Limousine des Vatikans abgeholt und erst gegen halb sechs Uhr abends zurückgebracht wurde und sich dieses Ritual von nun an täglich wiederholte.

Es war der Contessa zu verdanken, daß sich die Überzeugung durchsetzte, Schäfer habe »etwas mit Kirchenkongressen« zu tun. Daraufhin beschloß der Wirtschaftsattaché, von nun an Herrn und Frau Schäfer, wenn er zufällig auf der Straße in der Botschaftslimousine an ihnen vorbeirollen sollte, höflich zuzunicken. Denn offensichtlich besaßen die beiden lediglich aufgrund ihrer deutschen Herkunft wenig Anstand, was teilweise verzeihlich war. Was allerdings an dem Abend geschah, bevor Schäfer zum ersten Mal mit der Limousine abgeholt wurde, blieb den Nachbarn verborgen, die auch den Kardinal nicht sahen, der gegen zweiundzwanzig Uhr die Villa Riasio aufsuchte.

Schäfer hatte ihn nicht hören können. Das Radio lief, und die Teller klirrten in der Spüle. Er merkte nicht, daß Caroline dem Kardinal die Tür öffnete und ihn in das Zimmer führte, das sie »Bibliothek« nannte. Schäfer kratzte den Dreck aus den Pfannen und wischte den Herd. Er trank noch ein Bier in der Küche und stellte dann das Radio ab. Jetzt erst hörte er die Stille, nicht einmal flüsternde Stimmen, sondern die Abwesenheit eines jeden Geräusches, hinter der sich sehr wahrscheinlich verbarg, daß Caroline etwas umgestoßen hatte und jetzt leise, aber verzweifelt die Scherben einer von ihr geliebten Vase zusammensammelte. Es konnte aber auch etwas sehr viel Bedrohlicheres sein, etwa, daß sie stumm auf dem Sofa saß, weil ihr eine seiner alten Verfehlungen eingefallen war, die ihr jetzt wieder bewußtmachte, daß sie unmöglich mit ihm zusammenleben konnte.

Schäfer war also gewappnet, als er die Tür zur Bibliothek aufstieß. Aber niemand brauchte ihm in diesem Moment zu erklären, daß alles viel schlimmer kommen würde, als er befürchtet hatte.

Caroline stand an den Schrank gelehnt und sah keineswegs mehr so aus, als hätte sie in ihrem uralten schwarzen Kleid an diesem warmen Juniabend trotz Dunkelheit gerade noch die Rosen beschnitten, was sie tatsächlich getan hatte. Vielmehr wirkte sie, als hätte man sie soeben nach oben in die Geschäftsleitung bestellt, wo sie ein paar schwergewichtige Entscheidungen treffen sollte. Sie strotzte vor Feindseligkeit. Und als sie endlich zu Schäfer sagte: »Es ist etwas mit dem Haus«, da wußte er auch, gegen wen sich die Feindseligkeit richtete.

Gegen ihn.

Der Kardinal stand am Tisch in der Mitte des Zimmers und blickte auf eine Akte, die er dort ausgebreitet hatte. Er stand da, als habe er alles gesagt, was zu sagen gewesen war. Er sah nicht auf. Er ließ keinen Zweifel daran, daß Caroline, was Schäfer anging, sich jetzt um das Problem kümmern würde. Schäfer ließ sich in dem Sessel unter dem Bücherbord nieder.

»Kardinal della Robere ist hier, um den Mietvertrag zu kündigen, weil du deinen Teil des Vertrags nicht eingehalten hast.«

Schäfer hätte jetzt gern geraucht.

»Und sag mir nicht wieder, wir bräuchten das Haus nicht. Natürlich brauchen wir es nicht. Wir können auch wieder in ein Zwei-Zimmer-Loch ziehen. Aber die Kohle, die die Einrichtung hier gekostet hat, war meine Kohle.

Wenn du das nächste Mal so ein Ding drehen willst, dann mach das bitte mit deinem Geld.«

Schäfer hatte keine Ahnung, worauf sie hinauswollte. Er war nicht überrascht, weil sie ihn anschrie. Er verstand nur nicht, daß das so schnell gehen konnte. Soeben hatten sie doch noch friedlich das Haus geputzt. Wieso stand sie jetzt auf der Seite des Kardinals? »Ich weiß nicht, wovon du sprichst.«

»Es ist mir, um ehrlich zu sein, zu dumm, mich mit dir darüber zu streiten. Schließlich brauche ich nur meine Sachen zu packen.«

»Ich bin nicht hier, um Ihre Beteuerungen anzuhören«, ließ sich der Kardinal vernehmen, der zum ersten Mal aufsah. »Herr Schäfer, wir hatten einen Vertrag. Ich habe heute erfahren, daß Sie ihn gebrochen haben. Sie haben die Arbeiter in der Katakombe bestochen, oder es immerhin versucht, weil Sie das Originalmanuskript immer noch haben wollen.«

»Was für Arbeiter?« fragte Schäfer. Er hatte keine Ahnung, wovon der Kardinal eigentlich sprach. Er sah zu Caroline hinüber, die mit verschränkten Armen vor dem Schrank stand und zu Boden blickte, als hätte der Kardinal ihn beim Schummeln erwischt.

»Du weißt genau, was für Arbeiter. Du bist der einzige, der mit dieser Spinnerei immer noch nicht aufhören will.«

Schäfer zündete sich eine Zigarette an. Natürlich hatte er wieder irgend etwas falsch gemacht. Ihm war nur nicht im geringsten klar, was es diesmal gewesen sein mochte, und das war das Schlimme daran. Caroline war sofort bereit zu glauben, er hätte das, was schieflief, verbockt. Als könnte er etwas dafür. Als hätte er alles so gewollt. Dabei hatte er nichts so gewollt, wie es gekommen war, und das hätte er jetzt auch gerne gesagt, aber er wußte nicht, wie.

»Eminenz, ich weiß nicht, wovon Sie sprechen«, sagte er leise.

Caroline schwieg feindselig.

Was mache ich eigentlich hier, dachte Schäfer. In diesem Sessel unter diesem Bücherbord in diesem maßlos übertriebenen Haus? Wie bin ich hier bloß hineingeraten? Er dachte daran, daß er das Haus eigentlich nicht gewollt hatte. Er war nicht schuld daran, daß sie hier saßen. Er wollte die Villa nicht. Genausowenig, wie er wollte, daß er dicker wurde und keine Arbeit hatte, und er konnte auch nichts dafür, daß Caroline ihn sitzengelassen hatte und daß er nie etwas Vernünftiges auf die Beine stellte, und für das, was gerade hier passierte, war er ebenfalls nicht verantwortlich.

»Versuchen wir es noch einmal«, sagte der Kardinal. Er kam auf Schäfer zu, blickte ihn an, mit diesen eisgrauen Augen, die vielleicht nur deshalb so bedrohlich aussahen, weil sie von den dunkelgrauen, buschigen Augenbrauen beinahe verdeckt wurden. »Sie wissen genau, daß ich die Gräber in den Katakomben des Klosters aufbrechen lasse, weil ich sicher bin, daß die Nonne dort das Originaltagebuch des Flavius Plancus eingemauert hat. Heute morgen hat mir einer der Arbeiter verraten, daß ihm jemand eine erhebliche Menge Geld für die Papyrusrolle versprochen hat, falls er sie da unten finden sollte.«

»Ich war das nicht«, sagte Schäfer. »Wie kommen Sie überhaupt darauf, daß das Buch in den Katakomben sein könnte?«

»Spielen Sie nicht den Naiven. Sie wissen so gut wie ich, daß die Nonne die Buchrolle irgendwo in dem Kloster versteckt hat. Sie will uns nur leider nicht sagen, wo. Nun, ich glaube nicht, daß sie das Buch in der Besenkammer eingeschlossen hat. Aber es gibt einen Ort, an dem sich die Schwester unbeaufsichtigt und – wie ich von Mitschwestern erfuhr – sogar nachts aufhielt: in den Katakomben unter dem Kloster. Sie muß das Manuskript in einem der Gräber versteckt haben.«

»Sie meinen Schwester Maddalena?«

»Wollen Sie mich auf den Arm nehmen, oder sind Sie wirklich so unwissend, wie Sie es jetzt vorgeben? Schwester Maddalena hat nichts mit der Sache zu tun. Es war eine andere Nonne. Oder besser, eine Exnonne. Sie hat den Orden verlassen. Und ich schwöre Ihnen, daß ich dafür gesorgt habe, daß sie das Buch nicht mitnehmen konnte, wenn sie schon so verstockt war, nicht verraten zu wollen, wo es sich befindet. Gott erbarme sich ihrer.«

»Ich habe nie mit den Arbeitern geredet.«

Der Kardinal verschränkte die Arme vor der Brust. »Ich sagte, daß ich nicht hier bin, um mir Ihre Entschuldigungen anzuhören. Aber ich habe verstanden, daß Sie eine Schwachstelle sind. Wenn Sie das Original fänden, könnten Sie vielleicht einen Bestseller daraus machen. Gut, ich biete dagegen. Ich biete das Wohnrecht für dieses Haus, sagen wir, für fünfzig Jahre. Wie mir Ihre Frau berichtete, haben Sie sich gut eingelebt. Selbst mit den Tantiemen eines Bestsellers könnten Sie so etwas nicht kaufen. Ihr Gehalt zahlen wir selbstverständlich weiter.«

»Und was soll ich dafür tun?«

»Hör auf, dich einzumischen«, sagte Caroline. »Mach einmal in deinem Leben ein gutes Geschäft.«

Der Kardinal ging auf Schäfer zu. »Ab sofort werde ich Ihnen jeden Morgen einen Fahrer schicken, der Sie zur Katakombe bringen wird. Sie werden die Arbeiter überwachen. Sobald Sie etwas gefunden haben, rufen Sie mich.«

Der Kardinal stand jetzt ganz nah vor Schäfer. Er war ihm unheimlich, aber das war es nicht allein. Was ihm Angst einflößte, war der Blick, mit dem Caroline dem

Kardinal gefolgt war: ein Blick voller Bewunderung für einen Mann, der Klartext redete.

»Und noch etwas. Die Memoiren des Flavius Plancus sind wichtig. Aber glauben Sie nicht, daß ich nicht wüßte, was Sie wirklich interessiert. Sie suchen den Bericht des Pontius Pilatus. Ihre bisherigen Forschungsergebnisse über das Manuskript waren für uns sehr wertvoll. Aber Sie werden niemals beweisen können, ob unser Freund Flavius die Wahrheit erzählt, solange Sie nicht den Brief in der Hand haben, in dem Pilatus berichtet, er habe Jesus von Nazareth in die Verbannung geschickt. Also glauben Sie nicht, daß Sie mich hintergehen können, wenn Sie in der Katakombe beides finden sollten.«

»Aber in den Katakomben unter Santa Caterina gibt es Hunderttausende von Gräbern. Es kann Jahrzehnte dauern, bis Ihre Arbeiter dort überhaupt irgend etwas finden«, sagte Schäfer.

»Ihre Frau erzählte mir, Sie beide hätten jetzt viel Zeit.« Er ging zur Tür.

Als sie hinter ihm zugeschlagen war, nahm sich Caroline eine Zigarette. »Du hättest es mir sagen müssen, Sebastian«, sagte sie.

»Aber ich war es wirklich nicht.«

»Wer denn dann?«

12

Eine Schicht aus Knochenstaub, fauligem, klebrigem Wasser, Steinsplittern und Ton überzog die Haut wie grauer Zement. Alle trugen einen Mundschutz, auch Schäfer, der sich in eine Ecke eine kleine Tonne gerollt hatte, auf der er saß. Um die Zeit totzuschlagen, dachte er sich neue Texte zu kirchlichen Chorälen aus, die er summte. Der Staub war zu dicht, als daß man hätte lesen können. Aber er hätte so oder so nicht gelesen. Er wußte, daß die Arbeiter, die Backstein um Backstein aus den Gräbern schlugen, ihn verachteten. Aber er ertrug es nicht. Wenn er auch noch gelesen hätte – er, der studierte Aufpasser, den sie sich eingebrockt hatten, weil sie so ehrlich gewesen waren zuzugeben, daß jemand versucht hatte, sie zu bestechen –, wäre das Maß voll gewesen.

Schäfer hatte anfangs Pizza geholt und Rotwein bezahlt. Er hatte ihnen auch auf die Schultern geklopft und erzählt, daß er bis vor kurzem dort gewohnt hatte, wo sie auch alle wohnten, in den Vierteln, in denen die Caritas nur selten an die Tür kommt, um zu sammeln, weil nichts zu holen ist. Es hatte alles nichts genutzt. Sie beachteten ihn und seine Tonne nicht. Es war genauso wie an jenem Nachmittag vor dreißig Jahren im Hof hinter dem Haus, in dem er als Kind gewohnt hatte. An jenem Tag hatte er mit heißem Wasser die Ameisen ausgerottet, die zwischen den Zementplatten nisteten, aus Wut darüber, daß er nicht mitmachen konnte bei einem Spiel, das auf der Straße stattfand und mit einem Raumschiff zu tun hatte. Bolli, Nanna und Frille waren in die Ferien gefahren, und nur die Kinder, die alle um ein Jahr und damit unendlich viel jünger waren als er, trieben sich auf der Straße herum. Er hatte sich ein Herz gefaßt und gefragt, ob er mitspielen dürfe, aber zur Antwort erhalten, daß er da erst Frauke fragen müsse. So tief hätte er sich natürlich nicht erniedrigen können. Im Grunde hatte sich nichts geändert. Sie redeten nicht mit ihm.

Wenn die Arbeiter in der Mittagspause hinaufgingen, setzten sie sich so weit wie möglich weg von ihm in den Hof. Es hatte keinen Sinn, daß er zu beweisen versuchte, genauso arm dran zu sein wie sie. Er stand jetzt auf der anderen Seite. Er kam mit einem Fahrer, und er wohnte in einem Palast.

Schäfer kannte ihre Welt: Er hatte die kirchlichen Almosenküchen gesehen, wo von der Arbeit gebückte Männer mit siebzig Jahren neben ihren eingeschrumpelten Frauen saßen, weil ihre häufig wechselnden Arbeitgeber nie einen Pfennig an die Rentenkasse gezahlt hatten. Jetzt mußten sie Schlange stehen um ein Bett und einen Teller Nudeln, denn es gab kein soziales Netz in diesem Land. Die Arbeiter wußten, daß auch ihnen so ein Ende in der Armenküche bevorstehen konnte, wo es zu Weihnachten ein Glas Rotwein gab, das die alten Frauen heimlich in den Becher ihrer Männer mit den großen, schwieligen Händen gossen, weil das ihr einziges Geschenk war.

In den ersten Tagen hatte Schäfer sich um die Arbeiter kaum gekümmert. Er war mit einem Pappkarton in der Hand von Grab zu Grab gelaufen und hatte die zweitausend Jahre alten Öllämpchen, die sie zu Hunderten fanden, eingesammelt und sorgfältig vom Staub gereinigt. Aber irgendwann konnte er ihre Mißachtung nicht mehr ertragen und auch den Knochenstaub der Toten nicht, der in den Gang gewischt wurde, damit man nachsehen konnte, ob in dem Grab etwas versteckt war. Nur wenige Meter weiter spazierten die Touristengruppen durch die Grabanlagen, weil der Kardinal den Komplex nicht hatte schließen wollen, damit niemand Fragen stellte. Schäfer verstand nicht mehr, warum die Leute hier heruntersstiegen, um Abertausende von Gräbern zu sehen. Ihn deprimierte der Gedanke, daß es Stockwerke über ihm und unter ihm nichts als Gräber gab. Er wußte, daß das Unsinn war, aber er nahm es als Warnung, die ihm selbst galt, wenn seine Leute einen ganzen Totenschädel oder einen Armknochen fanden. Inmitten dieser Unzahl von zu Staub zerfallenen Gebeinen mußte er daran denken, daß vielleicht schon bald auch von ihm nichts anderes übrigbleiben würde und daß es deshalb wichtig war, im Leben wenigstens auf der richtigen Seite gestanden zu haben.

Er hatte versucht, es Caroline zu erklären, aber die hatte ihn nicht verstehen wollen. Sie genoß es, Zeit zu haben, und konnte abends fröhlich zu Bett gehen, nur weil sie wußte, daß am kommenden Tag kein Wecker klingeln würde. Sie las viel und ordnete das Haus, arbeitete gemächlich an ein paar Artikeln und wollte jetzt ein Kind. Sie lebte auf, weil sie Zeit hatte, und sie verstand nicht, daß Schäfer glaubte, etwas verloren zu haben. Dabei war der Grund dafür ganz einfach. Er ertrug es nicht, daß es reichte, Geld auszugeben, um etwas Schönes zu erleben. Sie gingen in Restaurants, die Schäfer sich früher niemals hätte leisten können, und sie gaben den Monatslohn eines Arbeiters für eine Wochenendreise aus, und es war wirklich schön, obwohl sie es mit Geld gekauft hatten. Er trommelte mit den Füßen Takte gegen die Tonne, bis ihm einer der Arbeiter wieder zu verstehen gab, daß er damit aufhören solle, weil es ihn beim Zertrümmern der zugemauerten Gräber störe.

Schäfer hatte erst zwei Wochen in den Katakomben verbracht. Mit den ersten Julitagen wurde die Luft immer heißer und stickiger in den Gängen, in denen sich niemand mehr vormachte, daß das, was sie taten, etwas mit Archäologie zu tun hätte. Es war nichts anderes als Leichenfledderei.

An einem Nachmittag kurz vor Feierabend hörte er, daß sich eine Touristengruppe näherte. Wenig später wurde die Holzbarriere zur Seite geschoben, die den Trakt der Ausgrabungen von den Touristen trennte. Die Arbeiter hielten inne und bedeuteten Schäfer, daß es zu seinem Job gehöre, verirrte Besucher wegzuscheuchen.

Schäfer ging den Gang entlang, in dem der Staub wie

eine Wand stand und die kümmerlichen Glühbirnen verdunkelte. Am Ende des Ganges, mit einem schwarzen Borsalino auf dem Kopf, stand ein Mann, der sich an eines der geöffneten Gräber lehnte, als ob er sich im VIP-Zelt bei einem Pferderennen befände und ein Glas Sekt in der Hand hielte. Schäfer wollte ihm gerade zurufen, daß er zu verschwinden habe, als er den Fürsten erkannte.

»Ich freue mich, Sie zu sehen, Herr Schäfer. Gehen wir doch ein paar Schritte von Ihren Mitarbeitern weg.« Fürst Eugenio Casacciolo war in einen schwarzen, knöchellangen Staubmantel gehüllt und sah darin aus, als trage er ein Karnevalskostüm.

Schäfer trottete ein paar Schritte hinter ihm her, bis sie die dumpfen Schläge der Hämmer nicht mehr hören konnten.

»Ich wußte, daß der Kardinal Sie hier herunterschicken würde, damit ihm niemand in der letzten Sekunde noch das Manuskript vor der Nase wegkauft. Immerhin kann er sich auf Sie als Aufpasser verlassen. Sie hat er ja schon gekauft.«

»Sie waren das also? Sie haben den Arbeitern Geld versprochen, wenn sie die Rolle finden?«

»Selbstverständlich.«

Schäfer konnte das Gesicht des Fürsten kaum erkennen, weil seine Augen brannten und sie in einem schlecht ausgeleuchteten Gang standen, vor den vier Löchern in der Wand eines Familiengrabes.

»Herr Schäfer, ich brauche Sie hier unten.«

Schäfer dachte, der Fürst sei etwas überspannt, aber dann sah er, daß Casacciolo vielmehr in einer Art freudiger Erwartung war, als ob er sehen wollte, ob das Pferd, auf das er gesetzt hatte, auch gewinnen würde.

»Schicken Sie jetzt die Arbeiter nach oben, es ist sowieso fast Feierabend, niemand wird Verdacht schöpfen. Dann holen wir beide das Buch heraus. In ein paar Tagen hätten Sie es ohnehin gefunden. Einer Ihrer Männer hielt mich auf dem laufenden.«

»Der Kardinal hat zwei seiner Leute oben. Es wird auffallen, daß ich nicht mit nach oben gegangen bin.«

»Wir haben Zeit genug, damit Sie das Buch herausholen und lesen können, bevor jemand etwas merkt. Ich glaube, daß man Ihr Ausbleiben gar nicht zur Kenntnis nehmen wird.«

Schäfer wußte, daß dies mit Abstand das Wahrscheinlichste war. »Was wollen Sie mir zu lesen geben?«

»Sie kennen das fünfte Kapitel nicht. Es wird Sie interessieren. Gehen Sie schon.«

»Es gibt ein fünftes Kapitel?«

»Ja, Sie können es nicht kennen, denn ich habe es damals nicht abfotografiert. Das hatte einen ganz bestimmten Grund. Deshalb bin ich jetzt auch hier. Also gehen Sie schon.«

Schäfer schob sich den Gang zurück. Die Arbeiter verstanden sein leises Kommando sofort. Sie zeigten kein Zeichen der Dankbarkeit oder Anerkennung, weil Schäfer ihnen – angeblich wegen des dichten Staubes – einen frühen Feierabend gönnte, sondern rafften ihre Werkzeuge kommentarlos zusammen.

Erst als die Arbeiter schon auf dem Weg nach oben waren, fragte sich Schäfer, wieso er schon wieder zugelassen hatte, daß jemand ihm vorschrieb, was er tun sollte, und dann auch noch auf ihn herabsah. Er hörte, wie die Arbeiter das Gitter oben hinter sich zuzogen, dann rief er leise zweimal den Namen des Fürsten. Doch es blieb still. Er fürchtete einen Augenblick lang, der Fürst sei wieder gegangen und habe ihn zum Narren halten wollen, als er endlich eine Stimme hörte.

»Kommen Sie schon!«

Der Fürst stand auf der Haupttreppe, die Dutzende von Christen in der Antike in monatelanger Arbeit in den Stollen getrieben haben mußten. Dort liefen jetzt die Rohre zur Entwässerung und die Stromleitungen zusammen. Der Fürst hielt einen Gummihammer in der Hand.

»Stellen Sie sich neben mich.«

Schäfer hatte kaum einen Schritt getan, als der Fürst mit einem Schlag den Sicherungskasten zertrümmerte. Plastikteilchen spritzten durch die Luft. Schäfer sah noch einen Funken. Dann war es schlagartig dunkel.

Alles ging so schnell, daß Schäfer erschrak, aber nicht begriff, wovor er sich plötzlich fürchtete. Erst als die Taschenlampe eingeschaltet wurde, die ein Loch aus Licht in die Schwärze brannte, das aber in der Staubwand verschwand und keineswegs den Gang erleuchtete, ahnte er, daß er hier noch nie gewesen war. Das, was ihm eben noch wie eine staubige Fabrikhalle vorgekommen war, wie ein gruseliger Handwerksbetrieb zur Fledderung von Leichen, schien plötzlich eine vollkommen stille, unerforschte Insel zu sein, in der nur der Tod wohnte.

»Kommen Sie«, sagte der Fürst.

Schäfer schwieg, hielt sich aber dicht an ihn. Sie gingen zurück in den Hauptweg, in dem der Staub wieder dichter war, weil die Arbeiter hier soeben noch die Mauern aufgeschlagen hatten, und bogen in einen kleinen Gang ein, der steil nach unten führte. Hier waren zwischen den zugemauerten Gräbern einige schon aufgebrochen worden, allerdings bereits vor Jahrhunderten von Langobarden, die nach goldenen Grabbeigaben suchten, oder von Trupps von Soldaten, die auf der Jagd nach Reliquien waren. Die Arbeiter hatten den Schutt in die leeren Gräber geschaufelt, obwohl Schäfer ihnen gesagt hatte, daß sie das nicht tun sollten.

»Wo gehen wir hin?«

»Kommen Sie! Es ist ganz nah. Maria hat mir genau beschrieben, wo es ist. Kommen Sie!«

Schäfer versuchte zu lauschen, ob ihnen jemand folgte. Der Fürst ließ den Lichtstrahl über den Boden gleiten. Sie stiegen weitere Treppenstufen hinab. Dann leuchtete der Fürst gegen eine niedrige Wand. Schäfer erkannte, daß sie vor einem Kindergrab standen.

»Warum haben Sie die Sicherungen zerschlagen? Jetzt werden die da oben schnell merken, daß etwas nicht stimmt.«

Der Fürst raffte seinen Mantel zur Seite. Er gab Schäfer die Taschenlampe. »Halten Sie das!«

Schäfer sah, daß er einen der Hämmer in der Hand hielt, die die Arbeiter liegengelassen hatten.

»Wir brauchen Zeit. Die Nonnen im Kloster werden jetzt zunächst die Schwester Oberin informieren und auf Anweisungen warten. Es wird ein ganzes Weilchen dauern, bis die Schwestern das Licht wieder zum Brennen gebracht haben.«

Der Fürst mußte nur zweimal zuschlagen, bis ein Loch in der Wand klaffte. Dann griff er hinein und zog zwei Metallrollen heraus, so lang wie ein Kinderarm. »Halten Sie das!«

Er griff noch einmal in das Loch und zog zwei weitere Zylinder heraus. Er hielt sie in den Schein der Taschenlampe. Sie waren nur leicht angerostet. Er gab Schäfer den größeren der beiden Zylinder in die Hand. »Nehmen Sie das auch!«

Dann erlosch das Licht. Schäfer dachte, es sei etwas mit der Taschenlampe. Erst nach einer Weile sagte er in die Dunkelheit: »Fürst, sind Sie da?«

Es war still. Schäfer ging langsam in die Hocke. Er wußte schon nicht mehr, ob die Wand vor ihm oder seitlich neben ihm war. Er wollte nicht danach tasten, er wollte die kalten, in den Fels getriebenen Löcher nicht fühlen.

»Fürst? Wo sind Sie?« Erst nach ziemlich langer Zeit, als die blauen Blasen, die dort tanzten, wo die Taschenlampe geleuchtet hatte, gänzlich vor seinen Augen verschwunden waren, glaubte Schäfer einen Lichtschimmer vor sich zu erkennen. Er tat vorsichtig einen Schritt und hielt die drei Zylinder ganz fest in der Hand. Ich komme damit niemals hier heraus, selbst wenn der Text da drin ist, dachte er. Es hat alles keinen Sinn. Es wird höchstens noch mehr Ärger geben. Er war sich jetzt sicher, daß er einen Lichtschein sah. Er machte ein paar weitere Schritte, dann erreichte er die kleine Höhle, wo der Fürst über einem Felsbrocken kauerte, auf dem er eine Papyrusrolle ausgebreitet hatte. Die Taschenlampe hatte er unter den Arm geklemmt, und in der Hand hielt er ein dreieckiges Teppichmesser.

»Fürst Casacciolo?«

Der Fürst stand auf. »Schön, daß Sie da sind. Nehmen Sie doch bitte dort Platz.« Er wies auf den Felsbrocken. Vorsichtig rollte er die Papyrusrolle zusammen, stand auf und reichte sie Schäfer.

»Lesen Sie, ich halte Ihnen die Lampe.«

»Warum haben Sie mich in der Dunkelheit stehenlassen? Was soll das Ganze?« Schäfer spürte jetzt, daß er schwitzte.

»Sehen Sie, wenn Sie es jetzt nicht lesen, werden Sie es nie mehr lesen, oder glauben Sie etwa, daß der Kardinal es jemals wieder jemandem zu sehen gibt, wenn er es einmal in Händen hat?«

Schäfer erkannte die Schrift sofort. Das Papyrus war ein kleines Stück weit aufgewickelt. Die Enden waren mit Holzstöckchen befestigt.

Er hockte sich hin.

»Geben Sie mir doch bitte solange die anderen Zylinder.«

Schäfer reichte sie ihm und sah zu, wie der Fürst alle drei in seinem Mantel verschwinden ließ. Dann blickte er auf das Papyrus und strich es vorsichtig glatt.

»Sie brauchen sich keine Sorgen zu machen, Herr Schäfer. Es ist in ausgezeichnetem Zustand. Ich weiß nicht, ob Sie schon einmal ein ägyptisches Papyrus gesehen haben. Als wir die Rollen gefunden hatten, säuberten wir sie mit der Technik, die wir durch ein Buch britischer Archäologen kannten, die in Ägypten arbeiteteten: mit Wasser und Seife. Es ist kaum zu glauben, wie reißfest Papyrus ist.« Der Fürst kauerte sich hin und richtete den Lichtstrahl auf die Schrift. Schäfer sah, wie die blauen Augen unter den dichten grauen Haaren des Fürsten belustigt blinzelten.

»Machen Sie schon, lesen Sie.«

Schäfer erkannte die ersten beiden Worte. Die Schrift war ein klein wenig anders. Die Buchstaben standen steiler. Plancus hatte die Linien nicht einmal nachgezogen. Es schien so, als hätte er diesen Text in Eile geschrieben, nicht so schnörkelig wie die vier anderen Teile, die er kannte. Schäfer konnte sich nicht konzentrieren. »Haben Sie ein Taschentuch? Ich muß mir die Hand abwischen. Ich lese das immer, indem ich den Finger von Wort zu Wort gleiten lasse. Anders kann ich es nicht.«

Der Fürst zog ein sauber gefaltetes weißes Taschentuch hervor. Schäfer wischte sich die rechte Hand ab und las.

Audies plerosque dicentes … Häufig hört man sagen: Wie viele Stunden an Land zählt wohl eine Stunde auf See. Ich füge hinzu: Wie viele Tage zu Haus zählt ein Tag auf der Reise, wie viele Leben lebt wohl ein Mensch unterwegs? Schon der Weg hierher in die Kammer, durch das nächtliche, dunkle Haus, erinnert mich an die Reise zur Insel –

Schäfer hielt das Papyrus in den Lichtstrahl der Taschenlampe. Zunächst hatte er gedacht, das Papyrus sei an dieser Stelle eingerissen. Aber im Licht konnte er die feinen Schnittstellen sehen, jemand hatte mit einem sehr scharfen Messer ein Wort, offenbar den Namen der Insel, herausgetrennt. Er sah in den blendenden Lichtkegel der Taschenlampe, hinter dem sich irgendwo das Gesicht des Fürsten verbergen mußte. »Haben Sie da was herausgeschnitten? Sie haben doch vorhin mit dem Messer herumhantiert.«

»Lesen Sie weiter«, kommandierte der Fürst.

»Wissen Sie, was so ein Papyrus, allein als Dokument, wert ist? Wissen Sie, wie selten diese Bücher sind? Sie können darin doch nicht einfach herumschnippeln, auch wenn Sie es gefunden haben.«

»Lesen Sie schon.«

13

Fünfte Buchrolle, Spalte eins

Tempus tantum nostrum est … Nur die Zeit gehört uns wirklich. Noch weiß ich nicht, was ich auf dem Papyrus vor mir heute erleben mag, ob die Rückkehr in den Schlafraum eine glückliche sein wird, weil ich frohe Erinnerungen geschickt auf das Papyrus bannte, oder ob düstere Vermächtnisse ich nur unklar erahnen werde. Aber vergessen habe ich nicht den Weg in dem kleinen Fischerboot von Syrakus zur Insel.

Vergessen, nicht wieder aufzufinden, scheint mir die Figur Julias während der Reise an meiner Seite. Zu Hause, in Rom, in Herculanaeum, war ich der Sklave der Wahrnehmung jeder unterlassenen Aufmerksamkeit und jeder Aufmerksamkeit, die sie gegen mich und andere richtete. Die Reise, die Summe der überstandenen Gefahren, der erlebten Freuden und der enttäuschten Hoffnungen, scheint mir jetzt abgetrennt von dem Unwohl, das Julia durch ihren Hochmut zu verbreiten vermochte. In jenen Tagen war sie mir wirklich eine Gefährtin, sie teilte das häufig karge Brot, sie wachte, wenn ich rasch vom Schlaf überwältigt auf die Planken sank. Ob Julia je, wie es ihrem Stand gemäß gewesen wäre, mich ehrte, begehrte und liebte, weiß ich nicht, aber nie war das so wenig von Bedeutung wie während dieser rastlosen Zeit der Reise, nie war ich so froh, daß überhaupt ein menschliches Herz an meiner Seite schlug, wie in diesen Wochen. Es geschah etwas. Ich, der Chronist, gewohnt zu archivieren und zu ordnen, was anderen widerfahren war, trat plötzlich ein in das Geschehen, die mühevolle Qual der Tage im Hause verschwand wie der Rauch des Kamins, wenn ein günstiger Wind weht.

Die Überfahrt zur Insel war gefährlich, sie galt aus zweierlei Gründen als gewagte Unternehmung, zum einen, weil man die Küste verlassen und das offene Meer befahren mußte, zum anderen, weil die vielen Tage auf See Nacht um Nacht in der Angst vor pygrischen Piraten durchwacht werden mußten.

Was bringt den Lehrer nur dazu, in der Schule gleich mit dem Schwierigsten, dem Lied des Homer, zu beginnen? Wie will man die weite Reise über die Meere unter Gefahren auch nur erahnen, wenn man in jugendlichem Alter nicht einmal ein Schiff bestieg? Wochen, so scheint es mir jetzt, müssen vergangen sein, hin und her geworfen auf dem offenen Meer, auf der Suche nach der Insel, in der

Angst, bis nach Afrika getrieben zu werden. Als endlich greifbar nah die Insel vor uns lag, da trieb eine gewaltige Strömung uns wieder hinaus. Drei Tage kämpften wir gegen den Wind an, bis wir endlich, erschöpft und nahezu verdurstet, festes Land betraten.

Wie bitter war die Enttäuschung ob des wenig freundlichen Empfangs. Nicht eine Herberge, nur eine Schenke mit Zimmern, die ihre Bestimmung kaum verbergen konnten, fanden wir in dem Hafen, der diesen Namen kaum verdient. In der Hitze berauschten sich zwei Matrosen mit billigem Wein an dem in schmutzigem Rot getünchten Schenktisch. Die Speisen, wie üblich ausgestellt auf einem Holzbrett über dem Schenktisch, waren von Fliegen umschwirrt und ganz verdorben.

Der Wirt, ein schmutziger Mensch, der ein Bein im diesseitigen Spanien gelassen hatte, schämte sich nicht, die Schönheit seiner Zimmer zu preisen, und nur mein energischer Befehl zu schweigen hinderte ihn, die Qualität seiner menschlichen Ware, die in den Zimmern schon wartete, in sein Lob aufzunehmen. Wir ließen uns nur Früchte und Quellwasser bringen. Froh, dem Schiff entkommen zu sein, schien uns das Mahl prächtig. Den Wirt sandte ich los, er fand Räume im Haus eines ägyptischen Händlers, der auf der Insel wohnte und uns gegen ein Entgelt aufnehmen wollte. Das Haus, obwohl bereits von der Schenke aus als klein und von billiger Bauart zu erkennen, pries der Wirt, als sei es der Palast des Kaisers. Ich ließ das Gepäck dorthin bringen, um dem Wunsch Julias, die darauf harrte, so rasch als möglich Nachrichten von ihrem Gott zu erfahren, entgegenzukommen. Sie hatte während der Reise an Bord sich nicht nur als tapfer, sondern als ein nahezu liebendes Weib erwiesen. Ich war ihr dankbar.

Der Wirt hingegen wußte von Verbannten auf der Insel nichts zu berichten. Sein keifendes Weib, das schamlos die hinter der Theke zusammengesackten Matrosen bestahl, versprach Auskunft einzuholen. An Festtagen kauften sie Fleisch von einem Hirten namens Frontius, der über die Insel zog und alles kennen sollte.

Kaum hatte ich mich in einer schattigen Bucht erquickt und nackt als Geselle der Söhne Neptuns ein Bad im Meer genommen, als schon ein Sohn jenes Hirten sich einstellte. Seine Kenntnis der römischen Sprache war so schlecht, daß es lange Zeit brauchte, bis er verstand, was wir suchten. Dann berichtete er von einem Mann, der wohl aus Palästina stamme, seit langer Zeit auf der Insel als Hirte arbeite und auf der anderen Seite der Insel lebe. Nur die Sprache seines Heimatlands beherrsche dieser hochbetagte Mann. Ein Matrose im Hafen habe erkannt, das sei Hebräisch. Von einem anderen Verbannten auf dieser Insel habe man seit dem Tod Caesars keine Kenntnis.

Der Hirte verlangte einen sehr niedrigen Preis, um uns zu diesem Mann zu führen. Ich befragte ihn eindringlich, wie lange die Reise zu dem Mann aus Palästina dauern könne, und zu unserer Enttäuschung gab er an, daß auch ein Monat oder mehr, vielleicht die Zeit bis zum Einbruch des Winters nötig sei, um den Hirten zu finden. Der junge Mann sagte: »Nur mein Vater, der alle Wege auf der Insel kennt, könnte ihn in wenigen Tagen aufspüren. Aber er ist zu alt und zu krank für eine solche Reise.«

Ich bot ihm eine stattliche Summe, wenn er seinen Vater zum Mitkommen überreden könne, er versprach, es zu versuchen, und begleitete uns dann mit seinem alten Esel, auf dem Julia ritt, zum Haus des Ägypters.

Es brauchte nicht viel, um zu erkennen, daß der noch immer kahlgeschorene Ägypter ein ausgestoßener Priester der Isis war. In welchem Heiligtum in Italien er gedient hatte, wollte der räuberische Ägypter nicht sagen. Den unverschämten Preis für drei Zimmer verlangte er jedoch ohne Scham sogleich uns ab. Daß man ihn ohne Ehren weggejagt hatte, suchte er gar nicht zu verbergen. Die Statuen seiner Götter schmückten überall das Haus. Davon, daß er Handel trieb, war nicht viel zu erkennen, die Speicher waren nur mit wenigen Amphoren ägyptischen Weizens und mit Bier gefüllt. Mir schien, daß nur der Raub des Schatzes eines großen Tempels ihm den bescheidenen Luxus erlaubte.

Bereits am darauffolgenden Tag stellte der Sohn des Hirten mit seinem Vater sich ein, einem hochbetagten Mann, der auf einem Esel ritt. Er schien leidend zu sein. Die Geldsumme verlangte er im voraus und berichtete sogleich, daß er schon seit dem Tod des Kaisers Tiberius den einsamen Schäfer aus Palästina nicht mehr gesehen habe. Es war mir nicht möglich herauszubringen, was er damit meinte. Denn es schien mir, als habe die Nachricht vom Tod des Kaisers viele Jahre gebraucht, um auch zu diesem Hirten zu dringen. Er versprach, gegen ein weiteres Entgelt Wasser, Käse und Früchte, die wir auf der Reise mit uns führen mußten, zu kaufen und im Morgengrauen am Haus des Ägypters mit zwei weiteren Eseln auf uns zu warten.

Der Morgen war kühl und frisch. Der Sohn des Hirten, mit schweren Beuteln behängt, lief behend neben den Tieren und trieb sie zur Eile. Der Weg wand sich steil hinauf in die kargen Berge, bis wir ein Hochplateau erreichten. Von ferne, so berichtete der Hirte, lassen sich an klaren Tagen die Gestade Afrikas erkennen. Das Land war steinig und öde. Die Esel fanden kaum einen Halm. Nichts außer verlassenen Hütten bot sich dem Auge. Die erste Nacht brachten wir unter freiem Himmel zu, in ständiger Furcht vor Schlangen, die es überreichlich gab. Die Tage zogen sich hin, eine Quelle, die der Hirt bereits versiegt wähnte, schenkte uns kühle Stunden der Rast. Julia sprach nie ein Wort der Beschwerde, richtete ihren Blick nur immer geradeaus, als erwarte sie, daß ihr Gott inmitten einer Herde Schafe plötzlich am Wege auftauche. Zwei Tage allein brauchte es, um einen Felskamm zu übersteigen, dann wand sich der Weg auf der anderen Seite der Insel wieder langsam hinab, und zu unserer Freude sahen wir abermals das Meer.

Nachts schien der Hirte unter heftigem Fieber zu leiden. Der Sohn wachte Stunde um Stunde bei ihm. Es waren wohl zehn Tage verstrichen, als wir endlich auf die Spuren einer Herde stießen. Sie schien gen Westen gezogen zu sein, wir wählten die gleiche Richtung und stießen nun beinahe stündlich auf weitere Spuren von Schafherden, die allesamt diese Richtung eingeschlagen hatten. Der Alte, wenn nicht im Fieberdelirium, bekräftigte nur immer wieder, daß in den einundsiebzig Jahren seines Lebens er nie die Spuren eines solchen Zuges gesehen habe. Der Sohn schien nicht nur um den Vater, sondern auch um den Grund dieses Zugs nach Westen besorgt.

Am Abend vertraute er sich mir an, Julia schlief bereits. Er gestand, daß es möglich war, daß raubende und mordende Piraten an Land gegangen waren und die Hirten daher allesamt in die gleiche Richtung flohen. Er gab sich besorgt, nicht nur um das Leben des Vaters, sondern um unser aller Leben und Gesundheit. Ich versicherte ihm, daß ich, sollten wir am darauffolgenden Tag nicht auf eine Herde stoßen, den Befehl zur Rückkehr erteilen würde.

Beißender Rauch verfängt sich im Zimmer. Sie brennen sogar des Nachts noch Kalk. Meine Ruhe gönnt man mir nicht. Als wenn der langsam sich dem Ende neigende Sommer die Nachbarn daran gemahnte, daß nicht mehr viel Zeit bleibt, die vom großen Erdbeben beschädigten Häuser zu richten, begann ein Mauern und Streichen und Sägen überall rund um das Haus. Seit Tagen schon vernahm man kein Beben mehr, die Herren der Villen scheinen nunmehr entschlossen, die Häuser instand zu setzen und doch nicht aufzugeben. Die Rauchsäule, die über dem Vulkan stand, ist verschwunden. Die Schreie der Sklaven, auch wenn sie meine Ruhe stören, sind doch auch ein Trost. In dieser Nacht könnte Syrus wohl kaum ungesehen meine Mauern übersteigen, unbezahlte Wachen schenkten die Nachbarn mir.

Es war am Abend des darauffolgenden Tages, als wir müde und zum Umkehren entschlossen die Versammlung sahen. Wir hatten einen hohen Bergkamm mühsam überstiegen, als wir auf einem steinigen Feld mehr Hirten und Schafe sahen, als ich je erblickt hatte. Sie hatten sich niedergelassen, teilten ihr Brot und den Wein. Es war nicht möglich, alle zu zählen, sie saßen verstreut und in Gruppen, eine nahezu stumme Versammlung. Als sie uns erblickten, baten sie uns an die Feuer. Dem Alten ging es immer schlechter.

Sein Sohn übertrug in römische Sprache, was die Hirten ihm erzählten. Sie saßen bei einer Totenwache. Inmitten des Feldes war ein Grab mit einer großen, festen Steinplatte verschlossen. Es wunderte uns, wie die Hirten einen so großen Stein bewegt haben konnten.

Erst gestern, so erfuhren wir, hatten sie einen der ihren unter dem Stein begraben. Drei Tage wollten sie Totenwache halten. Es war unser alter, bleicher und trotz seiner Fieberschauer frierender Begleiter, der einen der Männer zu sich rief und dann seinen Sohn schickte, um es uns zu sagen. »Unter der Steinplatte liegt die Leiche des Mannes, den wir suchten. Im hohen Alter ist der gestorben, der aus Palästina hierher in die Verbannung geschickt worden war.«

Julia sprang wie ein Lamm zwischen den trauernden

Hirten umher, fand endlich einen Schäfer, der ein unehrenhaft aus der Armee entlassener Soldat war und die römische Sprache sprach. Ob dieser Mann ein König war, ob er in Jerusalem gewesen war, ob er gepredigt und Wunder gewirkt hatte, wollte Julia wissen. Doch von alledem wußte der Hirte nichts. Er hatte die Sprache des Mannes aus Palästina nie verstanden, er wußte nur zu berichten, daß er kranke Hirten geheilt habe und Schafe rettete, die sich scheinbar unrettbar auf der Klippe verstiegen hatten, und daß er mit jenen, die noch ärmer gewesen waren als er, geteilt hatte. Hinterlassen hatte er nichts bis auf ein zerfetztes Gewand. Auf all die Fragen Julias sagten die Hirten nur immer: »Wir wissen nicht, wer er war. Aber er hat unsere Schafe gehütet. Und sein Brot mit uns geteilt. Er war ein heiliger Mann.«

Es war tiefe Nacht, als unser alter Führer starb. Das laute Weinen seines Sohnes weckte uns aus dem Schlaf. Er ließ sich nicht trösten, zerriß seine Kleider und drohte, die Felsen hinunterzuspringen. Im Morgengrauen kam er zur Vernunft. Ob der großen Hitze mußte der Leichnam schnell begraben werden, denn es fand sich kein Holz, ihn zu verbrennen. So mußten die Hirten mit Steinen und alten Eisenklingen ein Loch in den Felsen treiben. Sie gruben es dort, wo noch ihre Werkzeuge lagen, direkt neben dem Grab für den Mann aus Palästina. Dort lag dann in der Kuhle der schmächtige Körper des Alten. Der Sohn klagte uns nicht an, obwohl diese Reise seinen Vater getötet hatte und damit auf mir ein Teil der Schuld für seinen Tod lag. Das kleine goldene Siegel, das ich statt des Siegelringes, der Räuber herbeizuschreien scheint, auf Reisen mit mir trage, mit dem Wappen der hohen Familie meiner ersten Frau, zwei geflügelten Steinböcken, bekannt und gefürchtet im ganzen Imperium, nahm ich aus dem Reisesack und gab es ihm. Zu meiner Verwunderung nahm er das Geschenk nicht an. Sein Vater habe das Gold verdient. Sein Vater solle als Grabbeigabe das Gold auch erhalten. Obwohl ich ob der Verschwendung Einspruch erhob, wollte ich dann doch nicht verhindern, daß der Sohn seinem Vater das Siegel ins Grab legte und ihn unter schwersten Steinen an der Seite des Mannes aus Palästina begrub.

Ich sah, wie Julia und der Sohn des Hirten Seite an Seite vor den beiden Gräbern beteten, er zur Ehre des Vaters, sie zu einem Verbannten, der durch das Gewäsch der Sklaven in den Ruf geraten war, ein Gott und ein König zu sein und alle Sklaven, woher immer sie auch seien, zu befreien.

Der Weg zurück zum Hafen verlief schweigsam, nach wenigen Tagen erreichten wir unseren Ausgangsort. Wir schifften uns bald ein, und auf der ruhigen Seereise verbarg mir Julia nicht ihre Erregung, sah sie doch voraus, daß der Bericht von dieser Reise ihr gewaltige Bewunderung und Ehre von seiten ihrer Christengemeinde einbringen werde. So dachte sie damals noch. Daß sie ihr Todesurteil und vielleicht das meine aussprach, war ihr nicht gegenwärtig.

Oft habe ich die Götter beschworen, mir doch die Erinnerung an die Tage nach der Rückkehr in Rom zu gestatten. Allein ich weiß nicht, wie viele es waren. Es war eine freudige, glückliche Zeit. Ich bedrängte Julia nicht, von ihrem Glauben an den Mann aus Palästina abzulassen. Sie dankte es mir durch Zärtlichkeit. Aber sie unterhielt kaum geheimgehaltene Verbindungen zu den Spitzen der Christensekte.

Eines Tages, ich weiß, daß es im Monat Maius war, verschwand sie. Das Nachmittagsmahl hatte sie noch mit mir geteilt. Am Abend ließ ich sie suchen. Nie wieder erhielt ich Nachricht von ihr. Ich zweifle nicht, daß sie ermordet wurde. Wenn nicht ein feiger Dieb sie auf der Straße tötete, kann nur das Christenpack als Frevler noch in Frage kommen.

Nicht zwei Monate vergingen nach ihrem Verschwinden, als das Vieh Syrus, begleitet von dem Verräter Asiaticus, mir des Nachts im Perystil auflauerte. Unverschämt richteten sie das Wort an mich. O hätte doch ein Gott mir Einsicht und Kraft genug gegeben, sie auf der Stelle niederzustechen. Statt dessen hörte ihre freche Drohung ich mir an: Julia werde nur zu mir zurückkehren, wenn jener Brief des Pilatus, der von der Verbannung ihres Gottes berichtet und eine infame, aber leider glaubwürdige Fälschung sei und den Kreuzestod und die Auferstehung bestreite, an sie ausgeliefert werde. Sollte ich das Dokument nicht herausgeben, so drohe mir der Tod. Ihre heilige Gemeinschaft, die höchste Autorität auf dieser Welt, sei durch den Brief des Pilatus in Gefahr, gestanden sie schamlos ein. Erst hier im Exil in Herculanaeum, nach reiflicher Überlegung, bin ich zu dem Schluß gekommen, daß Syrus und Asiaticus die Religion um jenen König von Jerusalem nur nutzten, um einen großen Krieg der Sklaven gegen ihre Herren vorzubereiten.

Tage, nachdem ich in allergrößter Eile aus Rom geflohen war, erreichte mich ein Brief meines Freundes Sextus, der berichtete, wie Asiaticus wenige Tage nach meiner Abreise verhaftet wurde. Er hatte öffentlich, auf dem Marktplatz, die Sklaven zur Religion des Judenkönigs bekehren wollen. Das allein hatte die Präfekten nicht so sehr aufgebracht. Sein Todesurteil ward gefällt, weil er die Religion als eine Religion für alle Sklaven aller Erdteile pries, denn jener Judenkönig habe gepredigt, daß alle Menschen frei geboren würden. Wenn Asiaticus nun schon enthauptet wurde, so hat das Vieh Syrus noch einen weiteren Grund, mich zu morden. So rächt er damit auch noch seinen Freund.

Es ist spät, und in dieser warmen Nacht ist mir Müdigkeit geschenkt. Ich sitze hier, unbeachtet von diesem Riesenreich des römischen Imperiums, und bewache eine Schrift. Sie wird mich töten oder mir jene reine Freude geben, die aus der Muße geboren wird.

»... ex otio nascitur.« Schäfer ließ den Finger noch einmal über die letzten Worte gleiten und rollte dann vorsichtig das Manuskript zusammen.

»Wenige Stunden später muß der Vesuv ausgebrochen sein«, sagte der Fürst. »Er konnte sich nur noch bis in meinen Park schleppen.«

»Das ist unglaublich«, sagte Schäfer. »Kann der Kardinal diesen Teil des Manuskripts kennen?«

»Nein, kann er nicht. Außer Schwester Cristina und Ihnen hat nie jemand, der genügend Latein kann, diesen Text gelesen.«

Schäfer spürte jetzt, daß ihm vom langen Hocken die Knie schmerzten. Er stand auf. »Dann würde dieser Teil dem Kardinal ziemlich zu schaffen machen. Er klingt absolut glaubwürdig. Der Kardinal ist der Meinung, Plancus habe sich alles nur ausgedacht. Aber dieser Reisebericht klingt nicht, als sei er erfunden worden.«

Der Fürst rollte das Papyrus vorsichtig zusammen und verstaute es im Metallzylinder. »Betrug«, sagte er. »Er hat versucht, Sie mit dieser Erklärung auf eine falsche Fährte zu locken.«

»Aber er hat es Experten im Vatikan gezeigt, die behaupten, sie könnten beweisen, Plancus habe sich alles ausgedacht.«

»Ich weiß, daß er das behauptet«, sagte der Fürst. »In einem sehr stillosen Verhör versuchte der Kardinal auch Maria, die Sie als Schwester Cristina kennen, auf diese Spur zu locken. Sie weiß aber mit absoluter Sicherheit, daß er das Manuskript niemandem gezeigt hat. Es liegt auch auf der Hand. Er hätte das niemals riskieren können.«

»Und was ist mit den Expertengutachten? Die habe ich gesehen.«

»Ich weiß«, sagte der Fürst. »Er hat sie selbst geschrieben. Sie waren seine letzte Trumpfkarte, für den Fall, daß das Manuskript doch vollständig veröffentlicht worden wäre. Dann hätte er die Expertise aus dem Ärmel gezogen, die beweist, das Plancus sich alles ausgedacht hat.«

»Auch ich sollte für ihn Beweise dafür suchen, daß Plancus nur eine Geschichte erfunden hat.«

»Wissen Sie, wer außer Ihnen das gleiche tun mußte?«

»Nein.«

»Der einzige Mensch, der den Text des Plancus kennt und noch unter der Fuchtel des Kardinals steht: Schwester Maddalena. Sie ist übrigens wirklich eine Expertin. Genau wie Maria hat Maddalena nicht nur Theologie, sondern auch Archäologie studiert.«

»Ich dachte, Schwester Maddalena liege im Sterben.«

»Nein, es geht ihr viel besser.« Der Fürst räusperte sich. »Aber kommen wir jetzt zur Sache: Wie heißt die Insel?« Er hatte sich erhoben und leuchtete Schäfer mit der Taschenlampe ins Gesicht.

»Woher soll ich das wissen? Sie haben den Namen doch ausgekratzt.«

Der Fürst hüllte sich tief in seinen Umhang. »Behalten Sie die Taschenlampe. Ich werde den Weg schon finden. Leben Sie wohl, Herr Schäfer.«

»Was soll das alles? Wo wollen Sie hin?« Schäfer nahm die Taschenlampe in die Hand und richtete sie auf den Fürsten.

»Ich sagte doch bereits, ich brauchte Sie. Ich kann nicht gut Latein. Nicht so gut wie Sie. Ich mußte ganz sicher sein, daß der Name der Insel nur einmal vorkommt. Der Kardinal darf ihn nicht erfahren. Mit Ihnen wäre ich einig geworden. Um so besser, daß Sie ihn auch nicht kennen.«

Der Fürst drehte sich um. Schäfer hielt ihn am Arm fest.

»Sie kommen mit den Rollen hier niemals heraus. Der Kardinal hat seine Leute oben.«

Der Fürst machte sich los. Schäfer bemerkte zum ersten Mal, daß der Italiener eineinhalb Köpfe größer war als er.

»Wenn ich nicht wüßte, daß ich nur sehr geringe Aussichten darauf habe, hier mit den Büchern, die meiner Familie gehören, herauszukommen, hätte ich Ihnen und mir das Treffen hier unten erspart.«

»Der Kardinal wird Sie durchsuchen lassen.«

Der Fürst schlug den Mantel zurück. »Er wird es nicht wagen. An dem Tisch unseres Hauses haben Bischöfe und Kardinäle gesessen, und sie waren glücklich, wenn sie meiner Familie die Beichte abnehmen durften und dafür zu essen bekamen.«

Schäfer hörte jetzt Schritte.

»Sie kommen«, sagte der Fürst, »machen Sie die Taschenlampe aus. Wir werden uns trennen müssen, Herr Schäfer. Werfen Sie die Steine, die ich herausgebrochen habe, in ein leeres Grab. Sonst wird man meinen, Sie hätten nach den Büchern gesucht.«

Schäfer spürte den Lufthauch, als der Fürst sich an ihm vorbeischob. »Wenn Sie das Manuskript doch hier herausschmuggeln – was machen Sie dann damit?«

Er konnte mit Mühe hören, wie der Fürst flüsterte: »Ich gebe es einem Freund zurück, dem Gott der Händler und der Diebe.«

Die Insel des Verbannten

I

Vor den Augen der rund hundert wartenden Kunden flog die blaue Eisenbahnermütze in diesem Glaskasten, der ein Fahrkartenschalter sein sollte, wie eine Untertasse, sich um die eigene Achse drehend, vom Schalter 41 – »Liegeplatz- und Sitzplatzbuchung« – über die verkrustete Thermoskanne, die ein Kollege vergessen hatte, bevor er vor drei Wochen seinen Urlaub antrat, über die Schreibmaschine, die kein Z mehr tippen konnte, über den Stapel Formulare zur Rückerstattung von ungültigen Tickets, die zurückgeschickt werden mußten, weil keiner wußte, wie man die Dinger ausfüllte, bis zum Schalter 2 – »Schülerkarten« – und schlug mit einem schlaffen Plopp gegen die Scheibe. Sergio Marini an Schalter 2 warf sie dem erbosten Kollegen, der seine amtliche Kopfbedeckung zurückforderte, nicht zu, sondern entleerte seine fast ausgetrunkene Flasche mit abgestandenem Mineralwasser in die Mütze und versuchte zu lachen, was seine Lungenflügel und Bronchien nach dreißig Jahren Zigarettenrauch nicht mehr so recht mitmachten.

Dabei war dieser Tag noch gar nicht wirklich schlimm. Daß es auch schlimme Tag gab, lag nicht nur daran, daß einige römische Bahnangestellte allein charakterlich den Anforderungen an den modernen Reiseassistenten im internationalen Hochgeschwindigkeits-Zugverkehr nicht gewachsen waren. Es lag vielmehr an einem Konstruktionsfehler des Fahrkartenschalters im Bahnhof Termini, daß die Schalterbeamten ab dreißig Grad Celsius durchdrehten. Ein wenig begnadeter Architekt hatte in dem Glaskasten des Schalters nur die Löcher vorgesehen, durch die die Beamten die Kunden bedienen und gleichzeitig Atemluft schöpften mußten. Durch eben diese Löcher im Kasten schrien die kurzatmigen Beamten bei Hitze die Kunden nieder, allein deshalb, weil sie aus ihrer Sicht nur wegen der Kunden gezwungen waren, in dem Kasten auszuhalten.

An Schalter 17 – »Hin- und Rückreise-Tickets« – stand niemand an, obwohl der Schalter mit einem Kreuzworträtsel lösenden Beamten besetzt war. Das lag allein an der alten Frau, die in eine Vielzahl von Lumpen gewickelt war und mit nackten Beinen, an denen Spuren verkrusteten Blutes klebten, auf der Bank vor dem Schalter, der eigentlich für die Reisetaschen und Koffer vorgesehen war, ihre Habe aufschichtete. Sie hob sorgsam Plastiktüte um Plastiktüte vom Kofferkuli und packte zahllose rostige Töpfe aus, die mit Sand oder verschimmelten Lebensmitteln gefüllt waren, und sortierte sie auf der Steinbank, als stünde sie an einem Herd und beginne jetzt gleich mit dem Kochen. Eine ziemlich junge, dunkelhaarige, gutaussehende Frau schob sich endlich, um die langen Schlangen an den anderen Schaltern zu vermeiden, an der Alten vorbei.

Die Alte sah nicht auf, und auch der Beamte bemerkte sie nicht gleich, obwohl sie sagte: »Geben Sie mir eine Fahrkarte.« Er legte erst sorgfältig das Kreuzworträtselheft zur Seite, dann sah er sie an. »Wo wollen Sie denn hin?«

»Ich will eine Fahrkarte für den ersten Zug, der von hier wegfährt«, sagte Caroline.

Der Beamte schob seine Eisenbahnermütze in den Nacken. »Da draußen ist eine fünf Meter hohe Anzeigetafel. Was halten Sie davon, wenn Sie da mal draufschauen und mir dann sagen, wohin Sie wollen, Signora?«

»Geben Sie mir eine verdammte Fahrkarte!«

»Lassen Sie das Theater, Signora, und sagen Sie mir, wohin Sie wollen.«

»Sagen wir: Berlin.«

»Es gibt keinen Direktzug nach Berlin. Gehen Sie in ein Reisebüro, da verkauft man Ihnen auch eine Fahrkarte.«

»Ich sage doch klar und deutlich, ich will nach Berlin.«

»Ich kann Ihnen höchstens eine Karte bis München verkaufen, von dort können Sie dann sehen, wie Sie nach Berlin kommen.«

»Also gut, geben Sie mir eine Fahrkarte nach München.«

»Schlaf- oder Liegewagen?«

»Schlafwagen.«

»Schalter 41.« Der Beamte widmete sich wieder seinem Kreuzworträtsel.

»He, was soll das heißen?«

Der Beamte deutete mit seinem Kugelschreiber auf die Anzeige über seinem Schalter. »Hier gibt's nur einfache Fahrkarten mit Sitzplatzreservierung.«

»Dann geben Sie mir einen verdammten Sitzplatz nach München!«

»Gang oder Fenster?«

»Herrgott, das weiß ich doch nicht.«

Der Beamte schob seine Mütze noch einen Zentimeter weiter in den Nacken. »Signora, wissen Sie was, fliegen Sie lieber mit dem Flugzeug!« Er drehte das Schild »Geöffnet« auf »Geschlossen« und nahm wieder sein Kreuzworträtselheft zur Hand. Caroline wischte sich den Schweiß aus der Stirn. Der Mann ist ein Irrer, dachte sie. Ab dreißig Grad gibt es nur noch Irre.

Sie schob sich an der Alten vorbei. Schäfer hatte sich vor dem geschlossenen Kiosk auf einen ihrer besten Koffer gesetzt und rauchte. Sie sah, wie die Asche auf ihre Reisetasche fiel. Es war eine schwachsinnige Idee gewesen hierherzukommen, dachte sie. Schwachsinnig. Eine Kurzschlußhandlung. So etwas wie Panik.

Sie ging durch die Halle, rempelte ein paar berucksackte Schweden an und verdammte die Stimme des Ansagers, der zum zehnten Mal wiederholte, daß der Zug aus Genua drei Stunden Verspätung habe.

Schäfer warf die Zigarette weg, als sie ihre Tasche neben die wie eine Wagenburg aufgebauten Koffer fallen ließ.

»Hast du eine Fahrkarte?«

»Ja, ich fahre nach Wien.«

Er nickte resigniert. »Der Zug geht jeden Augenblick. Du mußt dich beeilen. Sie haben ihn eben durchgesagt.«

»Ich nehme nicht den. Der war voll. Ich nehme den nächsten.«

»Aber der geht erst heute nacht.«

»Was weiß ich denn, wann der geht! Wenn du mich nicht hierhergeschleppt hättest, säßen wir jetzt nicht mit dem ganzen Krempel in dieser schrecklichen Halle.«

»Aber du wolltest doch zum Bahnhof.«

Sie riß eine Zigarettenschachtel auf. »Wo hätten wir denn sonst hingehen sollen? Diese Schergen des Kardinals haben meine Sachen aus den Schränken gerissen, als wäre ich ein Verbrecher. Die haben alles in die Koffer gestopft, so daß ich Wochen brauchen werde, um es bügeln zu lassen. Ich bin noch nie, nie so vor die Tür gesetzt worden. Das war beleidigend, und du hast uns das eingebrockt. Und geh von meinem Koffer runter.«

Schäfer stand auf. Er hatte sein zitronengelbes Hemd an, das an der Brust und unter den Armen vollkommen durchgeschwitzt war. »Was kann ich denn dafür?« fragte er vorsichtig. Er schob seine beiden Reisetaschen zwischen seine Füße und sah zu, wie Caroline den Rauch in Schwaden in die Luft blies.

»Du hättest die Polizei rufen sollen, als sie uns rausgesetzt haben. Du hast einen Mietvertrag, verdammt.«

»Das hätte kaum etwas genutzt. Es ist seine Villa.«

Caroline versuchte, den linken Fuß aus dem Pumps zu ziehen, damit ihre durchgescheuerte Ferse Luft bekam. »Du wehrst dich natürlich nie. Du läßt dir auch vom Fürsten die Bücher wegnehmen, der damit aus den Katakomben verschwindet und sich natürlich nicht erwischen läßt, aber du, du läßt dich erwischen. Du hättest dir doch denken können, daß die beiden bleichgesichtigen Priester den Fürsten nicht aufhalten, aber dich anschwärzen, sobald der Kardinal nachhakt und wissen will, ob da nicht jemand Merkwürdiges aus den Katakomben gekommen ist.«

»Ich weiß nicht«, sagte Schäfer. Er nahm ein Kaugummi aus der Hosentasche, das derart mit dem Verpackungspapier verklebt war, daß er es nur noch auf den Boden werfen konnte.

Die Ansagerin erklärte, der Zug aus Genua habe doch nur zweieinhalb Stunden Verspätung.

»Ich meine«, sagte Schäfer, »es ist doch gar nichts passiert. Ich meine, wir brauchen uns doch nur ein Zimmer zu nehmen und herauszufinden, wo die Insel ist.«

»Sebastian, ich will nicht mehr. Und schieb mir nicht in die Schuhe, daß ich das Luxushäschen bin. Stell dir vor, ich wäre jetzt schwanger. Was dann? Du willst einfach nicht, daß wir einmal zusammenleben. Sobald wir es tun, fällt dir etwas ein, um es zu boykottieren.«

Sie warf die Zigarette weg und drehte ihm den Rücken zu. Ein paar Schritte neben ihnen rollten zwei rotblonde Mädchen mit Kanada-Flaggen auf dem Rucksack ihre Schlafsäcke aus.

»Du mußt etwas dafür tun, damit wir zusammenbleiben können, aber das verstehst du nicht«, sagte Caroline.

»Wie wär's, wenn wir einfach beieinander blieben?«

Sie drehte sich wieder zu ihm um. »Was vor allem darin bestünde, daß ich dich bemuttere. Ich will in meinen Leben noch etwas tun, verstehst du. Es gibt auf dieser Welt eine Masse Zeitungen. In Wien kenne ich jemanden, der beim Fernsehen ist. Das sind meine Perspektiven.«

Ein junger Mann mit Kurzhaarschnitt bat Schäfer um ein paar Zigaretten. Er sah interessiert auf Caroline in ihrem schwarzen Minikleid.

»Was ist das denn für eine Perspektive? Du willst deine soziale Gesinnung wieder breittreten und dich dafür gut bezahlen lassen«, sagte Schäfer.

Sie sah auf sein durchgeschwitztes Hemd, auf das rote, schweißnasse Gesicht und die schmutzige helle Hose. »Weshalb trampelst du jedesmal auf meiner Arbeit herum? Wenn wir hier schon herumstehen, dann kannst du mir deine tiefgründig intellektuellen Einsichten auch mal erklären.«

»Es gibt nichts zu erklären, du weißt das alles selber. Du machst in deinen Blättern ständig irgendwelche Feinde aus, die für Armut und Drogenhandel verantwortlich sind, brüstest dich mit deinen Erfahrungen und deinen vorzugsweise unter diskriminierten Volksgruppen ausgewählten Mittelschichtsfreunden und verhackst die Welt zu einem Brei. Bei einem Schnupfen liegst du aber in einer Privatklinik. Du willst mit dem Journalismus in der ersten Reihe sitzen und vor allem Beifall dafür, was dir alles an Sozialem einfällt. Du willst doch gar nichts ändern, du willst beklatscht werden.«

Sie trat gegen seine Tasche. »Deswegen ist die Welt auch so mies, weil es ein paar Dutzend Journalisten gibt, die wenigstens zuhören?«

Er zündete sich eine Zigarette an. Der Schweiß lief von seiner Oberlippe auf den Filter. Er warf die Zigarette weg, dann sagte er: »Die Journalisten sind nicht das Problem, sie machen es. Alle machen sie nach. An Entrüstung über eine Million Ungerechtigkeiten herrscht komischerweise kein Mangel und auch nicht an klugen, mitfühlenden Analysen. Aber nur deshalb, weil alle auf diesen billigen Meditrick hereinfallen, daß es reicht, Bescheid zu wissen und die richtige Meinung zu haben. Deshalb passiert nichts, gar nichts.«

»Das ist mir zu dumm, Schäfer.«

Die Kanadierinnen entkorkten eine Rotweinflasche. Schäfer lehnte höflich einen Schluck ab.

»Was sollen wir also machen? Gesetzt den Fall, wir würden zusammenbleiben?«

»Die Insel suchen.«

»Du warst es doch, der mir erklärt hat, wir hätten eine Chance von eins zu einer Million, diese Insel je zu finden. Tausende von Küstenkilometern kommen in Frage auf Dutzenden von Inseln, und dort ist wahrscheinlich nichts als ein Loch im Boden, oder zwei.«

»Es muß einen Weg geben.«

»Ich will hier weg«, sagte Caroline. Sie sah zu, wie ein offensichtlich betrunkener Mann in der Halle flach auf den Boden fiel. Eine zierliche Frau half ihm auf.

»Selbst wenn«, sagte sie, »selbst wenn wir diese Stecknadel im Heuhaufen je finden würden, was ich nicht glaube, wenn wir einen Hinweis fänden, daß Jesus dort wirklich friedlich starb, was dann? Dann könntest du ein paar Millionen verzweifelter Frauen, die für das Leben ihrer krebskranken Kinder beten, nachweisen, daß sie sich die Mühe sparen können. Das käme dabei heraus.«

Schäfer warf die Zigarette weg. »Das ist Unsinn. Vielleicht ist alles ganz anders. Stell dir vor, wir finden wirklich das Grab und irgendeinen Hinweis darauf, daß Christus nicht gekreuzigt wurde. Wie herrlich, ein menschlicher Gott, der sich nicht heldenhaft an die Balken schlagen läßt, sondern betet: ›Lieber Gott, tut mir leid, ich schaff das nicht.‹ Vielleicht war er trotzdem Gottes Sohn, und nur die Kirche hat einen Helden aus ihm gemacht. Vielleicht war er ein Gott, der es im entscheidenden Augenblick nicht geschafft hat. Endlich ein Gott für die Schwachen dieser Erde, die auch nur hoffen können, daß es ein Leben nach dem Tod gibt.«

»Schäfer, du spinnst.«

»Was auch immer wir finden, es würde zumindest wieder Fragen aufwerfen. Was wäre denn, wenn wir Schluß machten mit dem Christentum? Was bleibt denn dann? Was ersetzt es denn? Warum müssen wir den Kirchen das Monopol überlassen, an was man glauben darf und an was nicht? Wir wissen doch, daß wir mit den Dogmen der Kirchen nicht weiterkommen, und es kann auch nicht sein, daß jeder, der Mohammedaner ist, nur weil er es ist, in die Hölle kommt. Wenn wir weitersuchen und das Schriftstück finden, könnten wir Jesus vor seiner Kirche und seinen Gläubigen retten. Wir beenden damit eine Epoche in der Geschichte der Menschheit, die weiß Gott nicht rühmlich war. Wir schaffen eine Kirchenhierarchie ab, damit die Religion wieder eine Chance hat.«

»Sebastian, halte mir jetzt keinen theologischen Vortrag.« Sie setzte sich auf den Koffer neben ihm und sah auf die Menge, die auf den linken Bahnsteig zuströmte, wo die Züge in die Vorstädte abfuhren. In ein, zwei Stunden würde es stockdunkel sein. Sie würden sich irgendein zu teures, schäbiges Hotel suchen müssen. »Sebastian, was sollen wir bloß machen?«

»Wie wär's, wenn wir uns übergangsweise einfach mal liebten, achteten und ehrten.«

»Wobei das Achten und Ehren vor allem mein Part wäre«, sagte sie.

Auf der Anzeigetafel erschien die Mitteilung, daß der

Zug aus Genua nun doch drei Stunden Verspätung habe. Der Zeiger der Uhr rückte auf halb sieben. Caroline fühlte sich müde. Als in dem Kiosk hinter ihnen plötzlich mit einem rasselnden Lärm die Blenden hochgezogen wurden, kaufte Schäfer eine Dose Zitronenlimonade. Sie trank davon einen Schluck, setzte sich auf den Boden und war froh, daß da ein Bein war, an das sie ihren Kopf anlehnen konnte.

»Sebastian, was machen wir denn jetzt?«

»Wir könnten uns erst einmal ein Zimmer nehmen.«

»Das meine ich nicht, ich will in kein Zimmer, ich will gar nichts mehr, außer hier weg.«

»Wir könnten irgendwo eine Woche Urlaub machen. Wir haben doch noch ein bißchen Geld.«

»Wir müssen uns entscheiden, ob wir zusammenbleiben, Sebastian. Das verstehst du nicht. Was machst du denn, wenn ich wirklich nachher den Zug nehme?«

»Die Insel suchen«, sagte Schäfer, so entschlossen er konnte.

»Das ist Unsinn. Wir wissen nichts darüber.«

»Wir wissen, daß es diese Insel gibt.«

»Und wie willst du die Insel finden?«

»Es muß einen Zusammenhang zwischen der Insel und dem Fürsten geben. Warum will er nicht, daß jemand erfährt, wie sie heißt?«

»Vielleicht will er nicht, daß jemand nach dem angeblichen Christusgrab sucht, weil er das als Entweihung empfindet.«

»Vielleicht sucht er aber auch selbst danach und will keine Konkurrenz dabei.«

Caroline richtete sich auf. Sie putzte den Staub von ihrem Kleid. »Das könnte sein. Ich glaube es aber nicht. Der Fürst würde nicht auf einer Insel suchen. Er haßt das Meer.« Sie zündete sich eine Zigarette an. »Ich glaube nicht, daß ich den Zug heute abend nehme. Ich fahre erst morgen. Ich muß erst ein paar Telefonate machen.«

Schäfer nahm einen Zug von ihrer Zigarette. Er saß noch auf dem Koffer. »Wie kommst du darauf, daß er das Meer haßt?« fragte er.

»Das hat Giacomo in Strasano erzählt. Erinnerst du dich nicht mehr? Er meckerte, daß er in den ganzen Jahren niemals mit dem Fürsten ans Meer fahren durfte, obwohl es so nah war. Sie fuhren immer in die Berge.«

»Aber warum hat er denn dann ...?« Schäfer sprang auf. »Wo sind die Fotos?«

»Hör auf, so dramatisch zu tun. Was für Fotos?«

»Du hast doch Fotos gemacht in der Kapelle von Plancus.«

»Die Fotos sind im Koffer. Was willst du damit?«

»Bitte, hol sie raus!« Er nahm ihr die Zigarette aus der Hand und packte sie fest am Arm. »Bitte, gib mir die Fotos.«

»Ich packe doch nicht meine Unterhosen in der Bahnhofshalle aus. Die sind irgendwo dazwischen.«

»Verstehst du denn nicht? In der Kapelle waren doch die Bilder der Güter der Familie Casacciolo. Erinnerst du dich nicht? Unter der Decke waren sie aufgemalt. Unter jedem stand der Name des Ortes, der der Familie gehört. Das letzte, das kleinste, das war ein Haus am Meer, erinnerst du dich? Wenn der Fürst und seine Familie das Meer so hassen, warum kaufen sie dann ein Haus an der Küste?«

»Ein Haus an der Küste muß nicht auf einer Insel stehen.«

»Bitte, laß mich nach den Fotos suchen.«

Sie öffnete den Reißverschluß des schwarzen Koffers und wühlte in der Wäsche. »Ich verstehe dich nicht.«

Die Kanadierinnen sahen interessiert zu.

Caroline hielt jetzt ein Bündel Fotos in der Hand. Schäfer nahm es ihr ab. Er legte die Bilder der Kapelle auf den Kofferrand. »Hier siehst du, hier ist es. Lies doch, siehst du nicht?«

»Da steht ›Palombella‹.«

»Das ist es! Ich war ein halbes Dutzend Mal auf dieser Insel. Es gibt dort römische Ausgrabungen.«

Sie nahm das Foto in die Hand. »Palombella« stand unter dem Bild, das einen kleinen Palazzo über dem Meer zeigte. Sie hielt das Bild fest und strich Schäfer die schweißnassen Haare aus den Augen. »Sebastian, du bist ganz schön helle.« Sie küßte ihn auf den Mund. Die Kanadierinnen johlten. »Wir geben ein ganz schönes Schauspiel ab. Ich habe übrigens gar keine Fahrkarte.«

»Das weiß ich«, sagte Schäfer.

»Wie kommt man eigentlich nach Palombella?« fragte sie.

»Genau wie Flavius vor zweitausend Jahren. Man nimmt ein Schiff ab Siracusa auf Sizilien«, sagte Schäfer.

»Und wie kommen wir nach Syrakus?«

Schäfer lachte. »Zum Beispiel mit dem Zug.«

2

Es war ein Fehler, dachte der Kardinal. Es war ganz sicher falsch. Er sah zu dem jungen, muskulösen Priester mit dem weißen Gesicht und der Bürstenfrisur, der den Telefonhörer noch am Ohr hielt und jemandem zuhörte. Das Zimmer war dunkel, die Sonnenblenden sperrten das brutale Licht und die aufdringliche Wärme aus. Der Kardinal mochte die Dunkelheit im Sommer. Er zog sie dem fahlen Winterlicht vor. Er hatte auch die Kerzen gelöscht. Er haßte Kerzen, er haßte die Tropfenflecken auf der Schreibtischplatte. Aber die Haushälterin ließ sich nicht belehren. Sie verteidigte auf seine Kosten die Ansicht, daß zu Kardinälen Kerzen paßten. Seine Augen waren noch gut, und er schrieb am liebsten im Halbdunkel des Zimmers ohne ein Licht.

Es war ein Fehler gewesen, Schäfer aus der Villa zu jagen. Es war kurzsichtig und dumm gewesen, denn jetzt hatte er nichts und niemanden mehr in der Hand, nicht einmal eine Spur, die zu den Manuskripten führen konnte. Ja, dumm, dachte der Kardinal. Er hielt die Hände gefaltet vor dem Gesicht.

Der junge Priester legte den Hörer auf. »Dieser Herr Schäfer ist von der Villa aus direkt zum Bahnhof gefahren.«

»Mit seiner Frau?«

»Ja, mit seiner Frau.«

»Und dann?«

»Der Don sagte mir nur, sie seien zum Bahnhof gefahren. Dort ist der Don wohl zum Telefon gelaufen, um Bescheid zu sagen.«

»Und haben sie einen Zug genommen?«

»Das habe ich den Don auch gefragt, aber als er zurücklief, waren sie nicht mehr in der Bahnhofshalle.«

»Herrgott«, sagte der Kardinal. »Ich wollte wissen, wo sie hinfahren.«

Der junge Priester sah auf seine Schuhspitzen. Der Kardinal hatte ihn zu sich kommen lassen, und er wußte, daß der junge Priester sich geehrt fühlen mußte. Er hatte ihn auf einem Rennrad gesehen. Vielleicht war es das, was ihm an dem jungen Mann imponiert hatte, das Rad. Der Priester sah aus, als könne er zupacken, Probleme lösen, statt zu reden. Der Kardinal haßte es, banale Probleme zu lösen. Er empfand gelegentlich einen gewissen Ärger auf

Gott, weil dieser zuließ, daß weltliche Probleme seinen Tag bestimmten. Manchmal mußte er sogar eine gewisse Verachtung für die unendliche Güte Gottes niederringen, der solchen Leuten wie Schäfer alles durchgehen ließ, vermutlich, um sie in ihrer Freiheit nicht zu beschneiden. Er ließ es sogar zu, daß Schriften auftauchten, die ein echtes Problem werden konnten, das er – der Kardinal – dann zu lösen hatte, damit es aus der Welt war. Der junge Priester würde vermutlich auch irgendwann diese Verachtung entdecken, deswegen mochte er ihn.

»Rekapitulieren wir«, sagte der Kardinal. »Was wissen wir über den Mann, der euch in den Katakomben entwischt ist?«

»Wir hatten die Anweisung, nur Herrn Schäfer aufzuhalten.«

»Das ist jetzt nicht von Bedeutung. Was wissen wir von ihm?«

»Nichts. Er ist weg.«

»Gut. Oder besser: schlecht. Was wissen wir von dieser Schwester Cristina?«

»Ich habe mit der Oberin geredet, sie schickte ihr jemanden nach, als die Schwester das Kloster verließ.«

»Sie schickte ihr jemanden nach?«

»Ja, weil die Schwester ihr Taschengeld verlangt hatte.«

»Wieviel?«

»Hundertfünfzigtausend Lire.«

»Das ist ja nicht sehr viel. Was hat sie damit gemacht?«

»Sie ging in ein Reisebüro.«

»Und dann?«

»Die Oberin wußte es nicht. Aber ich habe sie danach gefragt, und sie hat in dem Reisebüro später noch einmal nachgefragt, aber da konnte niemand mehr herausfinden, was die Nonne in dem Reisebüro gekauft hat.«

Der Kardinal drückte die Fingerspitzen gegen die Stirn.

»Was sagt man im Kloster, wo sie hätte hinfahren können?«

Der junge Priester schwieg. Der Kardinal sah zu ihm hinüber. Er stand am Tisch und blickte betreten zu Boden.

»Man sagt ...«

»Was sagt man?«

»Die Nonnen sagen, die Schwester habe nach dem langen Klosterleben schnurstracks eine Luxuskreuzfahrt gebucht.«

»Mit hundertfünfzigtausend Lire?« Der Kardinal stand auf. »Damit kommt sie gerade einmal bis Neapel und zurück.« Er trat vor den großen Kamin, wo ein ausgebranntes Holzscheit lag. Es roch nach Rauch in dem Zimmer. Der Kardinal liebte das. Dieser Geruch verlieh dem Raum Adel, der ihn heiligte und schützte gegen das Geschwätz dort draußen.

Er wußte, daß der junge Mann darauf brannte zu erfahren, worum es eigentlich ging, und er würde es ihm natürlich nicht sagen. Wie auch? Es gab die vage Möglichkeit, daß der Fürst neben dem Tagebuch eines Spinners einen Brief von Pilatus aus den Katakomben geholt hatte, der ein echtes Problem darstellen konnte.

»Wir müssen erfahren, wo sie sind. Alle. Dieser Herr Schäfer, seine Frau, der Fürst und die Nonne – und wir haben nicht den geringsten Anhaltspunkt.«

»Wir sind schwache Menschen. Nur das Auge des Herrn sieht alles«, sagte der junge Priester.

»Die Kirche ist das Auge des Herrn – und seine Hand.«

»Natürlich, Verzeihung«, sagte der junge Mann.

Der Kardinal setzte sich wieder und faltete die Hände vor dem Gesicht. Das Auge des Herrn, dachte er. Genau. Jeder Priester in jeder Stadt müßte nach ihnen Ausschau halten. Das ließ sich mit einem Brief an die Bischöfe relativ leicht regeln. Dann konnte die Sache allerdings nicht mehr geheim bleiben. Es würde Fragen geben. Unruhe im Kardinalskollegium. Einzelne Priester konnten sich an die Presse wenden. Dem Kardinal schauderte bei diesem Gedanken. Aber es mußte wahrscheinlich sein. Priester erfuhren in ihren Gemeinden viel. Sie wußten, wer neu hinzugezogen war, vor allem, wenn es sich um einen Adeligen und eine ehemalige Nonne handelte. Eine seltsame Woge der Begeisterung erfaßte ihn bei der Vorstellung, wie die Priester und Novizen, die Mönche und Bischöfe in jeder Stadt, jedem Dorf in Blitzesschnelle Informationen einholten, bis dann bei ihm der erlösende Anruf einging: Sie sind hier. Er mußte das riskieren. Er würde sie ausschicken, in jede Stadt Italiens, und wenn es sein mußte, dachte der Kardinal, in alle Welt.

3

Erst als die Motoren des Tragflächenbootes aussetzten, zog die offensichtlich auf ihre marzipanweiße Haut bedachte junge Dame, die in der Sitzreihe neben Schäfer saß und ein schwarzes Kunstknautschleder-Kleid und violetten Lippenstift trug, einen Spaltbreit den Vorhang vor dem Fenster auf. Schäfer konnte von der Insel nur ein paar karamelfarbene Felsen sehen, dann öffnete sich eine schmale Bucht mit einer Mole. Diese Betonmole war Millimeter für Millimeter mit winzigen, dreirädrigen Klein-Lkws so vollständig zugeparkt, daß nur ein Wunder die Wagen je wieder aus dem Gewühl würde befreien können.

Schäfer nahm die beiden Koffer und die Reisetasche von Caroline vom Sitz, hängte sich den Beutel mit seinen eigenen Sachen um und zwängte sich zum Ausgang durch. Die Sonne schien mit der ganzen Wucht des Juli. Außer ihm stiegen nur noch drei weitere Touristen aus, darunter auch die Dame in Knautschleder, die – wie sich in einem kurzen Gespräch mit einem der Matrosen herausstellte – keineswegs eine Badeurlauberin aus der Großstadt, sondern die Tochter eines einheimischen Fischers war.

Er schleppte das Gepäck schon über den gefährlich schmalen Steg an Land, als Caroline endlich an Deck auftauchte. Sie hatte sich umgezogen. Sie trug jetzt ein mädchenhaftes T-Shirt-Kleid, gemustert mit kleinen, ehemals bunten Luftballons. Das Gewand gehörte, wie Schäfer wußte, in die Kategorie »Lieblingskleider«. Sie hatte es schon besessen, als er sie kennengelernt hatte. Seitdem war es unendlich oft gewaschen worden und entsprechend ausgeblichen, doch die Nähte waren sehr sorgfältig geflickt. An die erwachsene Caroline erinnerte nur ein Ledergürtel um ihre Hüften.

Sie plauderte noch mit dem Matrosen, der ihr angeboten hatte, gleich wieder mit ihm zurückzufahren, da die Insel außer ein paar Bars und einer schlechten Trattoria nichts zu bieten habe, und der ihr soeben von Bord half. Als das Schiff ablegte, lehnte sie sich an Schäfers Brust, deutete auf das postkartenblaue Wasser und gab einen Laut von sich, der eine Art Seufzer sein sollte. Es ist erstaunlich, dachte Schäfer, wie eine erholsame Nacht im Schlafwagen, Sonne, eine winzige Insel und ein bißchen Wasser eine Frau verändern können.

Aus dem Pulk der Mini-Lkw-Besitzer schälten sich drei braungebrannte, jugendliche Männer mit einer Unmenge Pomade im Haar, die Schäfer versicherten, daß sie ihn in ein erstklassiges Hotel fahren würden, freundlich lächelten und dann mit einer gewissen Brutalität versuchten, ihm die Koffer und Taschen aus der Hand zu reißen. Caroline verscheuchte sie mit ein paar Schimpfworten und musterte dann die Reihe der dreirädrigen Lkws auf der

Suche nach einem vertrauenerweckenden Gesicht. In der letzten Reihe stand das Wrack eines Mini-Lkws, auf dessen Seite per Hand liebevoll »Pension Zio Beppe« gemalt worden war. Ein schwitzender Dicker, offensichtlich Zio Beppe persönlich, saß auf der Ladefläche des Lkw, sah desinteressiert über den Hafen und aß eine rohe Zwiebel. Er trug eine ölverschmierte blaue Arbeitshose, ein schmutziges Unterhemd und schützte seine Glatze notdürftig mit einem Taschentuch vor der Sonne. Abgesehen von dem sicherlich unbeabsichtigt vermittelten Bild der Idylle erweckte der Pensionsbesitzer vor allem den Eindruck, daß er nicht gestört werden wollte.

»Der da«, sagte Caroline.

Schäfer versuchte, sich zwischen den Lkws hindurchzuzwängen. Zum ersten Mal fiel ihm auf, daß »Zio Beppe« einigermaßen korrekt auf deutsch übersetzt schlicht »Onkel Jupp« hieß. Auf Carolines Frage, was denn Zio Beppes Zimmer kosteten, spuckte der aus und murmelte: »Zweihunderttausend die Woche.«

Caroline nickte hoch befriedigt. Zio Beppe nickte auch und gab dann Schäfer mit einer Geste zu verstehen, daß er ja schon mal anfangen könne, das Gepäck zu verladen. Er selbst kletterte behend von der Ladefläche und ließ sich auf der handtuchschmalen Bank im Führerhaus nieder.

»Komm schon«, rief er Schäfer zu, der die Koffer untergebracht hatte und sich neben Caroline und Zio Beppe auf die winzige Bank zwängte. Schäfer wollte die Tür schließen, als Zio Beppe ihn bedrohlich anherrschte. Erst als er wiederholte, verstand Schäfer »il cane«, der Hund. Schäfer öffnete noch einmal die Tür, und tatsächlich schaute ein – angesichts seiner beachtlichen Größe – seltsam schüchtern dreinblickender Hund ihn an. Beppe spuckte aus und rief: »Komm schon.« Der Hund machte einen Satz, landete auf Schäfers und Carolines Beinen und leckte, offensichtlich aus Dankbarkeit, Schäfers Gesicht, als Zio Beppe kommandierte: »Jetzt geht's los.«

Das Wrack des Mini-Lkw quälte sich mit seinem Fünfzig-Kubik-Motor eine Art Eselspfad hoch. Die Bucht sah von oben atemberaubend schön aus, weiter hinten erkannte Schäfer auf einem kleinen Hügel die geweißelten Häuser des Dorfes. Das Wasser glitzerte grünlichblau, der Pulk der Mini-Lkws begann sich zu zerstreuen. Trotz des unglaublichen Radaus sang Zio Beppe einen Liedfetzen im Dialekt, während er das Autowrack durch einen kleinen Pinienwald lenkte. Auf einer felsigen Anhöhe würgte er den Motor ab und ließ das Gefährt den Pfad hinunterpoltern.

»Das wird wohl auf so eine Art Familienpension hinauslaufen!« schrie Caroline.

»Wahrscheinlich«, sagte Schäfer. Er sah ihn schon vor sich, diesen völlig deplazierten, häßlichen Zementbau, der wie Tausende anderer Pensionen in den Zeiten des Tourismusbooms in die Höhe geschossen war. Als einzigen Service – außer Neonröhren-Lampen und einem Betonbalkon – durfte der Gast in der Regel genießen, daß die Hausfrau dazu verdonnert wurde, jeden Morgen einen Abschnitt des mit Müll verdreckten Strandes für die Sonnenschirme der Gäste freizuräumen. Doch Zio Beppe hatte keine Familienpension. Er hatte etwas viel Besseres.

Der Mini-Lkw schaukelte mit beachtlicher Geschwindigkeit einen noch schmaleren Pfad hinunter, überquerte eine asphaltierte Straße und bog dann in einen Weg ein, der parallel zum Meer im Schatten hoher Pinien verlief. Nach knapp hundert Metern sah man ein kleines rostrotes Steinhaus, das an einer hufeisenförmigen Bucht lag. Es sah aus wie von einem Kind gemalt, mit einem roten Ziegeldach und grünen Fensterläden, und es stand nahe an einem hohen weißen Felsen, als suche es Deckung. Die Sorgfalt, mit der ein Holztisch und Stühle, die vor dem Haus standen, in Plastikplanen eingewickelt worden waren, signalisierte, wie schwer es den Mietern im vergangenen Jahr gefallen war, diesen Ort wieder zu verlassen.

Mit einem Ruck kam das Gefährt vor dem Haus zum Stehen, und Zio Beppe schälte sich von der Bank. Er sah interessiert zu, wie Schäfer die Koffer von der Ladefläche wuchtete.

Caroline sprang aus dem Wägelchen, sagte so etwas wie »Wow« und fragte dann: »Ist es das da?«

Zio Beppe murmelte: »Gehört dem Nonno«, dem Opa, und reichte Caroline einen Schlüssel.

Schäfer schleppte die Koffer zum Eingang, während Zio Beppe Caroline den Anbau zeigte. Direkt neben dem Haus lag eine Art Bootsgarage. Der Schuppen war über einen Teil der Bucht gebaut worden, so daß ein Fischerboot hineinfahren konnte. Auf der Höhe des Wassers war ein großes Holztor. Eine Tür verband das Haus mit dem Schuppen. Schäfer schleppte die Koffer zum Eingang. Die Haustür war nicht abgeschlossen.

Im Erdgeschoß gab es neben einer blaugekachelten Küche und einem Bad einen Saal mit Keramikfußboden und einem Kamin. Als hätten sie sich zum Tanz getroffen, bevölkerten bunt bemalte Holzmöbel, über deren Wert als Antiquitäten offensichtlich noch niemand Zio Beppe aufgeklärt hatte, den Raum. Schäfer stieß die Fensterläden auf. Das Haus stand so nahe am Meer, daß man glauben konnte, man reise auf einem Schiff. Im ersten Stock fanden sich zwei Schlafzimmer mit einfachen Betten. Der Balkon des größeren Schlafzimmers ragte so weit über das Wasser, daß man von dort oben direkt ins Meer springen konnte.

Schäfer hörte, wie Zio Beppe im Erdgeschoß Caroline erklärte, es sei ganz normal, daß aus dem Wasserhahn nach dem kalten Winter zunächst nur eine braune Brühe tropfe, und war erleichtert, als Caroline, davon offenbar unbeeindruckt, zu Schäfer hochrief: »Gib ihm gleich die Miete für den ganzen Sommer!«

Zio Beppe steckte die Scheine in die Hosentasche und ließ sich von Schäfer bis zu dem Mini-Lkw begleiten. Er zeigte auf den Schotterweg. »Da geht es hoch zur Straße, die führt hinunter zum Hafen. Da ist mein Haus. Wenn ihr wollt, könnt ihr abends bei uns essen. Sind nur ein paar Meter. Zwanzigtausend pro Person, Wein inklusive.«

Schäfer nickte. Während Caroline die diversen Fenster aufriß, überlegte er einen Augenblick, ob Zio Beppe der Mann war, bei dem man mit der Tür ins Haus fallen konnte, und fragte dann doch: »Gab es in der letzten Zeit auf der Insel Getuschel um einen Adeligen?«

Beppe hatte wieder eine Zwiebel in der Hand. Er schüttelte den Kopf. »Das mit dem verrückten englischen Prinzen und der komischen Prinzessin ist die Insel nebenan. Hier gibt's so was nicht.«

Er wandte sich zum Gehen, als Caroline aus der Tür kam, um ihm noch eine Zigarette anzubieten. Er klemmte sie hinters Ohr. »Kennen Sie den Namen Casacciolo?« fragte sie.

»Klar«, sagte Zio Beppe. »Der Fürst.« Er machte ein Zeichen mit der Hand, das wohl »plemplem« bedeuten sollte. »Der ist wieder da. Sehen Sie, da oben.« Er deutete den dicht mit Pinien bewachsenen Hügel hinauf. Oben auf der Spitze des Hügels waren die Bäume gerodet worden, eine Ansammlung geduckter, sandfarbener Häuser war zu erkennen. »Da oben wohnt er. Das Haus hat er schon in den fünfziger Jahren gekauft. Durchgedreht ist der.«

»Wieso?« fragte Caroline.

»Monatelang, ach was, jahrelang ist der mit seinem Diener über die Insel gezogen und hat Löcher gesucht.«

»Löcher?«

»Ja, Löcher, Gräber. Hier sind doch alle durchgezogen und haben ihre Toten dagelassen. Piraten, Muselmanen, Kreuzritter, Römer, Griechen, alle. Wie wollen Sie denn hier einen vergraben? Sie können ihn doch nicht einfach ins Meer schmeißen, und extra einen der wenigen Bäume zu fällen, um den Tote zu verbrennen, das geht auch nicht. Die haben Löcher in die Felsen gehauen.«

»Gibt es viele?« fragte Schäfer.

»Hunderte, Tausende, was weiß ich. Der Fürst hat sie alle abgesucht. Der hat sogar welche wieder aufgegraben, wenn die Bauern sie zugeschüttet hatten, weil die Esel sich darin die Beine brechen.«

»Was hat er denn gesucht?«

»Plemplem«, sagte Zio Beppe. »Gefunden hat er jedenfalls nichts.« Er riß die Tür des Lkw-Wracks auf. Der Hund saß schon drin. »Den Fürsten kriegen Sie auf jeden Fall nicht zu Gesicht. Der soll sich mit einer alten Nonne verbarrikadiert haben und geht nur am Sonntag zur Messe ins Dorf. Aber der Diener, der sitzt jeden Abend am Hafen in der Schenke und trinkt. Auf Pump.«

4

Ein Hirtenjunge über dem Abhang, der ein Radio an das Ohr hielt, auf die Fußballergebnisse wartete und gelegentlich mit einer Rute auf den Rücken einer der Ziegen eindrosch, die um ihn herum grasten, sah kurz vor dem Ende der zweiten Halbzeit unten an der Straße einen Priester in der Deckung des Olivenbaums kauern. Die Soutane des Geistlichen war bis zu den Knien mit weißem Staub verdreckt.

Der Priester rieb sich die Hände an einem Taschentuch

und sah hinunter in die Bucht. Dort unten sprang ein dicklicher blonder Mann vom Balkon eines Fischerhauses ins Wasser, tauchte prustend wieder auf und schaute der nackten Frau am Ufer zu, die mit einem eleganten Sprung über ihn hinwegsetzte, eine weiße Spur aus Luft in das Meer zeichnete und wieder auftauchte. Die Sonnenstrahlen verzauberten die grau-weißen Steine am Grund der Bucht, so daß sie wie Eiswürfel in einem Martini-Glas schillerten. Der blonde Mann schwamm ein paar Stöße hinaus, einem Plastikkissen hinterher, das auf das offene Meer zu treiben drohte. Die nackte Frau ließ sich ans Ufer treiben, stieg aus dem Wasser und hüllte sich in ein blaues Badetuch. Sie raffte zwei Taucherbrillen auf, ging den kurzen Weg zum Haus hinüber und sah dem blonden Mann nach, der das Kissen erreicht hatte und etwas zu ihr hinüberrief. Als sie in dem kleinen Haus verschwand, wurde eben das Spiel in Caltanissetta abgepfiffen: 1:0 gegen Syrakus. Der Hirte schaltete verstimmt das Radio aus, kam zu dem Schluß, daß auf den Sonnabend vorgezogene Spiele Unglück bringen, und stand gerade auf, als er einen zweiten Priester bemerkte, der aus einem sehr alten Citroën stieg und gebückt hinter den Olivenbaum lief, der ihm Deckung gab.

Pech für Sie, Monsignore, jetzt ist sie schon angezogen, dachte der Hirtenjunge. Er stand auf und wickelte das Radio in einen weißen Lappen, verstaute es in der Tasche und wollte gerade den Hügel hinaufsteigen, als er sah, wie die beiden Priester die Deckung verließen und gebückt über die Straße zu ihrem Wagen liefen. Der Wind stand ungünstig, so daß er nur hören konnte, wie der Dickere der beiden fragte: »Geht's jetzt los«? Er konnte sehen, wie der andere nickte.

Da Schäfer nicht etwa nur zügig ging oder lief, sondern regelrecht rannte, erwies sich die Idee, ein Jackett anzuziehen, als ausgesprochene Dummheit. Er rannte die weiß gekalkten, engen und abschüssigen Gassen mit den gefährlich glatten Rampen für die Esel hinunter zum Hafen und schwitzte. Und wenn er schwitzte, dann schwitze er unmäßig. Wie Rinnsale, die sich nach einem Regenguß in einem weitverzweigten System auf einem Acker bilden, rannen, flossen, strömten große, kleine und kleinste Schweißbäche über seinen Körper und durchtränkten nicht nur das Hemd, was er ja in Kauf genommen hätte, sondern auch das Jackett, das nun nicht mehr, wie geplant, die Schweißflecken verdeckte, sondern sich in ein triefendes Stück Stoff verwandelt hatte. Der Hitzestau in den Gassen war fast unerträglich.

Den Fischerkindern, denen es gelungen war, mit geschickten Ausreden den Gottesdienst zu umgehen, und die nun eisessend auf der Mole saßen, fiel auf, daß Schäfer der einzige war, der an diesem Morgen keinen gepflegten Sonntagsstaat trug. Auch der Händler, der vor der Eisdiele geschmuggelte Zigaretten feilbot und einen Nadelstreifenanzug trug, sah Schäfer mit Geringschätzung hinterher. Der prallte fast mit einem Fischer zusammen, entschuldigte sich und verlangsamte auf der Kaimauer endlich seine Schritte. Caroline, die in einem weißen Leinenkleid in der Bar Centrale neben einer Kiste mit zu flickenden Netzen saß, sah er erst, als sie ihm zurief:

»Brauchst du ein Handtuch?«

Er verstand die Ironie in der Frage nicht, schüttelte nur den Kopf und keuchte: »Du mußt mitkommen. Es ist etwas passiert!«

Caroline nahm ihre Beine von dem Stuhl herunter. »Das wird ja auch langsam Zeit.« Sie nippte an einem Eistee und hielt ihm das Glas entgegen.

Schäfer trank einen Schluck. »Zio Beppe ist extra hinuntergekommen, um mir zu sagen, daß in der Kirche etwas passieren wird. Es geht um den Fürsten. Die Vespa sprang nicht an, da bin ich hergelaufen.«

»Das sehe ich. Aber du erzählst mir nichts Neues. Das ganze Dorf weiß es schon. Ich habe es vom Kellner, der weiß es von seiner Mutter, die es von den Meßdienern erfahren haben will.«

»Was hat der Kellner gesagt?«

»Daß ein neuer Priester vom Festland gekommen ist, der etwas gegen den Fürsten haben soll, weil der unaussprechliche Dinge mit der Exnonne treibt. Irgend etwas haben sie abgesprochen.«

Schäfer wischte sich den Schweiß von der Stirn. »Dann komm!«

»Ich denke nicht daran. Du weißt genau, daß ich Sonntagsmessen nicht ertrage.« Sie legte die Beine wieder auf den Stuhl. »Ich warte hier auf dich. Du wirst mir nachher haargenau Bericht erstatten.«

Schäfer drehte sich um und stieg langsam die überbauten, höhlenartigen Gassen hinauf, die zur Kirche führten. Türen und Fensterläden im Dorf waren feiertäglich geschlossen, nur gelegentlich schlug ihm der Duft von gebratenem Fisch entgegen. Wie ein Keulenschlag traf ihn das helle Licht auf dem Platz, der bis auf einen Hund, der unter dem Sonnendach vor der Kaffeebar schlief, vollkommen leer war.

Eigentlich war die Piazza gar kein Platz, sondern eher eine breite Auffahrt zum bischöflichen Palast. An dem mächtigen, dreistöckigen Gebäude war im Grunde nichts auffällig. In Florenz oder Rom hätte kaum jemand den Renaissancepalast zur Kenntnis genommen. Aber hier mußte sich jeder Tourist fragen, wie ein solches Monstrum aus Stein auf diese winzige Insel geraten sein konnte. Die erzbischöflichen Wappen bröckelten ab, der einst dunkle Lack der fest verriegelten Fenster ließ sich nur noch erahnen. Schäfer wußte, daß es ihm nur so vorkam, als ob der ganze Bau mit einer grimmigen Düsternis auf den Platz blickte, weil er von jenem Bischof gelesen hatte, für den man den Palast erbaut hatte. Er war ein verstoßener Sprößling einer reichen Adelsfamilie aus Ravenna gewesen, den man, um ihn kaltzustellen, auf diese Insel versetzt hatte. Als Trostpreis war ihm der Palast geschenkt worden. Direkt neben dem Ungetüm lag die Kirche.

Schäfer blieb an dem kleinen Brunnen neben dem Kriegerdenkmal stehen, wusch sich das Gesicht mit Wasser ab und ging dann in Richtung Kirche. Die Fassade hatte ein offensichtlich vollständig unbegabter Architekt in das verwandelt, was er vermutlich für barocken Stil hielt. Zur Feier des Tages schmückte eine Leuchtschrift – »Santa Rosaria, bete für uns« – den Eingang. Aus den schnabelartigen Lautsprechern am Glockenturm klang, vermutlich wegen Geld- und Glockenmangels, plötzlich Tonbandgeläut. Der Hund unter dem Sonnendach schreckte hoch und verschwand zwischen den Glasperlenschnüren im Inneren der Bar.

Gerade packte Schäfer unentschlossen die Klinke der Kirchentür, als ein Fischer in pechschwarzem Anzug aus der Bar kam. Schäfer ging hinter ihm hinein, in dem Moment, als einige Dutzend Kehlen einen Choral anstimmten.

Die Kirche war so dunkel und so voll, daß er nichts außer Männerrücken und schwarz verschleierten Frauenköpfen sehen konnte, die sich vor ihm drängten. Der Fischer blieb gleich neben dem Eingang stehen. Schäfer zwängte sich an der Wand entlang bis zu einem Pfeiler. Außer Hinterköpfen, der schreiend bunt bemalten Decke der Kirche und einem kleinen Stück des modernen Bronzealtars konnte er nichts sehen. Mit dem Fuß ertastete er eine Art Stufe neben dem Pfeiler, stemmte sich hoch und konnte jetzt die gefüllten Reihen der Gläubigen überblicken, die gesittet unterdrückte Langeweile zeigten. In der ersten Reihe sah er den weißen Haarkranz des Fürsten, daneben saß die Frau, die noch vor kurzem Schwester Cristina gewesen war. Vom Priester sah Schäfer nur einen grünen Zipfel des Gewands. Mit dem Ende des Chorals setzte auch das Hüsteln und Schneuzen ein, das unmißverständliche Zeichen des herbeigewünschten Endes der Messe.

Der Priester war offenbar an das Sprechpult getreten. Der Lautsprecher krächzte: »Liebe Gemeinde. Was wollte uns Paulus durch den Römerbrief sagen, wenn es da heißt, Bedrängnis und Not über die Seele eines Menschen, der das Böse tut, des Juden zuerst, und auch des Hellenen. Ja, was? Daß jeder Sünder, gleich welcher Nationalität, welchen Ranges, und sei er adeliger Herkunft, der sicheren Strafe nicht entgehen wird, wenn er den Herrn herausfordert mit seiner Sünde.«

Der Priester hatte den Satz kaum zu Ende gesprochen, als die nicht ganz perfekte, aber doch eindrucksvoll inszenierte Geste ausgeführt wurde: Man erhob sich. Alle Gläubigen, die in der rechten Kirchenbank neben und hinter dem Fürsten gesessen hatten, standen auf und stellten sich in den Gang. Nur der Fürst und Cristina blieben sitzen. Das Ganze funktionierte nur dank sanfter, aber entschiedener Schläge gegen Männerrücken, die verhutzelte Ehefrauen austeilten, um ihre Gatten zum Aufstehen zu bewegen. Hier und da zwickten die Fischersfrauen ihre sich behäbig erhebenden Männer, die sich mit gebeugten Rücken und sichtlich beschämt im Gang aufreihten. Nur einige wenige verschränkten entschlossen die Arme vor der Brust und blickten feindselig zu dem alten Paar in der ersten Reihe hinüber. Das alles ging so rasch und, abgesehen von einem gewissen Rascheln der Jacken und Kleider, so leise vor sich, daß der Fürst sich irritiert umwandte und zunächst verwirrt die leeren Kirchenbänke musterte, während Schwester Cristina, die offenbar schon verstanden hatte, neben ihm einsank.

Der Priester wahrte ein gespanntes Schweigen. Jetzt erst stand der Fürst auf, nahm das ganze Ausmaß der Beleidigung wahr und ging mit Schwester Cristina am Arm langsam durch die schmale Gasse aus Menschenleibern zum Ausgang. Leise klappte die Kirchentür hinter ihnen zu. Der Lautsprecher krächzte weiter, und in diesem Moment, als der Priester für einen Moment auf die von Schäfer aus einsehbare Seite des Altars schritt, erkannte Schäfer die Stimme und sah das keineswegs unzufriedene Gesicht Don Onofrios.

5

Es war genau der richtige Moment am Nachmittag. Der Fürst wußte das, er wußte um die Augen hinter den Blenden des Friseursalons und hinter den Milchglasscheiben der Bar, deren Besitzer gestern alle in der Messe gewesen und Zeugen seiner Schande geworden waren. Selbst hinter den Blendläden im ersten Stock des erzbischöflichen Palasts auf der Seite gegenüber meinte er ein Augenpaar zu erkennen, dessen gespannter Blick ihn verfolgte. Diese Augen sahen hinaus auf ihren Platz vor der Kirche, die Nachmittagslethargie war vorbei. Sie sahen hinaus ganz ohne Neugier, als müßten sie den Platz und den Fürsten, der diesen mit Giacomo überquerte, aus Routine im Auge behalten, wie sie ihre Ziegen im Auge behalten oder immer wieder prüfen mußten, ob ihre Hände nicht zu schmutzig waren.

Der Fürst holte etwas Kleingeld aus der Tasche. »Nimm das, warte da«, sagte er zu Giacomo. Er blickte dem Diener nach, der gebückt zu der Bar schlich, einen Hund mit einem Fußtritt vertrieb und sich an eines der Tischchen setzte. Der Fürst ging zum Kirchenportal und stieß die Tür auf.

Innen war es dunkel und angenehm kühl. Am Herz-Jesu-Seitenaltar, der in seiner falschen Goldfarbe glänzte, kniete eine schmale, tief verschleierte alte Frau, nicht direkt am Beichtstuhl, aber doch am Rand der Hörweite.

Sie haben spitze Ohren, diese Hutzelweiber, dachte der Fürst. Er wußte nicht, was er jetzt tun sollte, ging zum Weihwasserbecken, benetzte sich die Stirn und schlug das Kreuzzeichen.

Sie muß weg, dachte der Fürst. Wenn ich sie nicht wegbekomme, hat es keinen Sinn, dann muß ich wieder gehen. Er wußte, daß es schwierig werden würde, er erinnerte sich an Pina, die in Strasano in der Kirche zu knien pflegte und das Beichtstuhl-Geflüster in ihrem kleinen Kopf aufzeichnete, um nach einem Gratis-Cappuccino in der Zuckerbäckerei ihren Redeschwall vor den Weibern im Dorf einzuleiten, indem sie flüsterte: »Ich kann darüber nicht sprechen, aber …«

Der Fürst kniete sich neben sie. Sie hielt das Gebetbuch wie eine Waffe und sah ihn feindselig an, während sie den Rosenkranz durch die Finger gleiten ließ.

»Ist jetzt gleich eine Andacht?« fragte der Fürst.

Sie schüttelte den Kopf.

»Ein Gottesdienst?« fragte der Fürst.

»Nichts, nichts«, zischte die Frau.

»Dann sind Sie wohl zum Beichten gekommen. Ich

werde warten, bis Sie die Heilige Beichte abgelegt haben. Ich werde dort hinten warten, in diesen Kirchen hört ein spitzes Ohr jedes Flüstern.«

Sie schaute grimmig auf. »Heute ist nicht mein Beichttag«, zischte sie.

»Wenn Sie hier Ihr Gebet verrichten wollen, dann will ich Sie nicht mit den Stimmen aus dem Beichtstuhl stören. Ich komme ein anderes Mal.«

Sie stand langsam mit ihren müden Beinen auf und sah ihn enttäuscht und grimmig an. Sie schlich durch die Kirche und setzte sich in eine Bank am Hauptaltar. Der Fürst stand auf und sah sich noch einmal um, dann ging er zum Beichtstuhl und zog den Vorhang hinter sich zu.

Die Klappe vor ihm öffnete sich. Im trüben Licht sah er die feisten Hände Don Onofrios, die mit der violetten Stola spielten.

»Gelobt sei Jesus Christus«, sagte der Don.

Der Fürst schwieg.

»Gelobt sei Jesus Christus, sagte ich, Sie müssen antworten ›In Ewigkeit Amen‹.«

»Ich bin nicht zum Beichten hier«, sagte der Fürst entschieden.

»Gehen Sie wenigstens in die Knie!«

Der Fürst blieb stehen, zog den Kopf ein, um nicht gegen die niedrige Holzdecke zu stoßen, und versuchte, trotz dieser Haltung seine Würde zu bewahren.

Er hörte Don Onofrio ärgerlich atmen. »Was wollen Sie dann von mir?«

Der Fürst verschränkte die Hände hinter dem Rücken, soweit das ging, und sprach gegen die Klappe. »Ist Ihr Herr auf der Insel? Mit ihm habe ich zu sprechen.«

»Ich habe keinen Herrn, außer dem im Himmel.«

»Ich rede mit einem Lakaien, also muß ich sicher sein, daß er die Botschaft auch überbringen kann.«

»Ich verbitte mir das«, sagte Don Onofrio. Er spielte mit den Händen an der Klappe, als wolle er sie zuschlagen.

»Ist der Kardinal auf der Insel, ja oder nein?«

»Was wollen Sie von ihm?«

»Das werde ich Ihnen jetzt sagen, Sie werden es sich genau merken und ihm berichten, haben Sie das verstanden?«

Der Fürst sah, wie der Don den Vorhang zur Seite schlug und in die Kirche schaute, ob jemand zuhören konnte, dann zog er das Tuch wieder zurück.

»Sie sind unverschämt«, schnaubte der Don.

Dem Fürsten schmerzte der Nacken. Diese Haltung ist nicht sehr konventionell, dachte er. Bringen wir es rasch zu einem Ende. »Unsere Begriffe von Etikette scheinen ja weit auseinanderzugehen. Ihre Propaganda gegen mich zeugt nicht von guten Sitten«, sagte er.

Der Don schwieg.

»Wir bekommen sauren Wein und schimmliges Brot aus dem Dorf geliefert, seitdem Sie Ihren impertinenten Feldzug gegen mich angezettelt haben, mein lieber Don. Ich wäre sogar bereit, diese Insel auf der Stelle zu verlassen, wenn es nur um mich ginge. Aber die Dinge liegen nicht so. Dennoch werde ich meine Ehre nicht länger beschmutzen lassen, Don Onofrio.«

Der Fürst sah, wie der Don ärgerlich das Gebetbuch auf seinen Knien zusammenschlug.

»Don, ich bin hier, weil ich kämpfen werde, wenn Ihr Herr den Kampf will. Wenn nicht, biete ich einen Tausch.«

»Sie sind unverschämt, und das an einem heiligen Ort. Wissen Sie eigentlich, wo Sie sind?« schnaubte der Don.

»Ich frage mich, ob Sie überhaupt wissen, was für ein Gewand Sie tragen.«

Der Don versuchte die Klappe zuzuschlagen, doch Fürst Casacciolo hieb mit der flachen Hand gegen das Brett.

»Sie werden dem Kardinal die Botschaft überbringen.« Diese Haltung ist nicht kommod, dachte der Fürst. Er knickte die Beine ein und kniete sich hin, um den Kopf endlich gerade halten zu können. »Das, was Ihr Herr haben will, werde ich ihm geben.«

Der Don schwieg eine Weile. Endlich fragte er: »Wo ist es?«

»Schreiben Sie!« sagte der Fürst.

»Ich habe nichts zu schreiben«, flüsterte der Don.

»Dann müssen Sie es sich merken, wenn Sie können. Es ist im Ballsaal im Palast in Strasano, in der Hand des Gottes der Diebe und der Händler.«

»Wo ist es?«

»Herrgott!« sagte der Fürst, der vor Ärger zu flüstern vergaß. Er zog seinen kleinen Bleistift, der in einer silbernen Fassung steckte, aus dem Mantel und schob ihn durch den Spalt. »Schreiben Sie jetzt. Es ist im Ballsaal in Strasano in der Hand des Gottes der Diebe und der Händler. Ihr Herr wird das verstehen.«

Der Fürst wartete eine Weile, dann vernahm er, wie der Bleistift abbrach und der Don leise fluchte. Kurz darauf hörte er, wie der Stift wieder auf dem Papier kratzte.

»Ich verlange dafür vollkommene Genugtuung. Sie werden am kommenden Sonntag eine Predigt halten. Das Dorf hat mich heute hier hereinkommen sehen. Sie wissen, daß ich bei Ihnen im Beichtstuhl sitze. Wenn sie die Predigt hören, werden sie meinen, Sie hätten mir vergeben. Ist das klar?«

»Das ist Anmaßung«, schnaubte der Don. Der Fürst hörte das Gebetbuch auf den Boden fallen, der Don bückte sich danach, dann zischte er: »Seien Sie froh, daß wir nicht den Kirchenbann sprechen. Sie haben gar nichts zu verlangen.«

»Ich berichte nur dem Diener«, sagte der Fürst. »Sie

haben meine Botschaft zu überbringen und nicht zu diskutieren, ist das klar? Auch wenn Sie den Inhalt nicht begreifen – der Kardinal wird es verstehen.« Eugenio Casacciolo lockerte die Krawatte. Es war heiß geworden in dem Beichtstuhl. Seine Knie schmerzten.

Der Don schien sich zu sammeln. Endlich fiel ihm die Frage ein: »Ist der Brief des Pilatus auch dabei?«

»Nein«, sagte der Fürst.

»Dann stehlen Sie mir nur sinnlos Zeit und Ruhe. Schauen Sie, daß Sie wegkommen. Wenn Sie das Pilatus-Manuskript haben, können Sie sich wieder hertrauen.«

»Ich verbitte mir das, Don Onofrio. Richten Sie ihm aus, was ich gesagt habe.« Der Fürst hörte, wie der Bleistift über das Papier kratzte. Dieser Gimpel, dachte er. Dieser unzivilisierte Gimpel mit einem Spatzenhirn.

»Sonst noch was?« raunte der Don.

»Ja«, sagte der Fürst. »Aber sperren Sie die Ohren auf, oder schreiben Sie gleich mit. Dies ist eine Botschaft von Schwester Cristina.«

»Was soll das denn jetzt?«

»Benehmen Sie sich, wie es Ihrem Stand gemäß ist, Don Onofrio. Sperren Sie die Ohren auf. Die Botschaft von Schwester Cristina lautet: ›Der Herr verzeiht uns sogar die falschen Vorstellungen, die wir uns von ihm machen.‹«

Der Fürst hörte, wie der Don schrieb.

»Was ist das denn für ein Unfug?« flüsterte der Don.

Der Fürst wollte jetzt endlich gehen. »Sie sind doch Theologe, mein Gott. Sie müssen doch wissen, was Cristina meint. Jeder Mensch macht sich seine eigenen Vorstellungen von Gott.«

»Aber dann entsteht ja ein ganz großes Durcheinander, wenn jeder sich seine Vorstellung macht. Was mit Gott ist, das sagt uns schon die Kirche. Diese Botschaft kann ich dem Kardinal nicht bringen.«

Der Fürst tastete nach einem Zettel, den er in der Tasche trug, und versuchte, ihn in dem Dämmerlicht zu entziffern.

»Schreiben Sie, Don. Die Botschaft lautet weiter: ›Gott weiß, daß wir uns immer wieder einen neuen Weg zu ihm bahnen müssen. Die Spuren, die er hinterlassen hat, sind doppeldeutige Wegweiser. Wir müssen den Weg allein finden. Gott verzeiht uns unsere Bilder von ihm. Er ist ein lebendiger Gott, weil unsere Vorstellung von ihm, wenn wir noch Kinder sind, genauso richtig ist wie die Gottesidee eines Theologieprofessors. Er wächst mit uns, verändert sich, wie alles, was lebt. Er läßt uns nie allein.‹«

»Was soll das alles?«

»Richten Sie es aus!« Der Fürst steckte den Zettel weg, zog den Vorhang zurück und ging hinaus. Die hutzelige Frau saß immer noch am Hauptaltar, als die Kirchentür hinter dem Fürsten zuschlug.

Die Sonne blendete den Fürsten, als er wieder auf den Platz trat, und die Hitze traf ihn wie ein Schlag. Er lehnte sich im Schatten des Kircheneingangs an die Mauer, und erst als seine Augen sich an die brutale Helligkeit gewöhnt hatten, entdeckte er Giacomo. Der Diener saß zusammengekauert vor einem leeren Glas unter dem Sonnendach der Bar.

Der Fürst ging zu ihm. »Wir gehen. Komm!«

»Was haben Sie da drin gemacht?« fragte Giacomo müde.

»Ich haben mir Ruhe für die letzten Jahre meines Lebens hier gekauft.«

»Das heißt, wir gehen nicht nach Hause zurück, wir bleiben auf der Insel?«

»Ja.«

»Was hatten Sie denn schon noch zu verkaufen?«

»Sei nicht unverschämt. Es war sogar sehr wertvoll.«

Don Onofrio nahm die Stola ab und versuchte, seiner Erregung Herr zu werden, was nicht nur wegen der Impertinenz, die der Fürst an den Tag gelegt hatte, ziemlich schwierig war, sondern vor allem deshalb, weil er sich diese Unverschämtheiten im Beichtstuhl hatte anhören müssen. Der Beichtstuhl, das war für ihn immer noch der angenehmste Ort der Welt gewesen, gleich, in welcher Kirche er sich befand. Im Beichtstuhl hatte er sich immer wohl gefühlt, auch wenn es dort etwas eng war. Er liebte die feierliche, fromme Düsternis. Er schaltete die Lampe aus.

Er fühlte sich nicht in der Lage, jetzt noch eine wirkliche Beichte abzunehmen, außerdem schien ihm dieser Beichtstuhl angesichts der Unverschämtheiten des Fürsten nahezu entweiht. Leider konnte es nicht den geringsten Zweifel geben, daß die Dinge sehr schlecht ausgegangen waren. Er sah den Kardinal schon vor sich, der sagen würde: »Wieder haben Sie nichts verstanden, es ist mir egal, wo das Manuskript ist, ich will den Pilatusbrief!« Dabei hatte er sehr wohl verstanden, aber was hätte er denn tun sollen? Die Hoffnung, früher nach Hause fahren zu dürfen, würde er nun wohl begraben müssen. Nicht einmal den versprochenen freien Nachmittag würde der Kardinal ihm gewähren, dabei hatte er sich ein Nickerchen doch redlich verdient. Er klappte die Bibel zu, immer noch empört darüber, daß er das Heilige Buch hatte bekritzeln müssen. Dabei war es die Idee des Kardinals gewesen, den Fürsten zu treffen. »Gehen Sie schon, nehmen Sie ihm die Beichte ab, Sie werden das schon machen«, hatte der Kardinal gesagt. Ja, wenn es sich um Schäfer gehandelt hätte, da hätte Seine Eminenz sicher wieder gesagt: »Ach, lieber Don, dem sind Sie einfach nicht gewachsen, das mache besser ich.«

Der Don wischte sich den Schweiß von der Stirn. Er wollte niemandem gewachsen sein, er war schließlich nur ein Priester. Aber eine Lösung mußte jetzt her. Er mußte berichten können: Dieser Mann oder diese Frau hat den Pilatusbrief. Dann wäre ihm seine Ruhe wieder sicher. Er hörte ein leises Knacken in der Kirche. Er wußte nicht, ob jemand zum Gebet niedergekniet war oder ob sich das Holz in der Hitze dehnte. Jede Kirche hatte ihre eigene Art der Stille.

Vorsichtig öffnete er die Tür des Beichtstuhls, ging leise ein paar Schritte und kniete in der hintersten Bankreihe nieder. Er hatte kaum die ersten Worte des Vaterunsers auf den Lippen, als ihm eine Lösung einfiel. Er konnte einfach sagen, der Fürst habe ihm zu verstehen gegeben, daß Sebastian Schäfer den Pilatusbrief versteckt halte. Etwas damit zu tun hatte dieser Schäfer doch ganz sicher. Was hätte er denn sonst hier auf der Insel verloren? Der Don sah hinüber zum Altar. Kann es sein, lieber Gott, daß dieser Schäfer nichts von dem Pilatusbrief weiß? Nein, sagte sich der Don, das kann nicht sein. Dieser Schäfer würde sicher niemandem sagen, wo sich der Pilatusbrief befand. Aber das wäre dann nicht mehr sein Problem. Der Don hatte jetzt das Gefühl, daß ihn ein Paar Augen vom Altar aus betrachteten. Er betete: »Herr, es ist doch gar keine richtige Lüge. Ich gebe meine Aufgabe doch nur weiter in viel erfahrenere Hände.«

6

Sie sah ihn nicht einmal an. Caroline stocherte im Licht der Kerzen weiter in ihrem Fisch, der natürlich längst nicht mehr knusprig, sondern labbrig und vor allem kalt war. Selbstverständlich war sie nicht nach draußen auf die Terrasse zum Essen gekommen, als das Licht der Dämmerung noch besonders schön, der Fisch warm und der Wein noch kalt gewesen waren. Jetzt nippte sie lustlos an dem warmen Weißwein und blickte nicht einmal auf. Ja, sie sah nicht einmal das Meer, das im Mondschein kühl in die Bucht schwappte, als hätte es endlich einen Ort zum Ausruhen gefunden.

Schäfer spürte Neid – banalen, dummen Neid, weil sie etwas gefunden hatte, das sie vollkommen ausfüllte, so daß sie ihn darüber vergaß. Sie arbeitete jetzt den ganzen Tag über an ihrem Roman, schwieg und sah durch alles und jeden – vor allem durch ihn – mit abwesendem Blick hindurch. Ab und zu schrieb sie ein paar Seiten, und die waren wirklich gut.

Das kann sie ja auch gerne tun, dachte Schäfer, sie kann ja ruhig mit der Miene der nachdenklichen Dichterin durch das Haus schleichen, aber ich bin schließlich auch noch auf der Welt. Er hatte den ganzen Tag über die Berge von Plastikflaschen, die Essensreste, Dosen und Popcorntüten zwischen den Felsen in der Bucht aufgesammelt, und jetzt sah sie ihn nicht einmal an. Er hatte Steine in die schmale Fahrrinne geworfen, damit die Touristen, die man mit ihren stinkenden Außenbordmotoren und ihren Picknickkörben einfach herumschippern ließ, nicht mehr in ihre kleine Bucht hineintuckern konnten. Das hatte sie nicht einmal wahrgenommen, sowenig wie die Heidenarbeit, die er auf sich genommen hatte, um den Fisch in der Kruste zu backen. Außerdem beschaffte er schließlich das Geld. Ihm war es gelungen, den Zeitschriften, die so schöne Namen hatten wie ›Der Fisch und sein Blinker‹ oder ›Küstenfischen und Hochseeangeln‹, eine ganze Reihe von Artikeln anzudrehen, die auch noch gut bezahlt wurden. Seit er auf einer Insel lebte, was allerdings erst seit einem Monat der Fall war, hielten ihn diese Fachmagazine offenbar für kompetent.

Caroline versuchte, einen Mayonnaiserest von ihrem

lila Batikkleid zu wischen, das aussah wie ein überdimensionierter Poncho. Für Schäfer war es neu, daß sie derart wallende Gewänder trug. Einen solchen Überwurf hatte er bisher überhaupt erst einmal gesehen, in einem Amateurfilm über eine deutsche Action-Art-Künstlerinnen-Kommune auf einer griechischen Insel. Er wollte ihr noch Wein einschenken, aber sie deckte mit der flachen Hand das Glas ab. »Besser kein Alkohol mehr, ich möchte nachher noch etwas arbeiten.«

Schäfer schenkte sich selbst nach. »Vielleicht ist es doch keine so gute Idee, über die ganze Geschichte einen Roman zu schreiben«, sagte er.

Flüchtig blickte sie auf. »Und wieso nicht? Was wir erlebt haben, ist ein super Stoff, der sich nur als Roman erzählen läßt.«

»Das mag ja sein«, sagte Schäfer. »Aber du hast keinen Schluß.«

»Wie meinst du das?« Sie hörte auf, an dem Fleck zu reiben, und sah ihn endlich wieder an.

»Wie soll denn das Buch zu Ende gehen? Damit, daß wir hier in der Bucht sitzen und uns anschweigen? Du weißt ja nicht einmal, was aus dem Manuskript geworden ist, ob der Fürst es noch hat oder nicht. Du hast – vor allem – keine Ahnung, wo der Brief des Pilatus ist. Kurz und gut, du hast keinen Schluß.«

»Ich erzähle einfach, wie es wirklich zu Ende geht. Das ist vielleicht nicht sonderlich spannend, aber immerhin wahr.« Sie sah ärgerlich aus, als sie sich eine Zigarette anzündete. Immerhin hatte sie die Denkermiene abgesetzt.

»Seit wann interessiert dich die Wahrheit? Wenn dein Buch so endet, daß wir hier in diesem Haus sitzen und ich dir Essen koche, dann schlagen dir die Lektoren das Manuskript um die Ohren. Denn schließlich will man von einer guten Geschichte wissen, wie sie zu Ende geht. Bei dir geht gar nichts zu Ende. Die Geschichte versickert einfach. Du hast keinen Schluß.«

Sie lehnte sich zurück und schlug die Beine übereinander. »Und was soll ich deiner Meinung nach tun?«

»Hör doch erst einmal auf, dich so ungeheuer wichtig zu nehmen.«

Sie drückte die Zigarette in den Fischresten aus. »Ich habe eine viel bessere Idee. Du besorgst den Schluß. Schließlich kannst du auch mal was machen. Die Geschichte ist so gut, daß sie ein Bestseller werden kann.«

Schäfer wischte sich den Mund mit der Serviette. »Was soll ich machen?«

»Fahr hoch zum Fürsten, frag ihn einfach, was er mit dem Manuskript gemacht hat. Wenn er dich nicht freiwillig hineinläßt, steig meinetwegen über die Mauer.« Sie stellte die Teller zusammen.

»Jetzt?« fragte Schäfer.

»Ja, jetzt. Sofort. Das paßt sowieso ganz gut, denn ich habe eine Verabredung heute abend. Ich bin gar nicht zu Hause, und außerdem muß ich mich jetzt auch noch umziehen.«

»Mit wem bist du verabredet?«

»Das geht dich nichts an. Nimm die Vespa, fahr hoch! Du hast ja recht. Wir brauchen einen Schluß. Besorg ihn mir!«

Er stand auf und wollte die Teller zusammenschieben. Sie nahm ihm das Geschirr aus der Hand.

»Ich mach das schon. Fahr hoch!«

»So wie ich bin, in Jeans und T-Shirt?«

»Du sollst ja nicht zu einer Abendgesellschaft fahren. Du sollst ihn was fragen. Fahr schon! Der Schlüssel von der Vespa steckt.«

»Du meinst, ich soll da hochfahren, den Fürsten aus

dem Bett klingeln und sagen, her mit dem Manuskript, ich brauche es, weil meiner Frau kein Schluß für ihr Buch einfällt?«

Sie wandte sich ab und ging ins Haus. Schäfer trank auf einen Zug sein Glas aus und ging über den dunklen Kiesweg zur Vespa. Es hatte keinen Sinn, sich jetzt mit ihr zu streiten, soviel war ihm klar. Aber das mit der Verabredung war jedenfalls ein Bluff, dachte er. Sie kannte auf der Insel keinen Menschen außer ihm.

Er startete die Vespa, die er am Hafen bei einem Bootsverleiher gemietet hatte. Dem Gesicht des Mannes hatte er zwar angesehen, daß er skrupellos genug sein würde, eine unbrauchbare Vespa zu verleihen, aber dem Gefährt hatte er nichts angesehen. Erst nach ein paar Kilometern hatte Schäfer gemerkt, daß die Vespa im Grunde nur noch Schrottwert hatte, denn die Kupplung funktionierte nicht. Sie fuhr nur, wenn man viel Gas gab und dann gnadenlos den dritten Gang einlegte, worauf das Gefährt einen Satz nach vorne machte. Auf einer Asphaltstraße war das Manöver mindestens gefährlich, auf der Schotterstraße vor dem Haus war es die ideale Methode, um sich den Hals zu brechen.

Er ließ den Motor aufheulen, legte krachend den dritten Gang ein und jagte den Schotterweg hoch.

Die Nacht war außergewöhnlich hell. Schäfer konnte die Löcher in der Schotterstrecke erkennen und die meisten auch umfahren. Das Gefährt preschte mit ihm bis auf die Hauptstraße hinauf. Er schaffte knapp die Kurve und bog in den felsigen Weg ein, der sich in Serpentinen steil den Hang hinaufschlängelte. Er gewann schneller an Höhe, als ihm lieb war. Erst als er schon in Rufweite des fürstlichen Anwesens war, würgte er die Vespa ab. Die Stille schlug ihm wie eine dumpfe Anklage wegen des Heidenlärms entgegen, den er mit der Vespa produziert hatte.

Nur hinter einem Fenster im Hauptgebäude brannte Licht.

Wenn der Fürst nicht vollständig taub ist, hat er mich längst gehört, dachte Schäfer. Geduckt wie eine Wagenburg umstanden die Häuser den Hof. Der Eingang war mit einem sehr hohen Eisentor versperrt.

Wenn man jung, gelenkig und entsprechend wagemutig war, ließ sich das Tor durchaus übersteigen. Aber Schäfer war nichts von alledem. Er sah nicht einmal eine Klingel, an der er hätte läuten können, wenn er den Mut dazu aufgebracht hätte.

Er bockte die Vespa auf und blickte zurück, den Hang hinab zu seinem Haus und über das Meer. Weit draußen kreuzte ein hell erleuchtetes Frachtschiff. Er zündete sich eine Zigarette an und wollte gerade anfangen, darüber nachzudenken, was er hier eigentlich machen solle, als er tief unter sich das Auto sah.

Es war ein großer Wagen, der vorsichtig in den Schotterweg zu seinem Haus einbog. Schäfer sah, wie das Licht gelöscht wurde, und er glaubte Caroline zu erkennen, die aus dem Haus kam. Sie stieg ein. Jetzt sah er es ganz genau – sie stieg ein, und der Wagen wendete und fuhr langsam wieder die Straße hinauf in Richtung Dorf.

Was soll das, dachte er, was soll das denn jetzt schon wieder? Was immer da gerade passierte, war bedrohlich. Er mußte jetzt irgend etwas tun, am besten mit diesem Fürsten reden, damit er nachher etwas vorzuweisen hatte.

Plötzlich schlug hinter seinem Rücken eine Tür zu. Er hörte Schritte, die über den Hof schallten, energische Männerschritte. Der Fürst? Schäfer sah nur einen Schatten, aber er war sich ziemlich sicher, daß die Person – wer immer da kommen mochte – in seine Richtung ging. Er schwang sich auf die Vespa, schaltete die Zündung aus und ließ sich so leise wie möglich den Abhang hinunterrollen.

Erst als er auf halber Höhe des Abhangs war, drückte er den dritten Gang rein, fing den Schwung ab und dirigierte die Vespa an den Mäuerchen vorbei in Richtung Hafen.

Irgendwoher kam ein Geruch nach Zimt, und plötzlich wußte Schäfer auch, was er machen wollte. Er wollte in das Dorf fahren und sich in die Bar Centrale am Kai setzen mit einem Glas kaltem Weißwein. Das würde er in kleinen Schlückchen langsam austrinken und sich dabei einen Schluß ausdenken. Einfach so. Der Fürst konnte durchaus eine Rolle darin spielen. Im Grunde brauchte er doch nur die Einzelteile zusammenzusetzen, um ein brauchbares Finale zu erfinden. Bevor das Glas leer ist, habe ich den Schluß, dachte er.

Einem Hund, der am Eingang zum Dorf vollkommen unbeeindruckt mitten auf der Straße schlief und sein Leben riskierte, konnte er gerade noch ausweichen, dann fuhr er am Kai entlang, wo mehrere Halbwüchsige halbherzig angelten. Er hatte gehofft, den großen Wagen zu entdecken, der Caroline abgeholt hatte, fand aber nicht einmal eine Spur. Die Bar am Kai war geschlossen, deshalb dirigierte er die Vespa, den Schwung ausnutzend, in den höhlenartigen Weg, der hinauf zum Kirchplatz führte. Im Grunde war es rücksichtslos, mit der Vespa durch die enge Gasse zu fahren. Zwei Bäuerinnen, denen er begegnete, mußten sich an die Hauswand drücken, und Schäfer war froh, daß er wegen des dröhnenden Motors die ihm nachgerufenen Flüche nur halb verstehen konnte. Er schaltete den Motor ab, kurz bevor er den Platz erreicht hatte, ließ die Vespa bis zum Brunnen ausrollen und bockte sie auf.

Er verstand nicht sofort, warum die Piazza so prächtig, beinahe feierlich, kurz: so vollkommen anders als sonst aussah, bis er bemerkte, daß zum ersten Mal seit seiner Ankunft auf der Insel der erste Stock im erzbischöflichen

Palast hell erleuchtet war. Die Bar gegenüber war geöffnet, und fast alle Tische waren voll besetzt. Neben einer Gruppe alter Männer, die Karten spielten, war ein einziger Tisch noch frei. Schäfer setzte sich, und eine Minderjährige, die im Grunde längst ins Bett gehörte, brachte ihm eine Flasche Wein und ein Glas.

Er konnte die Kassettendecken im ersten Stock des erzbischöflichen Palastes genau erkennen. Das Steinungeheuer hatte jede Düsternis abgestreift und sah jetzt aus wie eine ältliche Signora, die sich für den Gang in die Oper noch einmal festlich aufgetakelt hatte. Schäfer nippte an seinem Glas und begann nachzudenken.

Nach dem dritten Glas war er immerhin zu dem Schluß gekommen, daß es unverhältnismäßig schwierig war, sich ein Ende auszudenken. Das lag vor allem daran, daß jede Lösung, die ihm einfiel, schlicht unglaubwürdig klang. Eben ausgedacht. Er versuchte, seinen Wein weniger schnell zu trinken, und drückte wegen drohender Kopfschmerzen die Zigarette aus. Die Glastür hinter ihm sprang auf, und für einen Moment flutete der Lärm der Bar über den Platz. Schäfer hörte, daß Zio Beppe einen Schlager vorsang. Dann schlug die Tür wieder zu. Er erkannte Giacomo, der mit schlurfenden Schritten auf einen Tisch zuging und sich setzte. Die Minderjährige brachte auch ihm ein Glas und eine Karaffe mit Wein. Giacomo schenkte sich ein Glas ein und trank in hastigen Zügen.

Ein Fenster im bischöflichen Palast wurde aufgestoßen. Schäfer hörte eine Stimme, die sich leise darüber beklagte, daß es ziemlich stickig sei. Dann sah er sie. Sie stand für einen Augenblick am Fenster des Palastes, ehe sie wieder im Zimmer verschwand. An der Stelle, wo kurz zuvor ihr Gesicht erschienen war, sah Schäfer jetzt den Kopf des Kardinals, der hinunter auf den Platz blickte. Schäfer war sicher, daß der Kardinal ihn gesehen hatte.

So ist das also, dachte er. Natürlich, die haben sie geholt. Wahrscheinlich versprechen sie ihr gerade eine gutbezahlte Arbeit und ein großes Haus. Nur, welche Gegenleistung erwarten sie diesmal? Sie müssen doch längst wissen, daß wir nichts mehr in der Hand haben. Er trank das Glas mit einem Schluck aus. Sie werden ihr ein Angebot machen, das sie mit Sicherheit von hier wegbringen wird. Caroline würde sich jedes Angebot anhören. Das war klar. Und wenn ihr der Vorschlag gefiel, würde sie nicht im Traum daran denken, dennoch mit ihm hierzubleiben.

Außerdem hat sie im Grunde recht, dachte Schäfer. Was mache ich denn auch? Statt ihr irgendwie zu helfen, fahre ich in die nächste Kneipe, um mich zu besaufen. Daß sie das nicht aushält, ist kein Wunder.

Die Tür der Bar sprang abermals auf, und Schäfer sah einen glatzköpfigen Mann, vermutlich den Besitzer, der eine riesige weiße Schürze trug und sich neben Giacomo aufbaute.

Er tippte dem Diener auf die Schulter. »Ich hab doch gesagt, hier gibt's nichts mehr zu trinken, wenn Sie nicht bezahlen.«

Die alten Männer unterbrachen ihr Kartenspiel. Der Wirt nahm die halbvolle Karaffe in die Hand. Dann rief er nach dem Mädchen, zeigte auf Giacomo und rief: »Der hier kriegt nichts mehr!« Der Wirt wollte sich gerade umdrehen, um zurück in die Bar zu gehen, als Schäfer seinen Blick auffing und ihm ein Zeichen gab.

»Ich zahle für den Mann«, sagte er.

Der Wirt wischte sich unwillig die Hände an der Schürze ab, stellte die Karaffe aber wieder zu Giacomo auf den Tisch. »Ist das Ihr Vater?«

»Nein«, sagte Schäfer, »aber ich zahle für ihn.«

»Na, hoffentlich haben Sie genug Geld, der hat nämlich

Durst.« Die Kartenspieler lachten leise, und der Wirt verschwand wieder in der Bar.

Giacomo schenkte sich noch einmal ein, sah aber nicht auf.

Schäfer erhob sich, nahm sein Glas und ging zu dem Tisch des Dieners. »Darf ich mich setzen?«

Giacomo grunzte nur.

Schäfer rückte sich einen Stuhl zurecht. »Sind Sie mit dem Fürsten herunter ins Dorf gekommen?«

Jetzt sah Giacomo auf. Er wirkte nicht betrunken, allerdings waren seine Wangen und seine Augen stark gerötet. Er sah aus wie jemand, der vor die Tür gesetzt worden war. »Der ist oben im Haus«, sagte der alte Diener. »Ich hab mit ihm nichts mehr zu tun.«

Wiederum sprang die Glastür der Bar auf. Der Wirt hielt eine Weinkaraffe wie eine Trophäe hoch, zwängte sich zu ihrem Tisch durch und stellte sie vor Schäfer ab. »Wenn Sie seine Schulden bezahlen, dann geb ich einen aus.« Er faßte mit seinen weißen, seltsam schlanken Fingern in die Schürze, holte einen Schlüssel hervor, der in einen schmutzigen Fetzen gewickelt war, und warf ihn auf den Tisch. »Gestern hat Ihr Freund das Ding hier gelassen, für vier Gläser. Was anderes hatte er nicht. Ich will den Schrott aber nicht behalten.«

Schäfer faßte in die Hosentasche und gab ihm zwei Zehntausend-Lire-Scheine. »Reicht das?«

Der Wirt nickte. »Für heute ja.« Er wischte mit einem fettigen Tuch über die rötliche Tischplatte. »Habt ihr eigentlich auf dem Festland keinen guten Wein? Müßt ihr zum Trinken auf die Insel kommen?«

»Müssen wir wohl«, sagte Schäfer. Der Wirt wandte sich wieder ab und grüßte Zio Beppe, der soeben aus der Bar kam und geräuschvoll den auf dem Platz geparkten Minilastwagen anwarf.

Giacomo schenkte sich nach. Er sah auf seine zertretenen alten Lederschuhe, holte dann ein Stück Knoblauchzehe aus der Jackentasche und hielt sie Schäfer hin.

»Nein, danke«, sagte Schäfer.

Der Diener biß hinein. »Wartest du auf das Schiff?« knurrte er.

»Nein«, sagte Schäfer. »Ich glaube, heute nacht geht auch keines mehr. Wenn ich ehrlich sein soll, bin ich hier, weil ich einen Schluß suche.«

»Einen was?« Giacomo trank einen Schluck.

Schäfer sah zu dem Fenster des Palastes hinauf. Es war jetzt weit geöffnet. Er mußte fast lachen. »Ja, einen Schluß. Ein Ende«, sagte er. »Ich suche das, was passiert, wenn etwas vorbei ist.«

»Wissen Sie, wie alt ich bin?«, fragte Giacomo.

Schäfer schüttelte den Kopf.

»Neunundsiebzig. Ich will wieder nach Hause. Ich habe dem Vater des Fürsten versprochen, immer für seinen Sohn dazusein, aber jetzt braucht er mich nicht mehr. Das sieht doch jeder. Er ist nicht mehr allein.«

Schäfer trank sein Glas aus.

»Es gibt einen kleinen Weinhandel in Strasano, nicht weit vom Palast, ein Geschäft mit einem Ausschank. Ich wollte es schon immer kaufen ... Ich werde zurückgehen und versuchen, den Laden zu bekommen.« Er machte eine Pause. »Dies hier ist nicht meine Erde.«

»Wann wollen Sie denn fahren?«

Der alte Diener blickte immer noch starr zu Boden. »Ich kann nicht fahren. Der Fürst gibt mir ja nichts. Ich hab gar nichts. Ich weiß nicht, wie ich zurückkommen soll. Aber sterben will ich hier nicht.«

»Ich glaube, ich kann Ihnen das Geld für die Überfahrt und den Zug leihen, wenn Sie wollen.«

Giacomo sah jetzt auf. »Ich will nichts geschenkt.«

»Es muß ja nicht geschenkt sein, wenn Ihr Laden läuft, dann komme ich vorbei und hole mir Wein als Entgelt ab.«

Giacomo schenkte ihm ein. Dann setzte er die Karaffe ab und sah Schäfer an. »Der Wein in Strasano ist gut. Guter Wein.«

Schäfer wühlte in seiner Hosentasche, fand einen Hunderttausend-Lire-Schein und legte ihn auf den Tisch.

»Das reicht, glaube ich.«

Der Diener sah lange das Geld an, als hätte er Schwierigkeiten, es zu erkennen. Dann langte er auf den Tisch, steckte den Schein ein und griff nach dem Schlüssel. Er legte ihn vor Schäfers Glas.

»Das ist ein Pfand. Nimm das mal, und wenn du nach Strasano kommst, gebe ich dir Wein dafür.«

»Danke«, sagte Schäfer. Er wickelte den Schlüssel aus, warf den schmutzigen Fetzen, der einmal ein Stück Stoff gewesen sein mußte, in den Aschenbecher und wog den kleinen Schlüssel in der Hand. Er schien aus Bronze zu sein.

Giacomo sah schon wieder auf die Erde. »Ich hab den Schlüssel vor vielen Jahren gefunden, da warst du noch nicht geboren. Ich hatte ihn immer in der Tasche, sonst besaß ich ja nichts. Ich meine, ich hatte keinen richtigen Hausschlüssel, denn ich hatte ja kein eigenes Haus.«

Ein dünner Faden Rauch stieg über dem Aschenbecher auf. Eine Zigarettenkippe glühte noch und hatte den Fetzen angezündet. Aber der Stoff brannte nicht, er glomm nur an einem Ende, eine einzige Faser glühte, es sah seltsam aus. Wie wenn man Bambus anzündet, dachte Schäfer.

Er nahm den handtellergroßen Fetzen aus dem Aschenbecher und versuchte, die Glut auszupusten. Und jetzt sah er es. Im kümmerlichen Licht waren auf dem Fetzen Linien zu erkennen, schmale, langgezogene Buchstaben.

Schäfer dachte belustigt: Das kenne ich ja irgendwoher, dann fiel ihm ein, woher, und er hielt den Fetzen ins Licht. Er konnte es lange Zeit nicht glauben, immerhin widersprach es jeder Logik. Ihm war klar, daß das im Grunde alles nicht sein konnte, weil der Zufall zu groß, alles viel zu phantastisch, unwirklich, irgendwie unsinnig war. Aber trotzdem – wenn man mit etwas Speichel den Schmutz abrieb, dann tauchten da Buchstaben auf dem Fetzen auf, die gleichen schnörkeligen Buchstaben, die er schon nächtelang betrachtet hatte. Jetzt sah er auch, daß es die gleichen Papyrusfasern waren, die er auf Hunderten von Fotoabzügen gesehen hatte.

»Wo haben Sie das her, um Gottes willen?« Er drückte mit den Fingern den Rest der Glut aus, die an dem Fetzen nagte, verbrannte sich einen Finger, strich das Papyrus glatt und hielt es ins Licht.

Giacomo antwortete nicht. Er schenkte sich ein und sagte dann: »Der Schlüssel war immer darin eingewickelt, schon damals, als ich ihn gefunden habe.«

»Ja, aber wo um Gottes willen haben Sie das her?«

Müde blickte Giacomo auf. »Der Fürst wird sagen, daß ich es gestohlen hätte. Sagen Sie ihm ruhig, daß Sie es von mir haben. Mir ist es gleich. Ich hab's einfach aufgehoben. Er hatte es in der Hand.«

»Wer?«

»Der Märtyrer. Unter dem Arm hielt er den Kasten mit den Heiligen Schriften. In der Hand hatte er den Schlüssel und das Stück Papier.«

»Sie haben es von der Leiche des Plancus? Damals, als er im Garten ausgegraben wurde? Ich meine, damals im Garten des Fürsten?«

»Der Märtyrer war längst tot.«

Schäfer sprang auf, er schob seinen Tisch unter die einzige Lampe, die vor der Bar brannte, und wischte ihn ab.

Der Wirt kam mit bedrohlich schnellen Schritten heraus. »Was soll das denn jetzt?«

»Bringen Sie mir Papier, einen Kugelschreiber, und machen Sie um Gottes willen mehr Licht.«

»Wenn du die anderen Tische dann stehen läßt, bring ich dir das schon.«

Schäfer setzte sich und versuchte, seinen vom Alkohol benebelten Verstand zu klären. Er strich das Papyrus so glatt wie möglich, nahm dann ein zweites Blatt und einen Stift, übertrug Buchstaben für Buchstaben und versuchte zu lesen. Er erkannte jedes Wort, verstand aber nichts. Er scheuchte die drei alten Männer, die neugierig seinen Tisch umringten, aus dem Licht und zwang sich, die wenigen Zeilen noch einmal abzuschreiben, begann Wort für Wort zu übersetzen, und jetzt konnte er es lesen.

7

»Was macht er da unten?« Der Kardinal sah zum Fenster hinaus über den Platz und verwünschte die Männer, die Schäfer umringten und ihm die Sicht raubten. »Was meinen Sie, was macht er?«

Der Don erhob sich mühsam aus seinem Sessel, ging sehr langsam – da man sich in dem fast leeren Raum nirgendwo abstützen konnte und er fürchtete, auf den abgetretenen, spiegelglatten Terrakotta-Kacheln auszurutschen – hinüber zum Kardinal. »Er schreibt.«

»Das sehe ich, Don. Aber was schreibt er da?«

»Er wird wohl gottlose Sprüche aufschreiben.«

»Sie meinen, lieber Don, er fährt durch die Nacht hierher, um vor unseren Augen, sozusagen als Provokation, gottlose Sprüche aufzuschreiben?«

»Vielleicht hat er den Brief des Pilatus dabei. Eminenz, ich habe Ihnen doch gesagt, er hat den Brief des Pilatus. Er hat ihn die ganze Zeit vor uns verborgen. Vielleicht schreibt er ihn da unten ab, um uns herauszufordern.«

»Meinen Sie?« fragte der Kardinal. »Das zerbrechliche antike Schriftstück trägt er also sozusagen in der Jacke mit sich herum?«

Caroline rieb ihre kalten Beine und ärgerte sich, daß sie nicht gleich gesehen hatte, wie furchtbar staubig das Sofa war, auf dem sie Platz genommen hatte. Außer zwei Sesseln war es das einzige Möbelstück in dem Raum, und der Staub hatte ihr Kostüm ruiniert. Außerdem konnte sie nicht begreifen, wie es in einer so heißen Nacht in einem solchen Raum so kalt sein konnte. Sie legte sich ihren Pullover über die Knie.

»Eminenz, es tut mir leid für uns beide. Aber ich fürchte, Sie sind auf dem falschen Dampfer. Er hätte den Pilatusbrief unmöglich die ganze Zeit vor mir verstecken können.«

»Wenn er nur nicht wieder Sperenzchen gemacht hat«, warf der Don ein.

»Kardinal, er hat den Brief nicht, auch wenn der Don das beschwört«, sagte Caroline.

»Sie sind eine impertinente Person«, brummte der Don und wandte sich zu Caroline um.

»Impertinent? Meinen Sie?« fragte der Kardinal. Er sah immer noch nach unten. »Vielleicht impertinent, aber immerhin nicht dumm.«

Der Don wandte sich ab und sah wieder aus dem Fenster. Caroline stand auf – weniger, um Schäfer zu sehen, als in der Hoffnung, daß es am Fenster wärmer sein würde. Sie sah hinunter auf den Platz und betrachtete den Schatten des Kriegerdenkmals, der im Mondlicht wie ein schwarzer Zeigefinger auf die Bar deutete.

»Ich hätte Sie nicht hier empfangen, Frau Schäfer«, sagte der Don. »Ich weiß, daß Ihr Mann den Brief hat. Ich weiß nur nicht, ob wir das Versteck finden werden, in dem er ihn verborgen hält.«

Der Kardinal verschränkte die Arme vor der Brust. »Don Onofrio, wenn Sie so sicher sind, dann gehen Sie doch jetzt hinunter und holen ihn hoch.«

»Hier in den Palast? Um diese Uhrzeit?«

»Ja, lieber Don. Heute kommen Sie dann eben etwas später ins Bett.«

Der Don wollte etwas sagen, zog schon sein Zigarrenetui hervor, steckte es dann aber wieder ein und ging zur Tür.

Schäfer sah Don Onofrio nicht kommen – er hörte ihn. Das Gemurmel der kartenspielenden Alten und das Klirren der Gläser setzten plötzlich aus. Als er aufsah, baute sich die massige Gestalt des Don vor dem Tisch auf. Schäfer legte den Stift weg. Er hatte verstanden.

Dem Don schien es sehr unangenehm zu sein, daß die Fischer ihn umringten. Er fauchte nur grob: »Kommen Sie mit!«

Schäfer ließ sich gegen seine Stuhllehne zurückfallen und verschränkte die Hände hinter dem Kopf. Fast hätte er gelacht. »Lieber Don, das lassen wir mal. Wo wollen Sie mich denn diesmal hinschleppen? Haben Sie sich eine Folterkammer zugelegt? Setzen Sie sich mal lieber hier zu uns, und trinken Sie einen Schluck.«

Der Don schwieg. Die Fischer boten ihm lautstark Wein an. Der Don wußte offensichtlich nichts zu sagen, trat aber einen Schritt näher an den Tisch.

Schäfer nippte an seinem Glas. »Wissen Sie, Don Onofrio, ich weiß nicht, was Sie da wieder mit Caroline aushecken, aber ich kann Ihnen versichern, der Spaß ist vorbei.« Er zeigte auf den Schlüssel, der im Aschenbecher lag. »Das ist der Schlüssel zu dem Pilatusbrief, verstehen Sie?«

Der Don machte eine blitzartige Bewegung, die Schäfer ihm niemals zugetraut hätte. Er riß den Schlüssel an sich und ließ ihn in der Kutte verschwinden. Jetzt sprangen auch die letzten Kartenspieler auf und drängten sich in den Kreis um Schäfer, Giacomo und den Don.

Schäfer lachte leise auf. »Den Schlüssel dürfen Sie nicht mitnehmen, ich habe ihn nämlich gekauft.«

»Das ist wahr« sagte Giacomo, »er gehört ihm.«

Der Don murmelte etwas Unverständliches, dann fand er seine Sprache wieder. »Ich zahle das Zehnfache«, sagte er, froh, endlich einen dieser verwegenen Befehle ausführen zu können, die der Kardinal ihm eingeschärft hatte.

Schäfer klatschte in die Hände. »Giacomo, er bietet eine Million. Das ist immer noch zu wenig.«

Giacomo sah den Don an und murmelte nur: »Mehr.«

»Das Hundertfache!« schrie der Don.

»Giacomo, das sind zehn Millionen.«

»Zwanzig Millionen«, sagte Giacomo.

Der Don nickte. »Gut.«

Giacomo stand mühsam auf. Die Summe hatte die Zuschauer zum Schweigen gebracht. »Her mit dem Geld.«

»Ich habe es nicht bei mir«, sagte der Don.

»Dann bleibt der Schlüssel hier«, sagte Giacomo. Die Fischer nickten zustimmend.

»Ich bin ein Priester«, schnaufte der Don. »Gilt denn das Wort eines Priesters nichts mehr?«

Giacomo setzte sich wieder. »Er ist ein Priester. Das stimmt. Morgen ist das Geld hier. Schwören Sie.«

Der Don preßte die Hand auf die Tasche in der Soutane, in der er den Schlüssel hatte verschwinden lassen. »Ein Schwur ist Sünde. Ich gebe mein Wort, das Wort eines Priesters.« Er wandte sich zum Gehen.

»Moment«, sagte Giacomo. Er richtete sich auf und zog einen Ring von seinem Finger. »Das habe ich auch noch. Das kriegen Sie billiger.«

Der Don nahm den Ring in die Hand und hielt ihn ins Licht. »Tand, nichts als Ramsch, geldgieriger Heide. In Ihrem Alter keinen Respekt vor der Kirche zu haben. Aber das Jüngste Gericht, das kommt auch für Sie«, sagte er höhnisch und warf den Ring in Richtung Tisch, wo er jedoch in ein Weinglas fiel und, wie Schäfer belustigt bemerkte, den weißen Wein grau färbte.

Giacomo blickte traurig, als wäre er geohrfeigt wurden, auf den Don, der sich aus dem Pulk der Fischer zu befreien versuchte.

»Nehmen Sie es dem Don nicht krumm. Sie haben ein sehr gutes Geschäft gemacht«, sagte Schäfer lachend. »Außerdem, ohne den angebrannten Zettel hier ist der Schlüssel vollkommen wertlos.«

Der Don hatte es gehört, er drehte sich um, und jetzt erst begriff Schäfer, daß er zuviel getrunken hatte. Erschrocken bemerkte er, daß sich in ihm keinerlei Widerstand rührte, seine Augen schienen hypnotisiert von dem fleischigen, rot angeschwollenen Priestergesicht, und so sah er reglos zu, wie der Don an den Tisch trat und den angekohlten Fetzen an sich nahm. Dann bahnte sich der Don energisch einen Weg durch die Menge der Fischer und steuerte auf den Palast zu.

Egal, dachte Schäfer, im Grunde beweist der Fetzen gar nichts. Er wäre eine schöne Erinnerung gewesen. Aber beweisen kann man mit dem Stück Papyrus nichts. Ohne das Originalmanuskript war der Fetzen ohnehin wertlos. Es reichte, daß er es gelesen hatte. Immerhin wußte er jetzt, wo man suchen mußte. Wo man suchen müßte.

Er strich die drei Blätter mit den Übersetzungen glatt und steckte sie vorsichtig in die Tasche. Dann zog er ein paar Scheine hervor, um die Zeche zu bezahlen. Giacomo schenkte noch einmal nach.

In diesem Moment fuhr ein großer Wagen vor dem erzbischöflichen Palast vor. Ein junger Priester stieg aus, öffnete den hinteren Wagenschlag und lehnte sich wartend an das Auto. Schäfer konnte im Mondlicht sehen, daß er heimlich rauchte.

»Ich trink das aus«, sagte Giacomo und leerte die Karaffe in sein Glas.

»Tun Sie das«, sagte Schäfer. Er wollte gerade aufstehen, als er Caroline aus dem Palast kommen sah. Sie hatte ihre Tasche dabei, die wie ein abgezogenes Kaninchen aussah, und trug ihr Geschäftskostüm, das im Grunde für einen Besuch in einem erzbischöflichen Palast ein bißchen zu knapp geschneidert war. Sie überquerte langsam den Platz, schaute, als interessiere es sie, auf das Kriegerdenkmal, vermutlich um seinem Blick und den rund drei Dutzend weiteren Männeraugen zu entgehen, die sie allesamt anstarrten. Sie nickte Giacomo zu, ließ sich von Schäfer aus dem Jackett helfen, setzte sich und griff nach seinem Glas.

»Was hast du dir denn diesmal wieder abnehmen lassen, mein Schatz?«

Schäfer zog die beschriebenen Papierbögen aus der Tasche. »Deinen Schluß.« Jetzt erst sah er, wie wütend sie war. Mit den Händen zerriß sie eine Papierserviette, die auf dem Tisch lag, in winzige Fetzen.

»Was redest du da! Sie sind wegen dieses Fetzens ganz aus dem Häuschen, weil sie denken, daß es ein Stück von dem Originalmanuskript ist.«

Schäfer strich die Blätter glatt. »Daß sie aus dem Häuschen sind, kann ich verstehen.«

Sie stellte das Glas auf den Tisch. »Ich halte es im übrigen für ziemlich schlechten Stil, daß du mir erst nachspionierst und dann unter dem Fenster ein solches Theater abziehst und dieses Manuskriptstück hervorzauberst. Warum hast du mir nie gesagt, daß du es hast? Wo hast du es überhaupt her?«

Die Fischer am Nebentisch unterbrachen ihre Kartenpartie und sahen Caroline staunend an.

»Ich habe dir nicht nachspioniert. Ich bin zufällig hierhergefahren, und das war auch kein Theater. Giacomo hat mir gerade eben erst den Fetzen gezeigt.«

»Giacomo?«

Der alte Diener legte das Interesse, das sich auf ihn richtete, auf seine Art aus: Er schenkte sich nach.

»Ja, Giacomo. Er hat ihn bei der Leiche des Plancus gefunden.«

»Und was steht da drauf?«

Schäfer hielt ihr die Übersetzung hin.

»Hast du es mehrfach abgeschrieben?«

»Ja.«

»Dann geh und verdiene unser Urlaubsgeld. Ich soll dir sagen, er bietet dir zwei Millionen Lire, wenn du ihm erklärst, woher der Zettel stammt, und ihnen deine Übersetzung gibst. Sie können es, glaube ich, nicht richtig lesen. Sie haben nur soviel verstanden, daß der Pilatusbrief wohl weg ist.«

»Im Gegenteil«, sagte Schäfer. »Weg ist er nicht.« Er reichte ihr einen der Zettel.

»Flavius Lucilio suo salutem«, las sie, »Flavius entbietet Lucilius seinen Gruß. Hier ist der Schlüssel zu dem Fach, von dem du weißt. Dort ist eine Schrift, die, solange man sie nicht bei mir findet, mir das Leben retten kann, weil nur du und ich wissen, wo sie ist. Sollte man mich doch morden, dann gehe hin, öffne das Fach und räche mich mit dem Brief. Mach ihn in Rom bekannt. Ihn schrieb der Statthalter Pontius Pilatus über einen Mann, über den man viel redet, der ein Grieche war und eine Sekte gründete, die Rom gefährlich wird. Lies, dann verstehst du, warum man mich ob des Briefes töten will. Vale. Lebe wohl.«

Sie faltete den Zettel säuberlich zusammen. »Ich glaube, ich verstehe kein Wort.«

»Es ist ganz einfach«, sagte Schäfer. »Er war gar nicht auf der Flucht. Die Asche überraschte ihn auf dem Weg zu einer Landvilla seines Freundes Lucilius. Er wollte ihm den Schlüssel geben für eine Truhe oder Schatulle in seinem Haus. Verstehst du?«

»Nein.«

»Das heißt, der Pilatusbrief liegt irgendwo unter den Hunderten von Häusern der modernen Stadt Herculaneum. Man müßte eine ganze Stadt abreißen, die Autobahn und den halben Hügel abtragen, um das Haus auszugraben, in der Hoffnung, daß der Brief nicht verkohlt ist.«

Er trank einen Schluck. »Heimlich kann der Kardinal nie und nimmer danach graben. Man würde selbst dem Vatikan Fragen stellen, was denn so wichtig sein kann, daß man eine ganze Stadt abreißen muß, um danach zu graben.«

»Warum nennt er ihn den Griechen?«

Schäfer wischte sich den Schweiß von der Stirn. »Das ist das Beste an der ganzen Geschichte. Vielleicht sind wir einer völlig falschen Fährte aufgesessen. Vielleicht hat unser Flavius den Mann, diesen Griechen, der von Pilatus in die Verbannung geschickt wurde, schlicht mit dem echten Christus verwechselt.«

»Was heißt das denn schon wieder?«

»Vielleicht meint er mit diesem Griechen Christus. Vielleicht aber auch nicht. Vielleicht hat Pilatus einen Griechen in die Verbannung geschickt, der mit Jesus von

Nazareth überhaupt nichts zu tun hat. Diesen Griechen könnte unser Flavius irrtümlich für den Begründer des Christentums gehalten haben. Vielleicht aber steht in dem Pilatusbrief wirklich ›Jesus von Nazareth‹, und unser Freund Plancus glaubt, daß Nazareth in Griechenland liege.«

»Vielleicht hat er auch einfach in der Eile ›der Grieche‹ statt ›der Jude‹ geschrieben«, sagte Caroline.

»Möglich. Durchaus denkbar ist aber auch eine ganz andere Version: Es kann sein, daß der antike Römer in seinem Tagebuch maßlos übertrieben hat. Es ist sehr gut möglich, daß Flavius nie hier auf der Insel war. Es gibt tatsächlich viele Ungereimtheiten in seinem Manuskript über diese Insel. Es könnte sein, daß er sie nie auch nur gesehen hat. Es läßt sich schlicht nicht beweisen, daß er hier war.«

»Um herauszufinden, ob tief unten in der Erde das wichtigste Dokument der Welt liegt, müßte man also das moderne Herculanaeum wegsprengen?«

Schäfer nickte.

Sie gab ihm den Zettel zurück. »Dann kann er deine Übersetzung ja ruhig bekommen.«

Schäfer stand auf. Sie sah ihm nach, wie er tolpatschig, in dem völlig verschwitzen T-Shirt, das ihm halb aus dem Hosenbund heraushing, über den Platz ging.

Giacomo schüttete den Wein aus dem Glas über seine Hand und fing den Ring auf. Er hielt ihn Caroline hin. »Er ist zu verkaufen. Zweihunderttausend.«

Caroline drehte ihn in der Hand. »Wo haben Sie den her?«

»Selbstgemacht. Ist meiner«.

»Wie, Sie selbst haben diese hübsche goldene Verzierung gemacht?«

»Nein, aber ich hab sie auf den Silberring gelötet.«

Sie drehte den Ring in der Hand. Ziemlich unbeholfen

war ein hübsches Goldplättchen auf den Ring gelötet worden. Sie steckte ihn an den Finger. Er paßte zwar nicht ganz, stand ihr aber gut. Sie zog das Portemonnaie und zählte Giacomo die Scheine in die Hand. Er steckte das Geld ein. Schäfer verhandelte auf der anderen Seite des Platzes mit dem jungen Priester. Der verschwand in der Tür, tauchte kurz danach wieder auf und gab ihm einen Umschlag.

Der Wirt kam zur Tür heraus. »Jetzt ist Schluß. Ich mach zu.«

Caroline nahm ihre und Schäfers Jacke und stand auf. Giacomo trank das letzte Glas leer, schaute betrübt auf die leere Karaffe und mühte sich aus dem Stuhl.

Schäfer kam über den Platz, drehte ab in Richtung Vespa und schob das Gefährt vor die Bar. Die Lichter gingen gerade aus.

Giacomo stützte sich auf den Tisch. »Ich muß hoch zum Fürsten.«

Caroline nahm ihn unter den Arm. »Können Sie sich auf der Vespa halten? Dann fährt Sebastian Sie hoch.«

Giacomo nickte. Schäfer trat die Vespa an, half Giacomo auf den Sitz und schaltete den Scheinwerfer an.

»Das müssen wir schon machen. Wir können ihn hier unten nicht sitzenlassen«, sagte Caroline. »Außerdem hat er mir so einen hübschen Ring verkauft.« Sie hielt den Ring ins Scheinwerferlicht.

Schäfer nickte anerkennend und versuchte vorsichtig die Kupplung zu überlisten. Doch er würgte den Motor ab.

»Geht wohl nicht«, sagte Giacomo.

Caroline wollte Schäfer die Jacke umhängen, als der auf einmal abstieg und den Roller aufbockte.

»Was soll das?« fragte Giacomo. Er saß wie ein kleiner alter Teufel zusammengekauert auf dem Gefährt. Schäfer trat den Motor an, half Caroline in ihr Jackett, und dann, plötzlich, nahm er ihre Hand und hielt sie in den Scheinwerfer.

»Nimm doch mal den Ring ab, bitte.«

Caroline zog ihn ab, und Schäfer hielt ihn in der Hand und drehte den Ring im Licht.

»Er ist bestimmt ziemlich viel wert. Das war ein gutes Geschäft für euch«, sagte Giacomo und kicherte.

Plötzlich begriff Schäfer. Leise, viel zu leise, sagte er zu Giacomo: »Wo haben Sie den um Gottes willen her?«

Caroline drehte den laufenden Motor ab und sagte ärgerlich: »Du weckst ja das ganze Dorf auf mit dem Ding.« Sie griff nach dem Ring, aber Schäfer schloß die Hand. Er zerrte Giacomo an der Jacke, so daß dieser fast heruntergefallen wäre, und schrie, als hätte er die Kontrolle über seine Sinne verloren:

»Verdammt noch mal, wo haben Sie den her?«

»Du bist besoffen«, sagte Caroline.

»Wo zum Teufel haben Sie den her?«

Giacomo wurde bleich. »Es ist meiner.«

»Wo haben Sie ihn her, verdammt noch mal?«

»Gefunden.«

Schäfer hielt den Ring in das Licht der einzigen Straßenlaterne, die auf der Piazza noch brannte, nahm dann Caroline bei der Hand, zog sie zu sich und zeigte mit dem Zeigefinger auf den Ring.

»Siehst du das denn nicht? Das Siegelplättchen, das auf den Ring gelötet wurde! Schau hin, Caroline, sieh bitte hin, siehst du nicht das Siegel, es sind die beiden gekreuzten geflügelten Ziegenböcke. Es ist das Siegel des Plancus. Das ist das verdammte Siegel, das Plancus dem Fischer gegeben hat!«

Caroline nahm den Ring, drehte ihn zwischen den Fingern und betrachtete ihn. »Was für ein Ring ist das?«

»Verstehst du denn nicht? Der Fischer, der Plancus das Grab zeigte, das Grab von Christus, und der dann starb und direkt neben ihm beigesetzt wurde. Sie gaben ihm ein Siegel mit ins Grab.«

»So sehen die Dinger aus? Bist du sicher?«

»In der Antike gab es jedes Wappen nur ein einziges Mal. Das ist das Siegel des Plancus, ohne jeden Zweifel.«

Giacomo war langsam und torkelnd von der Vespa gestiegen.

Schäfer zerrte ihn am Arm. »Bitte sagen Sie mir, woher Sie das haben. »

»Tragen Sie ihn ruhig zum Fürsten. Er wird sich bei Ihnen wenigstens bedanken. Dann nimmt er Ihnen den Ring weg, aber das Geld, das kriegen Sie von mir nicht wieder.« Giacomo sah jetzt sehr müde aus und sehr alt.

Schäfer stellte sich vor ihn. »Ich sage dem Fürsten kein Wort, und Sie können Ihr Geld behalten, aber sagen Sie mir bitte, bitte, woher Sie das Goldplättchen haben. Haben Sie es der Leiche des Plancus in der Kapelle abgenommen?«

»Ich bin kein Leichenschänder.«

»Woher also?«

»Es lag in einem der Gräber, das wir vor ich weiß nicht mehr wie vielen Jahren untersucht haben. Ich habe es auf den einzigen Ring gelötet, den ich besitze, einen silbernen Verlobungsring. Es ist echtes Silber.«

»Haben Sie es hier auf der Insel gefunden?«

»Ja, hier auf der Insel.«

»Waren noch Knochen in dem Grab?«

»In allen Gräbern, in denen wir gewühlt haben, waren Knochenreste. Wir haben jahrelang gewühlt.«

»Das muß es sein, Caroline! Verdammt, das ist das Grab des Fischers gewesen! Plancus war wirklich hier! Wer immer dieser Christus war, er ist hier begraben worden.« Er hielt Giacomo eine Zigarette hin.

»Ich rauche nicht. Lassen Sie mich los«, sagte Giacomo.

»Nur eine Sekunde, bitte, Signor Giacomo, nur eine Sekunde noch, danach bekommen Sie alles, was Sie haben wollen, und ich fahre Sie, wohin Sie wollen. Erinnern Sie sich, bitte. Erinnern Sie sich. Lag neben dem Grab, in dem Sie das Goldplättchen fanden, noch ein anderes? Oder war dort vielleicht so etwas wie ein Steinhaufen, der ein Grab bedeckte?«

»Wie meinen Sie das?«

»Verdammt. Sah es so aus, als ob daneben noch jemand begraben worden war, oder war die Erde ganz flach?«

»Ja, da war noch ein Grab. Der Fürst untersuchte es, als ich in das andere hinunterstieg und dieses Goldplättchen fand.« Giacomo schneuzte sich die Nase. »Was ist jetzt?«

»Sofort«, sagte Schäfer. »Sofort. Und das Grab, das andere meine ich, das der Fürst untersuchte. Würden Sie das wiederfinden?«

»Ich habe keine Zeit mehr. Morgen will ich mit der Fähre fahren, wenn der Don mir das Geld gibt. Um zehn«, sagte Giacomo.

»Gut. Nicht heute abend, nicht sofort, aber später einmal, würden Sie es wiederfinden?«

»Ja, vielleicht. Aber was wollen Sie da? In dem Grab, in dem ich stand, war nur dieses einzige Stückchen Gold. Das andere Grab, das war allerdings komisch – es war von allen Gräbern, die wir je gefunden haben, das einzige ohne irgendwelche Reste von Knochen drin. Das Grab daneben war leer.«

8

Von all den Sachen, die Caroline offenbar als hinnehmbaren Verlust der Reise abgeschrieben hatte, war Schäfer mit Abstand der größte. Schäfer stand am Fenster und türmte vier Stapel auf das Bett, einen für schmutzige Sachen, einen für saubere Sachen, einen für Sachen, von denen er sich nicht ganz sicher war, und einen für Carolines Sachen. Es gab da eine Kostümjacke, von der Schäfer ganz sicher war, daß sie sich ärgern würde, sie vergessen zu haben, weil dadurch auch der Rock nahezu unbrauchbar wurde. Doch dann fiel ihm ein, daß der Verdruß über den Verlust der Jacke sich aus ihrer Sicht allerdings in Grenzen halten würde, weil sie das Kostüm ohnehin nie gemocht hatte.

Unter dem Bett hatte er auch noch einen Stapel Bücher gefunden, von dem er aber sicher wußte, daß Caroline sie allesamt durchgelesen hatte, eine Tischlampe, die sie irgendwo auf der Insel gekauft hatte, und eine blaue Bluse.

Schäfer sah durch das Fenster auf den grau verhangenen Himmel und das dunkle Meer und stellte befriedigt fest, daß auch heute wieder kein Müll in die Bucht getrieben war, obwohl ihm das von nun an ja eigentlich egal sein konnte. Seit die Boote mit den Tagesausflüglern ausblieben, waren immer weniger Flaschen und Plastiktüten angeschwemmt worden.

Die beiden Packen mit den sauberen Sachen und mit jenen, die vielleicht doch eher schon schmutzig waren, paßten problemlos in die schwarze Reisetasche. Den Rest warf er in den Koffer. Erst beim Packen war ihm klargeworden, wie sehr ihr Leben in den vergangenen drei Monaten in jede Pore dieses Hauses gedrungen war. Ein ganzer Berg Socken und Unterwäsche, Modeschmuck und Badesachen war da zusammengekommen, die sich im Schlaf- und Wohnzimmer, zwischen Kissen, unter Bücherregalen und sogar hinter dem Kühlschrank angesammelt hatten. Er hatte Zahnbürsten und halbvolle Cremetuben entdeckt und im Garten einen Schminkspiegel.

Er trug die Tasche und den Koffer nach unten, stellte sie zu dem Packen mit dem Gummiboot, und während er auszufegen begann, dachte er wieder daran, daß die Sachen in den Taschen vermutlich eines mit ihm gemeinsam hatten – Caroline vermißte sie nicht wirklich. Er holte einen Plastiksack aus der Küche, stieg noch einmal die Treppe hinauf und sammelte Zimmer für Zimmer die Reste der verlorenen chemischen Feldzüge ein. In den Plastikschalen waren Tausende von Ameisen ertrunken, was die Überlebenden nie daran gehindert hatte, weiter den Brotschrank zu plündern. Er war sich absolut sicher, daß Caroline ihn nicht verlassen hatte, obwohl sie jetzt schon seit drei Wochen fort war – abgereist mit der Entschuldigung, zum Schreiben brauche sie Einsamkeit. Sie hatte ihn schlicht vergessen, wie man einen Regenschirm in einem Café vergißt.

Er war froh, daß er sich endlich entschlossen hatte, ebenfalls abzureisen. Denn es hatte sich tatsächlich nichts gefunden, was Caroline mit Sicherheit dazu gebracht hätte, noch einmal auf die Insel und zu ihm zurückzukommen, um wie ursprünglich geplant hier zu überwintern. Dabei hätte es solche Dinge durchaus geben können. So hatte er gehofft, ein oder zwei Kapitel ihres Buches in irgendeiner Schublade zu finden, oder ihre Brille, von der sie behauptete, nie eine so gute besessen zu haben, was im Grunde Unsinn war, da sich ihre Augen von Jahr zu Jahr verschlechterten und sie ihre Brillen deshalb sowieso nie lange gebrauchen konnte. Der Plastiksack war schon halbvoll, als er damit begann, die Klebstreifen mit den Hunderten von Mückenkadavern von den Fenstern im Erdgeschoß abzureißen. Seine eigenen Sachen zu packen war eine Erleichterung gewesen. Er hatte es satt, auf Caroline zu warten.

Sie hatte sich in den drei Wochen nicht ein einziges Mal gemeldet. Sicher, das Haus auf der Insel hatte kein Telefon. Und Caroline hatte in ihrem ganzen Leben, da war er vollkommen sicher, höchstens drei Briefe geschrieben, alle drei an ihre Bank. Aber die Telefonnummer der Trattoria am Hafen, in der er beinahe jeden Abend aß, hätte sie leicht herausfinden können. Er stellte den Plastiksack in die Küche neben den Mülleimer, hoffte, daß Zio Beppe sich darum kümmern würde, drehte das Gas ab und setzte sich auf die Schwelle der Haustür, um eine letzte Zigarette zu rauchen.

Dummerweise hatte er Caroline wirklich nicht erreichen können, denn er hatte keine Ahnung, wo sie in Rom untergeschlüpft war. Sie hatte zwar den Schlüssel zu seiner alten Wohnung im Stadtteil San Lorenzo, aber dort funktionierte das Telefon nicht mehr, weil seit einer Ewigkeit niemand mehr die Rechnung bezahlt hatte. Der Hausverwalter Luigi De Santis war seltsamerweise ausgezogen, wobei Schäfer sich fragte, ob sein Arbeitgeber, der Vatikan, ihn wegen besonderer Verdienste befördert hatte oder ob Luigi jetzt tatsächlich mit der Kasse durchgebrannt war. Auch bei Massimo ging niemand ans Telefon. Wahrscheinlich war er noch in den Sommerferien. Es gab deshalb nur eine Möglichkeit herauszufinden, wo Caroline abgeblieben war. Er mußte selbst nach Rom zurückkehren.

Schäfer warf die Zigarette weg, stellte die gepackten Taschen und den Koffer vor das Haus und schloß ab. Von Beppe war noch nichts zu sehen. Deshalb ging er ins Bootshaus, holte den alten Kahn aus dem Wasser und deckte ihn mit einer Plane zu. Er dachte gerade noch rechtzeitig daran, den aus seinem Käfig im Wasser neben dem Bootshaus mittlerweile zu stattlicher Größe angewachsenen Krebs zu befreien, der einen kulinarischen Höhepunkt hätte bilden sollen.

Er setzte sich ans Meer. Er wußte, daß nicht allein der Gedanke an Caroline ihn nach Rom zurückzog. Selbst wenn sie nicht in seiner Wohnung sein sollte, hätte er zu Hause genug zu tun. Er würde sie nicht suchen. Er würde sich um diese Villa dei Papiri kümmern, von der der Kardinal damals erzählt hatte. Er wußte, daß so gut wie nichts darüber bekannt war. Er wollte hinfahren und versuchen, mehr über die Ausgrabungen in Herculanaeum zu erfahren. Ein Artikel darüber würde sich leicht verkaufen lassen. Außerdem hatte er seinem Kunstbuch-Verlag schon längst eine neue Ausgabe des Pompeji-Führers versprochen. Im übrigen wollte er endlich mal wieder seine Freunde sehen. Schließlich hatte er jetzt wirklich etwas zu erzählen. Er hatte in Rom schon lange keine Party mehr gegeben. Warum eigentlich nicht? Caroline würde schon irgendwann wieder auftauchen. Schließlich waren sie sich in diesem Sommer nähergekommen als in all den Jahren ihrer Ehe.

Endlich tuckerte Zio Beppe mit dem dreirädrigen Mini-Lkw die Schotterstraße herunter und stoppte vor dem Bootshaus. Schäfer warf das Gepäck auf die Ladefläche, setzte sich neben den Hund und zog vorsichtig die rostige Kabinentür zu. Als Zio Beppe das Gefährt in Bewegung setzte, wedelte der Hund mit dem Schwanz und leckte Schäfer über das Gesicht. Der Hund schien vom Autofahren begeistert zu sein.

Zio Beppe spuckte ein Zwiebelstück aus. »Gut, daß ich dich diesmal allein runter zum Hafen bringen kann, da hat der Hund mehr Platz.«

Dann hat wenigstens einer was davon, dachte Schäfer.

Als sie den Hügel erreichten, sah Schäfer, wie der erste

leichte Oktobersturm sich auf das Urlaubsidyll auf dieser Seite der Insel auswirkte. Das Meer sah kalt, grau und zum ersten Mal seit Monaten bedrohlich aus. Ein Fischer zog gerade am Hafenbecken seine Nußschale von Boot aus dem Wasser und blickte traurig auf die Brandung, als sehe er dem Sommer hinterher.

Das Tragflächenboot lag noch im Hafen. Ein Pulk bepackter Urlauber kletterte über den Steg auf das Schiff. Zio Beppe rang sich zu dem halbherzigen Angebot durch, Schäfer die Taschen an Bord zu schleppen, seufzte erleichtert, als dieser dankend ablehnte, und holperte in seinem Wägelchen davon.

Die junge Frau im himmelblau gestrichenen Kassenhäuschen der Reederei, die keinen Hehl daraus machte, daß sie nicht daran dachte, sich weiterhin beschimpfen zu lassen, klärte Schäfer darüber auf, daß das Tragflächenboot ausgebucht war. Seit Tagen ausgebucht. Er löste ein Ticket für die Fähre, die über Nacht fahren und erst in sechs Stunden ablegen würde. Dann schleppte er die Taschen über die Mole, an der jetzt kein einziger Klein-Lkw mehr stand, hinauf zu dem einzigen Hotel am Hafen.

Im Sommer hatten die Urlauber der Dame an der Rezeption erhebliche Schmiergelder für eines der acht Zimmer geboten. Jetzt schien das Haus völlig leer zu sein. Die Türen zum Restaurant im Erdgeschoß, in der sich noch vor ein paar Tagen Eis verlangende Kinder mit sandigen, nackten Füßen gedrängt hatten, standen offen. Die Auslagen in den schmierigen Behältern aus Glas und Edelstahl, in denen sich Hörnchen und unter der Hitze leidende Brötchen getürmt hatten, waren leer.

Schäfer setzte sich an einen Tisch in der Ecke und sah zu, wie das Tragflächenboot ablegte und Kurs auf die schmutzig-graue See nahm. Ein etwa siebenjähriger Junge kam zur Tür herein und fragte ihn, was er wolle. Der Junge meuterte nicht, als Schäfer »Nichts« antwortete, und verschwand wieder. Erst jetzt bemerkte Schäfer, daß er immer noch seine Sonnenbrille trug. Der Tag wurde nicht sonderlich heller, als er sie absetzte. Er fragte sich, ob er wirklich bis zur Abfahrt an dieser Wachstuchtischdecke sitzen bleiben und die Krümel darauf zu kleinen Häufchen zusammenschieben sollte, aber es fiel ihm nichts Besseres ein. Außerdem wollte er jetzt nichts mehr unternehmen. Jedenfalls nichts, was seinen Kopf beschäftigt hätte.

Es dauerte ziemlich lange, bis er begriff, daß der braungebrannte Jüngling mit den breiten Schultern, der da in der Tür stand, etwas zu ihm gesagt hatte und offensichtlich auf seine Antwort wartete.

»Wie bitte?«

»Sie sollen hochkommen. Hoch, hier hinauf.«

»Wieso?«

»Weiß ich doch nicht. Gehen Sie schon, da hinten ist die Treppe. Lassen Sie die Sachen da, ich pass' schon auf. Hier ist jetzt keiner mehr, der irgend etwas klauen könnte.«

Als er die dunkle Treppe hinaufstieg, die mit schmutzigen Holzimitaten aus Plastik getäfelt war, hoffte Schäfer, daß dort oben vielleicht ein Telefon versteckt war und ihn endlich jemand angerufen hatte. Dann roch er den brandigen Geruch.

Am oberen Ende der Treppe sah er eine Wand aus Rauch in einer Ecke des schmalen Flurs. Hinter dem Qualm zeichnete sich ein kleiner Sessel ab, und darauf saß Don Onofrio. Er hatte ein leeres und ein volles Glas Likör neben sich stehen, strich die Asche von der Zigarre ab, und seine blinzelnden Augen demonstrierten eindrucksvoll, daß er es liebte, süßen Schnaps zu trinken und Zigarren zu rauchen.

»Na, jetzt geht's heimwärts, was?« sagte der Don und blinzelte Schäfer zu, so daß dieser keinen Moment mehr daran zweifelte, daß Don Onofrio, wenn man ihn in Ruhe ließ, eigentlich ein ganz netter Mann war.

Schäfer wollte sich gerade umdrehen, um wieder nach unten zu gehen, als der Don mit der Zigarrenspitze auf die geschlossene Tür neben sich deutete und rasch sagte: »Warten Sie, er ist gleich soweit.«

»Ich glaube nicht, daß ich ein großes Bedürfnis habe, ihn zu sehen«, sagte Schäfer. Er war schon zwei Stufen hinabgestiegen, als die Tür aufgerissen wurde.

Unter dem dunklen Reisemantel trug der Kardinal einen dezenten grauen Anzug. Schäfer hatte ihn noch nie so gesehen. Er sah aus wie der Finanzberater eines Kreuzritterordens. Seine dunklen Augenbrauen schienen noch buschiger, sein Silberhaar noch eine Spur voller geworden zu sein. Er legte die Hände ineinander. Dann, als Schäfer gerade etwas sagen wollte, räusperte er sich. »Ich sah Sie unten am Hafen. Da wir offenbar beide das Tragflächenboot verpaßt haben, gestattete ich mir, Sie zu einem kurzen Gespräch zu bitten.«

»Und was ist, wenn ich nicht mit Ihnen sprechen will?«

»Ich möchte Ihnen etwas sagen, und das möchte ich nicht hier auf der Treppe tun.«

Don Onofrio hatte erschrocken die Zigarre ausgedrückt und blickte hilflos, offensichtlich mit der Frage beschäftigt, ob er aus dem Sessel aufstehen solle, durch die Wand aus Rauch auf den Kardinal.

Unten an der Treppe erschien der Junge, der Schäfer den Rückzug versperrte, so daß ihm kaum eine andere Wahl blieb: Er stieg die Stufen wieder hinauf und trat am Kardinal vorbei in das Zimmer. In der Mitte des kleinen Raumes stand ein schäbiger Schreibtisch. Auf dem Stuhl davor saß, in sich zusammengesunken, ein alter Mann. Es war Giacomo.

Der Diener nickte Schäfer nur kurz zu, sah um Einverständnis bittend hinüber zum Kardinal, stand dann auf und ging wortlos hinaus.

Der Kardinal schloß hinter ihm die Tür. »Nehmen Sie Platz!« Er wies auf zwei kleine Sessel, die zusammen mit einem Couchtischchen neben der Tür standen. Das Zimmer war stickig, als hätte hier die Schwüle des Sommers ihr letztes Versteck gefunden. Wegen der Dachschräge war der Raum bedrückend niedrig. Hinter dem Fenster rechter Hand wellte sich das schmutziggraue Meer.

»Ich stehe ganz gut«, sagte Schäfer.

Der Kardinal lehnte sich mit dem Rücken gegen die Tür, verschränkte die Arme vor der Brust und sah Schäfer an. Von weitem hörte man das Meer rauschen.

»Ich freue mich, daß ich Sie überreden konnte, hereinzukommen«, sagte der Kardinal.

»Und ich würde mich freuen, wenn Sie gleich zur Sache kämen«, antwortete Schäfer. »Ich weiß, was Sie wollen: den Ring. Ich nehme an, Giacomo hat es Ihnen erzählt. Aber ich habe ihn nicht, und selbst wenn ich ihn hätte, würde ich ihn Ihnen nicht aushändigen.«

Der Kardinal setzte sich auf das schmale Sesselchen neben der Tür. »Sie haben nichts verstanden, Herr Schäfer. Ich dachte, ich könnte mich mit einem intelligenten Menschen unterhalten. Aber ich sehe, Sie haben es nicht begriffen. Der Ring beweist gar nichts. Sie können ihn ruhig behalten.«

»Immerhin beweist er, daß Plancus hier auf der Insel war.«

Der Kardinal nahm eine Mineralwasserflasche, die neben zwei Gläsern auf einem schmutzigen Tablett stand, und öffnete sie. »Plancus war also hier auf der Insel, ja und? Er berichtet, er habe ein verschlossenes Grab gesehen, und jetzt kommen Sie hierher und finden genausoviel wie die Frauen am Ostermorgen, nämlich gar nichts, nur ein leeres Grab. Giacomo hat es nicht nur Ihnen gezeigt. Ich habe es auch gesehen, es ist nichts weiter als ein Loch im Felsen zu sehen.«

Schäfer suchte in seiner Hosentasche nach Zigaretten. »Es war nicht irgendein Loch im Felsen. Giacomo hat das Siegel des Plancus darin gefunden, das neben dem Grab lag, von dem Plancus glaubte, Jesus sei darin bestattet worden.«

»Sie sagen es ja selbst, er glaubte, daß Christus darin bestattet wurde. Gesehen hat er Jesus nicht. Ich weiß, daß Ihnen der Gedanke gefällt, dieses Grab hier auf der Insel könnte das Grab des Christentums sein. Aber beweisen können Sie nichts. Ein Priester würde Ihnen den Rat geben, es einmal so zu sehen, daß Gott Ihnen vielleicht ein Zeichen geben wollte, in dem er Sie ein leeres Grab finden ließ.«

Schäfer zündete sich eine Zigarette an. »Die Sache hat einen Haken. Das Grab befindet sich im falschen Land. Wir sind hier nicht in Palästina.«

»Sie verwechseln Symbole mit Tatsachen. Reden wir also über die Tatsachen. Plancus nennt Jesus in dem Brief an seinen Freund einen Griechen. Jesus aber war Jude.«

Schäfer ließ die Asche in einen leeren Papierkorb fallen. »Es wäre immerhin möglich, daß er sich in der Eile verschrieben hat. Vielleicht wußte er auch nur von einem Jesus von Nazareth und dachte, Nazareth liege in Griechenland.«

»Vielleicht. Aber Sie sehen: Keiner von uns hat Gewißheit erlangt.«

Der Kardinal goß die Gläser voll. Schäfer sah ihm zu. Es waren dieselben gepflegten Hände, dasselbe entschlossene Gesicht. Und doch schien da auf dem abgeschabten Sessel neben zugestaubten Fernsehzeitschriften ein anderer Mann zu sitzen. Es ging nichts Gefährliches mehr von ihm aus, aber auch nichts Freundschaftliches. Es kam Schäfer so vor, als sitze dort ein Schachspieler, der mit seinem Gegner, den er auf dem Brett mit allen Mitteln bekämpft hatte, anschließend über die Regeln des Spiels philosophieren wollte.

Der Kardinal reichte ihm ein Glas. Schäfer nahm es und setzte sich auf das zweite Sesselchen neben dem Beistelltisch.

»Glauben Sie an Gott?« fragte der Kardinal.

Schäfer schwieg einen Augenblick. Dann sagte er: »Ja. Ich glaube, ja.«

»Unter dieser Voraussetzung würde es mich interessieren, von Ihnen zu erfahren, was Ihrer Meinung nach auf dieser Insel wirklich passiert ist.«

Schäfer trank einen Schluck Mineralwasser. Dann lehnte er sich in seinem Sessel zurück und schaute dem Kardinal in die Augen. »Vielleicht ist Christus tatsächlich hier gestorben. Vielleicht war der Sohn Gottes nicht stark genug, um sich am Kreuz zu Tode quälen zu lassen. Vielleicht haderte er dreißig Jahre lang hier auf der Insel mit seinem Schicksal, den Vater enttäuscht zu haben. Vielleicht war das die Art, wie er die Sünden der Welt auf sich genommen hat – die Sünden der Versager und Feiglinge, die ebenso wie er Angst haben vor Mißerfolgen, vor Schmerzen, vor dem Tod. Und vielleicht ist er hier von den Toten wiederauferstanden.«

»Unsinn!« sagte der Kardinal.

»Nein. Jesus ist ein Gott der Schwachen, der Feiglinge, der Verlierer. Das haben die frühen Christen allerdings verschwiegen, weil ein Märtyrer für ihre Zwecke dienlicher war.«

»Sie phantasieren!« Der Kardinal stand aus seinem Sessel auf und ging zum Fenster. »Wenn es Ihnen gefällt, daß wir uns jetzt in Phantastereien ergehen, werde ich

Ihnen sagen, wie ich zunächst der Kurie gegenüber das Tagebuch des Plancus rechtfertigen wollte. Ich wollte erklären, Plancus sei in Wirklichkeit ein Schriftsteller gewesen. Ein Kreis römischer Senatoren gab ihm den Auftrag, dieses angebliche Tagebuch zu schreiben, das veröffentlicht werden sollte, um die Sekte der Christen in ihrem Glauben zu erschüttern. Damit alles möglichst echt schien, legte man sogar das Siegel in das Grab. Für den Fall, daß jemand die Angaben im Tagebuch überprüfen würde.«

»Wenn es den Flavius Plancus des Tagebuchs also niemals gegeben hätte, warum konnte dann der Fürst die Leiche des Plancus finden?«

»Ich hätte darauf geantwortet, daß unser Schriftsteller von den römischen Verschwörern ermordet und als Opfer des Vesuvausbruchs getarnt wurde, damit er sein Geheimnis nicht preisgeben konnte.«

»Und warum wurde das auf diese Weise fingierte Tagebuch dann doch nicht veröffentlicht?«

»Woher wollen Sie das wissen? Wir kennen nicht einmal ein Tausendstel der Bücher, die in der Antike Bestseller waren.«

»Ich gratuliere«, sagte Schäfer. »Ihre Version ist durchaus plausibel.«

Der Kardinal wandte sich zu ihm um. »Immerhin plausibler als das, was Ihre Frau verbreitet.«

»Meine Frau?«

»Sie schreibt, das Grab auf dieser Insel sei im frühen Mittelalter geplündert worden. Wissen Sie, was sie auf diese Idee bringt?«

»Ich hatte keine Ahnung, daß sie ...«

»Sie meint, nachdem die heilige Helena im vierten Jahrhundert nach Christus mit Resten des heiligen Kreuzes aus Jerusalem nach Rom zurückgekehrt sei, für die ihr

Sohn Kaiser Konstantin in Rom dann eine Kirche bauen ließ, habe sich ein schwunghafter Handel mit Kreuzesreliquien entwickelt. Ihre Frau behauptet, daß auf dieser Insel die Erinnerung an Jesus damals noch wach gewesen sein könnte. Das Geschäft mit heiligen Kreuzsplittern hätte jedoch erhebliche Einbußen erlitten, wenn herausgekommen wäre, daß Jesus Christus nicht gekreuzigt wurde. Deshalb, so phantasiert Ihre Frau, hätten findige Reliquienhändler die Grabesspuren verwischt. Die Reste Christi seien einfach ins Meer geworfen worden.«

»Diese Erklärung ist immerhin nicht aus der Luft gegriffen«, sagte Schäfer. »Sie wissen so gut wie ich, daß der Reliquienhandel im Mittelalter blühte. Tausende von Kirchen rühmen sich, Kreuzsplitter zu besitzen. Würde man alle diese Splitter zusammensetzen, könnte man daraus ein Kreuz von den Ausmaßen des Petersdomes bauen. Wollen Sie das bestreiten?«

Der Kardinal lächelte. »Verbreiten Sie ähnliche Märchen wie Ihre Frau?«

»Ich verbreite gar nichts. Aber woher wissen Sie, was meine Frau denkt?«

»Wir haben mit ihr gesprochen.«

»Wo haben Sie mit ihr gesprochen?«

»Ich habe nicht direkt mit ihr gesprochen. Die Einzelheiten interessieren mich nicht. Ich weiß nur, worum es ging. Um die Rechte an dem Buch, das sie schreibt. Man will das Erscheinen dieses Buches verhindern, damit die Gläubigen nicht noch weiter verunsichert werden.«

»Sagen Sie nicht, Ihre Kirchenfreunde fürchten sich immer noch vor uns, obwohl Sie uns längst alle Beweise abgenommen haben?«

»Selbstverständlich. Was meinen Sie denn, wie denen das vorkommen mußte, als Sie nach einem Manuskript fahndeten, das die Kreuzigung Christi bezweifelt. Die sahen Sie wie einen bösen, hungrigen Wolf um den Zaun streichen, hinter den sie ihre Schäfchen gesperrt hatten.«

»Und Sie hat man dann losgeschickt mit einem Knüppel in der Hand, um den bösen Wolf zu vertreiben?«

Der Kardinal lehnte sich an den Schreibtisch. »Ja, das habe ich zunächst auch gedacht. Ich habe gedacht, daß ich die Gläubigen vor einer Schrift schützen muß, die den atheistischen Wissenschaftlern und der Presse nicht ungeprüft in die Hand gespielt werden darf. Ich habe Ihnen das Manuskript abgejagt, weil die Kirche den Herrn zwar den gerechten Gott und den gnädigen Gott nennt, aber damit noch nicht den entscheidenden Punkt trifft.«

»So? Wie nennen Sie ihn denn?«

»Den stillen Gott. Er macht sich nicht bemerkbar. Er mischt sich nicht ein. Er hätte Sie gewähren lassen. Aber ich habe nicht gemerkt, daß man mich hintergehen wollte. Jetzt weiß ich das.«

Schäfer zündete sich eine Zigarette an. »Wollte man etwa Sie hintergehen?«

»Richtig. Und wissen Sie, von wem dieser Plan stammt? Von all denen, die ohne einen Beweis für die Existenz Gottes nicht leben können.«

»Ich verstehe kein Wort.«

Der Kardinal ging um den Schreibtisch herum, setzte sich und sah Schäfer scharf an. »Wußten Sie, daß Monat für Monat mindestens hundert Erscheinungen Christi oder der Madonna von Priestern, Mönchen und Bischöfen im Vatikan gemeldet werden? Nicht einmal ein Prozent dieser angeblichen Wunder erkennen wir an. Trotzdem gibt es immer mehr Geistliche, die sich irgendwann in ihrem Leben einen Beweis der Existenz Gottes einbilden. Sie wollen die Madonna weinen gesehen oder Christus im Beichtstuhl getroffen haben. Es sind Schwächlinge, die den Zweifel nicht ertragen, die glauben, daß wir als Priester unser Leben wegwerfen, falls es Gott nicht gibt. Ich kann verstehen, wenn Laien diesen Zweifel nicht aushalten. Aber wir zwingen niemanden, Priester zu werden.« Der Kardinal wurde jetzt laut. »Keiner wird gezwungen! Wer den Zweifel nicht ertragen kann, wer einfach nicht akzeptieren will, daß wir zu einem stillen Gott beten, der hat in der Kirche nichts verloren. Wir könnten Jerusalem abreißen und Stein für Stein umdrehen, wir werden immer nur ein leeres Grab finden.« Er stand auf. »Von Anfang an ließen sie mich hinter dem Manuskript herjagen, weil sie glaubten, es sei ein Beweis für die Existenz Gottes. Mich haben sie zu ihrem Werkzeug gemacht, und sie wollen es noch. Sie wollen, daß wir das Manuskript umdrehen. Sie wollen ein Schriftstück vorweisen, das die Existenz Christi nahelegt. Das Tagebuch das Plancus ist zweihundert Jahre älter als die ältesten Evangelien.«

Schäfer drückte die Zigarette aus. »Das ist doch absurd.«

»Nicht in den Augen der Kurienmitglieder. Nur ein winzig kleiner Teil des Manuskripts, nur der Satz, in dem der Name Christus steht, soll der wissenschaftlichen Welt zur Verfügung gestellt werden, um zu beweisen: Seht her, im Jahr 79 nach Christus schreibt jemand auf, daß es Jesus wirklich in Jerusalem gab.«

»Ja, und die Verbannung?«

»Fällt unter den Tisch. Man legt es wie ein verschlüsseltes Evangelium aus und erklärt, die Verbannung habe Plancus nur als Bild für die Himmelfahrt benutzt. Aber natürlich werden diese Teile nicht veröffentlicht. Wissen Sie, warum ich Ihnen das alles erzähle?«

»Ich habe keine Ahnung.«

»Weil ich möchte, daß das Buch Ihrer Frau erscheint. Ich möchte, daß Sie ihr sagen, daß sie von mir keine Schwierigkeiten zu erwarten hat, was immer man ihr auch androhen sollte, und ich werde Ihnen auch sagen, warum. Wenn das Buch erscheint, wird man mir nahelegen, das Manuskript sofort in den Geheimarchiven des Vatikan verschwinden zu lassen. Dann hat der Unsinn des Gottesbeweises durch das Tagebuch des Plancus schnell ein Ende.«

»Wäre es nicht ziemlich riskant für die Kirche und für Sie, wenn das Buch erschiene?«

»Kein Mensch wird Ihnen diese Geschichte glauben.« Der Kardinal lehnte nun wieder an dem Schreibtisch. »Ich habe in den letzten Monaten etwas gelernt, Herr Schäfer. Ich mußte mich mit Ihnen herumschlagen, aber ich habe dabei gelernt, daß der Schöpfer kein Gott der Lämmer ist. Er ist der stille Gott der Wölfe. Ohne deren angriffslustiges, gieriges Ringen um die Frage, ob nicht alles auch ganz anders gewesen sein könnte, wäre der Glaube tot.« Kardinal Girolamo della Robere trat ans Fenster und schaute schweigend auf das graue Meer hinaus.

Schäfer stand auf und ging zur Tür. Er hatte schon die Klinke in der Hand, als er sich noch einmal umdrehte. »Sagen Sie, Exzellenz, Sie haben doch das Grab untersuchen lassen. Mir kam es für einen antiken Menschen, die ja bekanntlich viel kleiner waren als wir, sehr lang vor. Es muß für einen großen Mann in den Fels geschlagen worden sein.«

Der Kardinal nickte. »Ja, für einen sehr großen Mann.«

Epilog

Der Mann, der Schäfer suchte, litt offenbar unter der typischen Orientierungslosigkeit der Großstadtmenschen. Aus dem Norden kommend, hatte er problemlos Autobahnkreuze und Staatsstraßen hinter sich gebracht, seinen Alfa Spider mit Mailänder Kennzeichen am frühen Abend vor der Bar am Stadttor gestoppt und sich dort den Weg zu Schäfers Haus erklären lassen. Aber dann fuhr er daran vorbei. Vielleicht lag es daran, daß er nicht wußte, wie die Werkstatt eines Hufschmieds aussah, die man ihm genannt hatte, und die nur ein paar Schritte von Schäfers Haus entfernt lag.

Vor dem Milchgeschäft am Ende der Straße stoppte er nochmals und fragte nach, an welcher Ampel er abbiegen solle. Er ließ sich erklären, daß es in Tuscania keine Ampeln gebe, mißverstand aber wiederum die Wegbeschreibung, drehte eine Runde um die Stadtmauer und parkte abermals vor der Bar. Ein Landwirt erklärte sich schließlich bereit, mit seinem Fiat Kombi vorwegzufahren und den Fremden zum Haus des Deutschen zu bringen. Höflich bekundete der Mailänder seine offene und scheinbar ernstgemeinte Bewunderung für den Ort. In das Bekenntnis, eine so hübsche Kleinstadt habe er in Italien ja noch nie gesehen, außerdem habe er noch nie etwas von deren Existenz gehört, flocht er dann die Episode ein, die alle Fremden erzählten: Er habe geglaubt, dieser Ort, Tuscania, liege in der Toskana, was natürlich nicht stimmte.

Auf dem kleinen Schild am Metalltor, das in die mannshohe Steinmauer um Schäfers Grundstück eingelassen war, stand kein Name. Der Mann klingelte, wunderte sich, daß Schäfer, der kurze Hosen trug, sofort öffnete, als hätte er neben der Tür gewartet, und reichte ihm zur Begrüßung erst einmal die Hand.

»Ich bin Franco Ventini. Sie kennen mich nicht, aber ich kannte einmal Ihre Frau sehr gut, oder besser gesagt, Ihre Exfrau. Ich sprach vor ein paar Tagen eine Nachricht für sie auf den Anrufbeantworter. Darf ich einen Moment hereinkommen?«

Schäfer antwortete: »Sicher«, trat aber nur ein Stück zur Seite, so daß auch Ventini aus Höflichkeit neben dem Tor stehenblieb, das Schäfer schloß, aber keinen Schritt in den ummauerten Garten zu setzen wagte. Es schien ihm, als sei er nicht sonderlich willkommen und als habe überhaupt noch kein Fremder seinen Fuß auf das Grundstück gesetzt. Von der Straße aus hätte niemand ahnen können, daß der Garten relativ groß war. Auf einem verwitterten Holztisch zwischen zwei Zitronenbäumen standen eine Flasche Wein und zwei Gläser.

»Frau Robert – also ich darf, glaube ich, sagen, Caroline – ist nicht hier, oder?«

»Nein«, sagte Schäfer.

»Sehen Sie, das hätte ich mir denken müssen. Ich schrieb ihr nämlich hierher an diese Adresse, aber sie hat mir nie geantwortet.«

»So?« fragte Schäfer.

Ventini vergrub die Hände in den Hosentaschen und warf einen Blick auf das Tuffstein-Landhaus, dessen Türen allesamt in den Garten führten. Es war eines dieser Steinhäuser, die dafür sorgen, daß die zur Schau getragene Bewunderung des Besuchers sich mit aufrichtigem Neid vermischt. »Sehen Sie, ich werde ein paar Tage hier in der Nähe bleiben. Nach Rom ist es ja nicht weit.«

»Ach so«, sagte Schäfer

»Ich meine, ich möchte nicht indiskret sein, wie Sie zu Frau Robert stehen, geht mich ja auch nichts an, aber ist es möglich, daß sie in den kommenden Tagen hier sein wird? Kommt sie Sie vielleicht besuchen?«

Da Schäfer schwieg, versuchte es Franco Ventini noch einmal. »Was ich zu sagen versuche ... Meinen Sie, daß es Sinn hat, hier in der Nähe auf sie zu warten, um sie dann treffen zu können?«

»Nein, das hat keinen Sinn«, sagte Schäfer.

»Das hatte ich befürchtet«, seufzte Ventini.

Jetzt erst wies Schäfer auf den Tisch unter den Zitronenbäumen. »Möchten Sie sich vielleicht setzen?«

»Ja, aber nur für einen kurzen Moment.«

Schäfer schenkte ihm einen Schluck Weißwein in ein Glas.

»Ein Bekannter hat einen Artikel von Ihnen gelesen und über die Zeitschrift Ihre Adresse herausgefunden. Deshalb dachte ich, hier könnte ich vielleicht auch Caroline finden.«

Schäfer trank einen Schluck.

»Ihnen kann ich es ja sagen, Sie waren ja mal mit ihr verheiratet. Ich hege immer noch, sagen wir, eine gewisse Bewunderung für Caroline, und da meine familiären Verhältnisse sich geändert haben – ich bin sozusagen wieder allein –, wollte ich sie einfach mal wiedersehen.«

»Ach so«, sagte Schäfer.

»Wenn ich ihr eine Nachricht hinterlasse, können Sie die ihr zukommen lassen?«

»Leider nein«, sagte Schäfer.

»So, so«, sagte Ventini. »Na, Sie suchen sie ja wahrscheinlich auch.« Er trank in einem Zug sein Glas leer. »Indirekt sind wir uns übrigens schon einmal begegnet«, sagte er. »Das ist aber schon ein paar Jahre her. Sie haben doch damals diesen antiken Text für uns übersetzt, der

Caroline dann Schwierigkeiten mit unserem Verlag einbrachte.«

»Ja, das war ich.«

Er nahm einen zusammengefalteten Zeitungsartikel aus der Manteltasche. »Wo ich schon hier bin und Sie belästige, kann ich es auch Ihnen geben. Es interessiert Sie vielleicht. Es gab nämlich noch ein Nachspiel.«

Schäfer nahm das Stück Papier und legte es auf den Tisch. Dann sah er den Glühwürmchen nach, die sich im Garten ausbreiteten. »Ich würde Ihnen noch etwas Wein anbieten, aber Sie müssen ja sicher noch fahren.«

Ventini stand auf. »Ja, natürlich.«

Schäfer brachte ihn zum Tor, reichte ihm die Hand und schloß hinter ihm ab. Dann setzte er sich wieder auf den Stuhl und betrachtete die Hauswand mit dem festen Vorsatz, morgen endlich den Efeu zu gießen. Er schenkte sich noch einmal das Glas voll und faltete die Zeitungsseite auseinander. Ein kurzer Artikel mit der Überschrift »Streit um Grabungserfolge« war rot angestrichen. Schäfer las:

»Während des Umbaus des Autobahnteilstücks Neapel-Herculaneum soll eine Gruppe von Archäologen, die der päpstlichen archäologischen Kommission angehören, einen beachtlichen Grabungserfolg erzielt haben. Das geht aus einem Protestschreiben des Straßenverkehrsamtes Herculaneum hervor. Die Archäologen sollen während der Bauarbeiten in einer Tiefe von bis zu 22 Metern Wohnhäuser der antiken Stadt Herculaneum ausgegraben haben, wodurch sich die Bauarbeiten an dem Autobahnstück erheblich verzögerten. Das Straßenverkehrsamt weigert sich, die dadurch entstandenen Mehrkosten zu tragen, da das Amt ›zu keiner Zeit darüber informiert war, daß die vatikanischen Archäologen den Umbau der Autobahn mißbrauchten, um Ausgrabungen vorzunehmen‹. Ein

Sprecher des Bürgermeisters von Herculaneum erklärte, die Stadt werde nun die Auslieferung der Fundstücke beantragen. Der Vatikan bestätigte auf Anfrage lediglich, daß tatsächlich eine Ausgrabung vorgenommen worden sei. Kurienkardinal Girolamo della Robere erklärte, daß der Vatikan bereit sei, die bei der Grabung aufgefundenen Bronzegegenstände der Stadt Herculaneum zur Verfügung zu stellen. Die Gerüchte, daß während der Grabung auch sehr wertvolle antike Manuskripte gefunden worden sein sollen, bestätigte della Robere nicht.«

Die Küchentür, die in den Garten führte, sprang auf, und sie kam heraus, auf dem Arm Lilly, den Cockerspaniel, der immer noch eine verbundene Schnauze hatte. »Ich hoffe, du hast es ihm auch wirklich gesagt. Hast du ihm gesagt, daß ich einen solchen Widerling nie wiedersehen will, daß ich es für eine bodenlose Unverschämtheit halte, daß er hier plötzlich hereingeschneit kommt, ohne sich je bei mir dafür entschuldigt zu haben, daß er sich wie ein Dreckskerl benommen hat?«

»Habe ich.«

Caroline setzte sich neben ihn. »Und dann hast du erst einmal ein paar Glas Wein mit ihm getrunken?« Sie zeigte auf das zweite Glas.

Der Cockerspaniel blickte Schäfer an, als wolle er etwas sagen. Seit er eine zugebundene Schnauze hatte, sah er immer so aus, als wolle er etwas sagen.

Caroline streichelte den Hund. »Du bist noch gutmütiger als Lilly, und die ist sogar dumm genug, sich von einer Viper in die Nase beißen zu lassen.«

Schäfer lachte. »Er hat übrigens einen Zeitungsartikel mitgebracht, der dich interessieren wird. Sogar sehr interessieren wird.«

»Da bin ich aber gespannt.«

Der fesselnde Vatikan-Thriller vom Autor des Bestsellers Johannes Paul II. Das Geheimnis des Karol Wojtyla

Anreas Englisch
DIE PETRUSAKTE
BLT
304 Seiten
ISBN 3-404-92211-5

In Ariccia, der Schlossstadt in den Albaner Bergen vor Rom, gerät nach der Ankunft eines jungen Vikars das beschauliche Leben der Kirchengemeinde aus den Fugen. Der Vikar wird schon bald zum Vertrauten einer Übersetzerin, Marion Meiering, die das Buch eines anonymen Autors ins Deutsche übertragen soll. Ein Buch, das rätselhafterweise ihre eigene Lebensgeschichte erzählt und ihren baldigen Tod voraussagt. Bis Marion und der Vikar das Geheimnis der Kirche in Ariccia und des Buches, das auf der so genannten Petrusakte basiert, lösen können, gehen sie durch Himmel und Hölle.

BLT